KB106960

같이 가치

한승진

박문사

같이 가치

초판 인쇄 2017년 7월 24일
초판 발행 2017년 7월 31일

지은이 한승진
발행인 윤석현
발행처 도서출판 박문사
등 록 제2009-11호

주소 서울시 도봉구 우이천로 353 성주빌딩 3F
전화 (02) 992-3253 (대)
전송 (02) 991-1285
전자우편 bakmunsa@daum.net
홈페이지 http://jnc.jncbms.co.kr

책임편집 차수연

ISBN 979-11-87425-39-7 03800   정가 18,000원

책을 펼치며

로버트 프로스트의 '가지 않은 길'이라는 시가 있습니다. 작가는 시를 통해 끊임없는 선택 속에서 살아가는 인간의 모습과 가보지 못한 길에 대한 아쉬움을 담백하게 하지만 심오하게 전달하고 있어서 좋습니다. 특히 시의 마지막 연이 인상 깊습니다.

가지 않은 길

노란 숲속에 길이 두 갈래 났습니다.
나는 그 두 길을 함께 다 가지는 못할 것을 안타깝게 생각하며
오랫동안 서서 한 쪽 길이 굽어 꺾어져 내려간 곳 까지
될 수 있는 한 멀리까지 바라보았습니다.
그리고 똑같이 아름다운 다른 길을 택했습니다.
그 길에는 풀이 더 있고 사람의 발자취가 적어서
아마 좀 더 걸어가야 할 길이라고 생각했던 것 같습니다.
그 길을 걷게 되더라도, 그 길도 다른 길과 거의 비슷해
질 것 이라고 여기면서……

그날 아침, 두 개의 길에는 낙엽을 밟은 자취는 없었습니다.

아, 나는 다음 날을 위하여 다른 한 길은 남겨두었습니다.

길은 길로 이어져 끝없이 뻗어 감으로 내가 다시 돌아오리라고는

생각하지 않았지만……

먼 훗날 나는 어디선가에서

한숨을 쉬며 이야기할 것 입니다.

숲속에 두 갈래 길이 있었다고

나는 사람들이 적게 다닌 길을 택했다고

그리고 그 것 때문에 모든 것이 달라졌다고.

일을 하고 있다 보면 '지금 내가 뭘 하고 있는지'에 대한 막연함과 함께 지금 일을 하기로 선택한 때와 마주하게 되곤 합니다. 경력이 쌓일수록 '만약 내가 이 일을 선택하지 않았더라면', '지금 내가 가고 있는 길이 옳은 길인가', '맞는 길을 택한 것인가'하는 아쉬움과 막연한 의문이 점점 더 강해졌습니다. 이런 심정에 있던 중 이 시를 접했고, 이러한 상념은 모든 사람이 살아가는 데 있어서 필연적으로 거치는 과정이라는 것을 새삼 깨닫게 됐습니다.

지금은 이를 당연하게 받아들이고 제가 가는 길에 좀 더 집중하게 됐습니다. 나아가 제가 선택한 길이 모두에게 열려있는 길이지만 모두가 가질 수 있는 길은 아니라는 자부심을 갖게 됐습니다. 자신이 가는 길에 막연함과 아쉬움을 느끼는 사람이 있다면 그것은 필연적이라는 것을 인정하고 처음으로 돌아가 봅시다. 저는 이를 통해 가보지 못한 길을 걷는 것에 대한 기대, 그리고 끝까지 나아가겠다는 다짐을 다시 상기할 수 있었습니다. 길이란 나아가기 위한 것임을, 나아가지 못하는 길은 길이

아님을 깊이 되새깁니다.

오늘 제게 주어진 길에 세 가지의 실로 하나의 글샘모음집을 펼치려 합니다. 모든 순간에 최선을 다하는 성실로, 무슨 일을 하든지 진실하고, 절박한 각오로 절실하게 해나가렵니다. 사실 제 삶의 여건이 이런저런 일들로 분주합니다. 마치 배우가 여러 작품에 겹치기 출연하듯이 이곳, 저곳에서 제게 주어진 삶에 충실해야 합니다. 그 어느 곳에서, 그 누구를 만나든 진지하게 임해야합니다. 그런 삶의 과정에서 하나의 일을 더함이 글쓰기입니다. 뜻하지 않게 쓰게 된 칼럼과 방송원고가 모이다 보니 한 올 한 올 실이 모여서 옷을 만들 듯이 여러 곳에서 여러 주제로 발표된 글들이 모여서 하나가 되었습니다. 다른 듯 같은 곳을 향하는 글들이기에 순서에 상관없이, 중요도에 상관없이 읽을 수 있습니다. 어눌하면 어눌한 대로, 어색하면 어색한 대로, 찬동하면 찬동하는 대로, 의견이 다르면 다른 대로, 그저 그렇게 읽으시면 됩니다. 이게 수필의 매력이고, 편리함일 것입니다. 글쓴이와 읽는 이가 편안함을 누릴 수 있는 여유가 주는 가벼움입니다. 사는 게 복잡하고 불편하고 힘들고 한데 이렇게 엉성한 것도 괜찮을 것 같습니다.

이처럼 글샘을 드러냄이 저로서는 부끄러움이고, 조심스러움에도 그냥 그렇게 내놓습니다. 제가 거창한 사상가나 작가가 아니기에, 이 글샘으로 사회에 큰 방향을 일으키거나 많은 수의 독자를 확보하는 계기가 될 것도 아님을 압니다. 그저 저 좋아서 해본 작업입니다. 이 글샘은 그냥 그렇게 지나칠 수 있는 문제도 한번쯤 곱씹어보자는 것들과 작은 듯 사소한 듯싶은데 그 안에 생각해봄직한 것도 있음을 조심스럽게 꺼내든 것들입니다.

이 책은 시도, 수필도 아닌 그냥 편지글과 같은 글입니다. 어느 면에서는 목사의 설교 같기도 하고, 교사의 훈화 같기도 하고, 생활 속의 작은 깨달음을 적어 놓은 수필 같기도 합니다. 저는 어느 날부터인가 서툰 글이나마 부탁해오는 지역신문과 방송에 글을 보내기 시작했습니다. 그런 글들이 차곡차곡 모이다보니 어느새 이만큼의 분량이 되었습니다. 두서없이 이리저리 작은 주제들이 편지글처럼 밤하늘의 별처럼 쏟아집니다.

제 글은 새벽 우물가의 청정한 샘물을 길어 올리듯, 안개 자욱한 등굣길에 반가운 친구를 만나듯 맑으면서 따뜻했으면 하는 바람을 갖습니다. 어떤 고매한 학자의 준엄한 가르침이 아니라, 일상이 산 경험임을 가르쳐 주는 것이길 바랍니다. 그저 자신이 자신에게 말을 걸고 가르치는 일기요, 편지입니다. 그래서 문체 역시 강하고 거친 글이 아니라 부드러운 편지형식입니다. 냉철하고 가혹한 자본의 바깥세상을 경계하면서 감사로, 사랑으로 더불어 함께 숲을 이루는 마음으로 글을 풀어내려고 했습니다.

사실 따지고 보면 우리네 삶, 그대로가 바로 성스러움입니다. 일상의 매 순간이 성스러움 아님이 없습니다. 번잡함이 아닌 평화를 즐길 수 있는 일상의 여유로움이 바로 성스러움입니다. 이런 마음으로 자신을 보고, 이웃을 보고 세상을 보면서 살았으면 합니다. 요즘 특히 역사를 통해서 나라가 힘들 때 나라를 구하는 것은 국민이고, 이 나라의 주인은 국민이라는 것을 다시 한 번 깨달았습니다. 요즘 '꽃길 걷는다'는 말을 많이 하는데 소수의 몇몇 사람이 꽃길을 걷는 게 아니고, 대한민국이 꽃길로 바뀌어서 모든 국민이 꽃길을 걷게 되기를 기대해 봅니다. 기도하는 입보다 행동하는 손이 아름답습니다.

글샘을 길어올리면서 저 자신의 생각과 느낌과 의견을 가다듬어 보는 축복이었습니다. 제가 이렇게 저렇게 엮어낸 글샘이 조금의 생각꾸러미를 자극하고, 느낌에 울림이 되고, 공감이든 반감이든 공유되는 소통이

되었으면 참 좋겠습니다. 이런 작은 바람 하나로 겁도 없이 이 책을 내어
놓습니다.

　좋은 독자가 좋은 작가를 만든다는 말이 있습니다. 출판이 불황이고
종이책의 매력이 이전만 같지 않음에도 이 졸작과 함께해주심에 깊은
감사를 드립니다. 부디 책을 사는 일에 돈을 아끼지 마시고 책을 읽는
일에 시간을 아끼지 마시기 바랍니다. 분주한 삶이지만 독서만큼 즐거운
일도 없고, 책을 사는 일만큼 가치 있는 일도 드뭅니다. 우리 시대에
좋은 작가들이 많이 나오고 좋은 책을 만들어내는 이들이 많이 나오도록
독자 제위의 멋진 모습을 기대해봅니다.

새로운 시대에 새로운 기대를 모아

한 승 진

차례

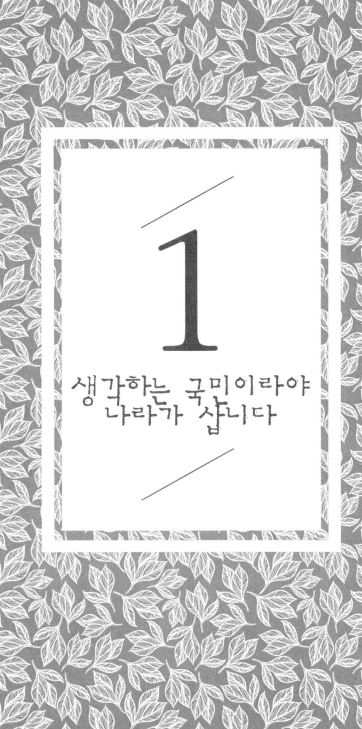

1

생각하는 국민이라야
나라가 삽니다

세월호 희생자들의
염원에 함께하기

얼마 전, 감동적인 실제이야기를 접했습니다. 참치 원양어선 '광명 87호'의 선장 전제용은 1985년 11월 14일, 1년여의 조업을 마치고 남중국해에서 부산항을 향하고 있었습니다. 그는 10여 명 정도가 SOS를 외치는 작은 난파선으로, 베트남의 보트피플을 봤습니다. 그는 보트피플에 관여치 말라는 정부와 회사의 지침대로 그냥 지나치려 했습니다. 그런데 그 순간 '지침인가? 양심인가? 모른 척 눈 한 번 감을 것인가? 진실하게 살고 불이익을 당할 것인가?' 하는 갈등에 직면했습니다. 한 사람의 삶과 미래가 뒤바뀌는 결단의 순간이었습니다. 그는 결국 하나의 선택을 했습니다. 선원들을 설득하고 배를 돌렸습니다. 25번째의 배가 자신들을 외면하고 26번째의 배가 멀어져 갈 때, 절망했던 보트엔 10여 명이 아닌 96명의 난민이 있었습니다. 사흘을 굶은 임산부, 기진맥진한 난민들이 있었습니다. 광명 87호가 부산항까지 가려면 무려 10여 일이 걸리고, 배 안에는 25명의 선원이 버틸 수 있는 식량이 전부였습니다.

그는 "모든 책임은 선장인 제가 집니다." 하고 말하고는, 96명과 함께 부산항까지 10일을 함께 버티기로 하고 회사에 연락했습니다. 여성과 어린이는 선원들의 침실에, 노인과 환자는 선장실에 머물게 하면서 치료했습니다. 얼마 후 식량이 떨어진 것을 알게 된 난민들에게 이렇게 말했습니다. "우리가 잡은 참치가 있습니다. 여러분은 안전합니다." 이런 말로 안심시키면서 부산항으로 향했습니다.

광명 87호가 부산항에 도착했을 때는 11월 29일로, 10일이 아닌 14일이 걸렸습니다. 이처럼 고생하면서 수많은 생명을 구한 그와 선원들은 큰 상을 받았을까요? 안타깝게도 그렇지 않았습니다. 지침을 어긴 그와 모든 선원들은 기관에 끌려가 혹독한 모욕과 비난을 받고는 결국 해고당하고 말았습니다. 직장을 찾으려 했으나 이력서를 받아주는 곳이 없었습니다. 결국 그는 고향 경남 통영에서 멍게 양식으로 생계를 유지하면서 살고 있습니다. 너무도 어이없는 결과에 그는 그때의 결단을 후회할까요? 아닙니다. 그는 다시 한 번 그런 일이 생긴다면 똑같이 할 것이라고 말했습니다. 오히려 생명을 외면하려 했던 자신의 태도를 부끄러워했습니다. 그는 이렇게 말했습니다. "생사가 달린 상황에서 선장의 본분은 구조입니다. 인간의 생명과 존엄성은 무엇과도 바꿀 수 없습니다. 불이익을 계산할 문제가 아닙니다." 그가 뱃머리를 돌릴 때 무슨 생각을 했을까요? 영광스런 수상과 진급과 같은 장밋빛 미래가 펼쳐질 것으로 생각했을까요? 아닙니다. 그는 뱃머리를 돌리는 순간, 미래가 암흑으로 덮일 것을 알았습니다.

안타깝게도 오늘 우리가 사는 이 사회는 무관심의 세계화가 당연시되는 것만 같습니다. 다른 사람의 고통스러운 절규 앞에서 함께 아파할 줄 모르고, 다른 사람의 고통 앞에서도 눈물을 흘리지 않습니다. 그들을 도울 필요마저 느끼지 못합니다. 이 모든 것이 마치 다른 사람의 책임이지 우리 자신의 책임은 아니라고 생각합니다. 사랑을 선택함은 깊은 고뇌와 갈등을 동반합니다. 미래가 어둠에 덮이고, 모든 것을 잃을 줄 알면서도 십자가를 진다는 것과 같습니다. 사랑, 오직 그것 때문입니다. 우는 사람들과 함께 우는 빛과 생명을 가장 필요로 하는 바로 그곳에, 우리가 있어야 합니다.

2014년 4월 16일, 3년 전, 세월호 희생자 가족들을 기억합니다. 오늘 우리가 유가족들이 새로운 소망으로 살아갈 수 있도록 하는 일에 함께할 수는 없을까요? 우리가 지금 그들 곁에서 그들의 아픔과 절망과 함께하는 것이야말로 우리의 사람다움을 아름답게 하는 길입니다. 그들의 고통에, 그들의 아픔에 눈 감기보다 계산 없이 한걸음 다가서는 것이 곧 사랑의 실천입니다. 그들의 싸움에 연대하는 것, 그것이 진정한 사랑이 아닐까요? 강철과 같은 겨울을 이겨내고 봄빛 가득한 새 아침을 기대해 봅니다.

탐욕을 실은 세월호를
잊지 않기

지난 2014년 4월 16일 발생한 세월호의 참사로 수많은 희생자, 특히 어린 학생의 희생이 온 국민을 아프게 하였습니다. 세월호 침몰 이후 여러 가지 관련 소식이 연일 전해지면서 많은 생각을 하게 되었습니다. 실종자 가족을 위해 묵묵히 봉사하는 모습, 유가족을 위하는 봉사자의 모습, 노란 리본을 달고 실종자의 무사귀환無事歸還을 바라는 광경, 수많은 사람이 줄지어 희생자를 추모하는 행렬 등을 보면서 슬픔을 딛고 일어서는 희망을 보게 되기도 하였습니다. 수많은 희생자를 낸 세월호와 같은 사건이 다시 일어나지 않도록 그 원인을 분명히 규명해야겠습니다. 이것이 세월호 희생자들의 죽음을 헛되이 하지 않는 길일 것입니다.

세월호 참사의 근본 원인은 한 마디로 탐욕입니다. 더 많은 돈을 벌기 위해 일본에서 퇴역 직전의 낡은 선박을 구입하여 무리하게 개조하였습니다. 화물을 지나치게 실었습니다. 인건비 절약을 위해 책임 있고 유능한 선장과 선원을 정식으로 채용하지 않았습니다. 여객선의 안전운항을 감독해야 할 감독기관도 각종 경제적인 유착으로 인해 제대로 지도하지 않았습니다.

탐욕은 '갈애渴愛'라고 말하기도 합니다. 갈애는 목마른 사람이 애타게 물을 갈구하는 심리 상태를 말하는 것으로, 매우 강렬한 욕망을 뜻합니다. 재산, 권력, 명예를 차지하기 위해 서로 다투다가 목숨을 잃는 경우를 자주 접하게 됩니다. 탐욕으로 인해 국가와 국가가 서로 다툽니다. 탐욕으로 권력자들은 국민을 괴롭힙니다. 부모와 자식이, 형제와 자매가 다툽니다. 친구가 서로 다툽니다. 상대방을 무시하고, 함부로 **빼앗고** 괴롭힙니다. 그러다 서로 죽이기까지 합니다.

　탐욕으로 인해 다른 사람보다 더 많이 돈을 가지고 싶고, 더 큰 권력과 명예를 누리려 합니다. 온갖 고생을 하면서도 수단을 가리지 않고 돈을 모으려고 합니다. 탐욕은 끊임없이 한 대상에서 또 다른 대상으로 옮아 갑니다. 탐욕은 만족을 모르게 합니다. 탐욕의 끝없는 움직임 속에는 달성을 위한 긴장과 갈등이 있습니다. 쾌락을 주는 것은 추구하려 하고, 그렇지 않은 것은 피하려고 합니다. 고생한 끝에 부자가 되면 이제 부를 지키기 위해 근심과 걱정을 합니다. 도둑이 훔쳐갈까, 친구나 친척들에게 뜯길까 온갖 걱정을 합니다. 결국 탐욕은 우리를 절망의 구렁으로 떨어뜨리고, 무서운 재앙을 불러들입니다. 그러니 탐욕을 끊지 못하면 자기를 해치고, 남을 해치고, 공동체를 해치게 됩니다.

　탐욕에 눈이 멀면, 다른 사람과 공동체를 속이기도 합니다. 정의가 무엇인지 알면서도 거짓말을 합니다. 다른 사람 모르게 행한 행위가 영원한 것으로 착각하기도 합니다. 그러나 지금 당장은 그 결과를 드러내지 않을지 모르나 언젠가는 반드시 드러나게 마련입니다. 마치 보이지 않지만 재속에 숨어 있는 불씨처럼 언젠가는 드러나고 맙니다. 결코 어둠은 빛을 이길 수 없습니다. 그러므로 탐욕의 위험을 분명하게 깨닫고, 정확히 알아서 여기서 벗어나야 합니다. 그래야만 자신과 이웃을 해치는 일이 일어나지 않습니다. 지금까지 탐욕의 노예로 살아온 이들은 이를 솔직히 인정하고, 참회하고 용서를 구해야 합니다. 그리고 정당한 죄의 대가를 치러야 합니다. 이것이 우리가 이번 참사에서 희생된 사람들의 소중한 삶을 다시 살리는 길일 것입니다.

'깨진 유리창 이론Broken window theory'이라는 것이 있습니다. 1982년 미국의 범죄학자 제임스 윌슨과 조지 켈링은 '깨진 유리창의 이론'이라는 사회 무질서에 관한 논문을 발표했습니다. 깨진 유리창 하나를 방치해 두면, 그 지점을 중심으로 범죄가 확산되기 시작한다는 이론으로 사소한 무질서를 처리하지 않으면 큰 문제로 이어질 가능성이 높다는 의미를 담고 있습니다. 한 사람이 우연히 집 근처에 쓰레기를 버렸는데, 집주인이 이를 방치하면 다른 사람들도 그곳에 또 쓰레기를 버리기 시작하고, 결국은 쓰레기장으로 변해버리는 것과 똑같은 이치입니다. 깨진 유리창은 바로 수선해야 한다는 것이 '깨진 유리창 이론'이 주는 교훈입니다. '이 정도는 적당히 넘어가도 괜찮겠지?'라며 넘겼던 하나의 작은 행동에 집중하십시오. 깨진 유리창을 즉시 발견하고, 고쳐야 이후에 닥칠 큰 위기를 막을 수 있습니다. 이제 더 이상 세월호 참사와 같은 일이 벌어지지 않도록 안전사고에 유의하면서 돈보다 생명존중으로 정책과 경제정의가 분명하게 드러나기를 기대해 봅니다.

세월호 참사를
되새기며

이스라엘 수도 예루살렘에 '야드바셈 홀로코스트 기념관'이 있습니다. 히브리어 '야드바셈'은 '기억, 기념'을 의미하는 '야드'와 이름을 의미하는 '셈'의 합성어입니다.(이사야 56장 5-6절 참조). 이 기념관은 제2차 세계 대전 중 독일 나치정권에 의해 무참하게 학살당한 유대인 6백만 명의 희생자들을 추모하기 위해, 그리고 유대인 역사의 비극을 잊지 않고 후세에 전하기 위하여 건립되었습니다. 기념관 입구에 히브리어로 "망각은 포로 상태를 이어지게 한다. 기억은 구원의 비밀이다"라는 문구가 돌에 새겨져 있습니다.

이 추모 기념관에는 유대인으로 태어났기에 죽어야만 했던 백오십만 명의 어린이들을 위한 기념관도 따로 마련되어 있습니다. 어린이 추모기념관 내부는 어린이들의 희생을 상징하는 수많은 촛불들이 천정부터 바닥까지 빛을 발하고 있습니다. 이 불빛은 하늘의 별이 되어 우주를 떠다니는 어린 영혼들을 상징한다고 합니다. 추모관에 들어서면 희생당한 어린이 이름들이 한 사람씩 스피커를 통해 흘러나옵니다. 어린이 추모관을 나오면 뒤뜰에 어린이들을 품에 안은 한 선생님의 동상이 있습니다. 코르자크란 선생님 동상입니다.

폴란드의 조그만 마을 학교에 독일군이 들이닥쳤습니다. 독일군은 드문드문 섞여 있는 유대인 어린이들을 끌어내려고 하였습니다. 어린이들은 무서워서 코르자크 선생님에게 달려가 매달렸습니다. 코르자크 선생님은 자기 앞으로 몰려온 유대인 어린이들을 두 팔로 꼭 안아 주었습니다. 이윽고 트럭 한 대가 운동장으로 들어오자 아이들은 선생님의 팔에 더욱 매달렸습니다. 선생님은 아이들에게 "무서워 할 것 없단다. 하나님께 기도를 드린다면 마음이 좀 편해질 거야"하며 아이들을 다독거렸습니다. 독일군은 코르자크 선생님 팔에서 유대인 어린이들을 떼어놓으려 했습니다. 그러자 코르자크 선생님은 군인을 막아서며 "가만 두시오. 나도 함께 가겠소!"라고 말했습니다. "자, 우리 함께 가자. 선생님이 같이 가면 무섭지 않지?" "네, 선생님. 하나도 무섭지 않아요." 아이들이 대답했습니다. 코르자크 선생님은 아이들을 따라 트럭에 올랐습니다. 이 광경을 지켜본 독일군이 선생님을 끌어내리려 하자 "어떻게 내가 가르치던 사랑하는 이 어린이들만 죽음으로 보낼 수 있단 말이오."하며 선생님도 아이들과 함께 강제수용소로 끌려가 마침내 가스실 앞에 도착했습니다. 선생님은 아이들의 손을 꼬옥 잡고 앞장서서 가스실 안으로 들어갔습니다. 코르자크 선생님은 자신은 유대인이 아닌데도 사랑하는 제자들의 두려움을 조금이라도 덜어주기 위해 함께 목숨을 버렸습니다. 기념관 뜰 동상은 겁에 질려 떨고 있는 사랑하는 제자들을 두 팔로 꼬옥 껴안고 있는 코르자크 선생님의 인자한 모습이 보는 사람의 마음을 숙연하게 만듭니다.

어쩌면 이번 세월호 참사로 희생당한 선생님들 또한 이 같은 심정이었으리라 생각합니다. 우리는 지난 4월 16일 인천에서 제주도로 향하던 여객선 세월호가 진도 앞바다에서 침몰하는 과정을 지켜보았습니다. 눈앞에서 침몰해가는 배를 보면서, 또 그 배 안에서 살려달라고 아우성치는 수많은 생명들의 외침을 들으면서도 우리는 아무 도움도 주지 못했습니다. 그래서 희생자들이 불쌍하고 실종자들이 안타깝습니다. 그 가족들이 슬픕니다. 대한민국이 아프고 온 국민이 아픕니다. 진도 앞바다에서 구조작업을 하고 있는 사람들, 자식들이 구조되기만을 애타게 기다리고 있는 가족들 모두에게 위로가 있기를 간절히 기원합니다.

텔레비전이나 신문 언론 등에서는 최첨단 장비들이 사고 현장에 도착하여 구조 활동을 펼친다고 대대적으로 방송을 했지만 실상은 전혀 달랐습니다. 사고 처리 과정이나 이후 정부의 대응을 보면서 오늘 우리는 21세기 대한민국의 현주소를 적나라하게 보고 있습니다. 국민소득 3만 불 시대, OECD 국가, 세계 10위권의 경제 선진국 등 이 모든 구호들이 한낱 허위의식에 불과했습니다. 세월호 사고는 황금만능주의, 나만 생각하는 지독한 이기주의, 보수정권의 안일한 관료주의 이 모든 나쁜 관습들이 만들어낸 참사입니다. 이것은 자연재해가 아니라 명백한 인재입니다. 우리가 모자라고 잘못 살아서 만들어 낸 비극입니다. 그래서 더욱 마음이 아픕니다.

우리 사회는 지난 수십 년 동안 엄청난 인명 피해를 낳았던 사고들을 많이 겪었습니다. 서해 페리호 사고, 성수대교 붕괴, 삼풍백화점 사고, 경주 리조트 붕괴 사고 등은 열거하기조차 섬뜩한 사고들입니다. 우리 사회의 고질적인 안전 불감증과 생명경시풍조가 빚어낸 참사들입니다. 이 같은 사고들을 겪고도 우리는 통증을 느낄 줄 모릅니다. 모두 무감각해져 있습니다. 우리는 지금 백신마저 감염되어 버린 듯 오작동을 거듭하는 우리 사회 시스템의 현주소를 적나라하게 목도하고 있습니다. 이번 세월호 참사를 회개의 기회로 삼지 않으면 동일한 참사들이 또 언제 어디서 일어날지 모르는 불안한 사회 속에서 우리는 살아가게 될 것입니다.

주전 5세기경 바벨론 포로생활을 마치고 귀환한 이스라엘 백성들은 국가적으로 재난을 당했습니다. 가뭄과 병충해가 전국적으로 퍼져 곡식을 구경조차 할 수 없었습니다. 각종 농산물 생산이 메말랐습니다. 씨앗을 심으면 흙 속에서 말라 죽어버렸습니다. 자연히 창고는 텅텅 비었습니다. 가축들은 들에서 먹을 것이 없어 울부짖었습니다. 옛날 나라가 흉년이 들거나 가뭄이 극심하면 임금은 하늘이나 백성들 탓으로 돌리지 않고 자신의 부덕이라고 스스로를 책망했습니다. 그런데 지도자들은 이 같은 최소한의 양심마저 없었습니다. 세월호 참사 앞에 박근혜 전 대통령의 태도가 그랬습니다.

세월호 참사로 희생당한 사람들은 우리 사회가 만들어낸 비극입니다. 인간의 욕망이 결과한 참극입니다. 사회적인 희생이었습니다. 이들의 희생 앞에 자유로울 수 있는 사람은 아무도 없습니다. 그래서 더욱 가슴이 미어지고 아픕니다. 우리가 세월호 참사를 되새겨야 함은 이런 일이 다시는 일어나지 않도록 하려는 다짐입니다. 이 일에 우리 모두가 함께 해야 합니다. 작가 김애란은 『눈먼 자들의 국가』에서 이렇게 말했습니다. "우리가 본 것이 이제 우리의 시각을 대신할 거다. 세월호 참사는 상으로 맺혔다 사라지는 게 아니라 콘택트렌즈마냥 그대로 두 눈에 들러붙어 세상을 보는 시각, 눈 자체로 변할 것이다." 세월호를 기억하는 일은 멈출 수 없습니다.

세월호 참사,
그 아픔을 기억하면서

봄이 왔지만 희망을 만끽하지 못하고 있습니다. 뜻하지 않은 참사로 못다 핀 꽃과 같은 생명을 잃은 이들 때문에 슬픔이 가시질 않습니다. 제발 살아있기를 바랐건만 그 희망에 기댈 수 없는 암담함 가운데서 고통스럽게 스러져갔을 생명들 때문에 안타깝습니다. 가족을 잃거나 아니면 실낱같은 희망일지언정 그래도 간절히 구조에 기대며 절규하는 가족들 때문에 마음 아픕니다. 여기에 국가안보를 목소리 높여 외치면서 정작 국민의 안전을 지키고 생명을 구하는 데는 무력하기 짝이 없는 정부 당국 때문에 분노가 치밀어 오르기도 합니다.

하나하나 밝혀지고 있는 진상들을 통해 그 엄청난 사건이 돌발적으로 발생한 것이 아니라 불행하게도 일어날 수밖에 없었던 사건이었다는 것을 알게 되었습니다. 그러면서 경악을 금치 못하고 참담함에 어찌할 바를 모르고 있습니다. 단적으로 말해 자본의 이윤 추구와 보장만이 최우선시 되었습니다. 안전을 위한 규율은 배제되었습니다. 노후선박의 운행제한 연한은 20년에서 30년으로 연장되었습니다. 선박의 균형을 깨뜨릴 만큼 부적절한 개조 또한 어떤 규제도 받지 않았습니다. 화물의 적재량도 수용능력의 3배를 초과할 만큼 과적상태였지만 역시 어떤 규제도 받지 않았습니다. 선박의 안전성을 검사할 권한은 해운사의 이익단체에 해당하는 조합에 맡겨져 있었습니다. 그 단체는 전직 관료를 중직으로 영입하여 운영하고 있어 통제 또한 쉽지 않게 되어 있습니다. 선박운행의 직접적 책임을 맡고 있는 선장을 포함한 승무원은 태반이 비정규직이었습니다. 이들에게 이뤄져야 할 안전교육 또한 시행되지 않았습니다. 그럼에도 직업윤리상 책임을 면할 수 없지만, 그 책임의식을 환기할 만한 일상적인 과정은 없었습니다. 최초 한 학생의 조난신고에 따라 출동한 구조선에 승객들을 내버려둔 채 승무원들만 구조된 상황은 말이 안 되는 일이었습니다. 자리를 지키라는 그 선원들의 말을 듣고 그대로 머물러 있던 어린 학생들이 끝내 물속에 잠기고 만 것을 생각하면 가슴이 먹먹해질 뿐입니다.

우리를 더더욱 참담하게 만드는 것은, 모든 문제에도 우선 당장 위기에 처해 있는 이들을 구해야 할 정부관계 당국의 이해할 수 없는 초기대응조처의 미흡, 그리고 계속되고 있는 관계당국 간의 책임전가와 자기변명의 태도였습니다. 국정의 최고책임자가 관계자들을 질책할 뿐 최고책임자답게 관계당국 간의 혼선을 조정하고 긴급한 조난대책을 위한 조처는 실질적으로 취하지 않은 것은 더더욱 기가 막힐 일이었습니다. 선장과 승무원들에게 모든 책임을 떠넘기려고 할 뿐 마땅히 정부로서, 국정 최고책임자로서 취해야 할 실질적 조처는 취하지도 않은 채 떠도는 의혹의 소문을 잠재우려 엄포를 놓고 전문가들의 발언마저 금지시키는 사태를 어떻게 이해하고 납득할 수 있을까요?

이러한 사태를 두고 '세월호-대한민국' '선장-대통령' '선원들-고위공직자들' '승객들-국민들' '선내방송-언론매체들'이라는 서글픈 비유가 떠돌고 있는 지경입니다. 여기에 '선주-대한민국 경제를 좌우하는 대자본'이라는 결정적 항목이 하나 더 추가되어야 할 것 같습니다. 어쨌든 이 서글픈 비유는 오늘 대한민국의 현주소를 단적으로 말해주고 있습니다. 한마디로 말해 '대한민국의 침몰' 사태가 아니냐 하는 것입니다.

아직도 절망하기보다는 단 한 명이라도 미수습자의 문제가 해결되어야하는 것이 시급한 절체절명의 상황이 지속되고 있습니다. 이처럼 이 땅의 모든 사람들의 안타까움과 울분이 지속되고 있는 상황에서, 한가한 풍자를 하려는 것이 아닙니다. 대한민국의 침몰 사태를 직시하지 않으면 안 된다는 절박함 때문에 이렇게 말하는 것입니다. 세계에서 가장 짧은 기간에 산업화를 이룩하고 마침내 선진국의 대열에 들어섰다고 자처하는 이 나라의 실상이 바로 이 하나의 사건 안에 응축되어 있습니다. 생명의 안위는 뒷전에 밀리고 오직 자본의 이윤확대와 그에 따른 경제규모의 성장만을 최고의 가치로 여기며 달려왔던 이 나라의 실상입니다. 평범한 사람들의 안전한 삶을 보장하는 제도도 미흡하고, 그나마 미흡한 조건에 서일지언정 그것을 운영하는 이들의 책임의식도 빈약하고, 총체적으로 윤리의식이 실종된 이 나라의 실상입니다. 한국적 근대화의 총체적 실패를 보여주는 사태입니다.

우리가 그 실상을 직시하고 그 대안을 찾아 나서려는 노력을 시도하지 않는 한, 우리 사회에는 그 엄청난 재난이 끊임없이 이어질 수밖에 없을 것입니다. 이미 우리는 연속된 재난에 익숙해져 있습니다. 그간 얼마나 많은 재난들이 이어졌고, 그때마다 유사한 상황이 되풀이되는 것을 얼마나 많이 지켜봤습니까? 그럼에도 같은 사태가 반복되고 있는 것은 이 나라에서 그야말로 대오각성이 일어나지 않았다는 증거입니다.

오늘 세계적인 차원에서 끊임없이 문명의 위기 상황이 나타나고 있고, 오늘 우리 사회에서 위기와 재난이 끊이지 않는 것은 결코 절대적인 자리에 올라서서는 안 될 것들이 절대적인 자리에 올라서 있는 데서 비롯됩니다. 권력과 재물이 절대적인 자리에 올라선 지 오래고, 사람들의 일상의 삶에서 또한 온갖 것들이 절대화되어 있습니다. 생명보다 우선하는 자본, 우리 사회의 믿음의 실체입니다. 앞서 오늘의 참담한 사태가 어디에서 비롯되었는지 장황하게 말한 바와 같습니다. 온갖 신들로 충만한 세계, 정말 믿음으로 충만한 세계인 것 같지만, 진정한 믿음은 없는 세계의 실상, 바로 우리 사회의 실상입니다.

학교폭력문제에서 가해자의 범주는 폭력을 행사한 이들만이 아닙니다. 피해자가 발생함을 알면서도 가해자를 말리지 않고 방관한 이들도 포함됩니다. 오늘 우리의 탐욕과 죄악 때문에 세월호 참사가 일어났음을 잊지 말아야 합니다. 돈밖에 믿을 것이 없다고 믿는 그 불신의 세계, 바로 그 세계 안에서 '아니, 생명이야말로 돈과도 바꿀 수 없다'고 외치는 것이 오늘 우리 시대의 진정한 믿음입니다. 그 믿음으로, 우리 삶의 실상을 돌아보고, 이 사회를 바꾸기 위한 대오각성의 대열에 참여하는 우리가 되어야겠습니다.

안중근의 국가를
초월한 평화

 조국과 인류의 평화를 실현하기 위해 하나뿐인 생명을 조국을 위해 초개같이 바친 순국선열들이 많습니다. 그 중에서도 '행동하는 지성'이자 '행동하는 초인'으로 불리는 민족의 영웅 안중근(安重根;1879~1910) 의사가 있습니다. 그가 그토록 원하던 독립을 찾은 지금, 우리는 어디로 나아가야 할까요? 100여 년 전 안중근은 국가들의 연합을 통해 세계평화를 실현할 수 있는 세상을 꿈꿨습니다. 구체적으로 평화회의를 조직하고, 평화군을 육성하여 평화와 안정이 보장되는 사회를 지향했습니다.

 안중근은 1879년 9월 2일 황해도 해주에서 태어났습니다. 1895년 아버지 안태훈을 따라 가톨릭에 입교하여 신식학문을 접하게 된 그는 독립운동, 교육운동, 종교활동, 민권활동 등에 힘썼습니다. 1907년부터는 연해주로 망명해 의병운동에 몸을 담았습니다. 안중근은 이토 히로부미伊藤博文가 러시아 재정대신 코코프체프와 회담하기 위하여 하얼빈哈爾濱에 온다는 소식을 접하고 유동하劉東夏와 그의 부친 유승열劉承烈, 우덕순禹德淳, 조도선曹道先, 김성화金成華, 탁공규卓公奎 등과 구국투쟁 맹세로 7인의 단지斷指동맹을 결성하였습니다. 그것은 바로 조선 침략의 원흉 이토 히로부미를 저격하기 위한 '피의 서약'이었습니다. 그리고 그렇게도 염원하는 '독립 자유'라는 네 글자를 더 써 넣었습니다.

 안중근은 조선침략의 원흉 이토 히로부미가 만주 하얼빈에 온다는 소식을 듣고, 그를 처단하기로 결심했습니다. 1909년 10월 26일 오전 9시 30분경, 일본인으로 가장한 채 하얼빈 역에 잠입해 권총으로 이토의 가슴과 복부를 향해 세 번 방아쇠를 당겼습니다. 안색이 창백해진 이토는 급히 열차 안으로 후송됐고 30분 만에 사망하고 말았습니다. 즉시 러시아 헌병이 와서 안중근 의사를 체포할 때 그는 러시아말로 "코레아 우라 대한 만세"를 3번 외쳤습니다. 안중근은 현장에서 체포돼 뤼순의 일본 감옥에 수감됐습니다. 거사擧事에 성공한 안중근은 여섯 달 동안 여순 감옥에서 극심한 고초를 겪으면서도 당당한 모습을 잃지 않았습니다. 재판장의 어떠한 질문에도 거침없이 답변하였습니다. "대한의 독립을 회복하며 '동양평화'를 유지하기 위해서는 먼저 민족의 큰 적이요, 만고의 역적逆賊인 이토를 없애버려야만 된다고 확신하였고, 또한 나라가 모욕을 당하면 백성은 마땅히 죽어야 하는 것이 가장 당연한 일이니, 죽어도 아무 한 될 것이 없다고 결심하고, 이 한 몸을 제물로 바칠 각오를 가지고 해외에 나온 지 이미 오래였소. 내가 이토를 죽인 것은 이토가 대한의 독립과 자유를 빼앗은 때문이니, 이것은 '대한의 독립전쟁'의 일부분이요. '동양의 평화'를 지키기 위한 것이오. 내 염원은 오직 조국의 독립, 이 한 가지 일뿐입니다."

안중근이 죽음 앞에서도 초연할 수 있었던 것은 나라와 민족을 사랑하는 투철한 애국심이 뒷받침되었기 때문이었습니다. 안중근은 〈동양평화론〉을 집필했습니다. 이윽고 사형을 선고받은 그는 "대한독립의 소리가 천국에 들려오면 나는 마땅히 춤추며 만세를 부를 것입니다."는 유언을 남기고 세상을 떠났습니다. 사형집행을 앞둔 옥중 아들 안중근에게 쓴, 그의 어머니 조마리아 여사의 편지입니다.

"네가 만약 늙은 어미보다 먼저 죽는 것을 불효라 생각한다면, 이 어미는 웃음거리가 될 것이다. 너의 죽음은 너 한 사람 것이 아니라 조선인 전체의 공분을 짊어지고 있는 것이다. 네가 항소를 한다면 그것은 일제에 목숨을 구걸하는 짓이다. 네가 나라를 위해 이에 이른즉 딴 맘먹지 말고 죽으라. 옳은 일을 하고 받은 형이니 비겁하게 삶을 구하지 말고, 대의에 죽는 것이 어미에 대한 효도이다. 아마도 이 편지가 이 어미가 너에게 쓰는 마지막 편지가 될 것이다. 여기에 너의 수의壽衣를 지어 보내니 이 옷을 입고 가거라. 어미는 현세에서 너와 재회하기를 기대치 않으니, 다음 세상에는 반드시 선량한 천부의 아들이 되어 이 세상에 나오너라."

안중근 의사의 옥중 편지입니다.

"어머님 전상서. 예수를 찬미합니다. 불초한 자식은 감히 한 말씀을 어머님 전에 올리려 합니다. 엎드려 바라옵건대 자식의 막심한 불효와 아침저녁 문안인사 못 드림을 용서하여 주시옵소서. 이 이슬과도 같은 허무한 세상에서 감정에 이기지 못하시고 이 불초자를 너무나 생각해주시니 훗날 영원의 천당에서 만나 뵈올 것을 바라오며 또 기도하옵니다. 이 현세現世의 일이야말로 모두 주님의 명령에 달려있으니 마음을 평안히 하옵기를 천만번 바라올 뿐입니다. 분도안 의사의 장남는 장차 신부가 되게 하여 주시길 희망하오며, 후일에도 잊지 마시옵고 천주께 바치도록 키워주십시오. 이상이 대요大要이며, 그밖에도 드릴 말씀은 허다하오나 후일 천당에서 기쁘게 만나 뵈온 뒤 누누이 말씀드리겠습니다. 위아래 여러분께 문안도 드리지 못하오니, 반드시 꼭 주교님을 전심으로 신앙하시어 후일 천당에서 기쁘게 만나 뵈옵겠다고 전해 주시기 바라옵니다. 이 세상의 여러 가지 일은 정근과 공근에게 들어주시옵고 배려를 거두시고 마음 편안히 지내시옵소서." - 아들 도마 올림(안중근 의사의 가톨릭 세례명)

자신의 생명을 마감하는 순간까지도 대한독립을 외쳤던 안중근. 그가 그린 이상사회의 모습은 〈동양평화론〉을 통해 알 수 있습니다. 그는 처형되기 직전의 10일 동안이라는 짧은 기간 동안 〈동양평화론〉의 서序와 전감前鑑, 즉 서론과 제1장 부분을 집필했습니다. 그는 〈동양평화론〉에서 '동양'이란 개념에 대해 '아시아 여러 나라'라는 뚜렷한 인식을 갖고 있었습니다. 동양평화란 아시아의 각 나라가 모두 자주 독립하여 평화롭게 공존하는 것이라고 강조했습니다.

먼저, 그는 동양의 대표국가인 우리나라, 중국, 일본이 각기 독립국으로서 주권을 가져야 한다고 주장했습니다. 또한 공동으로 관리하는 군항을 만들고, 동양평화회의를 조직해야 한다고 했습니다. 이를 통해 서로 협력하여 서구 제국주의의 침략에 공동으로 대응하자고 제안했습니다. 다음으로, 그는 원만한 금융거래를 위해 공동은행을 설립하고, 공용화폐를 발행할 것을 제안했습니다. 그뿐만 아니라 3개국의 청년들로 공동의 군단을 만들고 그들이 2개 이상의 언어를 배우게 해서 형제의 관념을 높일 것을 강조했습니다. 이외에도 한·중·일 세 나라의 황제가 로마 교황을 방문해서 협력을 맹세할 것을 주장했습니다. 이를 통해 세계 민중의 신용을 얻을 수 있을 것이라고 기대했습니다. 이처럼 그가 목숨을 바치면서까지 얻고자 했던 것은 단순한 조선의 독립을 넘어서 동양의 평화였습니다. 안중근은 공동평화연대를 지지하고, 공용화폐를 사용하기를 주장했습니다. 이는 그 당시의 사람들보다 앞선 생각이었습니다.

그렇다면 안중근이 그린 이상 사회를 완벽하다고 할 수 있을까요? 일각에서는 그가 그린 이상세계의 한계를 위정척사론적 충군주의, 서양과의 적대적인 관계설정 등을 들어 설명합니다. 안중근의 사상이 제국주의를 배격하고 국권을 수호하려는 위정척사운동의 논리와 유사하며, 러시아를 비롯한 서양과의 적대적인 관계를 설정한 것은 그의 한계라는 지적입니다. 그러나 안중근은 시대를 앞서간 생각을 한 선각자였습니다. 동아시아 국가들의 평화로운 공존과 협력을 추구하고자 했던 안중근의 사상은 지금의 유럽연합EU과도 유사합니다. 중립지를 설치하고, 이중언어 교육을 실시하는 것은 평화를 위한 현실적이고도 구체적인 제안이었습니다. 안중근은 평화를 사랑하는 모든 사람들이 국가 사이의 이념과 체제를 초월해서 서로 협력하고 화목을 도모하는 세상을 지향한 것입니다. 안중근은 세계를 바라보는 데 있어 인종을 구분하지 않았습니다. 침략하는 사람과 평화를 지지하는 사람으로 구분 지어 생각했다는 점에서 의의를 갖습니다. 오늘 우리에게 안중근의 사상은 깊이를 더하는 사고의 틀을 제공해줄 것입니다.

브리튼을 통일한
아더 왕

　제가 어렸을 때 인기 있던 만화로 〈원탁의 기사 아더 왕〉이라는 것이 있었습니다. 하도 오래전의 기억이라 정확한 기억은 자신할 수 없지만 아더 왕의 용맹과 의리와 신념은 지금도 생생하게 기억납니다. 그 때 친구들과 나무칼을 들고는 엑스칼리버를 쥔 아더 왕 흉내를 내곤 한 기억도 납니다. 그 때 제가 만화에서 배운 것은 영국을 통일한 최초의 영국 왕이 아더 왕이라는 것이었습니다. 하지만 이것은 잘못된 역사지식입니다. 이는 을지문덕을 중국인이라고 하는 것과 같은 심각한 역사 왜곡입니다. 아더 왕은 영국인이 아니고, 브리튼인입니다. 영국잉글랜드과 브리튼은 분명히 다릅니다. 원래 고대 브리튼 섬은 켈트민족의 땅이었습니다. 그러다 1세기에 로마제국의 침략을 받아 속주로 전락했습니다. 수백 년간의 독립항쟁이 있었고, 5세기가 돼서야 아더 왕은 로마군을 몰아내고 브리튼을 독립시켰습니다.

　하지만 브리튼은 이후 또 다른 이민족인 앵글로색슨족의 침공을 받아야 했습니다. 지혜와 용맹을 겸비한 아더 왕은 영국을 브리튼에서 몰아낸 후 분열된 브리튼을 통일한 최초의 브리튼 왕이었습니다. 그래서 아직도 켈트민족의 우상입니다. 하지만 아더 왕이 죽자, 브리튼의 통합력은 급속히 약화됐습니다. 앵글로색슨족이 재침공해 브리튼 섬의 동남부를 강점하기에 이릅니다. 그렇게 세워진 나라가 바로 앵글로색슨족의 땅으로 잉글랜드입니다.

영국은 언젠가 아더 왕의 정신이 되살아나는 것이 두려워서 역사를 조작하기에 이릅니다. 아더 왕의 일대기를 역사에서 전설로 격하시켰습니다. 이것은 식민사관입니다. 그래서 아직도 우리는 아더 왕을 전설 속의 인물쯤으로 여깁니다.

아더 왕은 어떻게 브리튼을 통일했을까요? 그는 소통에 천부적 재능이 있었습니다. 왕궁 카멜롯을 개방해 모든 백성이 드나들게 했습니다. 회의실에는 원탁을 놓았습니다. 이 원탁에서 왕과 기사들이 대등한 방식으로 토론했습니다. 신하들이 아무리 거슬리는 소리를 해도 다 받아들였습니다. 불통不通은 분열을 낳습니다. 분열은 공동체를 병들게 합니다. 소통은 통합으로 이어지게 합니다. 통합은 공동체를 치유로 이끕니다. 그에게는 신검神劍 엑스칼리버가 있었습니다. 모든 전투에서 그는 맨 앞에 섰습니다. 그는 조국을 위해 너무도 헌신적으로 싸우다가 결국은 캄란전투에서 전사했습니다. 그리고는 아발론 섬에 묻혔습니다.

이후 켈트민족은 잉글랜드의 하위주체로 전락했습니다. 무려 1,500년이 지난 지금까지 스코틀랜드와 웨일즈의 독립, 아일랜드의 통일 문제들이 브렉시트와 연결돼 세계에서 가장 복잡한 상황이 전개되고 있습니다. 가톨릭을 믿는 켈트민족은 아직도 아더 왕이 아발론 섬에서 다시 돌아와 자신들을 구해주기를 간절히 염원하고 있습니다. 타산지석은 금은보화보다 훨씬 더한 가치가 있습니다.

오늘 우리의 상황이 로마제국과 앵글로색슨의 침략성을 그대로 드러내는 옛 브리튼과 다르지 않습니다. 제임스 조이스의 『율리시즈』에는 이런 구절이 나옵니다. "우리 아일랜드는 아직도 두 주인을 섬겨야 하는 종들입니다." 로마제국과 잉글랜드의 식민지였는데, 아직도 그 잔재를 쓸어내지 못함을 한탄하는 말입니다.

지금 우리는 열강들로부터 여러 어려움을 겪고 있습니다. 언젠가 아더 왕 같은 지도자가 나타나서 우리 민족을 구해야 주기를 고대합니다. 왜곡된 역사를 바로잡아 사대주의를 없앨 지도자! 남쪽의 모든 지역, 모든 계층과 소통해 아우르고 북한과도 대화해 민족화해를 이룰 수 있는 지도자! 강대국들에 굴종하지 않고, 마음의 엑스칼리버를 휘둘러 민족주체성을 똑바로 세울 수 있는 지도자! 분열된 우리 민족이 화해와 통일로 나아가도록 참된 지혜와 용기를 겸한 지도자가 나와야 합니다. 오늘 문득 고등학교 때 가슴 깊이 되새겼던 민족지사의 시가 생각납니다.

광야

이육사

까마득한 날에
하늘이 처음 열리고
어데 닭 우는 소리 들렸으랴.

모든 산맥들이
바다를 연모해 휘달릴 때도
차마 이곳을 범하던 못하였으리라.

끊임없는 광음을
부지런한 계절이 피어선 지고
큰 강물이 비로소 길을 열었다.
지금 눈 내리고

매화 향기 홀로 아득하니

내 여기 가난한 노래의 씨를 뿌려라.

다시 천고千古의 뒤에

백마白馬 타고 오는 초인이 있어

이 광야에서 목놓아 부르게 하리라.

　이 시는 '광야'라는 광활한 공간과 현실 초월적인 시간 인식을 바탕으로, 일제 강점기의 암담한 현실을 극복하고자 하는 의지와 조국의 광복을 염원하는 미래 지향적인 신념을 드러낸 저항시입니다. 시인은 광야에서 태초를 포함한 역사를 생각하고, 현재가 민족적 비극의 시기이지만 반드시 밝은 미래가 올 것이라고 확신하며 자신을 희생할 것을 다짐하고 있습니다. 이 시는 '과거-현재-미래'의 시간적 흐름에 따라 시상을 전개하고, 다양한 시적 상징과 힘차고 강렬한 남성적 어조를 사용하여 주제를 효과적으로 드러내고 있습니다. 우리나라가 해방된 지가 오랜 세월이 흘렀음에도 이 시가 생각나는 것은 아직 우리민족은 온전한 해방이 아닌 분단조국이기 때문입니다. 온전한 회복은 통일한국을 이루는 길입니다.

1076일, 잊을 수 없는
'세월호 영웅들'을 다시 불러봅니다

마지막 순간까지 다른 사람을 살리기 위해 자신을 희생한 사람들이 있습니다. 세월호 선장과 선원들이 일찌감치 도망칠 때 제 자리에서 자신의 역할을 이어나갔던 '보통 사람들'. 제자들을 구하려 탈출이 어려운 곳으로 간 선생님들, 같은 반 친구에게 구명조끼를 건넨 학생, 끝까지 선내 방송을 포기하지 않았던 승무원, 자발적으로 실종자 수색에 나섰다가 트라우마에 시달리며 목숨을 잃은 잠수사가 그들입니다.

2017년 3월 26일 세월호가 1075일 만에 마침내 전체 모습을 드러냈습니다. 처참히 녹슨 선체는 '잊지 않겠다'고 다짐했던 얼굴들을 떠올리게 합니다. 2014년 4월 16일, '세월호 침몰'의 순간 우리 곁에 머물렀던 영웅들을 정리해봤습니다.

'영원한 스승'으로 남은 선생님들이 있습니다. '가만히 있으라'는 선내 방송을 듣고 가만히 자리를 지켰던 아이들, 이때 선생님들마저 없었다면 어떻게 됐을까요? 단원고 학생 325명과 함께 세월호에 탔던 선생님 11명이 침몰하는 배에서 제자들을 지키다 숨지거나 실종됐습니다.

최혜정 선생은 탈출하기 가장 쉬웠던 5층 객실에서 아이들이 있는 4층 객실로 뛰어 내려갔습니다. "너희 내가 책임질 테니까 다 갑판으로 올라가!"라고 외치고 아이들을 안심시키기 위해 단체카톡방에 "걱정하지 마. 너희부터 나가고 선생님 나갈게"라고 적었습니다. 그는 끝내 나오지 못했습니다.

일본어를 가르쳤던 유니나 선생도 5층 객실에서 아이들을 구하려고 아래층으로 내려간 뒤 실종됐습니다. 유 선생은 참사 54일째인 2014년 6월 8일 3층 식당에서 구명조끼도 입지 않은 상태로 발견됐습니다. 유 선생이 담임을 맡았던 1반 학생들은 10개 반 가운데 가장 많은 19명이 구조됐습니다.

쏟아져 내리는 구명조끼를 모두 학생들한테 양보하고 배에서 빠져나가라고 외쳤던 고창석 선생, 비상구 앞에서 학생들을 탈출시키던 남윤철 선생 등도 최후까지 제자들 곁을 지켰습니다. 세월호 참사 3년이 지난 이제야 '순직殉職' 인정을 받은 이들이 있습니다. 김초원·이지혜 선생은 기간제 선생이라는 이유로 미뤄졌었습니다. 강 모 교감은 '스스로 목숨을 끊었다.'는 이유에서 아직도 인정받지 못하고 있습니다. 강 교감은 유서遺書에 "교육청에서는 저 혼자에게 책임을 지워주세요. 누구에게도 책임을 넘기지 말고…"라고 적었습니다. 그의 죽음은 순직이 아닌 '공무상 사망'으로 처리됐습니다. '영원한 스승'으로 남을 이들 선생들의 이름은 '남윤철, 최혜정, 고창석, 김응현, 김초원, 이해봉, 양승진, 박육근, 유니나, 전수영, 이지혜, 그리고 강 모 교감' 입니다.

비겁한 선장 대신한 세월호 승무원들이 있었습니다. 선장과 항해사, 기관사까지 중책을 맡은 사람들이 모두 달아난 세월호에 끝까지 본분을 잊지 않았던 승무원들이 있었습니다. 박지영 승무원은 배가 기울어지기 시작하자 학생들에게 구명조끼를 건네고 급히 대피시킨 뒤 안타깝게 숨졌습니다. 당시 구조된 한 학생은 "승무원 언니에게 '언니도 어서 나가야죠.'라고 하자 '너희들 다 구하고 난 나중에 나갈게. 선원이 마지막이야'라고 말했다."고 증언했습니다. 박 승무원은 승객 50여명이 안전하게 탈출할 수 있도록 '생명의 다리'를 만든 것으로 알려졌습니다. 배가 기울어

벽이 바닥이 되자 탈출에 걸림돌이 되었던 '문이 열린 출입문'을 닫아 승객들이 무사히 다른 출구로 가도록 했던 것입니다.

아내와의 마지막 통화에서 "아이들 구하러 가야 돼."란 말을 남긴 양대홍 사무장도 끝까지 자리를 지켰습니다. 전화를 끊은 뒤 3층 선원 식당 칸으로 승객을 구하러 갔던 그도 한 달여 뒤 끝내 주검으로 돌아왔습니다. 두 승무원은 각각 2014년 5월, 2015년 6월에 의사자로 인정됐습니다.

최초 신고, 구명조끼 양보한 어린 영웅들도 있었습니다. 해양경찰대원들이 우왕좌왕하며 적극적인 구조를 벌이지 않을 때, 당시 17살이었던 정차웅 군은 자신의 구명조끼를 친구에게 양보하고 또 다른 친구를 구하기 위해 바다로 뛰어들었습니다. 정 군은 참사 당일 침몰 해역에서 어업지도선에 의해 발견됐습니다. 구명조끼를 입지 않은 채였습니다. 병원으로 옮겨져 심폐소생술을 받았지만, 결국 숨졌습니다.

첫 신고를 한 것도 단원고 학생 최덕하 군이었습니다. 최 군은 당일 오전 8시 52분 전남소방본부 119상황실에 전화를 걸어 "배가 침몰하고 있다."고 알렸습니다. 이 신고를 받고서야 소방본부는 목포해경에 상황을 알렸고, 6분 뒤 해경 경비정이 현장을 향해 출동했습니다. 그러나 최 군은 구조선을 탈 수 없었습니다. 최 군은 참사 여드레 만인 4월 24일 4층 선미 객실에서 발견됐습니다.

단원고 학생 양온유, 김주아 양도 친구가 먼저였습니다. 이들은 이미 갑판 위에 있어 다른 학생들과 곧 구조될 수 있었지만 친구를 구하겠다며 배 안으로 들어갔다 숨진 것으로 알려졌습니다.

트라우마에 시달리는 의인들도 있었습니다. 선량한 이들에게 세월호 참사는 가혹한 짐이 되기도 했습니다. 2016년 6월 '세월호 의인'으로 불리던 김관홍 잠수사가 오랜 트라우마와 후유증에 시달리다 세상을 떠났습니다. 그는 참사 일주일 뒤 자발적으로 수중 선체 수색 작업에 합류했습니다. 그는 큰 공사 계약을 포기하고 세월호 구조를 택했습니다.

당시 잠수사들은 바지선에서 컵라면으로 허기를 채우며 하루 너댓번 씩 수심 40미터 바닷속으로 뛰어들었습니다. 김 잠수사 또한 무리하게 잠수를 한 탓에 목과 허리에 디스크가 왔고, 왼쪽 허벅지 마비 증상 등 후유증을 겪어야 했습니다. 급기야 20여 년간 해 온 잠수를 접어야 했고, 아내의 꽃가게 일과 대리운전으로 생업을 이어가며 세월호 진상규명 활동에 앞장서 왔습니다. 2015년 12월, 4·16세월호참사특별조사위원회 1차 청문회에 증인으로 출석한 그는 "나는 당시 생각이 다 난다. 잊을 수도 없고 뼈에 사무치는데 고위 공무원들은 왜 모르고 기억이 안 나느냐?"며 일침을 놓기도 했습니다. 김탁환의 소설 『거짓말이다』는 그의 실화를 토대로 쓰였습니다.

'파란 바지의 구조 영웅' 김동수 씨의 사연은 여러 사람을 안타깝게 했습니다. 화물트럭 운전기사였던 그는 배 안의 소방호스를 이용해 단원고 학생 20여 명을 구했지만 이후 심각한 트라우마에 시달려야 했습니다. 2015년 세월호 특조위 1차 청문회에 참석해 증인의 답변을 듣던 그는 "억울하다"고 외치며 자해自害를 시도해 세월호가 남긴 심리적 상처를 환기시키기도 했습니다.

광장의 촛불,
국민들이 이룬 성과

 국정농단사태를 규탄하며 2016년 10월 29일 광화문광장에서 시작된 촛불집회는 2017년 3월 10일까지 참가인원 1600만여 명을 돌파했습니다. 국정농단사태의 책임을 묻는 탄핵정국으로 접어든 뒤 헌법재판소의 대통령파면에 이르기까지 '촛불'은 주권자로서 국민의 힘을 여실히 보여 줬습니다. 주권자로서 국민들이 전면에 등장한 역사적인 사건이었습니다. 우리 현대사에서 국민들이 주권자로서 이렇게까지 주장을 해본 사례가 없었습니다. 1987년 항쟁의 경우 군부독재를 물리치고 직선제를 쟁취했지만 국가와 정부란 무엇인지 근본적인 질문과 주장까지는 이르진 못했습니다.

 국민들이 수차례 촛불집회를 통해 이제는 부패한 권력에 어떻게 대항해야 하는지, 국가의 정당성의 원칙은 무엇인지 스스로 깨닫게 되었습니다. 이제 정부와 정치권은 시민들을 절대 쉽게 보지 못합니다. 시민들이 외친 주장에 무조건 답을 해야 하는 입장인 것입니다. 역사적으로 보면 혁명이라고 하는 것은 대개 폭력성이 수반되어 있었습니다. 하지만 촛불집회는 혁명적 변화에 준하는 것을 이룩하면서 이를 평화적인 방식으로 이뤄냈다는 점에서 굉장한 의의가 있습니다. 촛불집회는 대의민주주의의 한계를 짚으면서 국민들이 직접 외치는 민주주의가 어떤 것인지 보여 줬습니다. 이러한 새로운 방식의 혁명은 장차 혁명에 있어서 하나의 모델이 될 것입니다.

국정이 어려운 상황을 맞아 광장에서 외치는 촛불국민들의 목소리가 주요 분수령이 됐습니다. 국민들은 촛불집회에서 내가 원래 갖고 있던 헌법적 권리를 자각, 발견했고 이를 실현해갔습니다. 이러한 국민들의 힘은 '정치적 효능'을 발휘했고 박근혜 전 대통령 탄핵소추안을 가결시켰고 헌법재판소에서 만장일치로 대통령파면을 이루어냈습니다. 매주 주말에 시민들이 나와서 국회, 헌재, 검찰, 심지어 대통령까지 움직인 것입니다. 집단적인 힘을 통해 공적권력을 원하는 방향으로 움직이는 경험을 국민들이 했습니다. 이러한 힘을 발휘한 촛불집회의 누적인원은 어느덧 1600만 명을 넘어섰습니다.

김 훈의 『칼의 노래』에 나오는 말입니다. "배를 띄워주는 것도 물이고, 배를 나아가게 하는 것도 물이지만 배를 뒤집는 것도 물이다. 때로는 배를 띄워주고, 때로는 배를 나아가게 하고, 때로는 배를 뒤집기도 하면서 역사의 물줄기는 도도히 흘러간다. 우리가 탄 배와 몸과 칼과 생선이 그 물줄기 위에 떠 있다."

어찌 보면 아무 힘이 없는 듯한 국민들이 들고 나온 촛불입니다. 그러나 그 촛불이 모여 역사의 물줄기를 바꿔놓았습니다. 가장 약한 것 같은 물이 가장 큰 힘입니다. 그 물줄기 위에서 배와 그 배에 탄 사람들과 사람들의 도구가 있습니다. 바로 이 물과 같은 존재가 주권의 주인인 국민입니다. 이 국민의 지지와 성원과 기대 위에 정치도 있습니다. 촛불집회는 국민이 역사의 물줄기를 바꿔낸, 우리나라 민주주의 역사에서 길이 빛날 사건이었습니다. 1600만 명이 넘는 촛불국민들이 이룬 성과가 묻히지 않기 위해서는 이를 국가 시스템에 반영하는 정치권의 움직임이 중요합니다.

그동안의 촛불집회로 대한민국의 정치, 행정을 지배해왔던 엘리트집단들이 얼마나 무능한지 잘 드러났습니다. 촛불집회가 미완의 혁명으로 그치지 않으려면 촛불에서 나타난 목소리를 국가 시스템에 얼마나 도입하느냐, 정치권이 여기에 대한 의지를 얼마나 갖느냐가 중요합니다. 촛불집회는 박노해 시인이 말했던 수많은 불빛들이 하나가 된 민주주의가 살아난 빛이었습니다.

그러니 그대 사라지지 말아라

지금 세계가 칠흑처럼 어둡고
길 잃은 희망들이 숨이 죽어가도
단지 언뜻 비추는 불빛 하나만 살아 있다면
우리는 아직 끝나지 않은 것이다.
세계 속에는 어둠이 이해할 수 없는
빛이 있다는 걸 나는 알고 있다.
거대한 악이 이해할 수 없는 선이
야만이 이해할 수 없는 인간정신이
패배와 절망이 이해할 수 없는 희망이
깜박이고 있다는 걸 나는 알고 있다.
그토록 강력하고 집요한 악의 정신이 지배해도
자기 영혼을 잃지 않고 희미한 등불로 서 있는 사람
어디를 둘러보아도 희망이 보이지 않는 시대에
무력할지라도 끝끝내 꺾어지지 않는 최후의 사람
최후의 한 사람은 최초의 한 사람이기에
희망은 단 한 사람이면 충분한 것이다.
세계의 모든 어둠과 악이 총동원되었어도

결코 굴복시킬 수 없는 한 사람이 살아 있다면
저들은 총체적으로 실패하고 패배한 것이다.
- 박노해, 『그러니 그대 사라지지 말아라』, 느린걸음, 2010 중에서 -

쉽게 사라지지 않은 희미한 불빛들이 이루는 파도 한 가운데에서, 어둠을 밝히는 촛불 아래에서 희망과 저항의 메시지들은 작지만 강하게 빛을 발했습니다. 간절한 국민의 열망을 외면하려는 권력자들의 반응에 굴하지 않는 국민들의 힘을 봤습니다.

조금씩 조금씩 꾸준히

꽃도 별도 사람도 세력도
하루아침에 떠오르고 한꺼번에 무너지지 않는다.
조금씩 조금씩 꾸준히 나빠지고
조금씩 조금씩 꾸준히 좋아질 뿐
사람은 하루아침에 변하지 않는다.
세상도 하루아침에 좋아지지 않는다.
모든 것은 조금씩 조금씩 변함없이 변해간다.
- 박노해, 『그러니 그대 사라지지 말아라』, 느린걸음, 2010에서 -

국민들은 절망스러운 현실에 저항하고자 하는 불빛이 각자의 마음 한 구석에 불타고 있었음을 서로 확인하고 전율했습니다. '촛불집회'가 그저 추억으로만 간직하게 되지 않기 위해 박노해 시인의 시는 우리를 일깨워 줄 것입니다. 더욱 혼란스러워질 수도 있는 현실에서 이것을 마음에 깊이 새겨봅니다. 그들은 '민주주의는 시끄러운 것'이라는 점을요.

민주주의는 시끄러운 것

거리와 광장이 시위함성으로 살아 있는 나라
머슴인 대통령과 권력자에게
언제든 정당성을 묻고 감시 통제하는 나라
집회와 시위와 파업은
권리가 아니라 주인의 의무
민주공화국은 주인들 모두가
'전문 시위꾼'인 나라이다.
알겠는가, 머슴들아.

- 박노해, 『그러니 그대 사라지지 말아라』, 느린걸음, 2010에서 -

우리나라는 촛불집회 이전과 이후, 국민의 질적인 차이가 있습니다. 지난 5월 9일 대통령 선거는 하나의 성찰의 시간이기도 하였습니다. '왜 이렇게 되었지?'라고 정치인들도, 유권자들도 '내 몫의 책임'이 뭐였는지 돌아볼 수 있는 기회였습니다. 그러면서 미래에 대한 자기 책임을 모색하고 있습니다. 그것이 문재인 대통령 당선으로 나타났고, 문재인 대통령은 자신의 승리가 아니라 민주당과 국민 모두의 승리라고 말하면서 국민대통합으로 새로운 시대를 열어 갈 것을 다짐했습니다.

촛불집회 이후 대통령 탄핵과 파면을 전후해서 헌법과 정치와 관련된 책들이 뒤늦게 소환되고, 국민들이 많이 찾는 현상이 일어났습니다. 집회 현장에서 '이게 나라인가'라는 구호도 나오고, 헌법 제 1조도 다시 생각해보게 되었습니다. 그러면서 대통령이 왕이 아니라는 뜻, 국민의 의사에 어긋나는 행위를 할 경우에 쫓아낼 수 있다는 걸 눈앞에 보여줬습니다. 그러므로 촛불집회 현장은 민주주의의 제도, 운영방식, 민주주의 사상의 현실적 의미에 대해 답을 찾아보고 되돌아보는 학습장이었습니다. 이것이 광장에서 몇 달째 진행됐습니다.

대통령파면,
끝난 게 아닙니다

2017년 3월 10일 헌법재판소가 박근혜 전 대통령의 파면을 결정하면서 차기 대통령을 뽑는 5월 9일 대선이 현실화됐습니다. 현직 대통령이 비선 실세에 의한 국정농단의 공모자로 대통령직에서 파면된 것은 헌정 사상 유례가 없을뿐더러 우리 사회가 다시 되풀이하지 말아야 할 비극이 었습니다. 헌재의 결정을 받아들이면서도 국민 과반의 지지를 받아 당선된 대통령을 파면할 수밖에 없는 것은 우리 공동체로서도 결코 환호하거나 환영할 만한 일은 아니었습니다.

승자도 패자도 없습니다. 박근혜 전 대통령이 헌정사상 처음 탄핵되고 파면된 것은 누가 이기고 진 것이 아닙니다. 다시는 되풀이되지 말아야 할 불행한 역사입니다. 2017년 3월 10일 역사는 이렇게 기록될 것입니다. "대한민국 국민은 자신들이 뽑은 대통령을 헌법 절차에 따라 파면했다. 파면을 요구하는 민의는 평화적이었으며, 절차는 헌법질서에 따랐다. 대통령이라도 법 앞에 평등함이 확인됐다."

법치法治는 당연하고 평범하지만, 이렇게 무섭습니다. 아버지에 이어 딸 대통령의 비극적 퇴장을 보는 국민의 마음은 안타까웠습니다. 그러나 그 비극이 주는 메시지는 선명합니다. 최고 권력자가 개인적인 정치에 빠지면 안 된다는 것입니다. 민주국가는 권력자의 자의적 권력행사, 즉 인치人治를 막기 위해 '법의 지배'를 명했습니다. 이 당연한 진리를 외면해 권력자들은 불행한 결말을 맞습니다.

박근혜 전 대통령은 첫 여성 대통령이자 부녀父女 대통령이었습니다. 가장 질색하는 말이 '독재자의 딸'이었습니다. 그래서 '법과 원칙'을 앞세웠지만 말과 행동은 달랐습니다. 국회를 무시해 헌법상 대의민주제를 훼손했고, 여당을 청와대의 하부기관처럼 대했으며, 청와대는 왕정시대의 구중궁궐처럼 여겼습니다. '조국 근대화'의 시대가 끝난 지 오래입니다만, 박근혜 전 대통령은 아버지 시대를 살았습니다. 달라진 민주화 세대의 소양을 갖추지 못한 채 대통령에 취임한 것은 그의 비극이자, 나라의 불운이었습니다.

박근혜 전 대통령은 2013년 2월 25일 "나는 헌법을 준수하고 국가를 보위하며…"로 시작되는 대통령 선서를 하고 취임했습니다. 그러나 선서의 첫머리인 '헌법 준수' 의무를 지키지 않았습니다. 탄핵을 결정한 헌법재판소도 이 점을 가장 중시했습니다. 최순실의 국정 개입 사실을 철저히 은폐하고 검찰과 특검의 조사에 응하지 않은 것으로 볼 때, '헌법 수호 의지가 드러나지 않아 용납할 수 없다'고 판시했습니다.

헌법재판소는 박근혜 전 대통령이 최순실의 국정 개입을 허용했고, 최순실의 이익을 위해 대통령의 지위와 권한을 남용했으며, 기업의 재산권을 침해했다고 판단했습니다. 박근혜 전 대통령은 '대의민주제 원리와 법치주의 정신을 훼손'했으며 '국민의 신임을 배반한 것으로 중대한 법 위배 행위'라고 적시했습니다. 구소련의 유대인 자유운동가인 나탄 샤란스키의 말입니다.

"누구든지 광장 한가운데로 나가 많은 사람 앞에서 자신의 견해를 체포, 구금, 물리적 위해에 대한 두려움 없이 발표할 수 있다면 그 사회는 자유사회입니다. 하지만 두려움 때문에 그렇게 하지 못하는 사회라면 그 사회는 공포사회입니다. 정치적 견해 때문에 블랙리스트를 만드는 사회는 자유사회가 아닙니다."

역사에서 배우지 못하는 국가와 민족, 지도자에게는 미래가 없습니다. 5월 9일 대통령 선거에서 당선된 대한민국 19대 문재인 대통령은 전임 대통령의 불행한 전철을 밟아서는 안 될 것입니다. 우리에겐 시간이 없습니다. 문재인 대통령은 정권 인수위원회도 없이 바로 임기를 시작했습니다. 지난 대선 때의 검증 소홀이 불행한 역사로 이어진 일을 반면교사反面敎師로 삼아야 할 것입니다.

민주화 이후 처음으로 과반수 득표(51.6%)를 한 박근혜 전 대통령의 파면이 주는 교훈은 명백합니다. "물은 배를 띄우기도 하지만 뒤집기도 한다水則載舟 亦能覆舟"는 것입니다. 배는 국가지도자요, 물은 국민이라는 건 설명이 필요 없습니다. 국가지도자를 꿈꾸는 사람이라면 민심을 겸허히 받아들이는 일부터 시작해야 하며, 국가지도자가 되고서도 민심을 두려워하고 잊지 말아야 합니다.

그러기 위해서는 무엇보다도 소통이 필요합니다. 박근혜 전 대통령은 국민과 소통하라는 지적을 끝내 무시하다 파국을 맞고 말았습니다. 소통은 감언甘言을 물리치고 고언苦言을 찾는 노력에서 출발합니다. 양쪽 귀를 모두 열어 두루 들어야 합니다. 대통령이란 어느 진영이나 세대만이 아니라 전 국민의 지도자인 까닭입니다.

고언은 저절로 찾아오지 않습니다. 언로言路를 활짝 열어놓아야 합니다. 그러려면 주변을 투명하게 관리해야 합니다. 측근들에게 막연하지 않고, 뚜렷이 구분된 역할을 맡기고, 책임소재를 분명하게 해야 합니다. 자칫 역할과 책임이 모호해지면 힘이 어느 한쪽으로 쏠리고, 그것이 곧 문고리 권력을 키우는 온상이 되며, 비선 실세가 드나드는 뒷문을 만들게 되는 것입니다.

또한 권력을 분산해야 합니다. 대통령 혼자서 모든 것을 결정하는 만

기친람萬機親覽*과 같은 구조로는 안 됩니다. 오늘날 사회가 너무나 복잡다기해졌습니다. 역량 있는 전문가들에게 과감히 권한을 나눠주고, 책임 있게 국정에 참여하도록 해야 할 것입니다. 대통령은 세세한 곳까지 간섭할 게 아니라 각 부문의 이해를 조정하고 통합해 최선의 결과를 얻을 수 있도록 큰 그림을 그려야 합니다. 역대 많은 대통령이 그렇지 못하고 권력을 움켜쥐고서 제왕적 대통령으로 군림하다 좋지 못한 말로를 맞게 되었습니다.

이런 지도자의 덕목을 대통령이 되고 난 다음에 실천하겠다면 너무 늦습니다. 후보 때부터 마음가짐을 다져야 합니다. 특히 차기 대통령은 인수위원회 활동 없이 당선 직후 바로 임기가 시작되기 때문에 더욱 그렇습니다. 문재인 대통령이 풀어야 할 과제의 크기가 역대 어느 대통령 때보다 크고, 어쩌면 그의 리더십 여하가 앞으로 수십 년 간 우리 공동체의 명운命運을 좌우할 가능성이 큽니다. 단순히 전 정권 심판구도에 안주해서는 안 됩니다. '탄핵 대통령의 비극'을 되풀이하지 않기 위해 미래를 위한 대안代案 제시와 함께 국가 경영능력을 제대로 보여주기 바랍니다.

분열과 혼란의 터널은 끝났습니다. 위대한 대한민국 국민이 새날을 열었습니다. 대한민국 공동체 구성원 모두의 염원을 펼칠 때가 왔습니다. "모든 권력은 국민으로부터 나온다."는 민주주의 대원칙을 이처럼 명명백백하게 보여 준 사건이 70년 헌정 사상 일찍이 없었습니다. 문재인 대통령은 탄핵 과정에서 분열된 민심을 통합할 수 있는 대책을 제시해야 합니다. 화해와 치유의 최전선에 나서야 합니다. 현행 권력 구조에 관한 성찰을 토대로 근본적인 토론도 필요합니다. 갈등을 조정, 통합할 책임은 대통령과 국회, 정당에 있습니다. 국난 극복의 국민적인 지혜를

* 임금이 모든 정사를 혼자 처리하는 것을 말합니다.

모아야 합니다.

　오늘 우리의 정치현실을 보면서 진정한 리더십이란 무엇일까 생각해 봅니다. 지도자는 단지 효율적으로 일 처리하는 사람이 아닙니다. 리더는 '올바른 일'을 하는 사람입니다. 지도자는 목표달성을 위해 수단과 방법을 가리지 않는 사람이 아니라, 올바른 가치관에 따라 움직이는 사람입니다. 지도자는 자기의 장단점을 정확히 알고 자기의 약점을 극복하기 위해 노력하는 사람입니다.

　지도자는 명암明暗의 칼 끝 위를 걸어가는 사람입니다. 자기가 가는 길이 올바른 길인지 항상 날카로운 눈으로 자신을 돌아보아야 합니다. 그 방법은 두 가지입니다. 하나는 스스로 돌아보는 자기 성찰의 방법이고, 또 하나는 다른 사람을 통해 자신을 비춰보는 방법입니다.

　지금 우리는 내우외환內憂外患에 처해 있습니다. 안으로는 정치적인 혼란이 거듭된 가운데 경제는 뒷걸음치고 불황 속에 청년 실업과 빈부격차는 심화되고 있습니다. 바깥으로는 북한 김정은이 잇단 신형 미사일 발사로 도발을 계속하고 있습니다. 한·미 양국의 사드 배치 착수와 중국의 전면적인 보복으로 안보 위기가 상존하고 있습니다. 새로운 통합의 리더십을 세워 위기를 극복해 나가야 합니다. 이걸 대통령 혼자서 할 수는 없습니다. 여소야대 국회로서도 불가능합니다. 결국 협치協治를 할 수밖에 없습니다. 그저 새로운 대통령을 선출한 것으로 국민적 의미를 다했다고 할 수 없습니다. 앞으로도 우리 국민은 정치적이어야 합니다. 잘하는 것에 지지해주고 성원하고, 잘못하는 것에 감시감독하고 비판해야 합니다. 우리는 국난國難을 슬기롭게 극복하는 지혜의 DNA를 가진 국민입니다. 언제나 그랬듯이, 우리는 할 수 있습니다.

지도자,
타인의 아픔에 불편한 사람

대통령 선거운동이 한창이던 한 달여 동안 후보들로부터 많은 말을 들었습니다. 집에 각 후보들의 선거공약집이 배달돼 오기도 했습니다. 그리고 수시로 여러 후보들의 녹음전화가 왔습니다. 문자메시지로도 왔습니다. 보지 않았습니다. 정치인들의 공약은 언제나 피부로 느껴지지 않고, 진정성을 읽을 수 없기 때문이었습니다. 대선 후보자들의 TV 토론도 그랬습니다.

국민들은 그들을 두고 '무능한 목사님, 낮술 먹은 할아버지, 화난 초딩 전교 1등, 깐깐한 교수, 운동권 누나'라 불렀습니다. 말은 청산유수, 진수성찬이었지만, 먹을 것 많은 뷔페를 다녀오고 난 뒤 속이 더부룩한 듯한 느낌이었습니다. TV 토론을 시청한 후 남는 것은 그들의 험한 말들뿐, 정책은 없었습니다.

대선 후보들의 공약들이 난무하던 어느 날, 라디오에서 흘러나오는 한 멘트가 제 귀를 잡았습니다. 2017년 5월 1일자 〈워싱턴포스트〉를 인용한 내용이었습니다. "트럼프 대통령은 취임 100일간 무려 488번의 거짓말이나 오도 발언을 했습니다. 한 번도 거짓 주장을 하지 않은 날은 10일에 불과했는데 그중 6일은 자신 소유의 골프장에서 시간을 보낼 때였습니다."

기사를 찾아보니, 트럼프는 임기가 끝날 때면 '피노키오'가 되어 있을 거라는 비판이었습니다. 게다가 정치나 외교 협상과정을 마치 폐지처럼 여기는 트럼프를 보면서, 그가 요구하는 사드 비용 10억 불도 허망한 소리로 들렸습니다. 마치 노름판에서 던지는 배팅 금액처럼 말입니다. 그는 마치 상대방의 감정을 후벼 파는 도박꾼 같았습니다. 그런데 이 트럼프를 벤치마킹한 것 같은 대선 후보들이 있었습니다.

정치지도자는 힘이 센 사람, '스트롱맨'이 되어야 한다면서 트럼프처럼 허세를 부리는 사람이 적지 않았습니다. 그 '스트롱맨'들에 대한 막연한 갈망은 지도자의 불의와 부도덕, 부패를 용인했습니다. '히틀러'나 '박정희'를 불러왔습니다. 또 지난 십 년 뭘 해도 좋으니 경제만 살리면 된다는 식의 사고는 결국 '이명박'과 '박근혜'를 만들었습니다.

자신의 힘을 과시하는 지도자는 포퓰리즘Populism에 능숙합니다. 흔히 대중추수주의라 이해하는 포퓰리즘은 원래 포퓰루스populus·백성에서 온 말입니다. 그런데 정작 포퓰리즘에 능숙한 정치지도자에게 포퓰루스는 안중에도 없습니다. 오직 권력만 중요할 뿐입니다.

대중을 선동하고 선거철에만 굽실거리는 정치인에게는 자신의 비전만 있지, 타인에 대한 배려나 비전이 없습니다. 그들에게는 길가에 쓰러져 있는 유대인을 봤을 때 사마리아인이 느낀 '불편한 감각sense of disease'이 없습니다. 강도를 당한 타인을 보고 느끼게 되는 그 불편한 감각이야말로 사람이 사람다움을 유지하는 하나님의 선물입니다. 이 불편한 마음들이 모여 '2014년 4월 16일 세월호 참사'의 죽음을 기억하게 했습니다. 하지만 자기중심적인 포퓰리스트에게는 타자로부터 오는 그 불편한 선물은 주어지지 않습니다.

며칠 전 뉴스를 보다가 분노했습니다. 시각 장애인들이 이용하는 점자블록을 '미관상 좋지 않다'는 이유로 철거하고 있다는 소식이었기 때문입니다. 위험해서도 아니고, 그저 보기 좋지 않다는 이유로 점자블록을 철거한다는 소식에 분노를 감출 수가 없었습니다. 이렇게 또 많은 사람들이 세상 밖으로 밀쳐지는구나 생각하니, 깊은 절망이 떠올랐습니다.

제가 고등학교 2학년 때의 일입니다. 몸이 너무 아파서 걷기조차 힘들던 때가 있었습니다. 원인모를 고열로 뼈마디가 쑤시고 아파서 누군가 제 몸을 살짝 건드리기만 해도 소리를 칠 정도였습니다. 몇 날, 며칠을 집에서 요양하다가 몸이 괜찮아진 것 같아 외출을 했습니다. 그러나 제 앞을 가로막고 있는 수많은 계단 앞에서 저는 어찌할 줄 몰랐습니다. 완치되지 않은 몸으로 계단을 다 오를 수가 없었기 때문이었습니다. 앞을 가로막고 있는 수많은 계단 앞에서 제 의지와 상관없이 세상 밖으로 밀려나는 느낌을 받았습니다. 제 힘으로 넘어설 수 없는 아주 높고 단단한 벽에 둘러싸여 혼자 갇혀있는 느낌… 그것은 제가 살면서 경험한 절망 중에 가장 크고 무거운 것이었습니다.

점자블록 철거 소식을 들으면서 그때의 감정이 떠올랐습니다. 얼마나 많은 사람들이 세상 밖으로 밀려나는 절망에 빠질까 하는 생각에, 화가 났습니다. 많이 좋아졌다고 하지만 여전히 우리 사회에는 소외당하는 사람들이 많습니다. 몸이 불편한 장애인, 비정규직 노동자, 이주노동자, 성소수자… 누군가를 밀어내지 않고 함께 더불어 살아가는 세상, 그런 나라가 우리 가운데서 펼쳐지기를 소망합니다.

이제 우리나라에 새로운 대통령이 선출됐습니다. 새 대통령이 시민의 아픔에 공감하고 불편해하길 기대해 봅니다. 부디 대통령의 그 불편한 마음으로부터 정의와 자유를 위한 모든 공적인 행동이 시작될 수 있기 때문입니다. 다행인 것은 문재인 대통령은 강한 정부, 강력한 지도력을 외치지 않았습니다. "나를 따르라!", "나만 최고다!"하지 않았습니다. 연설도 토론도 어눌하기도 했습니다. 그런데 그게 참 좋았습니다. 그러니 겸손하고, 그러니 남의 이야기를 들을 수 있을 것입니다. 대통령 취임연설에서 제가 인상 깊게 들은 것입니다. "기회는 평등할 것입니다. 과정은 공정할 것입니다. 결과는 정의로울 것입니다." 말로만이 아니라 실제로 비정규직노동자 문제, 세월호 참사의 미수습자 문제에 민감하게 반응하는 대통령의 모습에 저도 모르게 오랜만에 가슴이 뛰는 흥분을 느꼈습니다. 이제는 따뜻한 대한민국, 우분투 정신이 깃든 대한민국을 기대해 봅니다.

'우분투', 우리가 있기에 내가 있다는 말입니다. '우분투'는 남아프리카 반투어 계열의 단어로 '우리이기에 내가 있습니다.'라는 뜻입니다. 우리이기에 내가 있다? 그게 무슨 뜻일까요? '우리가 존재해야 나도 존재한다.'는 말입니다. 쉽지만 참으로 멋진 표현 아닌가요? 줄루족과 코사족 등 수백 개의 부족들이 서로에 대한 존중과 사랑을 전하는 인사말이라고 합니다. 아프리카를 나타내는 상징적인 정서인 셈입니다. 사람은 관계 속에서, 그 관계가 만든 공동체 안에서 살아갑니다. '우리'라는 공동체가 있어야 '나'도 있습니다. 그 첫걸음은 '나'와 '너'의 관계입니다. '나'가 '너'를 진정으로 존중하고 사랑하는 마음으로 대할 때 좋은 우리, 좋은 공동체를 만들 수 있습니다. 아프리카의 '우분투' 정신이 지금 우리에게도 필요합니다. 아니, 절실합니다.

노벨평화상감인
촛불집회

촛불집회에 나온 이들을 대략 집계해 본 결과 보니까 1658만 1000여명이 전국적으로 20주 동안 참여를 했습니다. 이건 지역에서 참여한 것을 뺀 수치입니다. 무대에서 발언하고 또 행진할 때 차량에 올라가서 한 발언 또 집회 마무리쯤에 한 발언까지 한 이들을 합하면 1,000여 명이 넘었습니다. 한 번 집회할 때마다 몇 십 명씩 발언했습니다. 공연한 가수들도 100여 팀이 넘었습니다. 가수 김장훈의 경우는 여러 가지 사정으로 일정이 안 맞아서 공연을 못하고, 구호만 외쳤습니다. 가수 이정석은 핫팩을 나눠주는 봉사를 했습니다. 가수 이은미도 공연을 2번 하고 돌아간 것이 아니라, 계속 참석해서 모금자원봉사도 하고 시민들 의견 수렴하는 자원봉사도 했습니다. 너무나 많은 미담과 훈훈한 소식과 일화가 있어서 나중에 책이 몇 십 권, 몇 백 권 나올 것 같습니다.

2017년 미국 매사추세츠 공과대학교MIT공과대에서 처음으로 25만 달러니까 약 2억 9000만 원 정도의 상금을 내걸고 '불복종상'이라는 것을 만들었습니다. 여기에 촛불집회가 유력한 대상후보로 올랐다고 합니다. 촛불집회는 우리 국민들이 운영하고, 국민들이 마감한 위대한 혁명이었습니다.

촛불집회장에서 국민들이 상장을 만들어오기도 했습니다. 민주시민개근상이라고 해서 눈이 오나 비가 오나 20번 연속 나온 이들에게 주었습니다. 이번 촛불혁명은 가족혁명, 친구혁명이라고 말할 수도 있었습니다. 왜냐하면 대부분 가족들과 친구들과 나오는 경우가 많았습니다. 친구들과 오랜만에 "촛불집회장에서 만나자!"이래서 오기도 했습니다. 동창회, 동기회, 동호회 무슨 초등학교 반 모임 등도 했습니다. 행진이 길고, 공연이 길다 보니 식사하고 또 나오거나 잠시 중간에 나가서 먹고 오는 이들도 있었습니다. 이런 아름다운 경우도 있었습니다. 식사하고 나면 갑자기 어떤 사람이 "우리 국민 여러분, 너무 고맙습니다."라고 하면서 갑자기 후다닥 나갑니다. 나중에 보면 이런 사람이 계산 다 하고 나간 것이었습니다.

정말 우리 국민들이 똘똘 뭉쳐서 평화롭게, 대중적으로 서로 도우면서 펼쳐나간 국민혁명이었습니다. 예의에 어긋난 일들도 없었습니다. 소수자나 약자나 여성에 대한 차별적 언사言辭도 하지 않았습니다. 사회자가 예전에는 생각 없이 그냥 "모두 일어서주십시오." 했는데 언젠가부터는 "일어설 수 있는 사람만 일어서주십시오." 이렇게 한 이유는 휠체어 장애인들이나 노인 분들을 배려한 것이었습니다. 이처럼 좀 더 주의 깊게 바라보고, 배려하는 말과 생각을 통해 문화적인 성숙을 이루어가면 좋겠습니다. 사실 이들은 그대로 앉아 있고 나머지 사람들, 조금 편한 사람들만 일어나서 자리 이동해 주면 되는 것이었습니다. 100만 명이 넘게 모이니까 무대, 음향, 조명, 간이화장실, LED차량, 방송영상차량 등의 비용이 만만치 않게 들었습니다. 정말 너무 자랑스럽고 든든한 게 100% 시민모금으로 진행되었습니다. 또한 단 한 차례의 불상사도 나오지 않았습니다. 촛불집회를 통해 우리 사회에 민주주의가 더욱 정착되기를 소망해 봅니다. 민주주의여, 영원하라!

촛불이 밝힌
음악의 가치

전인권이 마지막 곡으로 '돌고 돌고 돌고' 부른 이유입니다. 20주 동안 매주 토요일 서울 광화문 광장 일대에서 촛불집회 공연을 꾸린 김지호 박근혜 정권 퇴진 비상국민행동퇴진행동 프로듀서는 가장 기억에 남는 무대로 2016년 11월 가수 전인권이 '걱정 말아요 그대'(2004)를 부른 순간을 꼽습니다. "광장에서 울려 퍼진 따라 부르기의 전율을 잊을 수 없습니다."며 한 말입니다.

"아이고, 잡혀 가면 어쩌려고 저기촛불집회에 섰어요?" 가수 전인권을 알아 본 백발의 택시 운전기사가 한 말입니다. 2016년 11월 11일 오후 서울 광화문광장에서 열린 촛불집회 공연을 끝내고 이동하는 자리에서 벌어진 일입니다. "제가 살면 얼마나 산다고요." 전인권은 웃으며 택시 기사의 말을 받았습니다.

"그대는 너무 힘든 일이 많았죠." 박근혜 전 대통령 탄핵 하루 뒤인 2017년 3월 11일 오후 10시 광화문 광장. 전인권은 마지막 정기 촛불집회의 공연에서 통기타를 치며 '걱정 말아요, 그대'를 또 한 번 불렀습니다. 세월의 풍파를 겪고 머리카락이 하얗게 센 가수가 갈라진 목소리로 건넨 위로에 시민들은 촛불을 들고 "지나간 것은 지나간 대로"라며 노래를 이었습니다.

무대에서 내려온 직후 전인권은 〈걱정말아요 그대〉가 자신의 아내와 이혼한 뒤 우울증에 빠져 정신병원에서 치료를 받을 때 자신을 찾기 위해 만든 노래라고 했습니다. 세월호 참사 희생자를 추모하는 노란색 리본을 왼쪽 가슴에 달고 무대에 오른 전인권은 마지막 곡으로 '돌고 돌고 돌고'(1988)를 불렀습니다. 촛불로 새 시대를 연 국민에 바치는 뜨거운 찬가였습니다. '돌고 돌고 돌고'를 선곡選曲하고 '해가 뜨고 해가 지면'으로 노래를 시작하면, 모든 관객들이 따라 부릅니다. 20주 동안 서울 광화문 광장 일대에서 열린 촛불집회에 선 음악인들. 이은미, DJ DOC, 이승환, 조PD 등이 거리에 나와 시민들과 호흡했습니다.

가수의 사회적 의사 표현 금지를 깬 촛불집회였습니다. 촛불집회는 사회와 공존하는 대중음악의 가치를 일깨운 장이었습니다. 아이돌을 앞세운 K팝으로 가장 화려한 시절을 보내고 있는 듯하지만, 보통 사람들의 삶에서 점점 멀어지고 있는 대중음악이 세상에 뿌리 내릴 때 어떤 힘을 낼 수 있는 지를 보여줬습니다. 가수 양희은의 '아침이슬'(1971)은 45년 만에 다시 광장에 흐르며 활력을 얻었습니다. 두 번이나 거리에 울려 퍼진 한영애의 '조율'(1992)은 촛불집회 역사의 한 페이지를 장식하는 노래가 됐습니다. 가수가 TV 밖으로 나와 거리에서 시민들과 시대의 목소리를 공유할 때 비로소 얻을 수 있는, '문화 상품'이 아닌 예술의 가치입니다.

촛불집회는 음악인들에게 사회적 역할을 고민하게 한 계기였습니다. 시대를 반영하고 호흡하는 음악의 중요성을 일깨워 주었습니다. 촛불집회는 음악이 정치 혹은 사회적인 이슈와 거리를 둬야 한다는 '예술의 가치중립 신화'를 깨는 방아쇠 역할도 했습니다. 그간 사회적인 이슈에 목소리를 내지 않던 음악인들까지 무대에 올라 촛불에 힘을 보탠 것은 이례적인 풍경이었습니다.

재미있는 일도 많았습니다. 국악과 해외 전통 음악을 버무린 음악으로 인기를 얻고 있는 밴드 '두 번째 달2nd Moon'의 기타리스트 김현보는 2017년 3월 11일 공연에서 앞머리에 분홍색 헤어롤 두 개를 말고 나와 진행자를 깜짝 놀라게 했습니다. 대통령 탄핵 심판 선고 당일 뒷머리에 헤어롤을 달고 출근하던 이정미 헌법재판소소장 권한대행의 출근길 모습에 대한 패러디였습니다. 김현보는 공연 후 탄핵 인용 결정을 잘 내린 헌재에 대한 감사의 의미라며 웃었습니다.

가수 이은미는 광화문 일대에서 시민들에게 핫팩을 나눠주고, 행사 진행 관련 시민 모금에도 발 벗고 나섰습니다. 이승환은 '촛불집회 홍보대사'였습니다. 자신의 소속사 건물에 건 '박근혜 하야 현수막'에 촛불집회 시간을 알리곤 하였습니다. 촛불집회 공연에 나선 가수들은 출연료를 한 푼도 받지 않았습니다.

민심은 '적폐청산'을, 문재인 승리

　대통령 탄핵정국을 거치며 진행된 이번 대선에서 문재인 대통령이 승리할 수 있었던 원인은 '정권심판'이라는 국민들의 열망을 '적폐청산을 통한 국민통합'이라는 기치로 잘 반영했기 때문입니다.

　"촛불혁명으로 시작된 조기대선"이라는 문재인 대통령의 규정처럼 이번 대선은 국민들의 손으로 한 땀 한 땀 만든 대선이었습니다. '박근혜·최순실 국정농단 사태'라는 전대미문의 헌정유린 사태 이후에도 반성할 줄 모르는 집권세력에 국민들은 정치권보다 한 발 앞서 '대통령 하야'와 '대통령 탄핵', '대통령 즉각 퇴진'을 요구했습니다.

　국회에서 탄핵안 가결을 저울질할 때 232만 명의 국민들이 촛불을 들어 234표의 압도적인 탄핵안 가결을 이끌었고, 이후에도 92일 동안 촛불을 들어 헌법재판관 8인 전원에게 '탄핵안 인용'을 끌어냈습니다.

　이후 박 전 대통령의 구속을 거치면서 국정농단 세력에 대한 심판과 헌정유린 사태를 만든 적폐청산에 대한 국민들의 요구가 커졌지만 대선후보 5명 중 촛불혁명정신 계승을 선명하게 내건 후보는 문재인 대통령과 정의당 심상정 후보밖에 없었습니다. 문재인의 승리는 이런 국민들의 요구를 '적폐청산을 통한 국민통합'이라는 기치로 잘 담아낸 것입니다.

　문재인 대통령은 탄핵정국부터 '적폐청산을 통한 새로운 대한민국 건설'을 부르짖었고, 당내 경선과 본 경선을 거치면서 "적폐청산에 기반을 둔 국민통합"이라는 이른바 '정의로운 통합론'을 강조했습니다. 당내 경선에서 문재인 대통령을 턱밑까지 추격했다가 고배를 마셨던 안희정 충남도지사나 당 대선 후보로 확정된 뒤 한때 문 당선인과 양강구도를 형성했던 안철수 후보 모두 후보 개인이나 소속 정당이 국정농단 책임에서 자유로울 수 없는 자유한국당 등과 연대의사를 표명한 뒤 지지율 급락을 겪은 바 있습니다.

문재인 대통령은 선거운동 내내 "이번 대선은 1700만 촛불이 만들어 낸 '촛불대선'"이라며 "확실한 정권교체, 압도적인 정권교체로 촛불혁명을 완성하겠습니다."고 부르짖어 왔는데 이런 문재인 대통령의 비전과 철학이 촛불혁명에 힘을 보탰던 유권자들을 움직였습니다.

문재인 대통령이 정책행보를 이어가며 '준비된 대통령' 이미지를 강화한 것도 승리의 또 다른 요인으로 꼽힙니다. 대통령 탄핵과 경제, 외교안보위기라는 대내외 악재 속 선출된 이번 대통령은 안정적인 국정운영 역량이 필수적이지만 조기대선으로 선출돼 인수위 없이 당선 직후 직무를 시작해야 한다는 점에서 국민들의 우려가 적지 않았습니다. 이런 이유로 대권에 도전한 모든 후보들이 한 목소리로 자신을 '당선 직후 대통령 직무수행이 가능한 후보'로 포장했습니다. 하지만 2016년 10월, 일찌감치 싱크탱크인 '정책공간 국민성장'을 꾸린 뒤 매주 일자리 정책과 권력기관 개편, 재벌 개혁 등 굵직한 정책발표를 이어가며 '준비된 대통령'을 몸으로 증명한 문재인과는 출발선부터 메울 수 없는 간극이 존재했습니다. 여기에 '내 삶을 바꾸는 정권교체'라는 이름으로 32차례 걸친 민생공약 발표를 이어간 것도 안정적인 국정운영을 바라는 국민들에게 주효했습니다. 2017년 5월 10일 제19대 문재인 대통령은 국민 앞에 엄숙히 선서했습니다. 이 선서가 지켜지도록 우리 모두가 함께해 나가야 할 것입니다.

"나는 헌법을 준수하고 국가를 보위하며 조국의 평화적 통일과 국민의 자유와 복리의 증진 및 민족문화 창달에 노력하며 대통령으로서의 직책을 성실히 수행할 것을 국민 앞에 엄숙히 선서합니다. 2017년 5월 10일 대통령 문재인."

문재인 정부가 들어서면서 본격적으로 국민의 눈높이 정치가 시작됐습니다. 문 대통령의 파격적인 행보가 과거 권위에 젖은 대통령이 아니라 국민과 함께 하는 낮고 겸손하며 친근한 권력 대리인임을 보여주고 있습니다. 그렇습니다. 대통령은 권력의 주체가 아니라 대리인에 불과합니다. 그러므로 대통령은 권위를 누리는 자리가 아니라 국민과 국가를 위한 공복公僕입니다. 문 대통령이 보여준 낮은 자세는 사실 대통령의 본래 모습으로 돌아 온 것에 불과합니다. 국민들이 이러한 문 대통령의 행보에 친근감을 느끼면서 감탄을 한 것은 오랫동안 대통령이란 권위에 짓눌려 왔기 때문입니다.

박근혜 전 대통령의 국정농단은 대통령이 권력의 주인이라는 그릇된 인식에서 비롯된 대표적 사례입니다. 대통령의 자신이 권력을 사사롭게 행사하고 그 바탕으로 권위를 앞세워 자신의 이익만을 추구했기 때문에 모든 공직자들도 자신이 맡은 권력을 이용해서 사적인 이익을 챙기기에 바빴습니다. 문 대통령은 임기 중에 무엇이 시급한 과제인지 그 해답을 찾아야 합니다. 문 대통령이 공약公約으로 내세운 적폐청산은 권력이 사적인 도구가 아니라 국민과 국가를 위한 공적인 도구이라는 것을 확고히 확립하는 것에 초점을 둬야 합니다. 그러기 위해서는 적폐청산을 협치 혹은 통합이란 명분으로 약화되어서는 안 됩니다.

과거 정부에서 권력을 사사로이 이용해서 개인의 이익만을 챙겼던 적폐 대상자들은 협치 혹은 통합이라는 명분을 주장하며 슬그머니 적폐청산을 무용지물로 만들고자 온갖 수단을 가리지 않고 있습니다. 협치와 통합은 겉으로 그럴듯한 명분이지만 그 내용은 자신의 잘못을 은폐하고 청산의 대상에서 벗어나 기회를 노리는 꼼수로 가득 차있습니다.

진정한 협치와 통합은 적폐가 청산된 다음 상대가 순수하고 깨끗한 상태로 복원되었을 때 가능한 말입니다. 그러나 아직도 오랜 세월동안 쌓이고 쌓인 적폐를 그대로 두고 협치와 통합을 거론한다는 것 자체가 모순입니다. 해방 이후 친일청산이 제대로 이뤄지지 않은 탓에 적폐는 더욱 공고히 다져지고 굳어져서 쉽게 무너지지 않을 것입니다. 그럼에도 누군가는 반드시 척결해야 한 국가적 과업입니다. 박근혜 전 대통령과 최순실의 국정농단에서 드러났듯이 여전히 반공이념에 사로잡혀 사리 분별을 못하는 사람들이 난무하고 자신의 이익을 위해라면 국가와 국민을 생각하지도 않고 권력자에 대해 맹목적으로 추종하던 사람들이 얼마나 많았던가요? 이런 비상식적인 현상이 척결되지 않은 한 상식이 통하는 세상이 결코 실현될 수 없습니다. 우리 사회는 이러한 비정상적인 유령들이 곳곳에서 스스로 사고할 줄 모르는 국민들을 현혹하여 새 정부를 뒤흔들고 무력화시키려고 할 것입니다.

적폐청산 대상자들은 자신들이 불리할 때 협치와 통합을 외칩니다. 그리고 자신들이 권력을 쥐었을 때는 잔혹하게 반대파들을 탄압하고 말살하려 합니다. 그들에겐 권력을 자신들의 이익만을 위한 도구일 뿐입니다. 슬슬 꼬리를 내리며 숨죽이고 있다가 기회가 되면 역공격을 할 힘을 기르려고 노력할 것입니다. 문 대통령은 고 노무현 대통령의 사례를 교훈으로 삼아야 합니다. 무엇이 협치와 통합의 대상인지 무엇이 청산해야 할 대상인지 분명하게 가려서 올바른 대한민국을 다시 새롭게 재생시키는 것이 문 대통령을 지지해준 촛불 민심이라는 사실을 결코 잊지 말아야 할 것입니다.

문재인의
소통정치가 주는 즐거움

우리 사회 곳곳에 만연한 지도자들의 독단과 교만이 없어졌으면 좋겠습니다. 제가 아는 어느 조직의 지도자는 집무실의 규모를 크게 함으로 자신의 위상을 드러냅니다. 또한 종교지도자들도 권력과 명예욕에 혈안이 되어 있기도 합니다. 이런 모습을 보면 '꼭 저래야하나' 하는 생각으로 존경하거나 마음으로 따르고 싶은 마음을 지도자 스스로 차단하는 것만 같았습니다. 안타깝게도 이런 모습의 정점은 대통령이었습니다. 제국주의나 왕정시대도 아닌데 대통령이 무소불위의 권력을 휘두르고 '나 아니면 안 된다'는 식의 정치를 하다 보니 우리 사회의 지도력이 이 모양 이 꼴인 것도 같았습니다.

그런데 요즘 신선한 소식들이 가슴을 뛰게 합니다. 청와대의 언론 브리핑에서 대통령에 대한 호칭이 달라진 모습이 포착돼 눈길을 끌고 있습니다. 2017년 5월 16일 윤영찬 청와대 국민소통수석비서관은 브리핑에서 문재인 대통령을 "문재인 대통령께서는"이라는 극존칭이 아니었습니다. "문재인 대통령은..."이라며 예사말로 대통령을 호칭했습니다. 박수현 청와대 대변인도 마찬가지였습니다.

이런 변화는 출범한 이후 권위적이었던 청와대의 이미지를 조금씩 바꿔가고 있는 문재인 정부의 행보와 같은 맥락으로 풀이됩니다. 문재인 대통령은 취임하던 당시 "국민 모두를 섬기는 대통령 되겠다."고 말했습니다. 청와대 비서동의 이름도 '위민관'에서 국민과 함께한다는 뜻의 '여민관'으로 바꿨습니다.

'찾아가는 대통령' 시리즈도 기존의 상식을 깬 '파격적 정책 행보'로 꼽힙니다. 인천공항공사에서 직접 비정규직 직원들을 만나 자신의 비정규직 정책 기조를 설명하고, 미세먼지 감축 계획을 미래 세대인 초등학생들과의 참관 수업 형식으로 발표한 것도 눈에 띕니다. 영부인 김정숙 여사의 행보에도 파격이라는 수식어가 뒤따릅니다. 김 여사는 5월 13일 서울 홍은동 자택에서 청와대 이사를 준비하며 집 앞으로 찾아온 민원인을 직접 맞았고, 15일 관저에서 집무실로 출근하는 문 대통령을 평범한 아내처럼 배웅했습니다. 청와대도 "영부인이 아니라 독립적 인격으로 보는 '여사'라는 명칭으로 불러 달라."는 주문을 곁들였습니다.

문 대통령이 국회 취임 선서 전 야4당을 모두 찾은 것도 여야를 초월해 정치권의 호평을 받았습니다. 현직 대통령이 청와대로 야당 지도자들을 불러 영수회담을 개최하는 방식이 아니라 직접 야당 당사와 국회에 마련된 대표실을 찾았습니다. 특히 비교섭단체인 정의당의 노회찬 원내대표는 "정의당을 찾아준 첫 번째 대통령"이라며 문 대통령의 소통 의지를 높이 샀습니다. 문 대통령뿐 아니라 임종석 비서실장, 전병헌 정무수석도 수시로 국회를 찾았습니다. 특히 임 실장은 일정이 맞지 않아 면담이 불발된 추미애 더불어민주당 대표를 만나기 위해 2번이나 국회를 찾았고, 전 수석은 취임 직후 국회를 방문한 데 이어 민주당과 국민의당의 원내대표가 각각 새로 선출되자 다시 한 번 국회를 찾았습니다.

대국회 소통뿐 아니라 대국민 소통도 달라졌습니다. 청와대는 당선 직후부터 대통령의 일정을 시간대 별로 소셜네트워크서비스sns를 통해 공개했습니다. 또 5월 14일 북한의 탄도미사일 도발 때는 대통령의 대응을 분단위로 공개하며 '투명한 국정 운영'을 강조했습니다. "경호를 약하게 해 달라"는 문 대통령의 주문에 따라 공항, 초등학교, 정부기관 등 장소를 초월해 방문하는 곳마다 시민들이 문 대통령의 사인을 받기 위해 몰려들었습니다. 문 대통령은 국정역사교과서 폐기와 5 · 18 기념식 '임을 위한 행진곡' 제창 등 당선 전 약속도 지켰습니다. 세월호 참사 희생 기간제 교사 2명에 대한 순직 인정과 검찰 조직의 '돈봉투 만찬 사건'에 대한 즉각적인 감찰을 지시했습니다.

방송에서 좀처럼 보기 힘든 장면이 연출됐습니다. 5 · 18 광주민주화운동 기념식을 수화로 중계하던 통역사가 바쁘게 움직이던 손을 멈추고 눈물을 흘리는 모습이 전파를 탔습니다. 2017년 5월 18일 광주 5 · 18 민주묘지에서 '제37주년 5 · 18 민주화운동 기념식'이 거행됐습니다. 유가족 김소형 씨가 추모사를 낭독했습니다. 김 씨의 아버지는 37년 전 5.18 민주화운동 당시 태어난 딸을 보기 위해 전남 완도에서 광주로 왔다가 계엄군의 총탄에 맞아 숨졌습니다.

추모사를 낭독하던 김 씨는 "철없던 때는 이런 생각도 했습니다. 제가 태어나지 않았더라면 어머니 아버지는 지금까지 행복하게 살고 있을 텐데"라며 눈물을 흘렸습니다. 이어 "비로소 이렇게 아버지 이름을 불러봅니다. 당신을 포함한 모든 아버지들이 37년 전 우리가 행복하게 걸어갈 내일의 밝은 길을 열어주셨습니다. 사랑합니다. 아버지"라며 울먹였습니다.

김 씨의 추모사 낭독에 장내 곳곳은 금세 울음바다가 됐습니다. 문재인 대통령도 안경을 벗고 손수건으로 눈물을 훔쳤습니다. 김 씨가 추모사를 마치고 퇴장하려 하자, 문 대통령은 자리에서 일어나 무대 위로 올라가서 포옹을 하며 위로를 건넸습니다. 기념식에서 가장 감동적인 장면이었습니다. 이 순간 눈물을 흘린 또 한 사람이 포착됐습니다. KBS1 TV 방송화면 하단에서 기념식을 수화로 동시 중계하던 통역사였습니다.

비교적 덤덤하게 김 씨의 추모사를 전달하던 통역사는 문 대통령이 다가가 포옹하는 장면에서 눈물을 흘렸습니다. 이 모습은 카메라에 포착돼 TV를 통해 그대로 생중계됐습니다. 기념식이 끝난 뒤 SNS와 온라인 커뮤니티에는 '기념식 중 눈물을 훔치는 수화통역사'라는 제목의 글과 사진이 확산됐습니다. 네티즌은 수화통역사의 눈물에 '가장 인상 깊었다.' '예상치 못한 눈물이라 더 슬펐다.'고 말했습니다.

기념식에 대한 국민의 관심도 컸습니다. '5·18 기념식'은 포털사이트 실시간 검색어 1위에 올랐고, "태어나서 처음으로 국가 기념식을 생방송으로 챙겨본다." "기념식을 보다가 대통령도 울고 유족도 울고 나도 눈물을 흘렸다." "대통령이 아니라 진짜 아버지를 보는 느낌이었다." 등의 글이 쏟아졌습니다.

기념식에는 문 대통령을 비롯해 여야 5당 지도부, 유공자·유족 등 1만여 명이 참석해 역대 최대 규모로 개최됐습니다. 9년 만에 '임을 위한 행진곡'도 제창했습니다.

문 대통령은 격식을 파괴했습니다. 그는 일반 시민들과 마찬가지로 국립 5·18 민주묘지의 정문인 '민주의 문'을 지나 기념식장에 입장했습니다. 민주의 문을 이용해 5·18기념식에 참석한 대통령은 문 대통령이 처음이었습니다. 문 대통령은 이날 "5·18민주화운동과 촛불혁명의 정신을 받들어 이 땅의 민주주의를 온전히 복원할 것"이라며 "5·18 민주화운동의 진상을 규명하겠다."고 강조했습니다.

이날의 감동은 여기서 그치지 않았습니다. 구급차에는 5·18 기념식을 마치고 나와 갑자기 쓰러진 50대 남성 A(54)씨가 타고 있었습니다. A씨는 광주 민주화운동이 발생한 1980년 5월 계엄군에 연행돼 고문을 받고 풀려나 37년 동안 외상후스트레스장애에 시달려온 것으로 알려졌습니다.

A씨는 이날 5·18 기념식에 참석했다가 갑자기 숨을 제대로 못 쉬는 호흡곤란 증상을 보이며 쓰러졌고, 119 구급대원들에게 응급처치를 받으면서 구급차에 올랐습니다. 하지만 묘지를 출발한 대통령 경호·의전 차량 행렬과 대통령을 배웅하려고 몰린 시민들로 인해 구급차가 빠져나가기 쉽지 않은 상황이었습니다. 바로 그때 현장 경호원들은 구급차가 앞서 나갈 수 있도록 인파를 헤치며 길을 터주고 교통정리를 했습니다.

　　A씨를 태운 구급차는 청와대 경호팀의 양보와 도움으로 병원까지 신속하게 이동했습니다. 병원으로 옮겨진 이후 A씨는 위급한 상황을 넘겨 안정을 취했습니다. 이날 구조에 나섰던 한 구급대원은 "대통령과 경호원들이 보여준 모세의 기적이었다. 시민들도 생명보다 소중한 것은 없다는 사실을 기억해주면 좋겠다."면서 구급차 통행에 협조를 당부했습니다.

　　참으로 흐뭇한 소식들이었습니다. 이런 소식들이 신선하게 전해진 것은 그만큼 우리 사회에 권위주의와 소통불능이 만연해 있었기 때문이었습니다. 이런 소식이 뉴스거리가 안 될 정도로 당연한 일들이면 얼마나 좋을까요? 문재인 대통령이 처음처럼 늘 겸손과 소통으로 함께해주기를 기대해 봅니다.

생각하는 국민이라야
나라가 삽니다

봄이 왔지만 봄이 아닌 것 같습니다. 2014년 4월 16일은 결코 잊을 수 없는 날이었습니다. 2014년의 봄인 이날은 신록처럼 아름다운 젊음을 교실에 가두었다가 이젠 배에 가두고 "가만히 있으라" 하고 지켜보기만 했습니다.

세월호 참사의 원인은 크게 두 가지입니다. 문제가 많은 오래된 배가 어떻게 운항할 수 있었는지와 침몰 후 구조 당국이 적절하게 대응했는가입니다. 두 가지 모두 효율성을 최고의 가치로 내세우는 자본의 논리에 충실하거나 굴복한 결과 대참사로 이어진 것입니다.

'가만히 있으라'라는 말은 데자뷰와 같이 반복적으로 일어나고 있습니다. 1592년 임진왜란 당시 동래성이 함락되었다는 장계를 받아 든 선조는 한양의 사대문을 걸어 잠근 채 황망히 대궐을 빠져나가 의주로 피난을 갔습니다. 이에 분노한 백성들은 궁궐을 태워버렸습니다.

북한이 침략하자 이승만 대통령은 전쟁발발 3일 만에 새벽 기차로 서울을 빠져나갔습니다. 그는 "서울시민은 안심하고 생업에 종사하라"는 거짓 방송을 미리 녹음해놓고는 그걸 내보냈습니다. 그러면서 유일한 한강다리를 폭파시켰습니다. 이 일로 현장에서 사망한 사람이 족히 오백여 명은 넘었다고 합니다. 또한 대통령의 말만 믿고 미처 피난가지 않은 이들은 처참한 죽음을 맞이하거나 납북 당했습니다.

안타까운 일은 오늘 우리 사회에서 이런 일들이 반복되고 더욱 강화되었다는 사실입니다. 1997년 외환위기로 대부분의 국민이 고통에 빠져있으면서도 나라를 살리겠다며 금모으기 운동을 벌일 때였습니다. 이처럼 심각한 국가대란國家大亂에 일부 계층은 술자리에서 부어라, 마셔라 하면서 '이대로!'를 외쳤습니다. 이들은 자기들만 살겠다는 지극히 이기적인 사람들이었습니다. 더불어 살아가겠다는 공감은 찾아 볼 수 없는 우리 사회의 특별한 계층의식이었습니다. 그런데 이들은 못 배우고 무능한 소외계층이 아닙니다. 배울 만큼 배우고 대를 이어서 누릴 만큼 누리는 특권계층입니다. 이들이 기득권세력이 되고 사회지도층이 된 결과, 나라의 주인인 국민들이 더불어 살아갈 수 있는 나라가 아니게 되었습니다. 기업하기 좋은 나라를 만들겠다는 명분으로 재벌위주로, 가진 자 위주로 정책을 펴왔습니다. 이들로 인해 '줄풀세'가 당연시되었습니다. 줄풀세는 세금은 줄이고, 규제는 풀고, 법질서는 세우자라는 구호입니다. 언뜻 들으면 너무나 좋은 구호처럼 보입니다. 그렇지만 한 번 더 생각하면 이 구호는 신자유주의의 철학을 그대로 표현한 것입니다.

30여 년간에 걸친 신자유주의의 미국은 경제난과 계층 간의 갈등이 고조되고 있습니다. 국민들은 몰려나와 양극화 해소를 요구하는 월가를 점령하라Occupy Wall Street!라는 운동을 벌이게 되었습니다. 신자유주의에 대해 좀 더 알아볼까요? 1970년대 말로 접어들면서 미국과 중국의 수교는 세계 노동시장에 큰 변화를 가져왔습니다. 8억 명이라는 중국의 노동력이 세계에 등장하자 미국과 영국은 제조업이 경쟁력을 잃기 시작했습니다.

영국의 수상 대처와 미국의 대통령 레이건은 규제가 없는 시장에서는 수요와 공급에 의해 가격이 결정되고, 이 가격이 자원배분의 효율성을 가져온다는 이른바 보이지 않는 손에 의한 시장경제를 전면에 내걸면서 새로운 성장 동력을 찾게 되었습니다. 그 가능성을 금융산업에서 발견한 두 나라는 정부의 역할을 최대한 축소하면서 규제를 철폐 혹은 완화하면서 노동유연화정책과 세금감면정책을 추구해 나갔습니다.

2008년의 미국 금융위기는 규제받지 않는 자본의 횡포가 어떠한가를 보여주는 극명한 사례입니다. 워렌 버핏이 대량살상무기라고 말했던 것처럼 파생금융상품은 미국의 금융시장 나아가 실물시장을 초토화시켰습니다. 뿐만 아니라 그 이후 유럽의 재정위기와 전 세계적인 장기 경기 침체를 가져왔습니다. 그 결과 현재 상황은 1930년 이래 가장 길고 힘든 공황상태를 겪고 있습니다. 파생금융상품이 적절하게 규제가 되었더라면 미국의 부동산시장의 일부분sub-prime 문제에 그쳤을 위기가 전 세계적인 위기로 옮겨졌습니다. 그로 인해 우리나라도 고통을 겪고 있습니다.

결국 시스템의 문제입니다. 더불어 산다는 것은 상대방을 해치지 않으면서 자신의 행복을 추구한다는 것입니다. 99%가 불행한데 나머지 1%는 행복할 수 있을까요? 신자유주의 이후 자본의 수익률은 다른 생산요소에 비해 자본주의 역사 이래 가장 높다고 합니다. 자본의 횡포를 견제하기 위해 정부는 존재합니다. 정부가 제대로 견제하고 있는지를 평가하는 것은 주권자인 국민입니다. 투표하는 손이야말로 자본의 세상에서 더불어 사는 세상을 만들어 나가는 가장 큰 힘입니다. 생각하는 국민이라야 나라가 살고, 우리가 삽니다. 무조건 따르는 것이 아니라 깊이 생각해보고 따르는 자세가 민주시민의 자세입니다.

정유라 패딩,
그리고 도둑 아버지

정유라 패딩을 훔쳐서 50대 아버지에게 주고 싶다는 누리꾼 사연 왜
일까요? 새로운 시대가 열렸습니다. 하지만 변한 건 하나도 없어 보입니
다. 우리 사회를 밑동부터 뒤흔든 '박근혜-최순실 게이트'는 많은 국민에
게 참을 수 없는 고통을 안겼습니다. '가진 자'들이 판을 치는 세상이
아니라 '비리 주범자'들이 세상을 쥐락펴락했다는 사실에, 무능력하고
무개념인 사람들이 우리 사회를 진두지휘했다는 사실에 국민은 놀랐고,
촛불을 들었습니다.

그렇다면 세상은 바뀌었는가요? 최순실이 구속되고 박근혜 전 대통령
이 파면된 그 순간, 그 기억을 이제는 흘러간 이야기로 치부해 버리고,
새롭고 희망이 가득한 사회를 기대해도 되는 것인가요? 최순실이 구속
되고 얼마 지나지 않아 일어난 사건입니다. 홀로 키운 외아들 결혼을
앞두고 양가 상견례 때 입을 옷을 훔친 50대 아버지가 경찰에 붙잡힌
적이 있었습니다. 우리 국민은 그러나 분노하지도 분개하지도 않았습니
다. 한 누리꾼은 "박근혜도 여전히 처벌을 받지 않는데 저 사람은 아마도
수갑을 차고 처벌을 받게 될 것."이라고 개탄했습니다. 또 다른 누리꾼
은 "정유라 패딩을 뺏어주고 싶다."고 글을 남겼습니다.

국정농단의 주범으로 지목 구속됐지만 국회 청문회장에조차 나오지
않았던 최순실, 그리고 최순실의 딸 정유라는 여전히 목에 힘을 주고

자신들의 권력이라고 강조하고 있었습니다. 그러면서 국가 권력을 조롱하고 있었습니다. 검찰을 비웃고, 특검을 비웃는 것은 어쩌면 당연한 일일지도 모릅니다.

그리고 그들은 마지막까지 명품으로 자신들을 도배하며 자신들의 권력을 자랑했습니다. 국민은 세월호 참사에 이어 국정농단의 시계에 멈춰 버렸지만, 그들은 여전히 자신들의 구원투수가 한국사회를 지배하길 기대하고 갈망하고 있나봅니다.

그렇습니다. 세상은 전혀 변한 게 없어 보입니다. 누가 대통령이 되더라도 사회 양극화는 더욱 심화될 것이라고 국민은 우려하고 있습니다. 누가 대통령이 되더라도, 제2의 최순실이 등장할 것이고, 누가 대통령이 되더라도, 돈이 없는 서민은 물건 값을 지불할 능력조차 없어서 감옥행을 선택해야 하는 상황이 그려질지도 모릅니다.

외아들 결혼 상견례를 앞두고 광주의 한 대형마트에서 9만 9000원짜리 겨울용 외투를 훔친 50대 일용직 가장의 이야기가 알려지자 누리꾼들은 "공범, 피의자 박근혜는 여전히 '억울하다' '순수한 마음이다'라며 교도소에 가지 않고 있는데 힘없는 서민은 순수한 마음에 죄를 저질렀는데도 교도소에 가야 한다."며 안타까운 마음을 드러냈습니다.

잘못된 선택이지만 국가 공권력이 아버지의 바람을 읽어달라는 간절한 목소리도 쏟아졌습니다. 분명 죄를 지었으니 처벌을 받아야 하지만, 국정농단 세력에 비하면 죄라고 할 수도 없는 절박한 사연에 가슴 아팠습니다. 상당수 누리꾼은 '비선실세' 최순실의 딸 정유라가 덴마크에서 현지 경찰에 체포될 당시 입고 있던 노비스 패딩 제품은 80~100만원에 판매되는 것 정유라 패딩과 비교하며 우리 사회가 단단히 중병重病을 앓고 있다고 지적하였습니다. 정유라가 덴마크에서 붙잡힐 당시의 영상이 공개되면서 '정유라 패딩'이 이슈로 급부상했습니다. 일종의 '블레임룩사회적 물의를 일으킨 이들의 패션이 유행하는 현상'이라는 시각이 지배적인 가운데 이번만큼 블레임 룩이 이슈가 된 적도 없을 정도였습니다.

하기야 정유라의 모친 최순실도 명품 신발 프라다를 신고 있었습니다. 그게 한 켤레에 88만 원대라고 하고 최순실의 집에는 이런 고급명품 신발이 즐비했다고 합니다. 하기야 박근혜 전 대통령은 자신의 올림머리와 화장을 위해 매일같이 서울 강남의 유명 미용사와 메이크업 자매를 불렀습니다. 그 비용이 월 1천만원대라고 하니 서민들로서는 이해 자체가 불가능합니다.

하지만 우리 사회 지도층은 여전히 이런 비극적 현실에 대해 알려고 하지도 않고, 모른 척 일관하면서 반성하지도 않고 있습니다. 국정농단에 대해 진정으로 책임지는 사람도 없어 보입니다. 때문에 누리꾼들이 직접 나서 "정유라 패딩을 훔쳐서라도 가난한 분들에게 제공하고 싶다."며 답답한 심경을 토로하였습니다.

정유라 패딩이 전날부터 주요 포털 실검을 강타하였습니다. 검색어로 오랜 시간 등극하는 데는 다 나름대로 이유가 있겠지만, 우리 사회가 여전히 후진국에서 벗어나지 못하고 있음을 말해주고 있는 것은 아닐까 싶습니다.

나라사랑의 실천으로
국격을 높여요

인간은 자신에게 불리한 기억이나 충격적인 과거의 일을 뇌의 깊은 곳으로 이동시켜 망각의 수준에 이르게 합니다. 그래서 인간을 망각의 동물이라 하나봅니다. 망각도 하나의 커다란 능력입니다. 나쁜 기억을 잊을 수 있다는 것은 건강에 매우 유익합니다. 뭔가를 단순히 잊어버리는 것이 아니라 다른 수만 개를 새로이 만들기도 합니다. 부끄럽고 괴로웠던 일들이 잊히지 않고 오래 지속되면 힘들겠지만 우린 너무 좋은 것만 기억하며 사는 게 아닌지 모르겠습니다. 와신상담臥薪嘗膽을 말하지 않아도 사노라면 잊어선 안 될게 많이 있습니다.

외국인이 보기에 우리나라 사람들은 이해하기 어려운 면이 많습니다. 고속성장을 이뤄 부러움의 대상인데 이를 모르고 있고, 주변강대국들이 얼마나 두려운 존재인지도 잊고 살아갑니다. 세계 유일의 분단국가이고, 주변국 중 유일하게 핵이 없음에도 개의치 않습니다.

중국과 일본에 의해 겪어야만 했던 아픈 역사도 그리 많이 기억하지 않습니다. 1910년 일본의 어느 화가는 당시 우리나라의 모습을 닭들이 여름 파리 떼처럼 서로 싸우고 있는 닭장으로 풍자한 그림을 그렸습니다. 나라의 존망存亡을 걱정하는 싸움이 아닌 권력다툼, 그 권력도 조만간 송두리째 날아갈 상황에서도 말입니다. 적 앞에서 분열은 '어서 잡수시오.'임을 알면서도 잊습니다. 매일 레테의 강, 망각의 강물을 마시고 있습니다.

지난날의 아픔과 치욕의 역사를 되밟지 않고 대한민국의 영속과 영광을 위해 옷깃을 여미고 기억하며 살아갈 게 많이 있습니다. 먼저, 최근 대한민국의 헌법을 유린하여 국민이 자존심과 국격國格을 손상시킨 일련의 사태를 지혜롭게 잘 갈무리해야 합니다. 이념, 지역, 계층, 세대 간의 폭을 좁혀 국민대통합의 길이 열리길 희망해봅니다. 북한과의 관계도 개선되어 개성공단이 가동되고, 금강산 관광도 재개되어 통일의 향기가 곳곳에 스며들길 간절히 소망합니다.

어느 여론조사에 의하면 "한반도에 전쟁위험이 여전히 남아 있다."고 응답한 국민이 80%에 이릅니다. 우리 군은 그동안 막대한 국방비를 투입했음에도 전투력은 북한군보다 떨어진다고 합니다. 북한의 핵무기, 탄도미사일, 생화학무기, 특수부대 등 비대칭전력이 우리보다 우수하기 때문입니다. 그리고 우리의 잠재적 위협국인 중국과 러시아는 핵보유국입니다. 일본도 잠재적 보유국이기에 우리만 핵이 없는 나라로 핵 억제력이 없음을 인식하고, 국가안보의 강화에 좀 더 진지한 고민과 논의로 자주국방의 기틀을 갖춰야 할 것입니다. 더욱이 우리나라는 작전통수권도 없는 나라인 상황입니다. 미국과의 협상을 통해 이를 가져와야 할 것입니다.

이제는 더 늦기 전에 레테의 강을 뒤로하고 분열의 강을 건너야 합니다. 남과 북, 그리고 여러 계층 간의 갈라진 강을 건너 통일의 언덕으로 올라가야 합니다. 군사력, 경제력 등 외연의 확장과 함께 국민통합과 나라사랑 등 내연의 확장을 통해 국력의 역량을 키워나가야 합니다. 내연의 확장은 국민통합을 흔들림 없이 중심에 세워야 합니다.

인생은 청춘에서 시작합니다. 한 해는 정월에서 비롯합니다. 하루는 새벽에서 출발합니다. 나라사랑의 실천은 나라사랑의 마음에서 구현됩니다. 과거와 현재를 통해 다져온 순국선열의 숭고한 뜻을 기반으로 강건한 미래의 대한민국이 이뤄지도록 모두 함께 손에 손 잡고 나아갑시다.

예전에 서울시 용산구에 위치한 백범 김구 기념관에 방문한 적이 있습니다. 김구 선생의 일대기를 시대 순으로 관람을 한 후, 벅차면서도 경건한 마음으로 읽은 "내가 원하는 우리나라"의 몇 구절이 지금도 가슴에 깊이 남아있습니다. 그 구절은 다음과 같습니다.

"오직 한없이 가지고 싶은 것은 높은 문화의 힘이다. 문화의 힘은 우리 자신을 행복하게 하고 나아가서 남에게 행복을 주겠기 때문이다."

그의 호號 백범白凡의 백은 백정이라는 뜻이고 범은 범부라는 뜻입니다. 백정은 소돼지를 잡는 일을 하는 천하다고 여겨지던 사람들입니다. 범부는 가난하고 힘이 없는 평범한 보통 사람들을 말합니다. 김구 선생은 백정같이 천하고 범부같이 평범한 사람들도 애국심과 지식을 가져야 독립을 할 수 있다고 생각하고 자신의 호를 백범으로 정했습니다. 김구 선생이 말한 문화의 힘을 길러나갔으면 좋겠습니다. 그런 점에서 우리나라의 촛불집회는 세계적으로 그 유례를 찾아보기 어려울 정도로 차분하고 평화적으로 진행됨으로 손상된 대한민국의 품격을 얼추 만회挽回해냈습니다. 절망의 어둠을 헤치고, 희망의 밝음을 보여주었습니다. 앞으로도 성숙한 시위문화로, 기품어린 나라사랑의 문화 창달이 이어지기를 기대해 봅니다.

정치권력과
표현의 자유

"권력은 인간을 오만하게 만들지만, 예술은 사람이 겸허히 자신의 한계를 깨닫게 합니다. 권력은 인간의 관심 영역을 좁게 하지만, 예술은 사람에게 존재의 풍요로움과 다양성을 일깨워줍니다. 권력은 세상을 병들게 하지만, 예술은 치유합니다." 서양의 격언입니다. 이기적인 인간은 대의大義보다는 자기 이익을 먼저 추구합니다. 정치인들도 마찬가지입니다. 그런데 그들은 기득권을 이용해 큰 이익을 쉽게 얻을 수 있습니다. 그래서 권력에 중독되기 쉽습니다. 술에 취하면 더 많은 술을 원하는 것처럼, 권력가들은 더 큰 욕망을 채우기 위해 모든 수단을 악용합니다. 그래서 거짓됨, 분열, 부패 같은 부정적인 성향을 지니게 됩니다.

중세철학의 완성자인 토마스 아퀴나스는 예술이 추구하는 아름다움의 3요소가 전일성, 조화, 광휘光輝라고 했습니다. 예술가는 순수한 사람들입니다. 예술의 세계에서는 속임수가 통하지 않습니다. 예술가는 섬세한 사람들입니다. 그들은 시대의 변화를 예지해내는 초인적 감각을 소유했습니다. 기득권자들은 세상을 매우 당연한 것으로 받아들입니다. 배부르면 변화를 싫어하게 마련입니다. 반면에 예술가는 현실을 부조리한 것으로 인식합니다.

세상이 아무리 험해도 그들은 늘 더 좋은 세상을 꿈꿉니다. 그래서 예술가들은 현실과 이상, 두 세계에서 고통받아야 하는 존재들입니다.

그래서 예술가들은 창조하는 마음으로 자신의 영혼을 쥐어짜서 그 고통을 내면에 담아내어 작품으로 형상화시킵니다.

그런 의미에서 예술가들은 그 누구보다 이 세상을 진정으로 사랑하는 사람들입니다. 예술가는 그 고귀한 아픔으로 만들어낸 아름다움으로 병든 세계를 치유해 새롭게 합니다. 예술은 사람에게 고통을 오래오래 견디어내는 힘을 제공합니다. 하지만 예술가 자신은 더한 고통에 빠지기도 합니다. 예술은 희생입니다. 고흐는 내면의 고통을 견디지 못하고 자살했지만, 오늘날까지도 그의 작품으로 치유를 얻는 이들이 많습니다. 그렇게 인생은 짧지만 예술은 깁니다.

예술의 힘은 치유와 통합이며, 새로운 질서의 창조입니다. 권력은 친구를 원수로 만들지만, 예술은 원수도 친구로 만들기도 합니다. 권력은 큰 차와 큰 집으로도 불행을 짓지만, 예술은 작은 차와 작은 집을 가지고도 행복을 짓습니다. 그리고 세상에 평화를 전해주기도 합니다. 세상의 의사와 정치인이 못하는 어려운 일들을 예술가는 능히 해내기도 합니다. 가난하지만 순수한 라보엠들이 많아야 파편화된 대지가 소통과 화해로 하나가 될 수 있습니다. 오늘 우리 시대의 예술가들이 표현의 자유를 누릴수록 우리 사회는 더욱 다양함 속에서 평화를 누릴 수 있습니다.

생각이 다르다는 이유로 불이익을 주거나 배제하거나 이렇게 해서는 안 됩니다. 방송책임자들이 "연예인은 우리가 알아서 껄끄러우니까 배제한다." 이렇게 하는 경우는 후진적인 형태입니다. 이런 것들이 계속 반복돼 왔습니다. 한동안 방송에서 못 보게 된 코미디언들도 있었습니다. "이 사람은 누구를 지지했기 때문에 된다, 이 사람은 누구를 지지했기 때문에 안 된다." 이런 식의 판단을 청와대, 국정원 이런 데서 하거나 또 자체적으로 기관별로 배제를 시키거나 이렇게 하지 않는 그런 사회가 돼야 합니다.

문화정책의 기본은 지원은 하되, 간섭은 하지 않아야 합니다. 어떤 경우에도 예술작품이 검열받거나 감시당하거나 배제당하거나 탄압받지 않고, 작품 그 자체로 존중받아야 합니다. 국가는 지원하고 투자하고 예술은 예술인들에게 맡기고, 판단은 관객에게 맡기면 됩니다. 이념적인 잣대로 예술작품을 바라보고, 재단하는 일이 없는 문화 환경을 만들어야 합니다. 문화예술인들의 표현의 자유, 창작의 자유와 같은 문화자유권을 보장하기 위한 조치가 있어야 합니다. 그 다음에 문화창작권과 관련해서 예술인들을 보호하고 권리를 지켜주고 그리고 각종 복지와 또 보험 등등의 여러 가지 기본적인 삶을 유지할 수 있는 그런 조건들을 만들어 주어야 합니다.

예술을 정치의 시녀로 여기거나 탄압하면 우리 사회는 암흑으로 치닫게 됩니다. 이 땅에서 다시는 정치권과 코드가 안 맞는 예술가들을 감시하고 괴롭히기 위해 만들어지는 '블랙리스트'를 작성해서 권력으로 돈으로 예술을 통제하려는 정권이 없었으면 좋겠습니다. 때로는 쓴 소리로 다가오겠지만 예술을 허용하는 너그러움과 여유를 지닌 성숙한 정치문화를 기대해 봅니다.

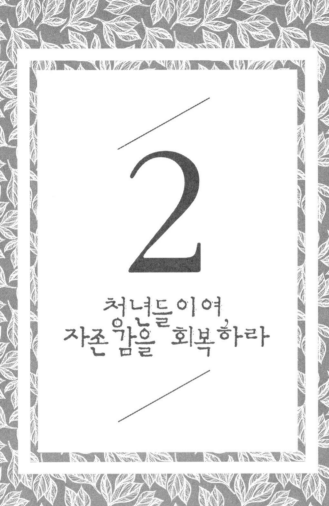

2

청년들이여
자존감을 회복하라

안전불감증시대에서
안전민감시대로

    르네상스는 14세기에서 16세기까지 이탈리아를 중심으로 여러 유럽 국가에서 일어났습니다. 르네상스는 인간의 자유와 평등과 정의를 묵살하는 기득권층의 권위를 부정하고, 인간으로서 누릴 인권을 강조한 문화운동이었습니다. 이런 르네상스가 하나님의 권위를 부정하고 인간중심적인 문화라고 기독교에서는 껄끄럽게 생각해서 반기독교문화로 이해하기도 하지만 그렇지 않습니다.

    르네상스가 발생한 시기는 기득권층이 하나님의 권위를 빙자해서 자신들의 권력이 하나님으로부터 부여받았다는 이른바 왕권신수설王權神授說을 주장하고 자신들의 권한이 곧 하나님과 교회가 부여해준 것으로 여겼습니다. 안타깝게도 이런 정치권력에 타협, 방조 아니 협력해서 그 당시 교회는 막대한 권력과 재정적인 혜택을 누렸습니다. 이런 상황이었기에 르네상스운동은 기득권 정치권력과 이에 편승한 어용 종교를 비판하면서 일어난 운동이었습니다. 엄밀히 말하면 이 당시 기독교는 비난받을 수밖에 없는 타락한 종교였습니다. 오히려 르네상스로 인해 기독교가 정화될 수 있었고, 기독교개혁운동이 일어날 수 있었습니다. 르네상스운동은 개인이 사회에, 국가에 매몰되는 것이 아니라 개인의 생명과 안전과 행복추구가 당연히 누려야할 권리임을 분명히 하였습니다. 이런 인간존중의 문화운동에는 국민의 안전과 개인의 존엄이 핵심가치입니다. 오늘 이 시대와 사회에 르네상스의 의미를 되새겨 봅니다.

지난 2014년 4월 16일 잊을 수 없고, 잊어서는 안 될 참담한 사고가 발생했습니다. 대한민국의 사회전반을 절망과 참담함으로 빠뜨린 안전 사고였습니다. 세월호 참사는 21세기 대한민국에서 발생한 최악의 해상 사고이자 부끄러운 역사적 사건으로 기억되고 있습니다. 이 사고로 인해 우리 사회에 깊이 자리 잡고 있는 안전불감증이 공론화되었습니다. 먼저, 우리 사회에 만연하고 있는 안전불감증의 역사적인 원인관계를 살펴 봅니다. 우리 사회는 1960년대 본격적인 산업화 이후, '한강의 기적'이라는 엄청난 경제 성장과 더불어 최단기간에 선진국 대열에 진입할 수 있었습니다. 하지만 이러한 경제 성장에는 다른 선국진과의 역사적인 차이점을 발견할 수 있습니다. 여러 선진국들은 오랜 시간동안 국민적인 합의와 문화적인 형성과정을 겪은데 반해, 우리의 경우에는 모든 역량과 관심이 경제 발전에만 집중됨으로써 헌법 34조*에 보장된 국민의 안전과 헌법 36조**에서 보장된 보건에 관한 권리는 등한시되었습니다. 국민의 안전을 희생해서 지금의 경제 성장을 이루었지만, 이런 과정동안 우리 사회에 자연스레 축적된 것 중 하나가 안전불감증입니다.

안전safety의 사전적 의미는 '인人, 물物, 환경環境이 균형 잡히고 조화를 이룬 상태' 혹은 '위험으로부터 자유로운 상태freedom of hazards'입니다. 즉, 안전은 인본주의 철학과 더불어 주변 환경과의 조화를 강조하고 있

---

* 헌법 제34조입니다. ① 모든 국민은 인간다운 생활을 할 권리를 가진다. ② 국가는 사회보장·사회복지의 증진에 노력할 의무를 진다. ③ 국가는 여자의 복지와 권익의 향상을 위하여 노력하여야 한다. ④ 국가는 노인과 청소년의 복지향상을 위한 정책을 실시할 의무를 진다. ⑤ 신체장애자 및 질병·노령 기타의 사유로 생활능력이 없는 국민은 법률이 정하는 바에 의하여 국가의 보호를 받는다. ⑥ 국가는 재해를 예방하고 그 위험으로부터 국민을 보호하기 위하여 노력하여야 한다. 헌법 제 36조입니다.

** 헌법 제 36조입니다. ① 혼인과 가족생활은 개인의 존엄과 양성의 평등을 기초로 성립되고 유지되어야 하며, 국가는 이를 보장한다. ② 국가는 모성의 보호를 위하여 노력하여야 한다. ③ 모든 국민은 보건에 관하여 국가의 보호를 받는다.

습니다. 우리 사회의 안전불감증은 이러한 세 요소의 부조화 속에 생성된 사회적 악습입니다. 이런 악습은 성수대교 붕괴, 삼풍백화점 붕괴, 경주 마우나리조트 붕괴 등과 같은 수많은 사고로 우리의 소중한 생명을 유린하고 있습니다.

하인리히는 『산업재해예방***』에서 사고발생 5단계 즉, 도미노 이론을 제안했습니다. 첫째, 유전적 요인과 사회적 환경입니다. 둘째, 개인적 결함입니다, 셋째, 불안전한 행동과 상태입니다. 넷째, 사고입니다. 다섯째, 재해입니다. 즉, 재난 발생은 다섯 요소의 연쇄 반응의 결과라고 볼 수 있습니다. 세월호 참사를 보면, 이들 요소 중 가장 근원적인 원인인 첫째와 둘째 요소에 해당하는 문제점이 발견됩니다. 첫째 요소의 예로는 바람직하지 못한 사회적 또는 가정환경에 의한 결함으로, 공중도덕과 준법정신의 결여 등의 안전불감증이었습니다. 둘째 요소는 개인의 신체적·정신적 결함과 안전의식 미흡 등을 예로 들 수 있습니다. 세월호 참사는 사회 환경과 개인적 결함이 나은 인재人災로서 하인리히 법칙을 의식했더라면 얼마든지 예방할 수 있는 사건이었습니다. 청해진해운의 불법적인 선박 운항, 관계 기관의 부실한 관리와 감독 등 우리 사회에

*** 하인리히 법칙Heinrich's law이라는 말이 있습니다. 이는 한 번의 큰 재해가 있기 전에, 그와 관련된 작은 사고나 징후들이 먼저 일어난다는 법칙입니다. 큰 재해와 작은 재해, 사소한 사고의 발생 비율이 1:29:300이라는 점에서 '1:29:300 법칙'으로 부르기도 합니다. 하인리히 법칙은 사소한 문제를 내버려둘 경우, 대형 사고로 이어질 수 있다는 점을 밝혀낸 것으로 산업 재해 예방을 위해 중요하게 여겨지는 개념입니다. 1931년 허버트 윌리엄 하인리히Herbert William Heinrich가 쓴 『산업 재해 예방: 과학적 접근Industrial Accident Prevention: A Scientific Approach』을 통해 처음 알려졌습니다. 당시 미국 여행보험사의 손실통제 부서에 근무하던 하인리히는 산업 재해 사례들을 분석하던 중 일정 법칙을 발견했습니다. 하인리히가 발견한 법칙은 큰 재해로 1명의 사상자가 발생할 경우 그 전에 같은 문제로 경상자가 29명 발생하며, 역시 같은 문제로 다칠 뻔한 사람은 300명 존재한다는 내용이었습니다. 하인리히는 이 조사 결과를 바탕으로 큰 재해가 우연히 발생하는 것이 아니라, 반드시 그 전에 사소한 사고 등의 징후가 있다는 것을 실증적으로 밝혀낸 책으로 발표했습니다. 하인리히 법칙은 산업 재해 예방을 포함해 각종 사고나 사회적·경제적 위기 등을 설명하기 위해 의미를 확장해 해석하는 경우도 있습니다.

깊게 뿌리 박혀있는 전형적인 안전의식 결여와 안전 불감증이 존재함을 보여줍니다.

이러한 안전불감증에서 벗어나야만 합니다. 더 이상은 가슴 아픈 사고가 일어나지 않도록 우리 사회를 좀 더 안전이 보장된 환경을 만드는 데 꼭 필요한 정책과 기술적 접근을 구축해나가야 합니다. 단기적인 처방으로는 즉각적인 효과를 기대할 수 있지만, 사회 전반에 존재하는 안전불감증을 해소할 수 있는 특효약이 될 수는 없습니다. 단기간에 해결하는 노력과 함께 장기간에 걸쳐 해결하려는 의지와 결단과 시스템과 안전중시의 문화가 형성되어야 합니다. 전 사회 구성원이 일상생활에서 자연스럽게 습득, 공유, 전달할 수 있는 행동양식과 그 과정에서 생성된 정신적·관념적 생활지침으로 발전할 수 있는 제 2의 르네상스 운동이 필요합니다. 아직도 제가 몸담는 교육계나 교회에서도 안전불감증이 만연한 현실입니다. 얼마 전에도 학교와 교회가 화재로 큰 어려움을 겪기도 하고, 수련회에서 익사 등의 사고가 발행하기도 하였습니다. 공공시설에 방염시설과 소화기 설치 등의 안전장비 구축이 시급합니다.

우리 사회 전반에 '안전문화safety culture'의 씨앗을 뿌리고 이를 지속적으로 가꾸어 나가야 합니다. 이를 위해 가정과 학교에서 안전교육을 해나가야 합니다. 또한 사회 전반에 안전장비 구축과 예방교육과 긴급구조 시스템 구축과 국가안전처의 신속한 조치가 가능한 구조를 갖춰야 합니다. 이 일은 그 어떤 일보다 시급하게 먼저 할 일입니다. 왜냐하면 국민의 생존과 직결된 일이기 때문입니다.

스마트폰 생활을
진단해 봅니다

아파트마다 초고속 광랜을 앞다퉈 깔던 시절이 있었습니다. 당시엔 너도나도 초고속 광랜을 깔기 위해 통신사로 전화를 거는 일이 잦았습니다. 10년의 세월이 훌쩍 지난 지금 어느덧 LTE를 논하는 시대가 왔습니다. 그러나 빨라진 건 기술뿐만이 아닙니다. 갓난아이들도 스마트폰을 장난감처럼 갖고 노는 시대가 왔습니다. 세상이 이렇다보니 스마트폰은 우리와 너무도 각별한 관계가 돼버렸습니다. 스마트폰이 자연스레 일상의 일부가 된 지금, 우리가 놓치고 사는 것은 없는지요?

넓고 빠르게 퍼지는 스마트폰 중독이 심각성을 더해가고 있습니다. 아침에 일어나 눈을 떠 가장 먼저 확인하는 것은 스마트폰입니다. 지난밤 사이 내게 온 메신저는 없는지, SNS에 누군가 담벼락을 남기진 않았을지, 졸린 눈을 비비며 좁은 스마트폰 화면을 샅샅이 찾고 또 찾게 됩니다. 이런 모습이 아침뿐일까요? 수업시간에도 막간의 휴식이 주어지면 자신도 모르게 스마트폰으로 손길이 가있습니다. 밥을 먹을 때도, 길을 걸을 때도, 스마트폰과 일심동체인 듯 한사코 떨어지기를 거부합니다.

그러나 이런 보편적인, 누구에게나 해당할 법한 이야기는 자칫 중독이라는 무서운 병으로까지 발전할 수 있습니다. 중독은 말 그대로 서서히 몸 안으로 독이 퍼지는 것입니다. 그 중에서도 스마트폰·인터넷·게임과 같은 중독은 일종의 습관성 중독입니다. 심리적인 의존을 위해 계속해서 물질을 찾게 되고, 신체적 · 정신적 건강까지 해치는 상태에 이르게 됩니다. 개인마다 특성이 달라 중독에 걸리는 이유는 다소 차이가 있겠지만 대부분 무언가 본인이 해결하지 못한 일에 대한 스트레스를 해소하기 위해 계속해서 특정한 대상을 찾게 됩니다. 심리적으로 특정 대상에 의존하는 일은 긴장과 감정적 불편을 해소하고 자신을 편안한 상태로 만들어 줍니다. 그러나 이 과정에서 지속적이고 습관적인 강박상태에 빠지게 될 때 병으로까지 이어지는 것입니다.

제가 아는 이는 평소에도 스마트폰을 무의식적으로 보는 것이 습관이 된 지 오래입니다. 그는 스마트폰을 손에 잡고 있지 않을 때는 문자, 카톡, 전화 등이 오면 어떻게든 확인할 수 있게 진동이나 벨소리로 알림음을 바꿔 놓습니다. 이런 그의 끝없는 눈길은 연락이 오지 않아도 온 것 같은 느낌까지 들게 해 계속해서 스마트폰을 확인하는 습관까지 만들어버렸습니다. 그는 스마트폰을 자주 사용하고부터는 깜빡 잊는 일도 늘어나 친구 집에 방문할 때는 무엇이든 하나는 놓고 오기도 합니다. 손에 닿지 않는 상태에서 스마트폰을 충전할 경우 불안한 느낌이 드는 그는 '누가 내 핸드폰 볼까, 알람 소리가 들리지 않을까봐' 등의 걱정으로 하루를 보내기도 합니다. 이런 그의 사례는 누구나 공감할 법한 이야기일 것입니다. 이처럼 계속해서 스마트폰을 확인하고 찾게 되는 것은 일종의 불안증상입니다. 일상생활에 큰 지장을 미칠 만큼 생활자체가 안될 경우는 중독을 의심해봐야 합니다.

스마트폰 중독에 걸린 환자들의 경우 대화 자체가 불가능합니다. 시도 때도 없이 스마트폰을 하는 증상을 보입니다. 스마트폰을 지나치게 자주 사용하면 일상생활에 신체적인 피해까지 가져올 수 있습니다. 지나친 음악 감상은 2차적인 청력문제를 발생시킬 수 있고, 스마트폰에 몰두하며 길을 걸을 경우 교통사고까지 발생할 위험이 있습니다.

이뿐만이 아닙니다. 스마트폰 중독은 '디지털 치매'로까지 악화될 위험성이 있습니다. 디지털 기기의 생활화는 잦은 건망증과 함께 기억력과 계산 능력을 저하시키고 결국 전자파에 장시간 노출된 신경세포가 변질돼 치매원인 물질을 30% 증가시킵니다. 단순한 하루 일과의 시작이 때론 돌이킬 수 없는 결과를 초래할지 모릅니다.

스마트폰에서 헤어나오려면 이를 대체할만한 취미생활을 가져야 합니다. 스포츠가 됐건, 문화생활이 됐건 건전한 취미생활을 찾아 스스로 스마트폰 사용을 줄여나가는 노력을 해야 합니다. 자신에게 가장 맞는 활동을 찾고 조금씩 스마트폰에 쓰던 시간을 다른 활동에 할애하다 보면 그동안의 스마트폰 사용습관이 달라지는 것을 확인할 수 있습니다.

스마트폰은 본래 시간을 단축해 정보를 획득하고 사회를 활성화시키려 등장한 것입니다. 그러나 그런 본래의 목적을 잃은 채 사회병리현상이 발생하고 있습니다. 본인이 자기 스스로 절제하려는 노력과 관리가 있어야 가치 있는 스마트폰 사용이 될 수 있습니다.

지금 당장 스마트폰을 쓸 수 없다고 생각해봅시다. 가족과 친구와도 연락할 수 없는 상황이 마치 고립감을 가져올 수 있습니다. 그러나 그 이전에 스마트폰에 푹 빠진 자신이, 자신을 고립시키고 있다는 것도 잊지 말아야 할 것입니다.

스마트 시대에
스마트하게 산다는 것은

오늘날 스마트폰의 보급은 우리의 생활도 많이 바꿔 놓았습니다. 스마트폰은 사용자들의 주의를 빼앗아가면서 여러 문제를 일으키고 있습니다. 거의 신체의 일부분이 된 스마트폰을 수시로 어루만지며 신줏단지 모시듯이 합니다. 어디엔가 접속돼 있지 않은 시간은 불안해합니다. 이제는 걸으면서 폰을 보는 것이 일상화돼 부딪치지 않게 조심해야 할 정도입니다. "스마트폰을 보다 부딪치면 먼저 미안하다고 말합시다."라는 문구가 나올 정도입니다. 식당이나 카페에서도 마주 앉아있지만 저마다의 폰에 빠져있습니다. 지하철이나 버스 안에서도 코 박고 귀 막고 있는 자세가 일반적입니다. 누구에게 피해 주는 것은 아니니 뭐라 할 것은 없지만 다정다감한 사람과의 대화가 단절된 것만 같아 쓸쓸합니다.

각종 공적 또는 사적인 모임에서도 손가락의 유혹을 참지 못해 별일도 없이 스마트폰을 만지작거리기 일쑤입니다. 주의력은 분산되고 모임의 의미는 반감됩니다. 친구들 모임에서 한 친구는 모임현장을 자꾸 찍어서 SNS에 올리면서 현장중계를 해대면 온라인과 오프라인 모임이 거의 합치되는 상황이 되기도 합니다. 모임 중 조금만 지루한 얘기가 나오면 다들 스마트폰을 꺼내 들면서 온·오프를 넘나드는 멀티태스킹이 가능한 능력자들입니다. 이러다보니 스마트한 소통의 도구로 인해 정작 의미 있는 소통이 이루어지지 않는 소통의 역설을 체감합니다.

과거 통화폰 시대에는 이른바 모바일 예절이라 하여 공공장소에서 작은 소리로 통화하기 등의 여러 배려사항들이 요구됐습니다. 이제 스마트폰 시대에는 단순한 예절의 문제가 아니라 우리의 전체적인 삶의 방식의 문제를 고민해야 하는 문명적 전환의 시점에 서게 됐습니다.

스마트폰은 책 안 읽는 대한민국이 되게 하기도 하였습니다. 우리 국민이 책 읽는 데 쓴 시간은 하루 6분, 스마트폰을 본 시간은 3시간 39분이라는 통계자료를 본 적이 있습니다. 하도 책이 팔리지 않다보니 출판업은 거의 빈사상태에 빠져있습니다. 사실 저도 전에는 이런저런 교양서적을 사두고 틈틈이 독서시간을 가졌지만, 어느 순간부터는 점점 스마트폰을 보는 시간이 많아지면서 책을 펴는 시간은 줄어들었습니다. 컬러풀한 화면을 터치하는 재미에 빠져 있다가 흰 종이에 검은 활자가 박힌 책을 펴면 집중력이 떨어지고 몇 자 보다 다시 덮고 폰을 만지작거리는 것이 일상입니다.

이처럼 스마트폰은 우리의 정신적 에너지와 시간의 여유분을 마지막 한 방울까지 쥐어짜 내고 있다는 느낌입니다. 사용자들이 가장 많은 시간을 보낸다는 SNS는 업무용이든 또는 친교용이든 언제나 자극을 제공함으로써 우리를 만성적인 긴장과 흥분상태에 있게 하는 듯합니다. 의도적으로 스스로를 이완시키려는 노력이 없으면 쉽게 그것에 종속되고 나아가 중독 상태에까지 이르지 않을까 싶습니다. 폰의 좁은 화면 속에 갇혀 있는 동안 건강한 생명체로서 우리의 오감五感은 점점 시들어가는 것은 아닌지요? 다시 아날로그 시대로 돌아갈 수는 없겠지만, 의식적으로 경계심을 갖지 않으면 자기도 모르게 오염돼 이른바 디지털 해독 Digital Detox이 필요한 상태에 이르게 될지도 모르겠습니다.

저는 요즘 작정하고 스마트폰 사용시간을 줄이는 노력을 하는 중입니다. 이런 저런 모임으로 단체카톡방이 여럿 있다 보니 이걸 확인하느라 수시로 스마트폰을 보는 것도 문제로 여겨졌습니다. 그래서 몇 가지는 탈퇴했습니다. 그리고 수시로 확인하는 것에서 벗어나려고 애를 쓰고 있습니다. 조금 심심하고 뒤떨어지는 것 같아 불안하기도 하지만 정신은 그만큼 맑아지는 듯합니다. 조금 맑아진 정신으로 책을 보다 마음에 와 닿는 구절이 있어 이를 되새기면서 글을 맺고자 합니다.

인류의 문화적 업적은 깊은 사색적 주의에 힘입은 것입니다. 문화는 깊이 주의할 수 있는 환경을 필요로 합니다. 그러나 이러한 깊은 주의는 과잉주의에 자리를 내주며 사라져 가고 있습니다. 다양한 과업, 정보의 원천과 처리과정에서 빠르게 초점을 이동하는 것이 이러한 산만한 주의의 특징입니다. 그것은 심심한 것에 대해 거의 참을성이 없는 까닭에 창조적 과정에 중요한 의미를 지닌다고 할 수 있는 저 깊은 심심함도 허용하지 못합니다. 잠이 육체적 이완의 장점이라면 깊은 심심함은 정신적 이완의 장점입니다. 단순한 분주함은 어떤 새로운 것도 낳지 못합니다. 그것은 이미 존재하고 있는 것을 재생하고 가속화할 따름입니다.

(한병철, 『피로사회』, 중에서)

헬조선에서 출산은
사치 혹은 공포

아이요? 이민 가서라면 모를까요? 지하철 노약자석에 있는 임산부 그림에 집요하게 엑스x 표시를 하는 사람들이 있는 나라에서 누가 아이를 낳고 싶을까요? 더군다나 지금 낳아봤자 자신보다 더 가난하게 살 텐데, 낳지 않는 게 모성이라고 하는 말이 나돌 정도입니다. 부모도 아이도 행복하지 않은 나라, '헬조선'의 현실입니다. 청년들이 결혼과 출산을 기피하는 가장 큰 이유는 경제적 곤궁함 탓입니다. '인구절벽' 현상은 고용 불안과 높은 주거비용 및 사교육비 부담 등으로 안정적인 미래를 꿈꿀 수 없다는 청년들의 아우성인 셈입니다. 2016년 청년층(15~29세) 실업자는 100만 명을 돌파했습니다. 서울의 평균 아파트값은 6억 원으로, 대개의 직장인들이 15년간 월급을 한 푼도 쓰지 않아야 모을 수 있는 금액입니다.

아이들에게 쏟아 붓는 돈도 만만치 않습니다. 부모들은 이제 막 말을 떼기 시작한 생후 22개월부터 사교육을 시키며, 아이 1명당 한 달 평균 22만원이 넘는 돈을 지불합니다. 아이 하나를 낳아 대학을 졸업시키는 데 드는 양육비용은 3억 896만원이나 된다고 합니다. 그렇게 키워도 아이가 취업하지 못하면 캥거루처럼 끼고 살며 경제적 지원을 계속해줘야 합니다.

상황이 이렇다보니 과거에는 결혼과 임신, 출산을 의무로 받아들였더라도 요즘 세대에게는 선택일 뿐입니다. 아이를 낳아 기르기 힘든 우리 사회에서 아이에 대한 기대나 낳고 싶다는 절박함 등이 없습니다. '임신 · 출산=이민'이라는 인식도 만연해 있습니다. 스웨덴 등 복지선진국으로 이민을 가면 아기를 낳을 수 있으나 우리나라에서는 아이를 낳고 키우는 목표를 찾을 수 없다고들 말합니다. 결혼을 해도 아이는 최대한 늦게 낳는다는 '키즈 딜레이kids delay'라는 신조어는 이런 세태를 보여줍니다. 이것보다는 낫지만 첫아이를 낳고 둘째 낳기를 포기하는 기혼 여성들이 늘고 있기도 합니다.

엄마처럼 살고 싶지 않아요. 여성들에게는 지극히 가부장적인 사회라는 악조건이 하나 더 추가됩니다. 여성의 몫으로 너무도 당연시해온 결혼과 출산, 육아로 이어지는 '맘고리즘*'은 여성 개인에게는 신체적 변화뿐 아니라 사회적 역할 등 모든 삶의 영역을 뿌리째 흔들어놓습니다. 그럼에도 생명을 잉태하고 길러온 여성은 남성과 동등한 존재이기보다는 미래 인력을 생산하는 도구쯤으로 취급받습니다. 혼자 살기도 힘든 세상에서 여성은 가정을 꾸리는 순간 이중으로 고충에 시달리게 됩니다.

결혼과 출산을 거부하는 여성들의 기저基底에는 '엄마처럼' 순응하며 살지 않겠다는 심리가 깔려 있습니다. 그간 엄마(혹은 언니, 친구)를 통해 남성 중심의 가족 문화에서 여성이 엄마와 아내, 며느리 역할을 수행하며 얼마나 불합리한 대우를 받는지 지켜봐왔기 때문입니다. 이른바 가임기可妊期 여성으로 분류돼온 지금의 결혼 적령기 여성들은 어렸을 때부터 차별이 없는 것처럼 키워졌고, 그렇게 자랐습니다. 하지만 결혼 · 출산 · 육아를 거치면서 자신의 성 역할을 필요 이상으로 자각하고

---

* 우리 사회에서 출산과 육아, 돌봄은 대부분 여성이 전담합니다. 여성은 아이를 갖는 순간 일과 가정 사이에서 줄타기를 하거나 경력단절을 감수하고 '전업맘'으로 돌아갑니다. 육아와 돌봄을 여성Mom에게 전담시켜 굴러가는 우리 사회의 비정상적인 작동 방식Algorithm을 일컫는 말로 '맘고리즘'이라는 용어가 만들어졌습니다.

강요받습니다.

최근 여성들이 "결혼할 상대가 없다"고 이야기하는 것도 비단 경제적 조건만을 말하는 게 아닙니다. 성 평등 관점을 가진 남성을 찾기 어렵다는 의미이기도 합니다. 결혼을 안 하고 아이를 낳지 않는 것은 성차별 문제에서 비롯됩니다. 다만 저출산 문제는 교육, 노동, 주거, 가부장적인 인식의 변화 등이 얽혀 있는 만큼 긴 호흡에서 사회 전반을 개혁하는 과정이 있어야 합니다.

청년 세대가 결혼과 출산을 꿈꿀 수 있는 사회로 바뀌어야 합니다. 일자리, 주거, 교육 등 결혼·출산을 어렵게 하는 구조적 문제가 개혁돼야 합니다. 일·가정 양립이 실천될 수 있도록 기업문화가 가족친화적으로 바뀌고, 양성평등한 가족문화가 자리 잡아야 합니다. 출산과 육아가 '노동력 손실'로 여겨지는 현실을 바꿔야합니다. 남성 육아휴직, 임신·육아기 근로시간 단축제도가 없어서 못 쓰는 게 아닙니다. 기업의 현실과 사회분위기가 육아휴직하기에는 쉽지 않습니다. 또한 육아휴직 중인 부모들은 경제난에 허덕이게 됩니다. 육아기 노동시간을 줄이는 유연근무제도가 있는지도 모르고, 알아도 못 쓰는 게 현실입니다. 부모 노릇을 할 수 있는 시간을 주어야합니다. 일하는 부모는 하루 종일 아이를 보육시설에 맡기는 대신, 한 번뿐인 아이의 어린 시절을 함께하고 싶습니다. '가임기 여성'의 숫자를 지자체별로 줄 세우는 '출산지도' 대신 국공립 어린이집 숫자, 출산 후 같은 자리로 복귀하는 여성과 경력단절 후 재고용되는 여성이 얼마나 많은지 보여주는 지도를 만들어야 합니다. 그런 것으로 지자체와 기업을 경쟁시키면 어떨까요? "한 여성이 몇 명의 아이를 낳느냐"는 질문에서 "한 부모가 몇 명의 아이를 키울 수 있느냐"로 질문을 바꿔야 할 때입니다.

금·은·흙이 아니라
다이아몬드

우리 사회에서 수저 논쟁이 수그러들지 않고 있습니다. 아니 더 거세지는 것만 같습니다. 그만큼 우리 사회의 계급불평등이 심화되었다는 것이니 안타깝습니다. 이에 따라 청년세대들은 '아프다'는 얘기입니다. 그런데 문득 이런 수저논쟁이 청년세대가 열정을 쏟지 않을 핑계거리로 여겨지는 것은 아닌가 하는 조심스러운 생각도 듭니다. 금수저를 입에 물려주면 만족하고 뭐든지 해낼 수 있을까요? 수저 타령이 요새만 있는 것이 아닌 것 같습니다. 아주 오래전부터 지혜자마다 이에 초점을 두고 심오한 이야기를 펼쳐왔으니 혹시 거기에 답이 있을까 싶어 생각에 젖어 봅니다.

신약성경 마태복음 25장 14절~30에는 예수가 말한 달란트 비유가 나옵니다. 이 이야기는 어느 주인이 자기 재산을 종들에게 맡기고, 타국에 다녀와서 정산을 하는 내용입니다. 주인은 세 명의 종에게 각각 다섯 달란트, 두 달란트, 한 달란트를 맡겼습니다. 그리고는 멀리 타국으로 떠났습니다. 세월이 흘러 주인이 돌아와서는 종들을 부릅니다. 그리고는 정산을 합니다. 다섯 달란트 받은 종은 이를 바탕으로 노력해서 다섯 달란트의 이익을 남겼습니다. 두 달란트를 받은 종도 두 달란트의 노력해서 두 달란트의 이익을 남겼습니다. 그럼 한 달란트 받은 종은 어떻게 되었을까요? 당연히 한 달란트의 이익을 남겼을까요? 아닙니다. 어찌된

일인지 그는 그렇게 하지 않았습니다. 혹시 그는 몸이 좀 불편하거나 피치 못할 사정이 있었을까요? 아닙니다. 그는 그것을 잃어버릴까 싶어 땅에 묻었다가 한 달란트를 가져왔습니다. 주인은 다섯 달란트와 두 달란트를 남긴 종들은 충성스러운 종이라 칭찬하고, 한 달란트를 그대로 가져온 종은 게으르다고 꾸짖으며 한 달란트를 빼앗아 열 달란트를 남긴 종에게 주었습니다.

이게 무슨 해괴한 계산법이란 말인가요? 다섯, 둘, 하나도 차별이 이만저만이 아닌데 하나마저 열에 보태 주니 듣기만 해도 화가 치밀만한 이야기입니다. 이를 요즘 말로 하면 다섯은 금수저, 둘은 은수저, 하나는 흙수저일 것입니다. 하나밖에 없는 것을 빼앗아 열에 보태니 '빈익빈부익부'에 '양극화,' '내 이럴 줄 알았다'가 될 것입니다. 이러니 가진 자, 기득권자들이 종교를 자기들에게 유용하다고 좋아하나 봅니다. 종교지도자들은 이들에게 편승해서 이득을 챙기는 존재들인가 봅니다. 이렇듯 종교가 체제순응적인 기득권에 기생하니 종교무용론이 나오나 봅니다. 그래서 누군가는 '종교는 아편'이라 했나 봅니다.

이처럼 이 이야기가 이렇게 무지막지한 결론에 이르면 안 되겠지요? 그럼 이건 성경聖經이 아니고 해로운 '독경毒經' 아니 악한 '악경惡經'일 것입니다. 좀 더 깊이 보면 이는 그런 의도가 아닙니다. 이는 주인이 종들의 재능과 여건과 능력을 고려해서 배분한 것으로 금, 은, 흙수저와는 다릅니다. 이는 오히려 책임과 부담으로 주어진 것입니다. 달란트를 많이 받고, 적게 받은 것으로만 보면 수저론으로 생각할 수 있습니다. 그러나 이 이야기는 여기서 그치지 않습니다.

주인이 돌아와 정산을 하는 대목이 핵심입니다. 그냥 준 것이 아니라 이를 바탕으로 두 배로 남겨야하는 과제요, 부담이었습니다. 이렇게 보면 거꾸로 달란트를 적게 받은 종이 더 낫습니다. 많이 받은 종일수록 부담과 책임으로 힘들었을 것입니다. 이 이야기에서 다섯 달란트와 두 달란트를 받은 종들은 주인의 뜻을 알았고, 그 앎을 삶으로 이어갔습니다. 이들은 주인이 돌아오니 기뻤고, 신이 났습니다. 주인의 뜻을 알았기에 이를 잘 따랐습니다. 그러기에 그들은 주인이 정산 후에 그들에게 맡긴 주인의 것과 자신들이 고생해서 이익을 남긴 것까지 얻게 되었습니다.

그러나 한 달란트 받은 종은 그렇지 않았습니다. 다섯 달란트와 두 달란트 받은 친구들이 고생고생하면서 최선을 다해 이익을 남기는 것을 빤히 보면서도 자신의 달란트를 활용해서 남기려는 노력을 하지 않았습니다. 그러면서 그는 친구들을 "헛수고한다."고 "어리석다."고 비난했는지도 모릅니다. 혹시 자신을 적게 맡기고 친구들에게 많이 맡긴 주인을 원망하고 친구들을 미워했는지도 모릅니다. 그러면서 그냥 게으름을 피웠을 지도 모릅니다.

실제로 한 달란트 받은 종이 주인에게 한 말입니다. "당신은 굳은 사람이라 심지 않은 데서 거두고 헤치지 않은 데서 모으는 줄을 내가 알았으므로 두려워하여 나가서 달란트를 땅에 감추어 두었습니다." 그가 알고 있는 주인의 뜻이 정말 옳았을까요? 아니었습니다. 그는 주인을 두려워했습니다. 주인이 두려우니 주인의 것을 잃어버릴까봐 두려워 땅에 묻어뒀다는 이야기였습니다.

이 이야기로 생각을 확산해봤습니다. 오늘 청년세대들이 한 달란트 받은 종처럼 주인의 뜻을 제대로 파악하지 못하고, 두려움 속에 살고 있지는 않은가요? 두려워서 결혼 못하고, 두려워서 애도 못 낳고, 두려워서 자살하고요. 사는 게 말이 아닙니다. 기회가 차단되었다고, 불평등한 사회이기에 '일자리'가 없다고 속상해합니다. 과연 이 두려움은 어디서 오는 것일까요? 위의 이야기에 그 해답의 실마리가 있습니다.

한 달란트 받은 종이 두 달란트와 다섯 달란트 받은 종을 보면 부럽습니다. 이것은 모두 한 달란트 받은 종이 바라보는 소유의 많고 적음의 기준입니다. 작은 사람은 큰 사람을 보면 기가 죽습니다. 이런 식의 계산 이면 얼굴 못생긴 사람은 다 죽어야 합니다. 그런데 위의 다섯, 둘, 하나 는 그런 의미의 이야기가 아닙니다. 다섯, 둘, 하나는 저마다 타고난 재 능이라고 볼 수 있습니다. '키'라고 해도 좋고, '몸무게'라고 해도 좋습니 다. 키가 커야 좋고, 작으면 나쁜 것이 아닙니다. 마찬가지로 몸무게가 많이 나가야 좋고 적게 나가면 나쁜 것이 아닙니다. 달란트는 저마다의 독특한 개성이요, 강점입니다.

세상에 한 사람도 똑같은 사람이 없습니다. '달란트'라는 말이 '탤런 트', 곧 사람마다 타고난 재능을 뜻합니다. 타고난 재능으로 다 먹고살게 돼 있습니다. 그런데 우리는 더 많이 가져야 좋은 것으로 생각을 합니다. 내게 있는 재능은 안 보이고, 남의 떡이 커 보이기 시작하면 나중에는 겁에 질려 꼼짝달싹하지 못하게 됩니다. 그때는 이익을 남기기는커녕 있는 것마저 빼앗기게 됩니다. 이미 마음이 불안에서부터 생동감이 없이 죽음에 이르렀기 때문입니다.

그 과정은 다음과 같습니다. 다섯이 커 보일 때는 다섯이 되는 '일'이 따로 있어 보입니다. 땅이나 파 가지고 어느 세월에 다섯 되나 싶고, 내가 그런 일 할 사람 정도로 보이지도 않습니다. 땅 파는 능력을 갖추고 태어난 사람은 땅 파다 보면 원하는 대로 되는 것인데 영 마음이 내키지 않습니다. 그러다 튀어나온 말이 '흙수저'입니다. 좀 남보다 적어도 거기 서 만족함을 알고 감사하면서 주어진 일에 최선을 다하면 안 될까요? 남보다 더 갖고 싶고, 높아지고 싶은 욕심은 아닐는지요?

처음에 수저 논란을 언급한 건 이러려고 벌인 것은 아니었습니다. '사 회가 이렇게 불평등해서야 되겠냐'고 애가 타서 했던 말인데 쓰다 보니 '수저 타령한다.'는 비판적인 글이 되어버렸습니다. 물론 나라가 선진화될수록 부패가 합법화돼서 이른바 자본주의의 폐해를 능가하는 부의 불균형을 초래하는 것이 사실입니다. 그렇다고 화살을 부모에게 돌리고, 사회로 돌리면 기분이 좋아지고, 행복한가요? 그렇지 않습니다. 저도 우리 사회의 불평등에 대해 수저론에 대해 비판적인 사람입니다. 청년세대를 힘들게 하는 불평등과 부조리한 사회현실이 시급히 개선되어야 한다고 확신하는 사람입니다. 이런 사회정의를 위한 외침과 개선을 위한 공론화는 당연히 해나가야 합니다. 그러나 제 딴엔 그래도 청년세대에 대한 연민으로 어쭙잖은 권면을 하고 싶었나 봅니다. 지금 당장 청년세대들에게 필요적절한 것으로 권면하려는 것입니다. 비관하고 비난이 너무지나치면 세상은 더 나빠질 뿐입니다. 사람이 냉소적이 되고 황폐해지고 맙니다. 이는 결국 자신을 망칠 뿐입니다.

양파로 음식을 만드는 과정에서 눈물을 주르륵 흘려보지 않은 분은 없을 겁니다. 이것은 양파 특유의 매운 파기름이 증발하면서 생기는 현상인데요. 양파 껍질을 까거나 양파를 썰 때 파기름이 가스가 되어 안구나 눈꺼풀을 자극합니다. 그대로 두면 눈이 짓무르기 때문에 눈물을 내보내 안구를 감싸는 역할을 해주는 것입니다. 외부의 공격으로부터 눈을지키기 위한 눈물이든 슬픔, 기쁨에 의한 눈물이든 눈물은 신체에 긍정적인 작용을 합니다. 눈물을 참지만 마시고 후련해지도록 펑펑 울어보세요. 마음을 달래줄 것입니다. 이렇게 울고 나면 마음도 후련해지고 조금은 알 듯 모를 듯 속이 후련해지는 듯한 시원한 느낌도 들 것입니다. 그리고 나서 다시금 용기를 내면 됩니다.

이것 하나는 확실합니다. 사회적 불평등을 이야기하기 전에, 하나님은 먹고살 만한 재능을 사람마다 부여해서 세상에 내보냈다는 사실 말입니다. 이것을 믿고, 자신을 믿고, 주어진 일에 충실하면서 열정을 쏟다보면 살 길이 열립니다. 뜻이 있는 곳에 길이 있습니다. 이것은 유교의 경전이 대전제로 삼고 있는 것이기도 합니다. 우리에게 익숙한 '천명지위성天命之謂性'이라는 말이나 '명명덕明明德'이라는 말이 그 말입니다. 아주 쉬운 말로는 우리가 흔히 쓰는 '덕분德分'이라는 말이 있습니다.

앞에서 말한 달란트라는 단어와 같은 의미입니다. 이것이 희미해지면 자기를 잃어버릴 수 있습니다. 그러면 사회정의를 이룰 힘도 물 건너갑니다. 그래서 공자는 '불원천 불우인不怨天 不尤人'을 말하는데 여기서 '불원천', 즉 '하늘을 원망하지 않는 것'이 먼저입니다. 충분히 먹고살 만하게 낳아준 것을 고맙게 여긴다는 말입니다.

오늘날 만개한 이기주의를 극복할 수 있는 올바른 방법 중의 하나도 주어진 삶에 감사하는 자세입니다. 어느 군대에서 있었던 이야기입니다. 그 날은 저녁 식사 반찬으로 돈가스가 나오는 날이었습니다. 병사들이 식당에서 줄을 서서 기다리는데 웅성거리는 소리가 났습니다. 알고 보니 돈가스를 1인당 2개씩 나누어 준다고 하여 신이 난 것이었습니다. 병사들은 매우 좋아했습니다. 그러나 소스가 없다는 이야기에 이내 표정이 어두워졌습니다. 부식 담당 병사가 실수로 돈가스 한 상자와 소스 한 상자가 아닌 돈가스 두 상자를 가져온 것이었습니다. 여기저기 병사들의 불평이 들렸습니다. "맛도 없게 소스도 없이 돈가스만 2개를 먹으란 말이야?" 그때 한 선임병이 말했습니다. "다들 그만 불평하자. 분명히 어떤 부대에서는 지금쯤 돈가스 없이 소스만 2인분 먹고 있을 거야." 비슷한 상황에서 우리는 다른 선택을 할 수 있습니다. 불평을 택할 것인가, 감사를 택할 것인가? 항상 불평하는 사람은 감사할 일에도 작은 불평을 하고 항상 감사하는 사람은 불평할 일도 감사합니다. 결국, 불평하는 것도 습관이고, 감사하는 것도 습관입니다. 그러니 감사를 습관으로 하루를 살 수 있다면 멋진 인생이 되지 않을까 싶습니다. 작은 것에 감사하지 않는 사람은 큰 것에도 감사하지 않습니다.

미국의 실업가 중에 '스탠리 탠'이라는 사람이 있습니다. 그는 회사를 크게 세우고 돈을 많이 벌어서 성공한 사업가로 꽤 유명해졌습니다. 그런데 1976년에 갑자기 척추암 3기라는 진단을 받았습니다. 수술로도, 약물로도 고치기 힘든 병이었습니다. 사람들은 그가 절망감에 빠져있을 거라고 생각했습니다. 그러나 몇 달 후 그가 병상에서 자리를 툭툭 털고 일어나 다시 출근을 한 것입니다. 사람들은 깜짝 놀라서, 물었습니다.

"아니 어떻게 병이 낫게 된 것입니까?"

이에 대한 그의 대답입니다.

"아 네, 저는 얼마 안 남은 삶을 지금까지 받은 사랑과 누린 축복을 생각하면서 감사를 표현하다보니 마음도 즐겁고, 기쁘게 되었습니다. 그랬더니 제 병이 나았습니다."

그는 감사를 통해 새로운 삶을 얻게 되었습니다. 감사하면 감사할 일만 생깁니다. 두 눈으로 산, 강, 하늘을 볼 수 있음에 감사하고, 두 발로 걸을 수 있음에 감사하며, 두 손을 움직여 책장을 넘기고 수저질을 할 수 있음에 더더욱 감사합니다. 또한 내음을 맡을 수 있는 코에 이상이 없음에 감사하고, 음식을 먹을 수 있는 입과 이에 이상이 없음에 감사합니다. 다른 사람의 말을 두 배로 들으라는 듯, 두 귀가 온전함에도 감사합니다. 그러나 많은 사람은 안타깝게도 이러한 감사의 축복을 잊어버리고 살아가는 것 같습니다. 조금만 둘러보면 우리가 가진 것이 얼마나 많고 소중한지 깨달을 수 있습니다.

우리는 축복받은 사람입니다. 축복받은 삶을 헛되이 보내지 맙시다. 우린 행복한 삶을 살아가야 할 충분한 자격을 갖춘 사람들이니 힘을 냅시다. 좌절하거나 실망하지 마시고 다시 일어나 도전합시다. 당장 가까운 이웃의 어려움을 살필 수 있는 마음의 풍요로움을 가집시다. 봉사와 희생도 사소한 것에서부터 시작하여 큰 것이 되듯이, 졸졸졸 흐르는 산골짜기의 냇물이 실개천이 되어 큰물太平洋을 이루듯이, 감사의 눈으로 주변을 살펴봐야겠습니다. 그러면 나를 넘어서서 가족과 이웃과 자연이 보이고 그 따스한 눈빛으로 보살핌을 실천할 것입니다.

"내가 잘 살아야 다른 사람을 도울 수 있다."는 말은 말도 안 되는 핑계입니다. 없으면 없는 대로 있으면 있는 대로 봉사하고 헌신하는 마음자세와 실천적인 행동이 무엇보다도 필요한 시대입니다. 이처럼 하나님을 원망怨天하는 것이 아니라 하나님과 함께 기쁨樂天으로 생각을 바꿔봅시다. 이런 기쁨이 효도이고, 무한한 가능성이요, 잠재력입니다. 이게 바로 청년세대다운 패기입니다.

"필사즉생 필생즉사必死則生 必生則死. 죽고자 하면 살 것이고, 살고자 하면 죽을 것이다!" 영화 〈명량〉에서 이순신 장군이 수세에 몰린 병사들에게 이같이 말하자, 순식간에 사기가 역전돼 전장을 승리로 만들었습니다. '곤경에 처했을 때의 도는 찬 것이 따뜻한 것을 낳고, 따뜻한 것이 찬 것을 낳게 하는 이치와 같다夫困之爲道, 從寒之及煖, 煖之及寒也'라고 한 공자의 말에서 필사즉생 전략의 비밀을 가늠케 합니다. 프랑스 시인이자 극작가인 빅토르 위고는 19년간 정치적 망명을 떠돌면서 역작 〈레 미제라블〉을 탈고하며 이렇게 말했습니다.

"1861년 6월30일 아침 8시30분, 나는 창문으로 들어오는 아침 햇살을 맞으며 〈레 미제라블〉을 끝냈다. (중략) 이제는 죽어도 여한이 없다."

외로운 투쟁 속에서 모든 것을 잃고, 오로지 역작을 위해 매달린 끝에 완성한 기쁨의 최고 표현이었습니다. "불광불급不狂不及"이라는 말이 있습니다. 이 말은 미치지 않으면 미칠 수 없다는 의미로 어떤 일에 미치지 않고서는 다다를 수 없다는 뜻입니다. 인류의 역사는 꿈의 역사였습니다. 누가 꿈을 꾸었고 누가 그것을 이루었는가의 기록이라고 말할 수 있습니다. 당연히 미래 역시 꿈꾸는 사람들의 시대가 될 것입니다. 요즘

앞이 보이지 않는 절망의 시대라고 사람들은 말하고 있습니다. 하지만 역사는 꿈을 꾸는 사람들에 의해 이루어져 왔고 우리에게 선물로 주어졌습니다. 구약성경의 요셉은 '꿈꾸는 사람'이라고 불렸고 꿈을 이룬 사람입니다. 그러나 그는 그냥 주어진 꿈을 이룬 것이 아니었습니다. 수많은 고난과 절망을 이기고 사랑과 용서로 자신의 집안과 자기 민족을 지켜냈습니다. 우리도 꿈을 꾸어야 합니다. 그리고 그 꿈을 현실로 만들어 후세에게 선물로 주어야 합니다.

성공한 사람들의 뒷이야기를 살펴보면 자신이 하는 일에 집요할 정도로 몰입하고 파내고 포기할 줄 모르는 사람처럼 끈질기게 매달렸다는 이야기를 흔히 접할 수 있습니다. 무슨 일을 하든지 성실하게 진실하게 절실하게 해나가는 세 가지 실성실, 진실, 절실이 어우러진 열정적인 삶을 살아봅시다. 하늘이 무너져도 솟아날 구멍이 있고, 동서남북 꽉 막힌 상황이라면 위를 바라보거나 아래를 바라보면 새로운 길이 열리기도 합니다.

낙숫물이 댓돌을 뚫듯 우직함을 갖고, 열정적이고 끈기 있는 삶을 살아보십시오. 세상에서 가장 위험한 것은 실패하는 것이 아니라 도전하지 않고 현실에 안주하는 것입니다. 항구를 장식하는 배가 아닌 거친 파도를 헤쳐 나가는 배가 되어, 더 넓은 세상을 향해, 더 밝은 미래를 위해 도전하고, 또 도전해보십시오. 길 아닌 곳도 일단 가면 길이 됩니다. 길이 막혔다고 힘겨워 마십시오. 뚫고 나가면 됩니다. 길이 없다고 불평하지 마십시오. 결국 앞으로 나가는 자가 길을 냅니다.

신나는 길은 없는 길을 만들어 내는 것입니다. 막힘이 기회입니다. 용광로와 같은 열정으로 길을 내보십시오. 열정이 기름 되어 산더미 같은 부담을 태워버릴 것입니다. 만들어진 길을 가기보다 새로운 길을 만들어보십시오. 막힌 바위를 깨부수면, 높은 산을 깎아 평지를 만들 수 있습니다. 한계를 두려워하지 말고 상상하고 노력해보십시오. 열정과 투지로 오늘을 이깁시다. 우리 자신이 큰 꿈을 꾸지 못하도록 방해하는 것은 바로 우리 자신일 뿐입니다. 자신을 이기는 것이 성공의 시작입니다. 넘어지지 않으면 걸음마를 배울 수 없듯이 넘어지고 깨지더라도 늘 다시 일어서는 진취적인 기상을 발휘하는 청춘답게 살아갑시다. 힘들지만 조금씩 성장하면서 이겨나가는 청춘들이 되새겨볼 만한 이해인 수녀의 시입니다.

봄이 오는 길목에서

하얀 눈 밑에서도 푸른 보리가 자라듯
삶의 온갖 아픔 속에서도

내 마음엔 조금씩
푸른 보리가 자라고 있었구나

꽃을 피우고 싶어
온몸이 가려운 매화 가지에도

아침부터 우리집 뜰 안을 서성이는
까치의 가벼운 발걸음과 긴 꼬리에도

봄이 움직이고 있구나

아직 잔설이 녹지 않은

내 마음의 바위 틈에

흐르는 물소리를 들으며
일어서는 봄과 함께

내가 일어서는 봄 아침

내가 사는 세상과
내가 보는 사람들이

모두 새롭고 소중하여
고마움의 꽃망울이 터지는 봄

봄은 겨울에도 숨어서
나를 키우고 있었구나

　왜 겁에 질려 있냐 하면 계산을 잘못해서 그렇습니다. 세상이 전쟁(경쟁)하는 세상이라 전쟁귀신이 붙어서 다섯, 둘, 하나를 5〉2〉1로 계산하기 때문입니다. 5=2=1이 맞습니다. 그래서 금, 은, 흙이 아니라 '모두가 다이아몬드금강'입니다. 청년세대여! 전쟁귀신에게 끝까지 저항하여 다이아몬드로 살아갑시다. 다이아몬드여! 영원하라!

권력 앞에 흔들리는
대한민국 헌법 제11조 1항

"모든 국민은 법 앞에서 평등하다. 누구든지 성별·종교 또는 사회적 신분에 의하여 정치적·경제적·사회적·문화적 생활의 모든 영역에 있어서 차별을 받지 아니한다."고 헌법 11조 1항은 못 박고 있습니다.

평등의 원칙은 국민의 기본권 보장에 관한 우리 헌법의 최고원리로서 국가가 입법을 하거나 법을 해석 및 집행함에 있어 따라야 할 기준인 동시에, 국가에 대해 합리적인 이유 없이 불평등한 대우를 하지 말 것과 평등한 대우를 요구할 수 있는 모든 국민의 권리로서, 국민의 기본권 중의 기본권입니다.

하지만 현실은 다릅니다. 신분에 따라 법 앞에 차별을 받고 있으며, 돈이 없으면 법의 보호도 받지 못하는 냉혹한 사회로 전락해 가고 있습니다. 또한 과거 어느 시점부터인가 법 위에 권력이 군림하며, 가진 자를 보호하기 위한 급급한 행태를 보이고 있기도 합니다. 법조인마다 판결에 대한 해석이 다를 수는 있습니다. 그러나 중요한 것은 법보다 우선하는 것이 '국민정서'입니다. 국민의 정서와 눈높이로 대다수 국민이 공감할 수 있는 판결이면 그 판단은 옳다고 할 수 있을 것입니다.

시간이 흘러갈수록 점점 멀어지는 것은 법조문과 사법기관의 약속 아닌 약속입니다. 국민들로 하여금 헌법 제11조 1항이 어느 때부터인가 믿을 수 없는 약속이 되었습니다. 법이 더 이상은 법 없이 살 수 있는 사람의 편은 아닌 것 같습니다. 지금의 법의 잣대는 죄가 있고 없는 것과는 상관없는 일이라는 생각이 듭니다. 유치원과 초등학교 교실에도 그 공간만의 작은 질서와 규칙이 있습니다. 심지어 고스톱과 같은 노름판에도 지켜야 할 규칙이 있습니다. 그러나 이른바 위정자들이라 불리는 고위 계층들은 국민 정서와는 다른 결정을 하고 그것을 인정하고 따라오라고 고집을 넘어 아집을 부립니다. 이들의 행태는 결국 사회를 혼란에 빠뜨리는 가장 큰 원인으로 작용합니다.

이런 불의는 반칙입니다. 반칙이란 자신의 편의와 이익을 위해 규칙을 어기는 행위이며 규칙의 허점이나 빈틈을 노려 이득을 보려는 수단이나 방법을 우리는 꼼수라고 칭합니다. 이런 반칙과 꼼수는 사회 구성원들의 공정한 경쟁을 방해하고 구성원들 간 준법의식을 약화시켜 사회 공동체의 규범을 무너뜨립니다. 또한 반칙과 꼼수는 선량하고 성실한 사람에게 상대적 박탈감과 좌절을 안겨주고 더 나아가 구성원들 사이에 불신과 갈등을 조장하여 사회를 병들게 합니다. 누구에게나 평등하게 법이 적용되는 공정하고 깨끗한 사회, 사회 구성원 간 신뢰와 화합으로 서로 존중하고 배려하는 건강한 사회를 만들기 위한 노력은 아무리 강조해도 지나치지 않을 것입니다. 위정자들이 반드시 명심해야 할 것이 있습니다. 국민들이 체감할 수 있는 '실질적인 법 앞의 평등', '선진 법문화'를 만들어가야 한다는 것을 말입니다. 더 이상은 우리 사회가 학연, 지연, 혈연과 권력 등에 의해 '법의 질서'가 흔들리는 촌극에 놀아나지 말고, 원리와 원칙을 근간으로 한 '진짜 법질서'를 유지해가야 할 것입니다.

청년들이여,
자존감을 회복하라

'춘래불사춘春來不似春'이라는 고사성어가 있습니다. 잘 알고 있는 것처럼, 봄은 왔지만 봄 같지 않다는 뜻입니다. 물론 생동하는 봄기운과 함께 활기차게 시작한 시대에 어울리지 않는 말 같습니다. 그런데 왜 하필이면 해마다 봄이면 한 번쯤 들어봄직한, 그래서 식상한 느낌마저 드는 고사성어가 떠오른 것일까요? 아무래도 꿈과 희망을 이야기하는 것이 사치로 느껴질 정도로 힘들고 고단한 청년 세대의 현실 때문이 아닌가 싶습니다. 아니면, '헬조선'을 만든 책임이 있는 기성세대의 한 사람이기에 그럴지도 모르겠습니다.

청년들은 지금 '헬조선'의 암울한 현실에 갇혀 옴짝달싹하지 못하면서 불안과 절망 그리고 분노와 체념을 내면화하고 있습니다. 시대를 잘못 타고 태어났다고 한숨지을 겨를도 없습니다. 겨우내 얼었던 땅을 뚫고 나오는 새싹의 생동감보다 더 강한 기운으로도 '지옥 같은 대한민국'에서 살아남는 것이 참으로 어렵기 때문입니다. 현재를 살아내기 급급한 상황에서 희망을 이야기하고 미래를 꿈꾸는 것은 이른바 '금수저'에게나 가능한 일이 되었습니다. 대부분의 '흙수저'들에게는 결코 녹록치 않은 현실입니다. 이처럼 상대적인 박탈감에 사로잡혀 꿈과 희망을 포기한 청년세대의 문제를 해결하지 않는 한 우리 사회의 미래를 낙관하기는 어렵습니다.

어쩌다 이렇게 된 것일까요? 도대체 무엇이 한창 꿈과 희망에 부풀어 있어야 할 청년들을 'n포세대'로 만든 것일까요? 신자유주의의 무한생존 경쟁이 가속화되면서 대학의 본질이 변질되었기 때문일지도 모르겠습니다. 물론 순진하게 '상아탑'을 운운하고 싶지는 않습니다. 다만, 자본의 논리에 의해 거세된 대학의 낭만과 열정을 복원시켜야 하는 당위성을 강조하고 싶을 뿐입니다. 대학은 결코 취업을 위해 거쳐 가는 관문이 아닙니다. 미래를 향해 힘차게 도약하기 위해 치열하게 고민하고 논쟁하며 젊음을 불태우는 곳입니다. 청년 특유의 낭만과 열정이 필요한 것도 그래서입니다. 그러니 왜 꿈을 꾸지 않고 희망을 갖지 않느냐는 기성세대의 질책에 위축될 필요 없습니다. 오히려 경쟁과 평가 그리고 성과 위주의 지표가 난무하는 대학의 현실을 개탄하면서 변화를 요구해야 합니다. 동시에 자기 자신의 바람과 기대치를 실현하기 위해 최선을 다해야 합니다. 그래야만 기성세대의 프레임에서 벗어나 삶의 주체성을 회복할 수 있습니다.

요즘 청년세대의 '낮은 자존감'이 그 심각성을 더해가고 있습니다. 우리 사회 청년세대의 상당수가 낮은 자존감을 호소하고 있습니다. 자존감이란 자신을 존중하고 사랑하는 마음을 뜻합니다. 상대방과의 비교우위를 통해 느끼는 자신감과는 또 다른 개념으로, 나 자체를 인정하는 감정입니다.

청년들의 낮은 자존감은 자존감 찾기 열풍으로 이어지고 있습니다. 자존감과 관련된 콘텐츠들이 인기를 얻고 있는 이유입니다. 고가 후미타케·기시미 이치로의『미움 받을 용기』는 2014년 국내 출간된 이후 135만부가 팔렸습니다. 윤홍균의『자존감 수업』은 7개월 만에 판매량 25만부를 기록했습니다. 주 고객층은 2030세대입니다. 이외에도『자존감의 여섯 기둥』,『심리학, 자존감을 부탁해』등 관련 서적이 쏟아져 나오고 있습니다.

유튜브에서도 자존감을 높일 수 있는 방법에 대한 강연들이 인기입니다. 법륜 승려의 〈자존감 높이는 법〉강연은 2015년 게재된 이후 조회수 130만뷰를 기록했습니다. 자존감을 높이기 위해 심리상담센터를 찾는 젊은이도 적지 않습니다. 남들이 보기에는 좋은 조건을 갖춘 젊은 사람들도 낮은 자존감을 극복하고 싶다며 상담을 요청합니다.

청년세대가 자존감에 관심을 보이기 시작한 것은 불안한 사회적 환경과 깊은 관계가 있습니다. 사회불안과 자존감은 깊은 관계가 있습니다. 우리나라의 경우는 청년층에서 노년층 수준의 낮은 자존감의 경향이 있습니다. 자존감 찾기 열풍은 사회·경제적 불안에서 비롯합니다. 전혀 안정감을 찾을 수 없는 사회에서 오는 피로감과 공포감이 자존감 콘텐츠를 유행하게 만들고 있습니다. 젊은이들이 치열한 경쟁 속에서 실패의 경험을 거듭하며 불안과 우울, 무기력감을 느끼고 있습니다. 이에 대한 반동으로 자존감을 회복하기 위해 관련 콘텐츠들이 많이 소비되고 있는 것입니다. 자존감을 높이자는 캠페인성 구호보다는 삶의 조건을 안정화할 수 있는 정치·정책적 대안이 나와야 합니다.

이런저런 관계로 얽힌 사회에서 타인의 시선을 의식하지 않고, 주체적으로 살아가는 것은 쉽지 않습니다. 하지만 분명한 것은 삶의 만족도를 높이고자 한다면 그 누구의 요구가 아닌, 자신의 내면에서 울리는 소리에 귀를 기울여야 합니다. 주변 사람들의 시선보다 자기 자신의 내면을 의식하는 삶의 자세가 필요합니다. 대부분의 사람들은 누군가의 시선에 갇혀 그들의 욕망에 맞춰 살아가느라 정작 자신의 욕망을 외면할 때가 많습니다. 자존감을 가지고 살아가기 어려운 까닭입니다. 물질적인 여유보다 더 중요한 것은 자존감입니다. 그것이 충만할 때 인간은 비로소 행복할 수 있습니다. 봄은 왔지만 봄 같지 않은 것처럼, 청년이지만 청년 같지 않은 허울에서 벗어나 자존감을 회복하고, 청년 특유의 낭만과 열정을 발산하는 청춘이기를 바라는 마음 간절합니다.

새의 노래 소리는 이미 새의 몸 안에서 노래 불렀고 사과나무는 꽃을 피우기 전에 이미 사과를 품고 있었고 연꽃은 물에서 나오기 이전에 이미 연꽃으로 있었습니다. 마찬가지로 우리가 찾고 있는 것도 이미 자기 안에 갖추어져 있지 않을까요? 영국의 총리를 지낸 윈스턴 처칠의 이야기입니다. 2차대전 당시 옥스퍼드 대학에서 졸업식 축사를 하게 되었습니다. 그는 위엄 있는 차림으로 천천히 단상에 올라갔습니다. 청중을 모두 숨을 죽이고 그의 입에서 나올 근사한 축사를 기대했습니다. 처칠은 청중들을 천천히 둘러보며 힘 있는 목소리로 짧은 한 문장을 외쳤습니다. "포기하지 마십시오." 연설이 끝난 것을 알아차리지 못하는 청중에게 한참 뒤 그는 소리를 높여 다시 외쳤습니다. "절대로 포기하지 마십시오." 그래도 청중은 다음 연설을 기다리자 "절대 절대 포기하지 마십시오."라고 외치곤 단상에 내려왔습니다. 그때야 청중은 처칠에게 우레와 같은 박수를 보냈습니다. 하지 못하는 것이 실패가 아니라 포기하는 것이 실패입니다. 세상에 어느 사람도 힘들지 않은 삶은 없습니다. 그러나 끝까지 포기하지 않은 사람은 절망과 어려움을 희망과 용기로 바꾸고, '성공'이라는 두 글자를 가슴에 안게 될 것입니다.

로키산맥 해발 3,000미터 높이에 수목 한계선인 지대가 있습니다. 이 지대의 나무들은 매서운 바람으로 인해 곧게 자라지 못하고 '무릎을 꿇고 있는 모습'을 한 채 있어야 합니다. 이 나무들은 열악한 조건이지만 생존을 위해 무서운 인내를 발휘하며 지냅니다. 그런데 세계적으로 가장 공명共鳴이 잘되는 명품 바이올린은 바로 이 '무릎을 꿇고 있는 나무'로 만든다고 합니다. 아름다운 영혼을 갖고 인생의 절묘한 선율을 내는 사람은 아무런 고난 없이 좋은 조건에서 살아온 사람이 아니라 온갖 역경과 아픔을 겪어온 사람입니다.

"당신은 행복하십니까?" 하는 질문에 "저는 행복합니다."고 자신 있게 대답하는 사람은 흔치 않을 것입니다. "저는 행복합니다."는 대답은 인생의 질곡이나 어두운 터널을 경험한 후에 자신이 처한 상황을 그대로 받아들이는 여유가 생길 때 가능합니다. 인생의 질곡, 어두운 터널이 불행만을 안겨주는 것은 아닙니다. '인생의 질곡'이 행복의 이야기를 만들어 내고 '어두운 터널'이 밝은 희망의 빛을 만나게 합니다. 그 질곡과 터널을 경험하고 얻어지는 행복, 그 행복을 맛보면 그 다음에 다시 만나는 인생의 질곡과 어두운 터널도 행복의 징검다리가 됩니다.

청년세대여! 봄이 어디 그냥 쉽게 오던가요? 겨울은 그리 쉬이 물러날 놈이 아닙니다. 매년 그렇듯 하얀 입김을 내뿜으면서 시샘을 반복합니다. 간혹 봄꽃 위에 하얀 눈을 뿌려 세상을 엎어버리기도 합니다. 그런데 겨울은 모르는가 봅니다. 그렇게 열을 내고 달려들었기에 따뜻한 봄이 온다는 것을요. 만약 겨울이 조금 더 현명했다면 결코 열을 내는 일은 없을 겁니다. 가만히 냉소冷笑만 퍼붓고 있겠지요. 그러면 아마 대지의 겨울은 길디길게 이어질 겁니다. 겨울의 뜨거움 때문에 꽃이 피고 대지가 열리는 것이랍니다. 그러고 보니 아마 겨울은 아는 것 같습니다. 그냥 물러나기가 아까워서 그런 게 아니라, 살랑살랑 거리는 봄이 미워서 그런 것도 아니라는 것을요. 속정 깊은 매몰찬 어머니처럼 그렇게라도 내질러야 봄이 더 강해진다는 것을요. 그렇게 차가운 지혜를 가진 겨울이 있기에 봄의 빛깔과 향기는 더욱 아름답고 소중하고 더욱 강해지는 것이랍니다. 꾸미는 여자보다 꿈이 있는 여자가 더 아름답습니다.

인생 경기,
현재 전반 20분 진행 중

700년을 살고도 무로 돌아가지 않고 버틴 도깨비도 있다지만, 평범한 인간인 우리의 삶에는 끝이 있게 마련입니다. 우리 인생의 시작부터 끝까지 걸리는 시간은 얼마나 될까요? 대부분의 동물들은 신체가 성장하는 기간의 약 6배 정도 사는 게 가능하다고 합니다. 따라서 20세까지 신체적인 성장이 진행되는 인간은, 산술적으로, 그 6배에 해당하는 120세까지 살 수도 있다는 계산이 나옵니다. 의학과 생명공학 등의 급속한 발달 덕분에 인간의 평균수명이 120세가 되는 시대를 생각보다 빠른 시점에 맞이하게 될 것이라는 전망들이 최근 들어 나오기 시작했습니다.

어떤 사람들이 평균수명 120세 시대를 살게 되는 첫 번째 세대가 될지는 아직까지는 불확실합니다. 하지만 우리 세대의 경우, 건강관리를 꾸준히 하고 사고의 확률을 줄이기 위해 노력한다면 평균적으로 90세까지는 살 것이 확실해 보입니다. 현재의 청년들에게 주어진 시간은 어림잡아 90년 정도라고 할 수 있습니다.

우리에게 주어진 90년이라는 시간은 축구 경기시간 90분과 비교해 볼 수 있습니다. 축구는 보통 전후반 90분이 되면 경기가 종료되지만, 추가로 30분간의 연장전을 하는 경우도 있습니다. 총 120분의 시간이 주어지는 경우도 있습니다. 축구의 전·후반 경기시간은 우리 세대의 예측된 평균수명인 90세와 비교될 수 있습니다. 연장까지 포함하면 가설적인 최고수명인 120세와도 비교할 수 있을 것입니다. 따라서 축구로 치면, 오늘날의 대학생들은 전반전 초반 약 20분 전후를 뛰고 있는 셈입니다.

　미국의 한 스포츠전문 채널이 역대 월드컵 경기 중에 사람들에게 가장 충격을 줬던 10대 이변異變을 선정한 적이 있습니다. 그 중의 하나가 바로 2002년 한·일 월드컵서 벌어진 우리나라와 이탈리아의 16강전이었습니다. 이 경기에서 우리나라는 이탈리아에 0-1로 뒤지고 있었습니다. 하지만 경기가 거의 끝날 무렵인 후반 43분경에 터진 설기현의 동점골로 승부를 원점으로 돌렸습니다. 그리고 연장 후반, 반지의 제왕 안정환의 골로 극적인 역전승을 거두며 8강 진출의 역사를 썼습니다.

　당시 히딩크 감독은 후반에 수비수들을 빼고 공격수들을 투입했습니다. 많은 사람이 저러다 이탈리아에 대량 실점을 하면서 한국축구가 큰 망신을 당할지도 모른다고 걱정했습니다. 하지만 히딩크는 달랐습니다. 그는 실점失點을 더 많이 해서 큰 점수 차로 지는 것을 두려워하지 않았습니다. 그가 원했던 것은 마지막 순간까지 골을 넣기 위해 최선을 다하는 것이었습니다.

　패배가 분명해 보였던 팀이나 선수가 경기 막판에 승부를 뒤집는 역전승이야말로 사람들로 하여금 스포츠 경기에 빠져들게 하는 가장 큰 매력 중의 하나입니다. 그런데 역전승은 스포츠 경기에만 있는 것이 아닙니다. 인생에도 역전승부가 존재합니다. 우리 사회에서 가장 전형적인 인생역전스토리는 어려운 가정환경에도 자신의 꿈을 성취하거나, 학창시절 전혀 존재가치가 없던 사람이 졸업 후에 사회적으로 큰 성공을 거두는 방식으로 나타납니다. 이런 인생역전스토리의 종류가 다양하고 역전의 기회가 많은 사회일수록, 그 사회는 역전의 가능성을 믿고 최선을 다하는 사람들로 활력이 넘치게 됩니다. 하지만 안타깝게도 우리 사회는 과거에 비해 이러한 역전승의 가능성이 점점 줄어들고 있습니다.

더 안타까운 것은 많은 청년들이 역전승의 가능성을 애초에 포기하고 자신의 삶의 목표를 최소화하는 경향이 심해지고 있습니다. 자기 인생에서 도달할 수 있는 목표를 아주 어린 나이에 스스로 제한합니다. 좋게 말하면, 현실적인 것이라고 할 수도 있지만, 이러한 인생에 대한 태도는 결국 인생역전의 기회를 스스로 조기早期에 차단하는 것이기도 합니다.

평균 수명이 90세를 넘길 것이 분명해 보이는 청년들이 20대 초반의 나이에 자신의 꿈을 '현실적'이라는 이름 아래에 가두는 것은, 축구경기 전반 20분 만에 승리를 포기하고, 단지 더 처참하게 지지 않기 위해서 수비만 하는 모습처럼 보이기도 합니다. 이제 인생의 전반 20분 정도가 흘렀을 뿐입니다. 더 큰 희망을 꿈꾸며 뛰어도 좋을 시간입니다. 축구공이 둥근 것처럼, 우리의 인생도 둥글답니다. 10년, 20년 후에 우리가 어디로 가서 어떻게 달라져 있을지 아무도 모릅니다. 하지만 분명한 것은 인생역전의 기회는 자신의 잠재력을 믿고, 자신과 자신을 둘러싼 사회를 자기가 원하는 모습으로 만들기 위해서 끈질기게 도전하는 사람들에게만 주어진다는 사실입니다.

직업세계의 세대교체,
신생 이색 직업의 등장

세계 금융위기 이후 미국에 실직자가 급증한 2009년에 제작된 영화 〈인 디 에어〉의 주인공 라이언 빙햄은 1년 322일 미국 전역을 여행하는 미국 최고의 해고 통보 전문가입니다. 재밌게도 영화에 등장하는 해고 대상자들은 실제 해고를 당한 실직자들입니다. 독특한 아이디어로 시작된 영화 〈알리바이〉의 주인공 레이 엘리어트는 온갖 사건, 사고에 대해 완벽한 알리바이를 만들어 주는 알리바이 컨설턴트입니다. 레이는 상황, 장소, 상대에 따라 완벽한 알리바이를 만들기 위해 필요한 방법을 소개합니다. 영화 〈시라노;연애조작단〉의 남자 주인공 상용은 스펙은 완벽하나 숫기가 없고 소심합니다. 상용은 교회에서 희중을 보고는 한눈에 사랑에 빠지고, 완벽하게 짜인 각본대로 은밀하게 사랑을 이뤄주는 연애조작단에 의뢰를 요청합니다. 하지만 정작 그녀의 마음을 움직인 것은 그의 진실한 고백이었습니다. 사실 이 모든 이야기의 중심에는 '이색 직업'이 있습니다. 지금부터 우리가 몰랐던 색다르고 흥미로운 직업들을 알아보면 어떨까요?

우리는 누구나 직업을 갖고 일을 하며 살아갑니다. 직업은 생계를 유지하는 수단인 동시에 자신의 적성에 맞는 일을 발견하고 재능을 발휘할 수 있게 하는 통로입니다. 이 과정에서 우리는 보람을 느끼고 삶의 질을 높일 수 있습니다. 이처럼 직업이 우리 삶에 미치는 영향은 대단히 큽니다. 따라서 내게 맞는 직업을 찾는 일은 매우 중요합니다. 또한 현재보다 미래가 더 기대되는 직업들에 관심을 기울일 필요가 있습니다. 최근에는 이름도 낯선 신생 이색 직업들이 속속 생겨나고 있습니다. 과거 인기를 누렸던 직업들이 하나둘씩 사라지고 대신에 전에는 상상도 못 했던 직업들이 이제는 자연스럽게 우리 주변에 다가오고 있습니다. 이와 같은 직업의 변화에 주목해야 하는 이유가 있을까요?

직업은 그 사회의 거울이라는 말이 있습니다. 이 말은 직업을 이해하면 사회를 알 수 있다는 뜻입니다. 직업의 변화는 사회 전체의 변화와 그 궤를 같이 합니다. 직업의 변화에는 선호하는 직업에 대한 인식이 달라지는 것과 기존 직업이 사라지거나 새로운 직업이 생기는 것 등이 포함됩니다. 1990년대까지는 교사나 공무원에 대한 선호가 높지 않았으나 IMF 이후 높아졌습니다. 직업을 선택할 때 고용안정성이 중요하다는 사회구성원의 인식이 반영된 것입니다. 다양한 직업들이 사라지고 생성되면서 우리 사회에 많은 변화를 이끌고 있습니다.

최근에는 농사에서도 스마트 팜smart farm이 생겨났습니다. 농사 기술에 정보통신기술ICT을 접목하여 만들어진 지능화된 농장으로 스마트 팜은 사물 인터넷IoT: Internet of Things 기술을 이용하여 농작물 재배 시설의 온도·습도·햇볕량·이산화탄소·토양 등을 측정 분석하고, 분석 결과에 따라서 제어 장치를 구동하여 적절한 상태로 변화시킬 수 있습니다. 그리고 스마트폰과 같은 모바일 기기를 통해 원격 관리도 가능합니다. 스마트 팜으로 농업의 생산·유통·소비 과정에 걸쳐 생산성과 효율성 및 품질 향상 등과 같은 고부가가치를 창출시킬 수 있습니다. 무인항공기 드론을 통해 농약을 살포하고 비닐하우스에 직접 가지 않고 스마트폰으로 농작물 주변의 온도와 습도를 모니터링하고 조절할 수도 있습니다. 핀테크FinTech 전문가의 노력으로 신용카드 없이 홍채인식을 통해 결제

할 수 있고, 뇌과학자의 도움으로 리모컨이나 조종대를 사용하지 않고 뇌파만으로 전자기기를 조작하거나 비행기를 조종할 수 있습니다. 다음은 한국고용정보원에서 발간한 〈미래를 함께할 새로운 직업〉에 소개된 신생 이색 직업 중 몇 가지를 간추려 놓은 것입니다.

①인간을 닮은 지능적인 기계를 창조

2011년 미국의 인기 퀴즈쇼 〈제퍼디〉에서 새로운 챔피언이 탄생해 세계를 놀라게 했습니다. 우승자는 바로 IBM의 인공지능 컴퓨터 왓슨Watson이었습니다. 현재 IT 기술과 관련해 최고의 이슈는 단연 인공지능입니다. 인공지능이란 컴퓨터가 사람처럼 스스로 생각하는 능력을 말합니다. IBM의 왓슨과 같은 인공지능 컴퓨터는 다양한 분야에서 인간의 일을 대신할 것으로 예상됩니다. 인간처럼 사고하는 인공지능 기술을 개발하는 사람이 바로 인공지능전문가입니다. 인공지능전문가는 인공지능을 개발하기 위해 실제 다양한 분야의 소프트웨어를 개발합니다. 대표적으로 사용자가 말하는 음성을 인식하고 이해하여 다른 언어로 자동 통·번역해주는 소프트웨어, 인간이 통상 사용하는 언어자연어를 심층적으로 이해하고 스스로 학습해 인간처럼 판단하고 예측하는 소프트웨어, 대규모 이미지 데이터를 동시에 분석해 영상이 포함하고 있는 객체와 사물의 관계를 이해하고 인식하는 소프트웨어 등이 있습니다. 더 나아가 연구자들은 지능형 소프트웨어를 기반으로 자기 학습이 가능한 로봇 등을 개발합니다.

전문가들은 인공지능전문가의 직업적 전망을 매우 높게 평가합니다. 고령화사회 및 융합 기술 시대가 전개되면 21세기 중후반에는 뇌중심의 융합기술개발이 더욱 중요해져 해당 분야에서 중추적 역할을 하는 인공지능전문가의 역할 또한 중요해지기 때문입니다. 여기에 인공지능 기술이 데이터를 효과적으로 처리하는 빅데이터의 분석에 활용될 경우 이들의 역할은 더욱 커질 전망입니다.

②온라인 세계의 이미지 메이커

우리나라는 세계 최고 수준의 IT 기반을 갖추고 있지만 그 이면裏面에는 어두운 그림자가 짙게 깔려 있습니다. 그 중 하나가 바로 악성 댓글 피해입니다. 유명 연예인뿐만 아니라 그 어떤 사람도 악성 댓글의 그물을 피해 갈 수는 없습니다. 악성 댓글은 사이버 범죄의 하나로 인터넷상에서 특정인에 대해 악의적인 비방이나 험담을 하는 댓글을 말합니다. 이는 기업도 마찬가지입니다. 악성 댓글로 기업 이미지가 크게 훼손된 경우 정상적인 기업 활동에 나쁜 영향을 미칩니다. 또한 온라인의 평판은 전파 속도가 매우 빠르고 평판을 접하는 대상의 규모도 크기 때문에 기업의 입장에서 온라인 평판관리는 더욱 중요합니다. 이러한 배경에서 등장한 사이버평판관리자는 온라인상의 개인이나 브랜드의 평판을 관리하며 인터넷에 떠도는 나쁜 평판을 복구하고 관리하는 일을 도맡아 처리합니다. 온라인 세상이 커지고 그 안에서 교류되는 정보들이 넘쳐나면서 앞으로 온라인 평판관리 사업이 성장할 가능성이 높습니다. 아직은 생소한 직업이지만 갈수록 사이버평판관리자에 대한 수요는 늘어날 것으로 전망됩니다.

③자연에 가까운 건축물

서울의 어느 구립도서관에 '푸른 씨앗'을 상징하는 이름표가 달렸습니다. 여기서 푸른 씨앗은 'G-SEED'라고 하여 건축물의 에너지와 환경디자인을 위한 녹색 표준Green Standard for Energy Environment Design의 영문 첫 글자를 따서 만들어졌습니다. 'G-SEED'는 녹색건축물 보급에 소중한 씨앗이 되길 바라는 의미를 담고 있습니다. 친환경 녹색건축물이 에너지를 절약하면서 기능적으로 우수하고 아름다운 건축물이라는 인식이 커지고 있어 앞으로는 더 많은 건축물에서 'G-SEED' 마크를 볼 수 있을 것으로 보입니다. 더욱이 '녹색건축 인증제'가 본격적으로 실시되면서 녹색건축전문가를 찾는 사람들도 늘고 있습니다. 녹색건축전문가는 생태공간을 조성하거나 친환경 자재를 사용하는 등 녹색건축 인증기준에 적합한 건축물을 설계해 자연에 더 가까운 그린도시를 완성하는 역할을 합니다. 현재 많은 국가에서는 녹색건축 인증 제도를 실시하고 있습니다. 영국 브리암, 미국 리드, 일본 카스비, 호주 그린스타 등이 대표적인 사례입니다. 전 세계적으로 거의 모든 정부에서 노력하는 정책 중에 녹색산업 활성화가 있습니다. 지구환경에 대한 위기감이 고조되면서 에너지를 절감하고 친환경을 유지하는 데 기여할 수 있는 녹색직업이 부상할 것입니다.

④맞춤형 가정 환경지킴이

영화 〈북극의 눈물〉은 해마다 높아지는 기온과 함께 빙하가 빠른 속도로 녹으면서 벼랑 끝으로 밀려나고 있는 북극 생물들의 모습을 생생하게 전합니다. 지구온난화는 예상보다 빠르게 진행되며, 인간이 만들어낸 온실가스는 기후변화를 촉진합니다. 사실 에너지 사용량만 줄여도 지구의 기후변화 폭을 줄일 수 있습니다. 그러나 대부분의 사람들은 생활 속에서 에너지 절약을 실천할 수 있는 구체적인 방법을 모르는 경우가 많습니다. 에너지 절감이 필요한 시대에 자연스럽게 생겨난 가정에코컨설턴트는 에너지를 절약하고 건강한 삶을 살 수 있도록 조언하는 맞춤형 가정에너지 진단처방사의 역할을 합니다. 가정에코컨설턴트는 가정에서 사용 가능한 재생에너지를 알려주고 에너지 효율성이 높은 가전제품을 소개하며 재활용 방법, 폐기물을 줄이는 방법 등 효율적인 에너지 사용 방법을 제안합니다.

직업의 세계는 빠르게 변화하고 있습니다. 미래에 직업세계가 어떻게 변화할 것인지를 예측하기 위해서는 먼저 직업세계의 변화에 영향을 미치는 요인들을 이해해야 합니다. 이러한 변화 요인에는 기술 변화, 인구구조의 변화, 사회구성원의 인식 변화, 정부 정책이나 제도의 변화 등이 있습니다. 기술 변화에서는 ICT의 급성장과 더불어 첨단과학과 관련된 직업들이 더욱 부상할 것입니다. 모든 것들이 연결되는 사물인터넷, 무인 조종 자동차와 항공기, 거대한 자료의 분석을 통해 사회구성원들의 생각과 행동을 실시간으로 예측하는 빅데이터 분석 등이 더욱 활성화될 것입니다.

우리나라는 빠른 고령화 때문에 의료 및 보건 관련 직업이 더욱 성장하고 다른 OECD 국가보다 사회 복지 분야에 종사하는 직업 종사자가 적기 때문에 이 분야의 종사자도 증가할 것입니다. 또한 사회구성원들이 참삶이나 여가를 점차 중시하는 경향이 있으므로 개인에게 맞춤형 서비스를 제공해주는 직업들에 대한 선호가 증가할 것입니다. 국민소득의 증가로 크루즈나 마리나 산업 같은 레저 활성화가 예상되며, 바른 먹거리에 대한 관심 때문에 식품안전성과 관련된 직업의 입지가 강화될 것입니다.

어쩌면 우리는 정해진 궤도에 따라 직업을 선택하고 있는지도 모릅니다. 익숙한 직업, 쉽게 접할 수 있는 직업, 누구나 흔히 생각할 수 있는 직업에 자신을 맞추는 사람일지도 모릅니다. 정체된 직업세계 속에서 직업의 변화 흐름을 애써 외면하고 있는 것은 아닌지 생각해볼 필요가 있습니다. 미래를 내다볼 수 있는 혜안을 가지고 다가오는 직업세계의 변화에 대응하며 자기개발의 기회로 이용해보는 것은 어떨까요?

특별하지만 특별하지 않은 존재,
왼손잡이

"나 같은 아이 한 둘이 어지럽힌다고. 모두가 똑같은 손을 들어야한다고. 그런 눈으로 욕 하지마. 난 아무것도 망치지 않아. 난 왼손잡이야."

패닉의 1집 수록곡 〈왼손잡이〉의 가사 중, 일부입니다. 이 세상을 지배해버린 오른손잡이 때문에 항상 소외받고 불편해야만 하는 왼손잡이. 그들은 우리 주변에서 가장 쉽게 만날 수 있는 소수자입니다. 그래서일까요? 아무리 불편하다고 외쳐보지만 어느 누구나 제대로 들으려 하지 않습니다. 오른손잡이 세상 속, 이제는 희미해버린 왼손잡이의 목소리에 귀 기울여봅시다.

오른손잡이가 만든 오른손잡이를 위한 세상입니다. 얼마 전 지하철역에서 오른손에 들고 있던 짐 때문에 왼손으로 교통카드를 갖다 대야 했던 상황이 발생했습니다. 오른편에 있는 카드 단말기에 왼손을 갖다 대니 팔이 꼬이는 우스꽝스러운 상황이 연출돼 버렸습니다. 그 일이 있은 후 지하철역뿐만 아니라 상당히 많은 곳에서 시설물들이 오른손잡이에 맞춰진 것을 느끼게 됐습니다.

이렇듯 왼손잡이를 배려하지 않은 시설은 학교 안에서도 쉽게 찾아볼 수 있습니다. 대학에서 쓰는 강의실에서 볼 수 있는 'ㄱ'형 의자입니다. 'ㄱ'형 의자는 전적으로 오른손잡이를 위한 의자입니다. 마치 오른팔을 책상에 올려놓고 강의를 들으면 된다는 듯이 'ㄱ'자 모양을 하고 있으니 말입니다.

일상적인 면에서 불편한 점을 찾는 것도 그리 오래 걸리지 않습니다. 공공시설이라면 모두 비치돼 있을 법한 정수기. 보통 사람들이 정수기를 찾는 이유는 뜨거운 물보다 차가운 물을 마시기 위해서입니다. 이런 까닭에 차가운 물이 나오는 파란 스위치는 오른쪽에, 뜨거운 물이 나오는 빨간 스위치는 왼쪽에 있습니다. 하지만 왼손잡이가 차가운 물을 마시려다 실수로 왼쪽 스위치에 손등이라도 닿는다면 그대로 화상을 입고 맙니다. 정수기의 구조를 탓할 수도 없는 어이없는 상황입니다.

오른손잡이의 세계에서 오른손 법을 따르라? 불편하다 못해 24시간 촉각을 곤두세워야 하는 왼손잡이입니다. 이런 그들에게 오래전부터 세상은 오른손잡이로 고칠 것을 당당하게 요구해 왔습니다. 그렇다면 왼손잡이가 느끼는 세상은 어떤 모습일까요?

제가 아는 왼손잡이 친구의 말입니다. "왼손잡이로 태어났지만 오른손을 쓰기 위해 6살 때부터 연습하고 또 연습했습니다. 주변의 강요 때문에 왼손을 쓰고 싶어도 참았습니다. 초등학생 시절 담임 선생님으로부터 오른손으로 바꿀 것을 강요받았습니다. 담임 선생님께서는 왼손으로 글을 쓸 때마다 혼내셨습니다. 왼손으로 글씨를 쓰는 자세가 어정쩡하고 종이를 사선으로 놓고 쓰다 보니 선생님께서 보시기에 안 좋았던 것 같습니다."

실제로 왼손을 사용하면 애매한 자세가 되기 마련인데 특히 글을 쓸 때면 이 자세는 유독 두드러져 보입니다. 왼손으로 글을 쓰면 글을 손으로 가리게 되다보니 어떤 내용을 썼는지 확인하기 위해 종이를 기울여 쓸 수밖에 없기도 합니다.

왼손으로 글을 쓸 때면 또 다른 애로사항이 발생하기도 합니다. 바로 손에 묻는 흑연黑鉛입니다. 오른손잡이가 미술 시간에나 겪어볼 법한 일이 왼손잡이에겐 일상이 된지 오래입니다. 간혹 손에 땀이라도 나게 되면 글씨가 번져 무엇을 썼는지 알아보기조차 힘듭니다.

왼손잡이가 겪는 불편함은 이뿐만이 아닙니다. 왼손잡이들의 불편은 식당에서도 벌어집니다. 테이블의 가장 왼쪽 자리는 '왼손잡이 전용좌석'입니다. 왼손잡이는 식사를 할 때 물리적으로 옆 사람과 팔이 맞닿을 수밖에 없습니다. 그래서 이런 불편함을 주지 않기 위해 식당의 구석자리를 찾아 앉곤 합니다. 참으로 서글픈 일입니다.

오른손잡이에게 자연스러운 물건이더라도 왼손잡이에겐 예기치 못한 문제가 되기도 합니다. 야구를 즐길 때조차 왼손잡이는 마냥 편안히 즐길 수가 없습니다. 보통 야구공을 던지는 손은 글러브를 끼지 않는 손인데 왼손잡이는 오른손에 글러브를 낄 수밖에 없습니다.

시중에 파는 글러브가 전부 오른손잡이용입니다. 그래서 어쩔 수 없이 왼손에 글러브를 끼게 되는데 캐치볼을 할 때 매우 불편합니다.

이외에도 왼손잡이가 부딪치는 사소한 불편은 일일이 나열하기 힘들 정도입니다. 가위와 커터칼, 작은 병뚜껑 하나까지 수많은 물건이 오른손에 맞게끔 만들어졌습니다. 전자제품을 비롯한 많은 생활도구가 오른손잡이에 편리하도록 만들어졌는데 억지로 오른손잡이가 되지 않고서는 사용할 수 없습니다. 왼손잡이 어느 대학생은 아르바이트를 하러 가서, 아이스크림을 푸는 방법을 설명 받게 됐습니다. 그런데 가게에서는 오른손으로 사용하는 방법만 설명해줬기 때문에 일하는데 어려움을 겪었습니다.

왼손잡이는 '틀린'이 아닌 '다른' 존재입니다. 오른손에게만 친절함이 넘쳐나는 세상에서 왼손을 위한 물건을 찾기란 사막에서 바늘 찾기입니다. 왼손잡이에겐 아직 먼 현실입니다. 실제로 시중에서 왼손잡이용 제품을 찾아보기가 힘듭니다. 그나마 최근에는 왼손잡이용 물건을 파는 쇼핑몰이 속속들이 등장하고 왼손잡이 생활용품을 연구하는 회사까지 늘어나고 있어 다행입니다.

우리가 의식하지 않는 많은 것들이 왼손잡이에겐 벅찬 일상입니다. 이제 왼손잡이를 위해 세상이 바뀌어야 하는 건 아닐까 싶기도 합니다. 남들과 다르다고 해서 틀린 것은 아닙니다. 왼손잡이 역시 오른손잡이와 같은 평범한 사람들입니다.

오른손잡이가 가득한 세상에 사는 우리. 이미 우리는 왼손잡이가 소수자로서 불평등한 대우를 받고 있는 것을 알면서도 모른 척 했을지 모릅니다. 왼손잡이용 물건을 만드는 것도 중요하지만 그 이전에 진정한 배려는 왼손잡이를 받아들이고 편견을 갖지 않으려 노력하는 자세가 아닐까 싶습니다.

이제 우리도
암묵지 혁명을 일으킬 때

도저히 답이 나오지 않을 것 같은 상황에서 오랜 경험을 바탕으로 범인을 잡아내는 베테랑 형사. 다른 음식집과 같은 재료, 같은 조리법을 써도 더 맛있는 맛을 내는 식당의 주방장. 이들이 지닌 언어로 표현하기 어려운 주관적이고 개인적인 지식을 암묵적 지식(이하 암묵지)이라고 합니다. 지식의 종류는 크게 형식지와 암묵지로 나눠집니다. 앞서 언급했던 암묵지와는 달리, 형식지는 정규 학교에서 배우는 일반적 지식을 뜻합니다. 그동안 우리는 산업화 과정을 거치며 보다 체계화된 형식지를 중요하게 여겨왔습니다. 전통적인 도제식 교육으로 대표되는 암묵지는 구시대적인 것으로 치부됐습니다. 그런데 최근에는 암묵지의 중요성이 재조명되고 있습니다. 사실 알고 보면 우리의 일상은 '암묵지의 바다'라고 해도 지나친 말이 아닐 정도로 그 활용도가 높습니다. 암묵지는 사회 전 분야에 걸쳐 응용돼 결과적으로 지식의 효율을 높이는 역할을 하고 있습니다.

일본은 암묵지에 기반하며 지식화에 성공한 '암묵지 강국'입니다. 실제로 세계 2위의 철강기업인 신일본제철은 최근 전후 베이비붐 세대인 단카이團塊 세대의 대량 정년퇴직에 대비해 그들의 암묵지를 기록하고 공유하는 일에 열을 올리고 있습니다. 일본의 암묵지 활용은 이뿐만이 아닙니다. 일본 도쿄도청은 책임자가 바뀌더라도 단절되지 않고 업무

노하우가 축적됩니다. 담당자가 바뀔 때마다 업무 노하우가 연계되지 않는 우리나라와는 분명하게 비교됩니다. 기업과 정부 막론하고 일본의 암묵지를 활용한 업무 노하우 축적은 경쟁력의 바탕이 되고 있습니다.

하지만 암묵지는 문제의 본질에 접근한 뒤 고통의 과정을 통해 유레카처럼 떠오르기 때문에 하루아침에 형성될 수 있는 것이 아닙니다. 더군다나 교과서 속 형식지를 추구하고 또 실제로 그렇게 배워온 우리 사회의 지식인들에게는 더욱 낯설 수밖에 없습니다. 정부·공공기관의 운영과 기업 경영의 방법은 형식지가 아닌 암묵지임에도 우리는 암묵지에 대해 무관심한 편입니다. 이른바 '리더십 암묵지'에 대한 개념 형성이 없었기 때문입니다. 그간 각 분야에서 수많은 지도자들이 배출됐지만 암묵지의 공유를 위한 책을 쓴 사람이 거의 없습니다. 자서전이라고 해서 나온 걸 보면 거의 모두 자기 자랑 일색입니다. 정부·공공기관 외에 공익 마인드가 강한 시민운동가들마저도 시민운동의 암묵지 공유가 되고 있지 않은 것이 현실입니다. 사회 전 분야에 걸쳐 암묵지는 이런저런 이유로 사장死藏되고 있습니다.

우리나라의 암묵지 사장은 깊숙이 뿌리박힌 당파싸움을 근원적인 원인으로 손꼽을 수 있습니다. 당파싸움과 그에 따른 사실상의 밥그릇 싸움이 원인이 돼, 감정적 대립과 충돌까지 가세하며 업무의 기본적인 인수인계조차 제대로 이뤄지지 않는 것이 현실입니다. 전임자의 업적은 공로와 과실의 구분조차 없이 무조건 청산과 척결 대상이 되기 때문에 굳이 암묵지를 공유할 필요가 없는 셈이었습니다. 이런 관점에서 보면 우리나라 기업은 한 사람이 모든 걸 좌지우지하는 '황제경영'이라는 역설도 성립될 수 있습니다.

우리나라도 진정한 지식강국이 되려면 당파싸움을 버리고 암묵지 공유에 대한 동기를 부여받아야 합니다. 암묵지 공유로 인해 반복되는 시행착오 비용을 점점 줄여나가고 기존의 암묵지를 더욱 발전시킬 필요가 있습니다. 우리나라가 빠르게 성장할 수 있었던 배경에는 경제개발계획과 같은 국가적인 형식지가 있었지만 경제를 주도했던 관료, 기업인들의 암묵지가 큰 도움이 됐기 때문이었습니다. 암묵지도 지속적으로 연구하면 더 나은 방법이 나올 수 있습니다. 그러기 위해선 사회적인 차원의 지원이 절실합니다. 각종 공·민영 지원사업과 학술진흥사업 등에서 암묵지 개발 및 확산에 관심을 기울여야 합니다. 암묵지 제공자에 대한 충분한 보상도 필요할 것입니다.

아재의 재발견,
꼰대에서 아재파탈까지

'세상에서 가장 지루한 중학교는?' '로딩 중……' 위와 같은 아재 개그는 주변을 썰렁하게 만드는 아저씨 계층의 유머 코드였습니다. 그러나 차츰 남녀노소男女老少할 것 없이 '아재'라는 코드는 영화, 드라마, 예능 등 대중문화를 읽는 코드로 자리 잡고 있습니다.

아재는 얼마 전까지만 해도 '꼰대', '개저씨'라는 표현처럼 기득권을 유지하는 데 급급한 40·50대를 비하하는 표현 중 하나였습니다. 청년 세대가 보는 아재는 카톡 프로필 사진을 꽃이나 산 정상에서 찍은 사진으로 해놓고 상태 메시지는 '행복하세요……' '좋은 일만 가득하세요~~'를 적어놓는 촌스러운 중년 남성이었습니다. 하지만 최근에는 미디어나 생활 속에서 아재를 하나의 문화로 보면서 중년 남성을 긍정적으로 부를 때도 아재가 쓰이고 있습니다. 심지어 아재가 귀엽고 친근한 느낌을 주는 경우도 있습니다.

아재의 매력은 대중문화 속에서 쉽게 찾을 수 있습니다. 대표적인 예가 '아재파탈'입니다. 아재파탈은 아재와 치명적인 매력을 지닌 남성을 뜻하는 옴므파탈을 합친 말입니다. 주로 젊은 패션 감각과 센스 있는 유머감각을 가진 매력적인 중년 남성을 가리킵니다. 2016년 tvN드라마 '시그널'을 통해 인생 캐릭터 이재한을 연기해 데뷔 이래 최고의 전성기를 누린 조진웅이 대표적입니다. 악역이지만 화려한 언변에 상남자 외모가 돋보인 '아가씨'의 백작 역 하정우도 있습니다.

아재들은 듬직하고 어디서든 나를 지켜줄 것 같은 매력으로 시청률을 꽉 잡았고 40대 전후 남성 출연자들의 '아재 감성'은 예능에서도 감초역할을 했습니다. 예능 〈삼시세끼〉에서 유해진을 보고 "배 나온 중년 아저씨의 소녀감성이 너무 귀엽다."면서 좋아하는 소녀 팬들이 많습니다. 전국가대표 축구선수 출신으로 행복한 가정생활을 유지하고 있는 안정환역시 대세 예능인으로 활약하고 있는 아재입니다.

아재 열풍은 영화, 드라마, 예능뿐만 아니라 현실에서도 나타납니다. 요즘 20·30대가 좋아하는 코드는 바로 아재 개그와 아재 입맛이기 때문입니다. 아재 개그는 웃을 일이 드문 요즘에 잠자기 전에 생각나는 매력을 가지고 있으며 청년세대들은 더 이상 뻔한 파스타집이 아닌 국밥집에서 데이트를 즐깁니다. 오늘날 사회와 경제가 불안해 여러 가지 상황들이 우리에게 호의적이지 않다보니 판타지보다는 리얼리티가 강세를 띠는 것 같습니다. 경험의 세대인 아재가 오늘날 트렌드인 리얼리티와 맞아 떨어집니다. 아재들의 이런 경험들이 자라나는 청년 세대들에게 굉장히 긍정적인 도움이 됩니다. 세대 간의 구별 짓기가 이뤄지는 것이 아닌 사람들에게 즐거움을 주는 아재가 사회에 긍정적인 영향을 미칩니다.

드라마든 영화든 모든 대중문화의 주요 소비자는 주로 20대였습니다. 그런데 지금은 대중문화 소비환경이 바뀌었습니다. 지금 20대는 과거에 비해서 경제, 취업으로 인해 적극적인 소비를 하지 않습니다. SNS와 같은 다양한 매체를 통한 선택하는 소비로 환경이 달라졌습니다. 그러면서 아재가 대중문화의 주요 소비세대로 격상하게 됐고, 이를 이용한 마케팅이 활발해졌습니다. 아재들이 적극적 소비·생산세대가 되면서 대중문화의 트렌드가 되었습니다.

오늘날 아재라는 말이 주는 이미지는 '꼰대'와 상반됩니다. 아재들은 어느 신문 구석에서 읽어뒀던 이른바 '부장님 유머'를 기억해뒀다가 자신의 딸·아들뻘들에게 소개하곤 합니다. 이런 모습은 다가가기 어렵고 권위적인 기존 기성세대들의 모습과 달리 친숙하고 포근합니다. 가장의 무게와 팍팍한 사회 분위기 속에서 감초 같은 아재들에게 애정 어린 시선을 보냅니다.

아재를 소비하는 계층들이 건재합니다. 이런 점에서 앞으로도 아재들의 활약이 계속 이뤄질 수밖에 없습니다. 그렇지만 지나치게 리얼리즘 중심이기에 바람직하다고 볼 수는 없습니다. 대중문화라는 것은 끝없이 앞으로 나아가야 합니다. 아재가 갖고 있는 리얼리티와 미래세대가 지니고 있는 판타지를 절묘하게 배합해 새로운 트렌드로 진화해야 할 것입니다. 아무튼 아재세대인 저로서는 아재들이 인정받는 현실이 그저 흐뭇하고 좋습니다. 부디 이런 현상이 일시적인 게 아니라 지속되어서 세대 간의 화합과 소통이 활성화되기를 기대해봅니다.

혼자라서 눈치보다
입 닫는 청년들

　요즘 청년들 중에는 입을 다물고 사는 경우가 많습니다. 하루 종일 한마디도 안 하는 건 예삿일이 돼버렸습니다. 제가 아는 청년의 이야기입니다. 자취방에서 혼잣말을 하는 버릇까지 생겼습니다. 냉장고를 열며 "오늘 뭘 먹지.", 공부를 하면서 "이 문제 어렵네." 하는 식입니다. 약속이 없는 날은 배달음식을 주문하거나 가끔 통화할 때만 말을 합니다. 그에게 "답답하지 않냐"고 물으니 "그럴 때도 있지만 대화를 하려고 일부러 친구를 만나지는 않습니다."고 말했습니다.

　2030세대가 자의 반 타의 반 침묵하고 있습니다. 하루 30분도 대화하지 않는 이들도 많습니다. 이들을 혼자 살고 공부만 하다 보니 말을 안 하게 된 타의적 침묵파와 일부러 입을 열지 않는 자의적 침묵파로 나눌 수 있습니다.

　행정고시나 교사임용고사나 공무원 공부를 준비 중인 청년들이 대표적인 타의적 침묵파입니다. 하루 종일 공부만 하다 보니 입을 열 일이 없습니다. 아침에 "아이스 아메리카노 한 잔 주세요."라고 카페 점원에게 주문한 말 한마디가 오전에 나눈 대화의 전부일 때도 있습니다. 그마저도 음료 대기 줄이 길면, 스마트폰의 앱으로 커피를 주문하니 그마저도 안 하게 되기도 합니다.

　청년층이 입을 열지 않게 된 이유는 뭘까요? 이는 나 혼자 문화의 확산과 소통 방식의 변화에 따른 것입니다. 혼밥혼자 밥먹기이나 혼술처럼 혼자 하는 문화가 확산되면서 인간관계가 개인화되고 있습니다. 괜히 누군가를 만나 얘기하다가 갈등을 빚거나 하면 피곤해진다는 생각에 이를 피하게 되기도 합니다. 청년세대가 인터넷, SNS 등에 많이 노출되다 보니 실제로 만나서 소통하는 것은 낯설어하는 경우도 있습니다.

직장생활의 고단함이 침묵을 부르기도 합니다. 바쁜 직장생활에 지치다 보니 주말엔 집에서 조용히 보낼 때가 많습니다. 사무실에서는 업무상 거래처와 통화할 일이나 상사, 후배와 조율해가며 해야 하는 경우가 많아 말을 많이 하게 됩니다. 그러나 주말엔 텔레비전을 보며 쉬다 보니 말할 일이 없습니다.

이러다보니 자발적 침묵을 택하는 이들이 많습니다. 친구들 사이에선 수다쟁이지만 출근하면 과묵寡黙한 신입사원이 됩니다. 직장 상사나 동료가 사적인 것까지 캐물을까봐 귀찮기도 하고, 말 많은 사람이란 이미지를 남기기도 싫어서입니다. 어떨 땐 입으로 떠드는 오프라인 대화보다 손가락만 놀리면 되는 SNS 대화가 더 편할 때가 있습니다. 이는 수직적인 사회 분위기가 반영된 결과입니다. 젊은이들이 직장 내 수직적이고 권위적인 인간관계 안에서 하고 싶은 말이 있어도 불이익을 받을까봐 침묵하는 일이 있습니다. 일종의 방어적 침묵입니다. 이런 현상이 심화되면 공동체가 모래알처럼 점점 더 개체화·파편화될 수 있습니다.

이런 현상을 보고, 청년층에 소통욕구 자체가 없다고 볼 수는 없습니다. 촛불집회에 적극 참여하고 온라인에서는 소소한 일상까지 공개합니다. 촛불집회가 수평적이고 민주적인 소통에 대한 의미를 담고 있기 때문에 청년들이 쏟아져 나온 것입니다. 이제는 기성세대에 편중된 발언권을 젊은 층에도 나눠줘야 합니다. 이제는 어른이 말하면 말대꾸하면 안 되고 그저 순종적으로 듣기만 해야 하는 시대가 아닙니다. 어른을 존중하고 공경해야 함은 당연합니다. 그러나 어른이라는 이유만으로 기득권을 당연시하면서 지시하달指示下達하려는 특권의식은 세대갈등과 불통만 가져올 뿐입니다. 권위는 필요하지만 권위주의는 필요치 않습니다. 어른답게 겸손히 자신을 낮추는 자세로 청춘과 함께하는 열린 마음을 지녀야 합니다. 공동의 관심사를 논의할 때는 원탁에 둘러 앉아 대등한 자세로 이야기를 나누는 민주적인 방식이 조직과 공동체를 건강하게 합니다.

우리 사회에
발을 들여놓은 1인 문화

혼자 먹는다고 해서 딱히 그렇게 이상하지 않은 것 같습니다. 혼밥하는 사람들은 자기들끼리 밥터디밥 먹는 모임를 만들어 같이 밥을 먹기도 합니다. 이전에는 밥을 먹고 어딘가를 가는 일상적인 일에 '혼자서'라는 말이 붙게 되면 특별한 일처럼 여겨졌습니다. 하지만 이제는 서로 대수롭지 않게 여기는 문화로 자리 잡고 있습니다. 이를 반영하듯 1인 식당이나 문화시설도 덩달아 등장하고 있습니다. 더 이상 낯설지 않은 1인 문화의 모습입니다.

서울 신촌에는 오로지 혼자만을 위한 1인 식당이 있습니다. 밖에서 보기에는 흡사 독서실처럼 보이지만 안으로 들어가면 칸막이가 자리마다 설치된 1인 식당입니다. 이곳의 주된 메뉴는 일본식 라멘과 짬뽕. 식당에 있는 자판기에서 식권을 발급받고, 남아있는 자리 중에서 자신이 앉고 싶은 자리에 앉으면 됩니다. 자리에 앉고 난 뒤 탁자에 설치된 벨을 누르면 직원이 오고 식권을 건네줍니다. 이후 음식이 나오면 칸막이 탁자에 앉아 식사를 하면 됩니다. 식당 이용객들은 "밥만 먹고 빨리 나올 수 있습니다.", "남의 눈치 안보고 다른 일을 하면서 식사를 할 수 있습니다."며 좋은 반응을 보였습니다.

가로수 길에 위치한 또 다른 1인 식당은 1인을 위한 메뉴를 마련했습니다. 혼자 먹어도 부끄럼 없이 당당하다는 '당당한 세트'와 혼자 와서 너무 많이 먹어 죄책감이 들게 만드는 '죄책감 세트'입니다. 혼자서도 웬만하면 먹을 수 있는 미니피자나 샐러드 등으로 구성돼 부담 없는 양으로 준비된 메뉴입니다.

우리나라보다 개인주의 성향이 강한 일본은 이미 1인 식당 문화가 활발히 진행돼 있고, 제법 간소한 메뉴로 이뤄진 우리나라의 1인 식당들과 다르게 주로 단체로 이용하는 고기집도 1인 식당으로 많이 존재합니다.

식당뿐만 아니라 문화시설도 1인화 되고 있는 추세입니다. 서울 마포구 서교동에는 1인 전용 노래방이 있습니다. 한 사람이 서있을 만큼의 작은 공간에 노래방 모니터와 의자, 헤드셋, 스탠딩 마이크가 구비돼 있습니다. 헤드셋을 쓰고 노래를 부르면 마이크에 울리는 자신의 목소리를 들을 수 있고 가격도 일반 노래방과 비슷해 부담 없이 갈 수 있습니다. 우리나라와 같이 '집단'이나 '무리'를 중요시했던 사회에서 '혼자'라는 것은 사회와의 단절이나 동떨어짐으로 받아들여지곤 했습니다. 하지만 이제 1인 문화는 거부할 수 없는 새로운 문화로 자리 잡고 있습니다.

1인 문화는 집단주의의 반작용입니다. 이른바 인구절벽의 시대입니다. 인구통계지표에서 1인 가구의 수는 증가추세입니다. 미래에는 전체 가구 수의 약 3분의 1이 혼자 사는 사람들로 예상하고 있습니다. 이런 추세를 따라 한 대형마트에서는 1인 가구들을 위해 1인용 채소를 내놓았습니다. 또한 1인용 밥솥과 프라이팬에 이어 1인용 생선구이기, 미니 오븐도 등장했습니다. 1인용 생활용품은 이전까지 다수 있었지만 1인용 음식까지 등장한 것은 혼자서 끼니를 해결하며 생활하는 사람들이 많아졌음을 보여줍니다.

1인 문화의 등장은 자발적인 것과 비자발적인 것으로 나눌 수 있습니다. 자발적인 부분은 집단적이고 조직적인 문화에 대한 문제의식으로 1인 문화를 선택한 것이며 비자발적인 부분은 혼자서 취업준비를 하거나 취직으로 가족과 떨어져 살게 되는 등 어쩔 수 없이 1인 문화를 하게 되는 것입니다.

1인 문화는 개인의 취향과 선택을 존중하는 측면에서 긍정적입니다. 인식을 개선하고 사회적인 배려가 필요합니다. 아직 집단적인 문화가 강한 우리 사회에서 1인 문화를 자연스럽게 받아들이기 위해서는 개개인의 인식 변화가 필요합니다.

1인 문화가 보편화되는 추세이지만 우려스러운 점도 존재합니다. 관계라는 측면을 배제해 외로움과 소외를 느끼게 됩니다. 이러한 것들을 자본주의의 상품과 서비스로 해결하려 해 경제적인 부분에서 소비를 많이 하게 됩니다. 여럿이 할 경우 드는 비용은 나눌 수 있지만 혼자 할 경우에는 모든 비용을 스스로 책임져야 하고 결과적으로 경제력이 필요합니다. 집단주의 문화가 강했기에 반작용으로 1인 문화가 많이 부각된 측면이 있습니다. 1인 문화는 집단 속에서 억압됐던 개인의 취향과 자유가 표출되면서 점차 퍼져나가고 있습니다. 사실 이미 우리 속에 있던 문화였지만 드러나지 않았을 뿐이었는지 모릅니다. 누구나 타인의 간섭이나 시선에 상관없이 혼자 하고 싶은 것이 있는 것은 당연합니다.

1인 문화가 확산되는 현실이지만 아직은 자유로운 시선이 필요합니다. 혼자서 무언가를 한다는 것이 아직 우리 사회에서는 낯설게 느껴지는 부분이 있습니다. 그럼에도 개인주의가 심화되는 사회에서 1인 문화는 더욱 확대되고, 보편화될 것입니다. 하지만 혼자 하는 것에 익숙해져 함께 했을 때의 즐거움조차 잊어서는 안 될 것입니다. 1인 문화의 현실과 긍정적인 측면이 있지만, 함께하는 문화도 잊지 말았으면 좋겠습니다. 개인의 자유와 공동체적 관계를 서로 고려한 절충점으로 가야할 것 같습니다.

결혼을 거부하는
비혼非婚

"환갑까지 결혼 못 하면 비혼식을 하겠다." 연예인 박수홍(남·48) 씨가 방송에서 선언한 말입니다. 그는 비혼식을 주변 지인에게 혼자 살게 됐음을 선포하며 그동안 내왔던 축의금을 회수하는 행사라고 정의했습니다.

결혼을 아예 하지 않겠다는 '비혼非婚'이 빠르게 늘고 있습니다. 비혼식, 싱글웨딩 등 새롭게 등장한 결혼문화는 비혼이 증가하는 세태를 그대로 반영합니다. 아직 결혼하지 않은 상태를 의미하는 미혼未婚이 아니라 비혼 선언을 통해 결혼을 거부한다는 개인의 의지를 적극적으로 표현하는 것입니다. 이처럼 다양한 삶의 형태가 증가하는데도 정부정책은 여전히 전통적인 가족만을 지향하는 수준에 머물러있습니다.

비혼을 선택하는 가장 직접적인 원인은 경제적 어려움입니다. 〈트렌드모니터〉가 2016년 9월 실시한 '2016 비혼 트렌드 관련 인식 조사'에 따르면 비혼을 선택하는 이유 4순위까지가 모두 경제적 원인이었습니다. 결혼하고 싶어도 내 집 마련의 어려움과 높은 결혼비용과 주거비용, 자녀 양육비에 대한 부담 등이 결혼을 다시 생각해보게 한다는 것입니다.

부모의 이혼 등 개인 가정에서 겪은 경험 때문에 비혼을 선택하기도 합니다. 특히 이런 현상은 이혼이 많았던 IMF 세대의 자녀에게서 두드러집니다. 이들은 경제적 문제로 가족 해체를 경험해 결혼에 큰 부담감을 느낍니다. 가족에게 얻는 심리적 안정보다 경제적 안정을 더 중요하게 여깁니다.

불합리한 결혼문화도 결혼을 주저하게 만드는 요인으로 작용합니다. 여성의 사회진출 증가와 맞벌이 확산에도 여전히 개선되지 않은 가사와 양육 부담, 시댁과의 갈등, 출산으로 인한 경력단절 등에 많은 여성이 거부감을 느낍니다. 우리나라에서 결혼이라는 제도는 여성들에게 전혀 공평하지 않습니다. 맞벌이 비율이 급속도로 늘고 있음에도 가사와 육아는 여전히 여성의 문제입니다.

결혼과 가족이 반드시 필요하다는 의식도 옅어졌습니다. 가족을 이루는 것보다 개인이 자유로운 삶을 사는 것을 더 중요히 여기는 것입니다. 결혼을 통해 자신의 정체성을 찾기보다 직업, 취미 등 가족 이외의 부분에서 삶의 가치를 추구하는 경향이 커지고 있습니다.

1인 가구와 비혼족 증가에도 우리나라의 정책은 여전히 다인 가족 중심적입니다. 가족별 신분등록, 대출과 주택 청약, 세금혜택 등이 대표적인 가족 중심적 정책입니다. 결혼을 하지 않고 청약임대주택을 분양받는 것은 상상하기 어렵습니다. 신혼부부나 다자녀가구에게 먼저 공급돼서 그렇습니다. 대출도 마찬가지입니다. 결혼하지 않으면 대출을 받을 때만 35세가 넘어야 하는 등 결혼하지 않은 성인은 결혼한 성인에 비해 대출을 받을 때 제약이 더 큽니다. 이를 개선하기 위해서는 개인별 신분등록제를 채택해야 합니다. 모든 제도적 혜택이 가족 단위가 아니라 개인 단위로 주어져야 합니다.

덴마크, 네덜란드 등 여러 유럽국가에서는 동반 관계 등록 제도를 실행하고 있습니다. 파트너는 개인이 지정한 법적 보호자를 뜻합니다. 병원에서 수술을 해야 하는 것과 같이 큰일이 있을 때 동의서에 사인할 수 있는 자격을 가진 사람을 본인이 선택하는 것입니다. 1인 가구와 다양한 가족 형태가 등장하는 시대적 흐름을 국가에서 배제하거나 배척하지 말고 사회적 현실로 인정하고 대안적 가족 형태를 받아들여야 합니다.

프랑스는 사실혼을 "이성 또는 동성 2인 사이에 안정성과 계속성을 보이는 공동생활에 의한 사실상의 결합"으로 규정하고 있습니다. 2006년에는 혼인가정 출산과 혼외출산을 구별하는 규정도 폐지했습니다. 법적 결혼이 아닌 동거도 국가에서 가족의 형태로 인정하고 출산과 자녀 양육 지원에 있어 결혼가족과 동일한 혜택을 제공하게 된 것입니다. 프랑스는 동거 형태를 입증하는 자료를 법원에 제출하면 사회보장제도, 납세, 임대차계약, 채권채무 등에서 결혼가정과 동일한 권리와 의무를 부여합니다.

일각에서는 비혼의 증가가 저출산을 심화시킨다고 우려합니다. 하지만 프랑스의 경우 오히려 출산율이 증가했습니다. 실제로 2015년 프랑스는 여성 1인당 평균 출산율이 1.96명으로 유럽 국가 중 1위를 차지했습니다.

저출산이 비혼만의 문제는 아닙니다. 가족의 의미를 다시 생각해봐야 합니다. 부부와 부모, 자식 등 가족 간의 관계를 재조명하고 종합적인 대책을 마련하지 않으면 가족 해체는 지속될 것입니다.

가족의 역할을 대체할 수 있는 대안 공동체 마련의 필요성도 있습니다. 이때 공동체는 전통적 의미의 강력한 마을 공동체가 아니라 가입과 탈퇴가 자유로운 동호회 형식의 소통 공간을 말합니다. 규칙이나 규율이 강하고 소속감을 강요하는 공동체가 아니라 어떤 공간 내에서 사람들이 만나 소통하고 부담 없이 헤어질 수 있는 자유로운 형태의 문화공간이 필요합니다.

소셜다이닝
같이 식사하실래요

　최근 '혼밥', '혼술', '혼영혼자 영화보기' 등 혼자서 모든 것을 하는 '나홀로 족'이 하나의 문화트렌드로 자리매김했습니다. 이중 자발적으로 나홀로 족이 된 사람들도 있지만, 원치 않게 나 홀로 생활을 하는 사람들도 많이 있습니다. "혼자 밥 먹기 싫다."고 외치면서도 혼자 식사를 하고 있거나, 하필 친구들이 모두 약속이 있어 혼자 밥을 먹어야 하는 경우가 있습니다. 이럴 때 조금만 용기를 낸다면 혼자 밥 먹는 외로움을 떨쳐낼 수도 있습니다. 사람들과 함께 밥을 먹으며 즐거움을 느낄 수 있는 '소셜다이 닝'이 있기 때문입니다.

　소셜다이닝은 소셜 네트워크의 발달로 새로이 등장한 소통방식입니다. SNS와 인터넷 사이트를 통해 관심사가 비슷한 사람들이 만나 식사하며 인간관계를 맺는 것을 말합니다. 고대 그리스의 식사 문화인 '심포지온Simposion'에서 유래했습니다. 미국과 유럽에서는 하나의 문화로 대중화된 사교 방식입니다. 우리나라에 소개된 것은 2012년으로 소셜다이닝 대표사이트 〈집밥〉이 등장하면서 처음 사용됐습니다. 이를 계기로 많은 사람들이 소셜다이닝을 통해 낯선 사람들과의 식사를 즐기기 시작했습니다.

　소셜다이닝 사이트 〈집밥〉을 통한 모임의 개수는 삼만여 개에 이를 정도입니다. 이밖에도 SNS 등 다양한 경로로 많은 소셜다이닝이 진행되고 있습니다. 그럼 어떻게 소셜다이닝에 쉽게 참여할 수 있을까요? 〈집밥〉 사이트를 이용하면 누구나 간단하게 소셜다이닝을 주최하고 참가할 수 있습니다. 소셜다이닝을 주최하고 싶다면 자신이 원하는 날짜와 테마, 메뉴를 골라 모임을 개설해 참가자를 모집할 수 있습니다. 반대로 참가자는 원하는 모임을 선택해 바로 참여할 수 있습니다.

소셜다이닝은 1인 가구 증가와 관계가 깊습니다. 최근 〈나 혼자 산다〉, 〈미운우리새끼〉, 〈혼술남녀〉와 같은 1인 가구를 주제로 한 예능과 드라마가 인기를 얻고 있습니다. 이는 점차 증가하는 1인 가구 수를 반영한 프로그램들입니다. 우리나라 1인 가구 수는 전체 인구의 1/4에 육박합니다. 증가율은 OECD 국가 중에서도 가장 빠른 편입니다. 국내 1인 가구 수는 2020년에는 29.6%, 2030년에는 32.7%에 이를 것으로 전망되고 있을 정도입니다.

소셜다이닝이 생긴 이유는 '1인 가구의 증가'가 가장 큽니다. 요즘에는 혼밥, 혼술 등 혼자서 하는 것이 대세입니다. 혼자 밥을 먹는 것이 장점이 있기는 하지만 그에 따른 부작용이 있기 때문에 부작용을 최소화하는 대안으로 함께 어울리는 소셜다이닝이 등장했습니다. 1인 가구의 증가로 나 홀로 식사족이 증가하고 있는데 이 중 어쩔 수 없는 이유로 혼자 식사를 하는 사람들이 앞으로 소셜다이닝에 관심이 많습니다.

소셜다이닝 사이트 〈집밥〉에서는 주제별로 대화 · 일상, 요리 · 음식, 문화 · 예술, 활동 · 놀이, DIY · 공예, 지식 · 배움, 봉사 · 나눔, 만남 · 연애와 같이 다양하게 나뉘어져있어 자신의 관심사에 맞게 선택할 수 있습니다.

소셜다이닝은 더 이상 밥만 먹는 모임이 아닙니다. 식사를 하며 서로의 관심사를 공유하며 관계를 맺는 모임입니다. 음식을 함께 만들어 먹는 방식으로 소셜다이닝을 진행하면, 요리법을 공유하면서 서로 배우고 함께 어울릴 수 있습니다. 자신이 감명 깊게 봤던 영화와 같은 특별한 주제를 정해 같이 소통해볼 수도 있습니다. 그러니 소셜다이닝은 단순히 밥을 함께 먹는 것을 넘어 자신의 관심사를 함께 공유하며 관계를 만들어가는 소통의 장입니다.

이처럼 많은 장점에도 소셜다이닝을 통한 인간관계 형성에 대해 회의감을 가진 시선들도 있습니다. 낯가림이 있는 저 같은 사람은 낯선 사람과의 첫 만남이 굉장히 어색할 수 있습니다. 새로운 인간관계를 맺는다는 것은 좋지만 낯선 사람에 대한 두려움이 있습니다. 저 같은 사람은 사람들과 친해지는데 시간이 오래 걸리는 편입니다. 한 번 함께 식사한다고 친해질 수 있을지 의문이 들기도 합니다. 그러니 굳이 낯선 사람과 식사를 할 필요성을 느끼지 못할 수 있습니다. 이런 점들을 깊이 고려하면서 자신에게 맞는, 자신의 필요에 적절하게 맞는 소셜다이닝을 활용한다면 부득이 혼자임을 보완해서, 공동체성을 통한 삶의 활력과 의미를 찾아나갈 수 있을 것입니다. 낯선 만남과 소통이 조금은 두렵고, 어렵다고 생각할 수 있으나 같은 시대를 살아가는 사람들이 함께 밥도 먹고 게임도 하고 이야기를 하다 보면 함께 어우러짐을 느낄 수 있습니다. 소셜다이닝이 최선은 아닐 수 있습니다만 청년층에게, 나홀로족에게 하나의 문화로서 의미 있는 일일 것입니다.

지금 당신의 옆 사람을
꼭 안아 주세요

'Free Hug'라고 적힌 피켓을 들고 서 있다가 다가오는 사람을 안아주는 프리 허그. 2001년 미국인 제이슨 헌터Jason G. Hunter가 처음 시작한 프리 허그 캠페인은 2004년 호주인 후안 만Juan Mann이 유튜브에 동영상을 올리면서 전 세계로 급속히 퍼져나갔습니다. 제이슨이 프리 허그를 시작한 계기는 2001년 어머니의 죽음이었습니다. 당시 장례식장에 온 조문객弔問客들은 하나같이 그에게 그의 어머니로부터 받았던 따뜻한 포옹에 관해서 이야기했습니다. 제이슨은 사람들의 이야기를 듣고 놀랐습니다. 자신을 늘 안아주셨던 어머니가 주변 사람들도 아낌없는 사랑으로 안아주셨다니!

그는 장례식 후 슬픔에 잠겨 있기보다는 어머니의 소중한 유산을 이어나가기로 결심했습니다. 누군가에게 잠시라도 따뜻한 품을 제공하고자 프리 허그 피켓을 들고 길거리로 나선 것입니다. 처음에는 사람들이 그저 슬쩍 쳐다보고 지나가는 데 그쳤지만, 취지가 알려지면서 전 세계적인 캠페인으로 자리를 잡게 되었습니다.

인간의 오감五感 중 촉감觸感은 가장 원초적인 감각이며 쾌락과 밀접한 관련이 있다고 합니다. 이는 단지 즐거움뿐 아니라 세상을 살아가는 데 필요한 건강한 몸과 마음의 기초를 제공합니다. 미국의 정신의학자 르네 스피츠Rene Spitz는 제2차 세계대전 중 고아를 연구하다가 보육원에서 충분한 음식과 청결한 환경을 제공했음에도 아동의 3분의 1이 첫해에 죽었다는 사실을 알게 됐습니다. 죽지 않은 아이들도 신체적 · 정신적으로 발달이 부진했습니다.

정확한 원인을 알기 위해 해리 할로우Harry Harlow는 태어난 지 얼마 되지 않은 원숭이를 어미로부터 떼어 놓고, 어미를 대신할 인형대리모 두 개를 만들어 주었습니다. 하나는 철사로 만들어 촉감은 나쁘지만 젖꼭지가 있는 것이었고, 또 다른 하나는 젖꼭지는 없지만 부드러운 천으로 만든 것이었습니다. 원숭이는 어느 대리모와 주로 시간을 보냈을까요? 후자였습니다. 이를 통해 할로우는 먹이보다는 촉감으로 경험하는 접촉 위안이 중요하다고 결론지었습니다.

길거리에서 생판 모르는 남을 안아주는 것도 의미 있겠지만, 어쩌면 가장 먼저 프리 허그를 해줄 사람은 내 주변에 있는 소중한 사람들이 아닐까요? 제이슨의 어머니가 아들은 안아주지 않고 다른 사람만 안아주었다면 제이슨은 프리 허그 운동을 하지 않았을 것입니다. 가족과 친구를 껴안으며 감사와 사랑을 표현하고 위로와 격려를 해주지 않는다면 길거리의 프리 허그는 위선이고 거짓일 뿐입니다.

감사와 사랑, 위로와 격려, 용기와 희망 등을 담아 진짜 프리 허그를 시작해봅시다. 우리가 긍정의 마음을 담아 진짜 포옹을 할 때, 이것은 결코 프리무료가 아닙니다. 우리의 삶에 돈과 빗댈 수 없는 엄청난 행복을 선사할 것이니 말입니다.

장애인도 동네 공동체 구성원으로 인정받을 권리

어릴 때 제가 살던 동네엔 어딘가 좀 모자란 형이 한 명 있었습니다. 분명 형인데 제 또래에겐 놀림감이었습니다. 아무리 놀리고 구박해도 웃었고, 우리를 졸졸 따라다녔습니다. 지금 생각해보면 그 형은 지적장애인이었던 것 같습니다. 예전엔 '정박아'라고 불렸습니다. 그땐 장애인인 줄 몰랐고, 그저 지지리 못난 구박덩어리로 봤습니다. 그 형이 자해를 하거나 타인을 해치거나 불편을 주지 않았는데 그때는 왜 그렇게 무시하고 구박했는지 부끄러운 생각이 듭니다. 지금이라도 만나면 그 때 많이 미안했다고 말해주고 싶습니다. 이처럼 온 동네 놀림감이었으나 그 형의 가족들에게는 애간장이 타는 소중한 가족이었을 것입니다. 그 때 그래도 동네와 가족을 떠나 시설에 격리되진 않았습니다.

이처럼 그땐 가정과 동네 공동체가 장애인을 품었습니다. 조금 부족해서 무시당하고 구박받긴 했어도 가정이나 동네에서 배제하지 않았습니다. 당당한 구성원으로 인정받고 살았습니다. 하지만 지금은 세상이 좋아졌고, 사회가 발전했고, 풍요로운데 장애인을 가정이나 동네가 품지 않고 시설에 격리하는 경우가 많습니다.

제가 사는 곳은 중소도시임에도 특수학교가 두 곳이나 있고, 주변에 '지적장애인 생활시설'이 있습니다. 이들은 가족을 떠나 살거나 가족들이 친권을 포기했거나, 이미 홀로되어 외롭고 고독하게 살고 있습니다.

말이 '생활시설'이지 아무리 봐도 비장애인들이 장애인을 가정과 동네에서, 합법적으로 격리해버린 겁니다. 장애인들끼리만 유치원부터 고등학교까지 격리된 학교, 격리 수용되어 시설에서 살고 있는 현실은 합법적인 배제排除임이 분명합니다. 이는 차별입니다.

인간은 근본적으로 사회적인 존재입니다. 장애인들도 모든 권리를 가진 주체로, 자기 능력에 따라 가정생활과 사회생활의 모든 분야에 최대한 참여할 수 있게 보장받고 도움받아야 하는 존엄한 존재입니다. 이들이 실질적이고 적절한 지원을 받아, 권리를 증진하고 비장애인과 똑같이, 각자의 능력에 따라 당당하게 살 수 있어야 합니다. 그러기 위해서는 오늘 우리에게 진심어린 관심과 친밀감이 필요합니다.

오늘날 곳곳에서 가정의 중요성을 말하고 있습니다. 장애인과 그들의 가족들, 사회적 약자들의 권리를 생각해 봅니다. 풍요한 세상이라며, 가정과 동네 공동체가 사회적인 약자들을 품지 않고 가정과 격리하면 풍요의 의미는 과연 무엇일까요? 그들이 권리를 분명히 보장받고 존엄을 느끼는 날은 올까요? 모두가 없이 살던 그때 그 시절처럼 사회적인 약자들이 가정과 동네의 일원으로 인정받는 것이 격리 수용 시스템보다 더 좋은 것이 아닐까요? 새로운 정부는 어떤 정책을 펼칠까요? 격리하고 차별하는 것이야말로 반드시 청산해야 할 적폐가 아닐까요? 도대체 국가의 의무란 무엇일까요? 제가 지금 현실감각 없는 어린아이의 치기 어린 투쟁일까요? 낭만 소설을 쓰는 것일까요?

스마트폰 전성시대의
빛과 그림자

　바야흐로 스마트폰 전성시대입니다. 저도 스마트폰을 씁니다. 버스를 타고서, 주위를 둘러보면 너나 할 것 없이 스마트폰에서 눈을 떼지 못하고 있음을 봅니다. 그럴 법 한 게. 스마트폰에는 온갖 정보가 넘쳐납니다, 넘쳐날 뿐 아니라 그 정보에 접속하기도 쉽습니다. 너무나 편리해서 오히려 걱정이 되기도 합니다. 이래서야 누가 책을 읽을까 싶습니다.

　우리가 책을 읽는 이유는 단지 지식을 얻기 위해서만은 아닙니다. 사람은 책을 읽으며 지식을 습득하는 경로가 무엇인지 배웁니다. 영감靈感과 교훈教訓이 여기에 해당합니다. 책 속에 지혜가 있다는 경구警句는 이를 가리키는 말입니다. 지식은 빌릴 수 있어도 지혜는 빌릴 수 없습니다.

　경제규모가 커져 문화 소비에 대한 관심이 높아졌습니다. 반가운 일입니다. 그러나 이와 동시에 '진짜' 대신 '편한 것'을 섭취하려는 경향이 늘었다는 게 문제입니다. 사람들은 이제 책보다는 블로그를 찾고, 블로그에서 얻은 정보로 세상을 알았다고 생각합니다.

　대표적인 사례가 음식이나 여행 사이트들입니다. 프랑스에서 공수空輸한 푸아그라나 프루프를 올린 요리를 즐기는 사람은 늘었습니다. 그러나 위고나 프루스트나 말로의 책을 읽는 사람은 늘지 않는다면, 우리의 문화가 풍성해졌다고 할 수 있을까요?

　백문百聞이 불여일견不如一見 이라지만, 세상 모든 일을 다 볼 수는 없습니다. 그럴 필요도 없고, 그래야 할 까닭도 없습니다. 보지 않는 게 더 나은 경우도 많습니다. 그럼에도 사람들은 자신이 겪지 못한 다른 세계에 접하기를 원합니다. 자신이 직접 몸으로 부딪히고 느껴서 터득하는 것만큼 확실한 깨달음이 없다는 것을 알기 때문입니다.

독서는 간접경험의 일종입니다. 그렇다고 그 가치가 반감反感 되지는 않습니다. 좋은 책은 인류가 수행한 사색과 성찰의 결정結晶입니다. 이 보석을 손에 넣으려면 읽는 사람도 저자著者와 함께 그 사색과 성찰의 길을 따라 걸어야 합니다. 때로는 지루할 수도 있겠지만, 그것을 참지 못하고 편리함을 추구한다면 진리의 품에 안길 기회는 영영 오지 않을 것입니다.

문제집에서 얻은 팁tip으로는 기본기를 기를 수 없습니다. 기본기에 충실하지 않으면 언젠가는 바닥이 드러나게 되어 있습니다. 남이 정리해 놓은 강의 노트를 곁눈질하는 것으로는 눈을 키울 수도 없습니다. 안목眼目이 떨어지면 '우물 안 개구리' 신세를 면치 못합니다. 우리는 아직 선진국의 대열에 합류하지 못했습니다. 그래서 책을 더 많이 읽어야 합니다. 책을 읽지 않는 민족에게 미래는 없습니다.

스마트폰이 대세大勢인 요즘 세상을 보면서 드는 생각입니다. 페이스북이나 트위터의 세계에서는 사실보다는 해석이나 주장의 독특함으로 인기를 끄는 경우가 많습니다. 그런데 해석이나 주장이 앞서면 사실을 침소봉대針小棒大하거나 전후맥락前後脈絡을 자른 뒤 꿰맞추는 억지를 부리기 쉽습니다. 이런 일이 반복되면 사실마저 흔들립니다. 뒤집어보겠다는 용기는 가상하나, 스스로에게 엄격할 자신이 없으면 선동자demagogue*가

---

* 데마고그Demagogue란 데마를 퍼뜨리는 사람을 말하며 또 자극적인 변설·문장에 의해서 대중을 정치적으로 동원하는 선동가를 가리키기도 합니다. 처음에는 그리스에서 대중의 지도자를 의미하는 것으로 반드시 오늘날과 같은 비난의 의미는 아니었습니다. 현대사회에서는 개인이 갖고 있는 고유의 신념이나 가치체계의 안정이 해체되

되기 십상입니다.

정보고속도로는 사람들 사이의 의사교환意思交換이 시공간적 한계를 뛰어넘을 기회를 제공했습니다. 동시同時에 다중多衆이, 쌍방雙方으로 접속하는 사이버세계가 소통의 상징으로 떠올랐고, 집단지성이라는 생소한 개념이 널리 쓰이게 됐습니다. 정보고속도로의 효과입니다.

하지만 이곳에서도 "악화惡貨가 양화良貨를 구축驅逐한다."는 그레샴T. Gresham의 법칙은 어김없이 적용됐습니다. 트위터에 글을 미리 써놓고는 똑같은 글을 계속 누르는 이가 있는가 하면, 상식적으로 납득하기 힘든 주장을 펴면서 통쾌해 하는 이도 있습니다. 그래도 이런 경우는 사회적으로 피해가 덜 합니다만 심각한 것은 트위터가 사람들의 다양한 의견을 수렴하는 기능을 하지 못하고, 서로 삿대질하게 만드는 공간으로 악용된다는 사실입니다. '팔로워follower'라는 단어의 뜻을 영한사전에서 찾으면 '추종자'라고 나옵니다. 하필이면 왜 이런 단어를 골라냈는지 모르겠지만 아무튼 '팔로워'들이 내 편, 네 편으로 나뉘어 정치적으로 난타전을 벌이는 것을 지켜보고 있다보면 한숨만 나옵니다.

이건 소통의 장이 아니라, 상대방을 거꾸러뜨려야 살아남는 검투사를 기르는 훈련소나 마찬가지입니다. 물론 자기들끼리는 소통이 잘 되고 있다고 믿겠지만, 작은 소통이 더 큰 소통을 막아버린다면 그것을 어찌 참된 소통이라고 할 수 있을까요?

소통이란 역지사지易地思之를 요구합니다. 집단지성도 비슷한 잘못에 빠질 때가 있습니다. 자기들끼리 조사하고 논의해서 취합한 결론을 진실이라며 일방적으로 제시하는 행태는 지성과는 거리가 멉니다. 냉정하게 말하면, 사용법을 안다고 쓰임새를 아는 게 아닙니다. 말은 한번 뱉으면

어 피암시성이 극도로 높아질 경향이 있으므로 데마고그가 담당하는 역할과 위험성은 큽니다.

주워 담을 수 없습니다. 아무리 짧은 글이라도 사이버세계에서는 순식간에 실시간으로 퍼집니다. 말과 글이 소통으로 이어지려면 본능이나 감성과 반대되는 의미에서 직관直觀과 이성이 요구됩니다. 수많은 사건과 사고들이 사색과 성찰을 배제한 채 현상으로서만 전달된다면, 그것은 충동 혹은 편견을 부를 뿐입니다.

우리 교육계나 시민사회단체에서 심도 깊은 토론을 거쳐 스마트폰 시대의 명明과 암暗을 제대로 짚어보면 좋겠다는 생각을 해봅니다. 방향을 제대로 잡아야 합니다. 알고서 쓰는 것과 그저 편해서 쓰는 것은 전혀 다른 결과를 낳습니다. 규제를 하자는 것이 아니라 폐해를 최소화하기 위한 스스로의 다짐과 각오를 해보자는 것입니다.

서양의 지성사知性史는, 구텐베르크의 인쇄술과 루터의 종교개혁이 함께 갔습니다. 자기네 말로 번역된 성경이 값싸게 보급되면서 서양은 비로소 미몽迷夢의 시대에서 깨어났습니다. 종교는 광신狂信의 덫을 피하기 어렵습니다. 그런데 기독교가 최소한의 합리성을 확보하게 된 시점이 바로 이 무렵이었습니다. 우리는 구텐베르크보다 앞선 인쇄술과 한글이라는 세계 최고의 문자를 갖고서도 여태껏 상대방과 대화하는 지혜조차 얻지 못하고 있습니다.

깨달으면 부족함이 희망이 됩니다. 지식과 지혜는 정해진 양이 없습니다. 모든 국민이 최고의 지식인이 될 수는 없습니다. 그러나 모든 국민이 지혜를 갖는 국민은 될 수 있습니다.

정보사회는 유토피아인가,
디스토피아인가

아주 오래전 구텐베르크의 활판인쇄술이 인류에게 가져왔던 것보다 훨씬 높은 강도의 충격이 우리 앞에 다가서고 있습니다. 커뮤니케이션 테크놀로지의 개선을 위한 인간의 끊임없는 노력이 가속도를 높여 개발해 내고 있습니다. 이에 따라 새로운 미디어는 매일 매일 기존의 미디어를 진부한 것으로 만들어 버리고 있습니다. 정보처리와 전달능력에서 우수한 미디어들이 시시각각 쏟아내는 정보의 양은 가히 '정보폭발'의 시대가 와 있음을 실감하게 합니다. 전화를 통한 일기예보서비스부터 멀리 알베르빌의 쇼트트랙 승전보, 나아가서는 우주탐사선 보이져호가 보내오는 태양계 저편의 모습까지, 생활의 너무나 많은 부분에서 이미 정보사회에서 살고 있는 우리 모습을 발견하게 됩니다.

정보사회를 잉태시킨 커뮤니케이션 테크놀로지의 발전이 이렇듯 우리 생활의 구석구석에 영향을 미치고 있음에도 새로운 미디어가 가져다주는 '멋진 신세계'의 환상에만 취해 버린다면 자칫 정보사회가 인류와 사회에 가져 올 진정한 변화를 다양한 시각에서 평가하고 올바르게 대처하는데 게을러질 소지가 있습니다. 그러므로 정보사회가 약속하는 유토피아와 그 이면에 숨겨진 문제점을 함께 진단해볼 필요가 있다고 봅니다.

정보사회의 의미는 무엇일까요? 정보사회라는 용어는 1970년대 초반 일본의 고야마가 처음으로 사용하였지만 그 이전에도 이미 다니엘 벨이나 앨빈 토플러 같은 미래학자들이 후기산업사회, 지식사회, 혹은 탈산업화사회 등의 용어를 사용하며 정보사회의 출현을 예언해 왔습니다. 일반적으로 정보사회란 컴퓨터와 커뮤니케이션의 결합으로 탄생되는 정보의 기능이 거대화되고 고속화되는 지식사회를 의미합니다. 상품·재화중심의 경제구조에서 정보의 생산과 분배가 중심이 되는 경제구조로 이행됩니다. 이에 따라 고부가가치의 정보 상품이 시장을 지배하게 되는 이른바 '경제의 소프트화'가 이루어집니다.

정보사회가 가져오는 변화는 단순히 테크놀로지 발전의 차원을 넘어 사회전반에 거쳐서 복합적으로 나타나는 총체적인 현상입니다. 이러한 변화를 경험하게 되는 정보사회에 대한 평가도 낙관론적인 측면과 비관론적인 측면을 함께 고려하며 이루어져야 합니다. 그 이유는 인간의 인지능력의 한계를 뛰어 넘는 정보혁명이 우리 앞에서 진행되고 있고, 알게 모르게 우리는 정보사회의 혜택을 누리기도 하고 피해를 입기도 하기 때문입니다.

정보사회에 대한 낙관론자들의 관점은 새로운 커뮤니케이션 테크놀로지의 긍정적인 측면이 인간에게 가져올 유토피아를 그리는 기술지상주의입니다. 이에 반해 비관론적 측면은 새로운 기술이 인간에게 재해를 가져오는 환상에 불과하다고 봅니다. 비관론자들은 정보사회가 소수 정보엘리트에 의해 통제된다고 가정합니다. 그러면 이들이 주장하는 유토피아와 디스토피아의 논리는 구체적으로 어떤 것인지 양측입장을 정리해보겠습니다.

정보사회는 유토피아인가요? 사실 정보사회는 우리에게 과거에는 상상도 할 수 없었던 커다란 물리적·정신적 풍요를 가져다주었습니다. 공장에서, 사무실에서, 혹은 가정에서 인간두뇌의 한계를 극복해 주는 컴퓨터가 활용됨으로써 아담과 하와 이래 멍에처럼 인간을 따라다녔던 온갖 종류의 육체노동과 단순노동에서 인간을 해방시켜 주었습니다. 이제 인간은 증가된 여가를 자유로이 즐기며 남는 시간을 더 효율적인 테크놀로지의 개발에 투자할 수 있게 되었습니다. 문제라면 새로운 테크놀로지의 도입 초기에 흔히 있듯이 고도의 커뮤니케이션 테크놀로지의 채택과 운영에 수반되는 비용입니다. 그러나 이것은 전화나 컴퓨터의 보급에서 경험했던 것처럼, 시간이 지나면서 테크놀로지의 보급률이 증가함에 따라 어렵지 않은 문제라고 낙관론자들은 주장합니다.

낙관론자들은 정보사회의 테크놀로지는 인간의 상호작용패턴에 많은 긍정적인 변화를 가져올 잠재력을 가지고 있다고 주장합니다. 정보처리 능력이 우수한 커뮤니케이션 테크놀로지의 활용은 일방적인 정보전달의 효율성을 중시했던 기존의 커뮤니케이션 개념을 쌍방적인 의미공유의 극대화 과정으로 바꾸어 놓았습니다. 즉, 동시에 표준화의 쌍방향 커뮤니케이션이 가능해짐에 따라 정보전달은 탈획일화·탈표준화의 경향을 띠게 되는 만큼 커뮤니케이션 과정의 두 주체인 송신자와 수신자 사이의 상호작용성과 수신자의 선택의지가 존중받게 되었습니다.

이렇게 되니 전체주의 체제하에서 가능한 중앙집권적인 통제는 정보욕구가 분출하고 그 욕구를 충족시킬 수 있는 테크놀로지가 뒷받침되고 있는 정보사회에서 설 자리를 잃게 되었습니다. 홈컴퓨터에 연결된 모델을 통하여 혹은 전화기에 연결된 모뎀을 통하여 혹은 전화기에 연결된 팩시밀리를 통하여 지구상 어디에 있는 사람과도 대면접촉을 하는 것과 유사한 형태의 커뮤니케이션을 거의 아무런 통제를 받지 않고 할 수 있게 되었습니다. 종적이고 하향적인 인간의 커뮤니케이션 방식이 횡적이고 수평적인 양상으로 변함에 따라 중앙집권적인 정치사회구조보다는 분권적인 구조로, 획일적인 정책결정보다는 활성화된 참여로, 독점보다는 평등의 분배구조로 바뀌었습니다. 이에 따라 민주주의가 성숙될 것이라고 봅니다. 그러나 낙관론자들이 제시하는 정보사회의 밝은 청사진을 있는 그대로 다 받아들일 수만은 없습니다. 그 이유는 사회현상의 총체적 관계를 충분히 고려하지 못한 기술결정론의 단순화된 논리가 흔히 범할 수 있는 오류를 담고 있기 때문입니다. 그러면 비관적인 정보사회론자들은 어떻게 유토피아의 환상을 비판하고 있는지 알아보겠습니다.

정보사회는 디스토피아인가요? 비관론자들의 가장 큰 우려는 정보사회가 가져올 또 다른 종류의 소외와 불평등의 구조입니다. 자동화가 가져오는 노동수요의 감소에 따라 발생하게 될 다수의 잉여인력은 대량실업사태로 이어질 수 있습니다. 여기서 우선적으로 배제될 사람들은 기능인과 전문직종사자가 주류를 이루는 사회의 중산층입니다. 한 사회의 안정 세력을 대표하는 중산층의 몰락은 사회구조를 소수의 정보산업엘리트와 다수의 단순노동자로 단순화시킵니다. 또 정보능력결여에 따라 정보생산과 분배과정에서 배제될 다수의 정보미숙련자들은 사회 내의 새로운 하층계급을 형성하게 될 것입니다. 인간은 오랜 세월 괴롭혔던 일의 노예에서 해방되는 순간, 이제는 정보의 노예가 되어 버린 것입니다. 〈모던타임즈〉라는 영화에서 채플린을 억눌렀던 거대한 톱니바퀴는 이제 컴퓨터의 작은 칩 하나로 대체되었을 뿐, 진정한 인간의 해방은 아직 이루어지지 않고 있다는 것입니다.

정보사회의 테크놀로지가 가지는 매체적인 속성상 평등하고 횡적인 유대관계가 신장되고 민주주의가 고양되리라는 낙관론자들의 예측을 성급한 것으로 만들어 버리는 논리도 가볍게 볼 수는 없습니다. 비관론자들이 우려하는 것은 정보사회가 심화시킬 정보 불균형의 구조입니다. 즉, 산업사회에서 물질의 소유여부가 계급갈등으로 이어졌듯이 정보사회에서는 정보 부자와 정보 빈자 사이에 마찬가지의 갈등이 존재합니다. 굳이 '정보는 힘의 가속기'라는 말을 떠올리지 않더라도 정보는 유형의 재화와는 달리 그 자체가 엄청난 부가가치를 창출합니다. 정보는 고급재화로 양질의 정보를 향유하는 데는 그만큼의 비용이 수반되기도 합니다.

특히 '하루가 멀다'하고 계속 정보하드웨어 시장에 상품화가 진행되고 있는 뉴테크놀로지는 도입초기단계에서는 엄청나게 비싼 가격 때문에 소수에 의해서만 향유될 수밖에 없습니다. 이에 따라 소수에게 집중된 정보독점은 다수를 무기력하게 만들고, 정보소외를 가져오기도 합니다.

정보의 분배과정에 있어서 불평등도 눈여겨보아야 할 부분입니다. 정보의 양이나 정보사용을 위해서 소요되는 고비용으로 인해 정보는 소수만이 누릴 수 있는 특권입니다. 특히 정보의 절대량이 많아지면서 이러한 소외현상은 심화되고 정보부자와 정보 빈자 사이의 괴리는 더욱 커집니다. 특히 정보가 상품화되고 있는 현실에서 양질의 정보는 그 희소가치 때문에 접근과 활용이 제한되고 있습니다. 다수가 쉽게 접근 가능한 정보는 대부분 상대적으로 하급정보일 가능성이 높습니다.

위에서 정보사회에 대한 낙관론과 비관론의 양측 입장을 검토해 보았습니다. 정보사회에 대한 유토피아의 환상도, 디스토피아의 절망도 아직은 성급한 결론이 될 것입니다. 왜냐하면 우리에게 정보사회는 이미 시작된 현실로, 위의 논리 중 많은 부분은 장래에 대한 단지 부분적인 예측에 불과하기 때문입니다. 인류가 겪고 있는 모순은 기술발전에 따라 자연스럽게 해결될 수 있는 것이기도 합니다. 시간이 해결해 주는 것이라는 낙관론자들의 주장을 받아들일 수 없다고 해서 거대한 '제3의 물결'을 거부하는 비관론자들의 몽니는 허용되지 않을 것입니다.

우리는 싫든 좋든 이미 정보사회의 흐름에 동참해 있습니다. 정보사회를 뒷받침할 테크놀로지의 개발과 활용은 한 국가의 미래를 좌우할 만큼 핵심적인 이슈가 되어 있습니다. 정보사회의 양면성을 고찰해 보는 것은 그래서 더욱 의미 있는 작업입니다. 산업혁명이 가져온 생산력 중대가 인류에게 행복과 모순을 동시에 가져온 역사를 잘 알고 있는 것처럼, 정보혁명이 가져올 변화를 평가하는 것은 비슷한 모순의 과정을 극소화하기 위한 준비의 하나라는 사실도 같은 맥락에서 음미해 보아야 할 것입니다.

단어로 통하는 20대

2014년 많은 인기 속에 방영됐던 드라마 〈응답하라 1994〉를 기억하시는지요? 이 드라마는 90년대 대학생들의 풋풋한 대학생활을 담고 있었습니다. 하지만 그 시대를 보낸 대학생들은 문화의 격변기에 머물렀던 격정적인 X세대였습니다. 그리고 X세대 이전에 6.25전쟁 후 출산율이 급격히 높았던 때에 태어나 민주화시기에 대학생활을 보냈던 베이비붐 세대가 있습니다.

이렇듯 변하는 사회에 머물렀던 청년세대들을 칭하는 말들이 있습니다. 그렇다면 다시금 사회의 격변기를 보내는 지금의 20대는 어떤 세대라고 표현할 수 있을까요? '어떤' 세대라고 칭하기 어려울 정도로 20대를 지칭하는 단어들이 다양하게 생겨나고 있습니다. 단순한 단어지만 20대의 모습을 적나라하게 드러내는 신조어들을 알아봅니다.

새끼 캥거루는 엄마 캥거루의 주머니에 들어가 삽니다. 이 모습을 빗대 최근 대학생들 중 졸업을 하고 취직할 나이가 됐음에도 취직하지 않고 부모님에게 의지해 얹혀사는 이들을 '캥거루족'이라 부릅니다. 비슷한 말로 부모의 곁을 떠나지 않는 자라에 빗댄 '자라증후군'도 있습니다. 또한 경제적 자립을 시도했지만 이후에 다시 부모 곁으로 되돌아오는 청년들을 바다로 나갔다가 다시 원래 살던 강으로 돌아오는 연어의 습성과 비교해 '연어족'이라 부릅니다. 이렇게 빗댄 용어들의 공통점은 홀로

서지 못하는 20대를 대변해주고 있다는 점입니다. 어려운 취업과 불안정한 지갑 사정으로 20대들은 사회에 나갔어도 경제적인 부분에서 쉽게 정착하지 못해 부모의 지원에 의지하게 되는 것입니다.

어느 조사를 보니 대학생 한 달 평균 수입 및 지출 현황에 따르면 대학생 월 평균 수입은 47만원이지만 월 평균 지출은 2배 이상 높은 112만 4천원이었습니다. 보통 학생들의 수입원은 일이 많고 2017년 시급이 6,470원에 못 미치는 음식점이나 문화시설 등의 아르바이트입니다. 하지만 주요 지출은 등록금과 식비처럼 미룰 수 없는 필수적인 지출의 액수가 많습니다. 이를 통해 볼 수 있듯이 학생들 스스로 모든 지출을 책임질 수 없어 홀로 서지 못하는 모습입니다.

학교 밖에서 취업과 대외활동에 매여 생활하다보면 학교 안의 생활을 놓치고 살게 됩니다. 이런 상황 속에서 대학가의 큰 화두話頭로 떠오르며 학생들 사이에서 많은 이야기가 오고 갔던 신조어가 있습니다. '혼밥족혼자 밥 먹는 사람들'과 '아싸아웃사이더'입니다. 대학생의 실제생활을 담았던 EBS다큐 〈왜 우리는 대학에 가는가〉를 보면 혼밥하는 이들의 모습을 찾을 수 있습니다. 그들은 혼자서 빨리 밥을 먹고 시간을 아껴 공부를 해야 하거나 각자 하는 일이 달라 어쩔 수 없이 혼밥을 하고 있다고 말했습니다. 밥 먹을 시간까지 아껴야할 정도로 해야 할 것이 많고 누군가와 얘기하며 밥 먹는 여유조차 없습니다. 토익, 토스, 해외경험, 직무 관련 인턴 경험 등 모든 것을 챙겨야 하다 보니 학생들에게 시간이 절대적으로 부족합니다. 한정된 시간을 효율적으로 사용하다보니 자신의 스케줄을 우선적으로 고려해 혼자 밥을 먹는 등의 경우가 생겨났습니다.

상황이 안 돼, 어쩔 수 없이 혼자가 된 이들도 있지만 자발적으로 개인주의를 지향하는 이들도 있습니다. 남보다 자신의 만족과 기분을 중시하는 이들을 칭해 '코쿤cocoon족'이라 고 합니다. 코쿤은 '고치'라는 의미로 사회와 단절돼, 고치와 같은 자신만의 안락한 공간에 머물면서 개인생활을 즐기는 이들을 말합니다. 비슷한 단어로 사회생활이나 단체활동 등에 관심이 없고 여가시간을 혼자 보내는 이들을 지칭하는 '나홀로족'도 있습니다. 이들에게 혼자 있는 것은 곧 피곤한 대인관계에서 해방되는 출구입니다. 혼자서 영화를 보거나 여행을 가면 친구들과 함께일 때보다 스스로 느끼고 찾아볼 수 있는 것들이 많다고 생각합니다. 내가 원하는 것 위주로 뭔가를 할 수 있어 좋은 면도 있습니다.

이런 상황에서 최근 주목하는 것이 '활동형 외톨이'입니다. 흔히 '히키코모리'라 불리며 사회활동을 일절하지 않고 집안에만 틀어박혀 지내는 은둔형외톨이와 달리 활동형외톨이는 사회활동도 하고 필요에 따라 사람들을 만나지만 인간관계로 얽히는 것은 피합니다. 이들은 인간관계로 일어나는 갈등이나 스트레스가 싫어 사적인 관계를 단절시킵니다.

할리우드 스타 저스틴 팀버레이크도 자신이 활동형외톨이임을 밝혔습니다. 그는 사람들과의 만남이 불편하고 말주변이 없어 늘 주눅이 들어 있으며 말을 할 때 상대방을 재미없게 만들어 대화가 힘들다고 고백했습니다. 직접 대면하지 않고도 SNS나 모바일 메신저로 소통할 수 있는 시스템도 활동형외톨이들을 만드는 한 요인으로 작용합니다.

우리 사회는 외향적인 사람들을 중심으로 돌아갑니다. 자기주장이 강하고 스스럼없이 의견을 말하는 사람들에게 사회는 집중합니다. 이렇다 보니 사람들의 관심을 끌고 주목받으며 어울리기 위해서 '외향적인 성격'을 갖고자 하는 학생들도 늘고 있습니다. 심지어 내향성을 소심하고 소극적인 성격으로 치부해버리는 인식 때문에 외향성을 '연기'해야만 하는 상황에까지 이르게 되었습니다. 내향적으로 행동하면 '답답하다'거나 '적응을 못하는 사람인가'하고 생각하는 경우도 있습니다. 하지만 외향적인 사람들은 단지 사람들과 어울리며 외부에서 에너지를 얻고 내향적인 사람들은 혼자 있으면서 여러 가지 사색을 하면서 에너지를 얻습니다. 내향성과 외향성은 개인의 기질 차이일 뿐 외향성이 좋은 것이고 내향성은 그렇지 않다고 말할 수는 없습니다.

그 어느 때보다 지금의 대학생들은 힘든 시기를 보내고 있습니다. 취업준비부터 스펙 쌓기, 공인외국어시험과 자격증 등 챙겨야할 것들이 많습니다. 20대를 나타내는 신조어들은 이러한 현실을 보여주고 있으며 더 세분화되고 다양하게 등장하고 있습니다.

세상은 점점 더 빨리 변화하고 있으며 사람들이 추구하는 가치관도 더 다양해지고 있습니다. 20대에서 유행하는 문화의 변화 양상이 매우 빠릅니다. 같은 20대라 해도 추구하는 가치관에 따라 생활 패턴이나 성향이 다르게 나타납니다. 이전처럼 한 가지 용어만으로는 정의하기가 어려워졌습니다. 앞으로 이런 현상이 더욱 심화될 것으로 보입니다.

문화가 바뀌고 사람들의 생각이 바뀌는 흐름 속에 항상 머물러있던 것은 20대입니다. 경제적으론 불안정하고 아직 사회에 정착하지 못한 대학생들이지만 미래에 대한 준비와 고민은 어느 세대보다 치열합니다. 취업과 스펙에 관련된, 밝지 않은 신조어를 보면 우리 세대의 삶은 걱정만이 가득해 보입니다. 앞으론 암울하지 않은, 20대의 밝은 모습이 나타난 새로운 신조어를 더 많이 만날 수 있길 기대해 봅니다.

3

성찰과 미래

성찰과 미래

　새로움을 꿈꾸는 사람이 가장 먼저 해야 할 일은 살아온 나날들에 대한 철저한 반성을 통한 성찰입니다. 우리 민족의 더 나은 미래를 위해서는 과거를 냉철하게 성찰해봐야 합니다. 삼국통일은 외세를 끌어들인 전쟁에 의한 흡수통일이었습니다. 강제합병을 통일로 착각했고 결국 재분열됐습니다. 게다가 강대국의 힘을 빌려 왔기에 이후 조선시대까지 중국에 강력하게 종속될 수밖에 없었습니다.

　일제는 강제 합병 이후 영구지배를 위해 교묘한 이간질로 조선을 심각하게 분열시켰습니다. 우리는 패배주의적 식민사관에 세뇌됐고, 해방 후 분단은 이미 역사의 필연이 돼버렸습니다. 해방공간에선 권력을 유지하기 위해 잔인하게 동족을 공격했고, 결국 동족상잔의 전쟁까지 일으켜 조국을 끔찍한 비극에 빠트려 놓았습니다.

　베트남전쟁을 통해 세계에는 데탕트긴장완화의 기류가 흘렀지만, 남북의 기득권은 그 탈냉전의 기회마저 권력 강화의 도구로 악용했습니다. 통일정책은 사실상 형식에 불과했습니다. 오랜 분단기간 동안 인간존엄 정신이 없는 독재와 독단적인 권력이 남북을 철저히 지배해왔습니다. 남북의 기득권들은 닫힌 마음으로 상대방을 폭력적으로 인식했습니다. 자신들이 바로 통일의 장애물이라는 생각은 전혀 없었습니다. 아무런 성찰도 없었고, 아무도 근본적으로 변화하려 하지 않았습니다.

이런 과거로 인해 통일이 아직도 '안개 속의 풍경'으로 느껴지게 합니다. 지금 지구촌은 모두가 화해되어 하나 되는 세계화로 향하는데 아직도 한반도는 반시대적 분단체제에 집착하고 있습니다. 시대의 역류는 동반 몰락의 길입니다. 이렇게 가다가는 북한은 결국 중국에 강하게 귀속될 것이고, 남한은 일본과 미국에 더욱 집착하게 될 것입니다. 이제 우리는 통일을 위해 역사의 근원으로 회귀해야 합니다.

1,000년도 넘게 우리는 소중화小中華였습니다. 일제강점기 때는 황국신민과 내선일체를 강요받았습니다. 해방 후 현재까지 미국에 기대며 살아왔습니다. 강대국들에 대해선 한 번도 소아병적 의존성에서 탈피하지 못하고 있습니다. 그 결과 서양에서 생긴 자본주의와 공산주의 이념 간의 극단적 대결이 억울하게도 우리 땅에서 일어났습니다. 그리곤 주변 강대국들의 이익에 이용되는 줄도 모르고, 동족끼리 업신여기며 싸우는 상황이 아직도 전개되고 있습니다. 신분제는 폐지된 지 오래이지만 빈부격차에 따른 양극화로 인해 새로운 신분제가 공공연한 사회입니다.

제2차 세계대전의 적국이었던 프랑스와 독일은 화해하는데 1년도 채 걸리지 않았습니다. 그런데 왜 우리에게는 아직까지도 평화가 없는 것일까요? 진정 큰 세계로 나가려면 민족화해가 먼저입니다. 위대해지려면 우선 깊게 성찰부터 해야 합니다.

근본 없는
축제를 폐하라!

　인간은 '유희遊戲적 동물'이라는 말이 있습니다. 이를 일컬어 '호모 루덴스'라고 합니다. 유희는 놀 줄 알고 즐길 줄 아는 것을 말합니다. 유희는 문화에서 파생한 것이 아니라, 문화에 유희가 내재되어 있는 것입니다. 이는 그만큼 유희와 문화는 깊은 상관이 있다는 말입니다. 아이들의 유치한 놀이부터 어른들의 고급한 놀이에 이르기까지 인생은 유희와 깊은 연관을 맺고 있습니다. 축제는 이런 유희의 총합總合이라 할 수 있습니다.

　예부터 축제라 함은 그 나라나 지방 혹은 사람들의 생활과 뿌리 깊게 연관되어 만들어지고 발전해왔습니다. 유럽과 일본에 수백 년 전통의 축제가 있음은 이런 이유입니다. 쾰른과 뒤셀도르프 같은 도이칠란트의 라인 강 유역의 도시에서 해마다 이뤄지는 축제는 추운 겨울을 몰아내고 봄을 맞이하려는 민간의 풍습이 자리 잡은 것입니다. 그럼 우리 실정은 어떨까요?

　우리나라 지역마다 여러 가지 축제가 있습니다. 그런데 이들 축제가 지자체마다 중구난방 생기다보니 중복도 많고 체계적인 운영도 기대하기 어렵기도 합니다. 명확한 지역성이나 의미도 제대로 갖춰지지 않은 채 지역축제의 이름으로 난립하고 있습니다. 더욱이 겨울을 제외하고 매달 열릴 정도로 잦은 축제가 무슨 의미가 있는가 하는 의문도 있습니다. 지역민이 지역에서 열리는 축제가 어느 시기에 무슨 목적으로 얼마

동안이나 진행되는지 알지 못하는 축제는 축제가 아닙니다. 어느 축제는 상업적인 목적과 지자체 단체장의 의도로 인위적으로 만들어진 축제입니다. 돈벌이가 아쉬운 상인들과 전시행정에 익숙한 구태의연한 단체장과 공무원들이 손잡고 주구장창 놀고먹고 마시는 것을 축제랍시고 만들어내는 것 같기도 합니다. 이런 축제로 각종 소음과 쓰레기가 덤터기로 보태집니다. 이것은 축제가 아니라 민폐입니다.

축제라 함은 지난 한 해를 돌이키고 다가올 날들을 생각해보는 대동大同의 한마당이 되어야 합니다. 그런데 우리나라의 대부분 축제는 술과 노래와 고기와 방탕으로 일관합니다. 거기에는 과거도 미래도 없고, 오직 지금과 여기를 최대한 즐겨야 한다는 강박증에 사로잡힌 졸렬한 군중과 치졸한 상혼商魂과 도시예산을 물 쓰듯 쓰고자 하는 단체장과 관리들만 횡행합니다. 이런 축제는 세금을 축내고 지역문화를 더럽히는 죄악입니다. 이제는 더 이상 일회성과 장삿속, 전시행정의 표본을 구현하기 위한 축제는 과감하게 청산해야 합니다. 누구를 위한, 무엇을 위한 축제인지 생각하지 않고 그냥 해온 것이니까 한다는, 내 돈 아니니까 그냥 한다는 안일한 자세는 버려야 합니다.

지역민들의 세금을 엉뚱한 곳에 축내지 말고 폐지廢紙나 빈병을 주우려 거리를 떠도는 허다한 노인들의 밥과 연탄을 위해, 헬조선 청년들의 일자리 창출을 위해, 독거노인들과 행려병자들의 치유를 위해, 노숙자들을 위해 예산을 써야 합니다. 이제는 정말 근본 없는 축제를 폐할 때가 되었습니다. 이제는 지역 축제를 좀 줄여서 지역민의 화합과 협력으로 제대로 된 축제 하나만이라도 제대로 진행해야 합니다. 지역의 역사와 의미가 담긴 축제로 지역민의 자발적인 참여로 지역이 하나 되고 지역의 자랑이 되는 축제를 펼쳐가야 합니다.

문턱 낮춘 인문학 열풍과
인문학의 방향

"이 책을 읽고 나면 지적 대화에서 당신이 주인공이 될 수 있습니다.",
"인문학적 화제를 풍부하게 제공할 넓고 얕은 토막상식을 알려 드립니다." 최근 이러한 홍보 문구를 건 인문학 서적과 강의 등이 늘어나고 있습니다. 어렵게만 느껴졌던 인문학이 쉽고 재밌게 다가오면서 인문학에 대한 대중들의 관심이 높아지고 있습니다. 하지만 이를 두고 '인스턴트 인문학'이라는 비판도 이어지고 있기도 합니다. 찬사와 비판이 엇갈리는 인문학 열풍, 이대로 괜찮은 것일까요?

쉽고 재밌게 인문학을 즐길 수 있습니다. 언어, 문학, 역사, 법률, 철학, 고고학, 예술 등 인간을 내용으로 하는 인문학을 쉽고 간단하게 서술하여 대중들에게 전달하는 콘텐츠가 인기를 끌고 있습니다. 대표적으로 2014년에 발간된 『지적대화를 위한 넓고 얕은 지식』(이하 '지대얕')은 현재까지도 베스트셀러의 대열에 올라 있습니다. 이와 유사하게 인문학을 교양 지식으로 전달하는 서적들도 계속해서 출판되고 있습니다. 또한 OtvN 〈어쩌다 어른〉 등의 인문학 교양 강의 방송이 인기를 끌고 있습니다.

이처럼 인문학을 쉽게 정리해주는 콘텐츠가 대중의 관심을 끌게 된 이유는 무엇일까요? 기존의 권위적이고 딱딱한 인문학의 갑옷을 벗기고 쉽고, 친밀하게 다가간 것이 대중들에게 큰 호응을 얻었기 때문입니다. 또한 현대인들의 생활에서 이유를 찾을 수 있습니다. 경쟁사회와 피로사회로 지친 현대인들이 인문학의 필요성을 느끼지만, 시간적인 여유가 부족해 오랜 시간을 투자하지 않아도 되는 형식을 찾게 됐습니다. 사회가 인문학을 요구하지만 현대인들은 시간적 여유가 없다 보니 요약된 형태를 찾습니다. 인문학을 통해 지식을 습득하는 방식으로 대중들에게 인식돼 해설과 정리가 잘 된 콘텐츠를 찾기도 합니다. 대중들은 정리식의 콘텐츠를 접하면서 본인이 인문학을 실천한다는 만족감을 얻기도 합니다.

이러한 인문학 콘텐츠는 대중들이 인문학에 접근하여 관심을 가질 수 있게 됐다는 점에서 좋은 평가를 받고 있습니다. 가볍게 구성된 인문학 콘텐츠들은 인문학에 대한 관심을 불러일으킵니다. 전보다 인문학을 접할 수 있는 경로가 훨씬 늘어났습니다. 덕분에 인문학이 대학 내에서만 학문으로 논의돼서 일반 대중들이 접하기엔 어려웠던 점이 있었습니다만 말랑말랑한 인문 서적과 강의가 진입장벽을 허무는 역할을 수행하게 되었습니다.

하지만 인문학의 본질을 벗어난 반反인문학이라는 비판적인 시선도 있습니다. 인문학은 질문하고 비판하는 학문인데, 현재의 열풍은 질문보다 답을 전하는데 치우쳐있습니다. 사색 없는 상품화된 인문학입니다. 주입식으로 지식을 던져 사유할 권리를 빼앗는 것이기도 합니다. 끊임없는 질문과 사색이 사라지고, 수동적으로 습득한 지식만이 인문학의 전부가 아닙니다.

인문학의 본질을 훼손한다는 지적이 잇따르지만, 인문학에 관한 관심을 불러일으킨다는 점은 무시할 수 없습니다. 간단히 정리된 인문학을 접하되, 인문학을 실천하는 수준에 도달해야 합니다. 이는 어린아이와 같이 젖먹이 단계를 넘어 스스로 서는 어른이 되는 단계와도 같습니다. 인문학이 본래 지향하는 역사, 문화 등에 대한 근본적인 견해까지 깊게 파고들어야 합니다. 이를 위해 대중들은 인문학 고전이나 원전들을 읽는 노력이 필요합니다. 고전 속에 담겨있는 선인先人들의 물음과 지혜를 직접 느껴야만 인문학을 실천했다고 볼 수 있습니다.

많은 인문학 고전들은 필자의 의도, 목적 등은 원전을 읽어야만 제대로 느낄 수 있습니다. 고전이 지루하고 어려울지라도 한 번이라도 읽으면 성취감을 느낄 수 있어 더 도전할 수 있습니다. 인문학 강의의 경우, 일방적인 지식 전달 방식에서 탈피해야 합니다. 현재 이뤄지고 있는 많은 인문학 강연의 형태는 일대다―對多로 강연자의 일방적인 지식 전달에 치우쳐 있습니다. 다수에게 지식을 제공하는 형태는 결코 인문학의 진수珍羞를 맛볼 수는 없습니다. 강연자와 참가자가 함께 토론하고 이야기하는 형식으로 변화가 필요합니다. 이런 점에서 인문학읽기스터디나 동호회 같은 모임이 활성화되면 좋겠다는 생각입니다.

세계화 시대의
인문학적 소양의 요구

오늘날 우리는 범지구적 공동체 속에 살고 있습니다. 지구적 공동체화의 과정인 세계화Globalization가 새로운 현상은 아니지만 최근의 세계화는 급격하게 진행되고 있습니다. 이는 회피하거나 거부 할 경우 희생을 가늠하기가 쉽지 않습니다. 세계화는 많은 이익과 이점이 있는 반면 실망스러운 부작용과 한계가 있음도 부정할 수 없습니다. 세계화의 한계와 부작용을 최소화해서 반反세계화 정서를 완화시키고, 지속가능한 세계화 혹은 보다 나은 세계화를 위해서 필수불가결한 것이 인문학적인 사고입니다.

세계화의 의미에 대한 보편적 정의는 없지만 국제통상 분야에서는 상품과 생산요소로 자본, 노동, 기술 그리고 시장의 개방으로 인한 급속한 세계적 시장통합으로 이해하고 있습니다. 이런 의미로 보면 세계화는 세계 제2차대전 이후 지금까지 지속되고 있는 개방의 추세가 주된 내용이 됩니다. 다만 이전의 세계화 현상은 오늘날의 세계화는 달리 속도와 영향과 범위에 있어서 크게 관심의 대상이 아니었을 뿐이었을 뿐입니다.

세계화 혹은 시장의 통합화가 가능하게 된 배경에는 여러 가지가 있으나 전 지구적 기호Tastes, 선호Preferences, 가치Value, 규범Norms 등의 유사성을 가져온 세계지역주의Gobalization에 의한 전 세계적 무역 장벽의 제거와 감소가 주된 원인이 됩니다. 그러나 시장간 장벽의 제거는 고통과 희생, 수혜의 불평등도 따르기 때문에 종종 강력한 반反세계화 정서에 직면합니다.

노벨경제학상 수상자인 스티글리츠J.E. Stiglitz는 『세계화의 실망Globalization and its Discontents』에서 세계화의 한계를 지적했습니다. 오늘날 우리 모두는 하나의 지구적 공동체 속에 살고 있습니다. 이런 사회에서 더불어 함께 살기 위해서는 지구공동체적인 규칙이 필요합니다. 그러려면 공정하고 약자를 배려하며 사회정의와 품위를 내포합니다. 또한 세계화를 보다 인간적으로 만들도록to make globalization more humane 노력해야 합니다.

인문학이 '인간의 가치와 관련된 문제를 탐구하는 영역'이라고 사전적으로 정의할 때, 세계화가 인간적 얼굴을 갖도록 하기 위해서는 인문학적 소양이 필수적입니다. 세계 각국은 문화, 관습, 가치, 규범, 언어, 경제발전 정도, 역사 등이 다르고 숫자, 색깔, 모양, 소리 동작 등에 대한 의미부여가 다르기 때문에 이러한 다양성을 포용하기 위해 지구적으로 생각하고, 지역적으로 행동Think globally, but act locally하는 지구촌시민의식이 필요합니다. 이와 같은 유연한 사고를 유연한 세계화Flexible globalization 혹은 지구구역화Glocalization라 부르기도 합니다. 세계화에 인간적 얼굴을 갖게 하고 유연한 세계화를 추구하기 위해서는 가치, 관습, 상징적 의미, 역사, 언어 등에 바탕을 둔 문화적 다양성을 이해해야 합니다. 또한 경제적인 하부구조, 소비자 소득과 구매력, 그리고 자연환경과 기술의 격차에 의한 경제 발전 수준의 차이를 포용해야 합니다.

이를 위해서 인문학 관련 분야의 학습을 통해서 비심판적 태도Nonjudgemental attitude, 남의 의견을 존중하는 자세, 몸에 배인 정중함 등을 통한 인간관계 기술이 체득되어야 합니다. 임기응변의 재주, 모호성에 대한 관용, 스트레스 대응 능력, 감정의 안정, 긍정적 자아상 등이 바탕이 된 적응 기술이 연마되어야 합니다.

이러한 인문학적 소양은 세계화의 한계를 극복하고 문제를 치유하는 대안의 한 방편이 아닙니다. 기업, 국가, 조직의 전략 수립단계에서부터 인문학적 접근이 함께 한다면 보다 나은 세계화, 지속 가능한 세계화가 되지 않을까 싶습니다.

인문학 고유의 역할
산학협력에 그대로 적용

세계경제의 부가가치 창출 요소가 노동과 자본에서 지식과 정보로, 다시 혁신적 기술과 창의적 아이디어로 변화하고 있습니다. 이에 따라 미국과 EU 등 주요 선진국들은 창조와 혁신을 통해 시장과 일자리를 창출하는 데 국가적 역량을 결집하고 있습니다. 우리나라도 경제운영의 패러다임을 모방과 응용을 통한 추격형 성장에서 국민의 창의성에 기반한 선도형 성장으로 전환하기 위해 정부와 기업들이 노력하고 있습니다. 이런 경제는 인간의 창의력, 상상력, 아이디어, 지적 능력을 최대한 활용해서 새로운 경제 가치를 생산하고 소비하는 경제 시스템을 말합니다. 이런 새로운 산업구조는 나라마다 다양한 의미로 사용되고 있으나 기본적으로는 창조성과 문화적 가치를 그 기반으로 하는 공통점이 있습니다.

존 호킨스는 『창조경제The Creative Economy』에서 연구개발, 소프트웨어, 문화, 영화, 음악, 미술, 출판, 광고 등 15개의 분야를 창조산업으로 제시한 바가 있습니다. 영국 문화미디어스포츠부UK DCMS에서는 전통적인 문화예술분야와 뉴미디어, 패션, 디자인, 건축 등을 포함한 13개 부문을 창조산업으로 선정하였습니다. 이는 창조성의 적용 범위를 협의의 관점에서 해석한 것으로 선진국의 문화관련 부처에서 주로 사용합니다. 하지만 서비스업보다는 제조업이 발달한 우리나라의 경우는 협의의 창조산업에 중점을 두게 될 경우 정책적 왜곡현상을 초래할 우려가 있습니다. 그러므로 협의의 창조산업을 육성함과 동시에 우리나라가 강점을 갖고 있는 주력산업의 창조적 융·복합화를 통한 창조산업의 전환을 동시에 추구할 필요가 있습니다.

이 과정에서 가치사슬의 전 단계에서 창조성이 발현될 수 있도록 혁신의 범위를 보다 확대하기 위한 노력이 필요합니다. 다시 말해 넓은 의미의 창조산업에 부합할 수 있도록 산학협력의 개념과 범위도 새롭게 정의되고 확대될 필요가 있습니다. 시대적 흐름이 이러한데도 우리나라의 산학협력은 여전히 이공계가 주도하는 기술개발의 틀에서 벗어나지 못하고 있습니다. 이에 따라 대학에서는 산학협력을 이공계의 전유물로 생각하는 경향이 강하기 때문에 비이공계의 산학협력 활동에 대한 체계적인 접근과 정부 지원 매우 부족한 실정에 있습니다. 이는 산학협력을 제조업 중심, 기술개발 위주로 수행하기 때문에 빚어진 현상으로서 대학이 갖고 있는 다양한 혁신자원들을 기업에 제대로 공급하지 못하는 결과를 낳은 것입니다. 전 세계적으로 제조업 중심의 경제구조가 창조산업 중심으로 변화하는 과정에서 인문사회 및 예체능 분야의 참여가 보다 확대될 필요가 있습니다.

새로운 시대적 화두에 부응해서 기존의 이공계 중심의 산학협력에서 탈피해서 인문사회 및 예체능 분야의 산학협력 참여를 적극적으로 유도해 나가야 할 것입니다. 인문사회 분야는 제품 기획 및 마케팅 분야의 산학협력에 직접적인 기여를 할 수 있습니다. 예체능 분야는 영화, 방송, 게임 등 문화콘텐츠를 기반으로 한 산학협력을 통해 우리나라의 창조산업 발전을 보다 앞당길 수 있습니다. 여기에 인문학도 중요한 역할을 할 수 있습니다. 스티브 잡스의 말입니다. "애플을 따라잡고 싶으면 인문학을 하라." 이 말처럼 인문학은 더 이상 현실과 유리된 상아탑의 전유물이 되어서는 안 됩니다. 사회적 지평의 확대를 통해 자신에 대한 성찰을 완성하는 인문학의 역할은 산학협력에도 그 의미와 깊이를 더해나갈 것입니다. 이런 점에서 오늘 우리 사회에서 인문학의 활성화와 대중화는 꼭 필요한 시대정신일 것입니다.

삶에 물음표를
던져봅시다

어느 선생님이 해주신 말씀입니다. "우리나라에서 성적이 좋지 않은 학생과 성적이 좋은 학생의 차이점은 시험 보기 전에 잊어버리느냐, 시험 보고 나서 잊어버리느냐 일뿐입니다. 결국 모두 잊어버리는 것은 마찬가지입니다."

그는 역사와 같은 인문사회 교과목을 암기 과목이라고 하는 것에 대해, 아니 암기 과목이라고 부르는 것에 대해 문제점을 지적하셨습니다. 제가 어릴 적 공부 방법도 이 지적에 자유로울 수 없습니다만, 그의 말에 동감합니다. 단순한 암기에는 사고하고 이해하는 과정이 생략됩니다. 이럴 경우 이전 사고에 대한 의문과 새로운 생각이 자리 잡기 힘들고, 기존의 정보를 답습하기 십상입니다.

예를 들어 봅니다. 불국사의 다보탑과 석가탑, 천마총, 삼국시대. 이 이름에 대해 한번쯤 생각해 본 적이 있었는지, 아니면 그냥 당연한 것으로 받아들였는지요? 어떤 이는 다보탑과 석가탑은 본래 이름이 아니라고 주장합니다. 왜냐하면 그 당시 신라의 중심 사상이 화엄사상인데, 웬 법화사상과 관련된 이름인 다보탑과 석가탑이냐는 의문이기 때문입니다. 그래서 문헌 조사를 했더니 다보탑과 석가탑이라는 이름은 조선후기 문헌부터 보인다고 합니다. 어떤 이는 천마총에 발견된 그림은 천마가 아니라 기린이라고 합니다. 이때 기린은 오늘날 우리가 보는 기린이 아니라 용과 같이 전설 속의 동물입니다.

유니콘처럼 뿔이 하나 달린 길상吉祥한 동물입니다. 그 당시 문화로는 무덤에 천마보다는 길상한 기린이 더 적합하다는 주장입니다. 왜 우리는 천년의 고대역사를 삼국시대라고 하는가요? 고구려, 백제, 신라 세 나라만 있었던 시기는 겨우 98년 정도입니다. 오히려 부여, 가야 포함 다섯 나라로 있었던 시기는 무려 458년이나 됩니다. 그래서 오국시대라고 하자는 주장도 있습니다.

이러한 주장의 옳고 그름을 이야기하고자 하는 것이 아닙니다. 기존의 사고에 물음표가 필요하다는 점을 강조하고자 예를 들었습니다. 당연하다고 여긴 것이 어쩌면 당연하지 않을 수 있다는 말입니다. 예나 지금이나 쉬운 내용이 아닙니다. 기존 정보를 받아들이기도 벅찬 세상입니다. 무엇에 쫓기듯 바쁘게 살고 있기에, 차라리 단순한 사지선다형이나 단답형이 좋을지 모릅니다. 이런 상황에서 기존 사고에 의문을 제기한다는 것은 결코 쉽지 않습니다.

그러나 한번쯤 정해진 틀이 아니라 넓은 백지白紙에 의문과 질문을 던지는 노력이 필요하다고 봅니다. 의문과 질문은 단지 그 내용을 부정한다는 뜻이 아닙니다. 그 내용을 정확하게 이해하고 더 나아가는 과정입니다.

의문과 질문은 여유를 필요로 합니다. 삶의 쉼표가 필요합니다. 마치 사지선다형이나 단답형은 적은 시간에 많은 문제를 풀지만, 논술은 많은 시간 동안 한두 문제를 서술하는 것처럼 말입니다. 가끔 생각해봅니다. 칸트가 위대한 철학자 된 것은 정해진 시간에 일관성 있게 오랜 세월 산책하면서 사색한 덕분이 아닌가 하고 말입니다. 마치 수행자가 화두를 지닌 채 수행을 하는 것처럼 말입니다.

우리의 삶이 사지선다형이나 단답형의 틀로 갇히지 않았으면 합니다.

미래를 여는 백지 위의 삶이었으면 합니다. 그 백지 위에 있는 것이 낙서落書일지라도. 그 낙서는 낙서대로 의미가 있습니다. 그것은 어느 누구의 생각도 아닌 내 생각이기에 그렇습니다.

심화되는 세대 갈등,
해법은 있을까요

세대를 구분하고 각각 세대에 특징적인 성격을 부여하는 작업은 대중적인 관심뿐만 아니라 학문적인 관심을 끌어 온 주제 중 하나입니다. 사회가 변화하는 과정에서 일정 정도 유사한 사회적인 배경과 역사적인 경험을 공유하는 세대가 존재하기 때문에 이러한 세대구분은 사회변화를 반영하는 현상으로 누구나 당연히 관심을 기울일만한 주제입니다. 예를 들어 미국사회의 변화를 중심으로 분류한 베이비붐세대, X세대, Y세대, N세대와 같은 구분이라든가, 우리 사회의 특성을 반영하는 50년대 출생한 좌절세대, 60년대 출생한 민주화세대, 70년대 출생한 세계화세대, 80년대 출생한 공포세대, 90년대 출생한 Y세대 또는 에코세대 등과 같은 구분 등은 여러 가지 논란의 여지가 있음에도 꾸준히 제시되어 왔습니다.

이러한 구분을 하는 이유는 세대 간에 부분적으로나마 하위문화적인 차이를 보이기 때문입니다. 하지만 우리가 주목해야 할 점은 각 세대가 갖는 특징을 파악하려는 노력이 아니라, 이러한 논의들이 후기산업사회의 출현과 함께 시작되었다는 사실입니다. 또한 최근 들어 사회 변화의 속도가 빨라짐에 따라 세대를 구분하는 주기가 점점 더 짧아지고 있다는 사실입니다. 이러한 사실들이 의미하는 바는 산업단계 이전 사회에 비해서 산업단계 혹은 후기산업단계사회에서는 같은 시대를 살아가는 연령

집단들이 보다 더 세분화되어가고 있으며, 그들 간의 차이가 단순한 의식이나 태도, 문화적인 차이에 그치는 것이 아니라 이제는 경제적인 갈등의 양상으로 전화할 조짐을 보이고 있다는 것입니다. 게다가 평균수명의 연장과 출산율의 저하는 세대 간의 중첩重疊을 보다 두텁게 만들고 결과적으로 세대 간의 갈등을 심화시키는 방향으로 나아갈 것이라는 점입니다.

이러한 변화의 조짐은 여러 곳에서 이미 감지되고 있습니다. 예컨대 '고용상 연령차별 금지 및 고령자 고용촉진에 관한 법률'은 지금까지 권고사항이었던 60세 정년을 2016년부터 순차적으로 의무사항으로 적용하도록 개정하였습니다. 이는 필연적으로 일자리를 두고 중장년세대와 청년세대가 경쟁관계에 있을 수밖에 없는 구도를 만들어낼 것입니다.

아직 최종적으로 개정된 것은 아니지만 최근 법무부가 마련한 상속법 개정안도 세대 간의 갈등을 염두에 둔 조치로 보입니다. 수명의 연장과 자녀 수의 감소를 보면 더 이상 중장년세대가 청년세대의 부양을 기대할 수 없음을 의미합니다. 이는 중장년세대 스스로가 자신의 노년을 책임져야하는 상황을 낳은 것입니다. 또한 중장년층의 노후老後를 위해 현재의 청년층이 부담해야 하는 각종 사회보험의 암울한 미래도 세대 간의 갈등을 내재하고 있습니다. 그 뿐만이 아닙니다. 캥거루족의 출현, 혼인적령기의 고령화도 역시 같은 맥락에서 이해될 수 있습니다.

이러한 현상은 인류가 처음으로 경험하는 것입니다. 우리는 새로운 해법을 찾아야만 하는 상황에 직면해 있습니다. 무작정 청년세대의 부모에 대한 의존기간을 늘릴 수도 없습니다. 여전히 생산 활동이 가능한 장년세대를 무턱대고 생산 현장으로부터 몰아낼 수도 없습니다. 갈등 없이 세대의 공존이 가능하려면 보다 많은, 그리고 새로운 형태의 일자리가 창출되어야 합니다. 이는 우리 모두의 과제이기도 합니다.

겉모양이 아니라
진심으로 이해하는 다문화

　세계화와 더불어 진행된 대규모의 국제적인 이주移住는 전 지구적인 차원에서 인구의 구성에 커다란 변화를 가져왔습니다. 우리 사회도 예외 없이 이런 변화를 경험하고 있습니다. 대체로 1990년대부터 시작된 외국인의 유입은 우리 사회를 이른바 '단일민족국가'에서 '다문화사회'로 전환시키고 있습니다. 주로 이주노동자와 결혼이주여성으로 이루어진 외국인의 유입은 기본적으로 우리의 필요에 의해 이루어진 것임에도, 여전히 많은 수의 사람들은 다문화적인 현상에 대해 불편한 속내를 숨기지 않고 있습니다.

　이는 우리가 아직까지 경험해 본 적이 없는 낯선 것에 대한 불편함에 기인하는 것일 수도 있고, 단일민족의 순수성이 오염된다는 반감反感에 기인하는 것일 수도 있습니다. 하지만 우리 사회의 다문화현상은 되돌리거나 부정할 수 없는 현실입니다. 따라서 우리는 이를 기꺼이 수용할 수밖에 없습니다.

　2000년대 들어 본격적으로 논의되기 시작한 다문화주의에 대한 담론談論은 우리 사회에 나타난 다문화현상을 분석하고, 다문화주의를 효과적으로 수용할 방법과 태도의 문제를 다루고 있습니다. 하지만 최근까지 진행된 다문화주의 담론은 주로 이주민 1세대를 대상으로 다루고 있을 뿐입니다. 이주민 2세대에 대한 논의는 이제 시작의 단계에 불과합니다.

이는 이주의 역사가 짧은 상황에서 당연한 것이지만, 앞으로 우리가 보다 중요하게 보아야 할 것은 점차 증가하고 있는 이주민 2세들입니다. 왜냐하면 이들은 부모 세대인 이주민 1세대와는 달리 우리 사회에서 태어나 우리 사회에서 성장한 우리의 국민이기 때문입니다. 꾸준히 증가하고 있는 이주민 2세대가 우리 사회에서 동등한 시민으로 대접받고 있는가 하는 점에 대해서는 부정적인 것이 사실입니다. 학교교육의 사례가 이를 잘 보여줍니다. 다문화 가정의 아이들이 중도에 학업을 포기하는 경우가 많습니다. 이런 이유는 경제적인 이유도 있지만, 피부색이나 생김새의 차이 등으로 차별을 받는 것도 주요한 원인 중의 하나입니다.

"리틀 싸이"로 불리는 황민우 군이 단지 어머니가 베트남인이라는 이유로 악성댓글에 시달렸다는 사건은 단지 일회적인 일화로 치부할 수 없는 사례입니다. 이 사건은 황민우 군이 우리와 다를 바 없는 우리 사회의 성원임에도, 단지 피부색과 생김새가 다르다는 이유로 차별을 받아야 하는, 우리 사회의 다문화에 대한 이해의 현주소를 적나라하게 보여주는 사례였습니다.

피부색과 같은 겉모양은 사람이 적응의 결과로 얻게 된 생물학적 우연에 불과합니다. 우리가 다문화사회의 성원으로 건강한 공동체를 만들기 위해서는 우리 스스로가 유색 인종임에도 '백색가면'을 쓴 것처럼 행동하는 것은 아닌가 하는 반성이 있어야 합니다. 또한 타자를 겉으로 드러난 모습이 아니라 그들의 의식 기저基底에 깔려있는 내면을 이해하려는 진심 어린 태도를 갖추도록 하는 의식적인 노력이 있어야 할 것입니다.

그러려면 소중한 다문화이웃을 진심으로 진정으로 인정하고 가슴으로 껴안아야만 합니다. 두 팔 안에서 진정으로 느껴야만 합니다. 겉으로 보이기 위해 대충 껴안을 수는 없습니다. 자신이 진정으로 느끼고 있다는 듯 등을 두세 번 두들겨 주는 것으로 그것을 대신해서도 안 됩니다.

껴안는 동안 자신의 깊은 호흡을 자각하면서, 온몸과 마음으로, 전 존재
로 껴안아야주어야 합니다.

만성 착취 사회 속
우리의 이웃들

수수께끼 같은 문제입니다. 노동은 노동인데 제 값을 받지 못하는 노동은? 대표적으로 군에서 의무복무 중인 병사들이 있습니다. 국방의 의무를 다하고 있는 현역병, 의무경찰, 사회복무요원 등의 급여는 최저임금을 적용받지 못합니다. 이들이 최저임금의 적용대상에서 제외되는 것은 법적으로 강제한 것입니다. 그렇다면 법의 보호를 받을 수 있는 병영 밖 일반노동자들은 최소한의 최저임금을 받고 있을까요? 그렇지 못한 노동자들 역시 적지 않습니다. 가장 대표적인 집단은 고령층 노동자들입니다. 나이가 들수록 법이 정한 최저임금과 현실의 임금 사이의 격차는 커집니다. 그리고 아예 '무급'이라고 명시된 집단도 있습니다. 대개 자영업자인 가족과 함께 일하며 임금을 받지 않는 '무급 가족종사자'들 역시 노동시장의 경계에 서 있습니다.

제값을 주지 않고 노동력을 쓰면 '착취'가 됩니다. 착취당하는 이들의 반대편에는 착취하는 자들이 있습니다. 사회에서 '열정'에 대한 대가代價라는 미명美名으로 법이 정한 수준에도 못 미치는 '열정페이'를 받던 청년들은 이제 국가로부터 그 '열정페이'에도 못 미치는 액수의 월급을 다달이 받으며 착취를 내면화합니다. 이를 '애국페이'라 지칭하는 이도 있습니다.

문제는 이들만이 착취를 당하는 데서 끝나지 않습니다. 특수한 상황에 있다는 이유로 특정 집단의 노동력을 할인해 쓰는 것은 결국 우리 사회 전체의 노동이 제값을 받지 못하고 있는 현실과 연결됩니다. 명목상으로는 최저임금이라는 법적 장치가 있지만 일자리를 얻기 위해 최저임금 이하의 임금을 감내하는 고령층 노동자에게는 '노인 착취'가 벌어지고 있습니다. 한계상황에 놓인 영세자영업을 유지하기 위해 더 이상 깎을 것이 없어 자신과 가족의 노동의 대가를 스스로 깎아야 하는 '셀프 착취' 역시 만연하고 있는 것이 오늘 우리의 현실입니다. 이들 집단에 대한 착취가 쉽게 근절되기 어려운 이유는 그들이 집단의 이익을 지키고 권리를 찾기 위해 집단행동을 하기 어렵다는 데서 잘 드러납니다.

우리 사회의 국방 현실에서 병사들이 노조는커녕 병사협의회 같은 기구를 구성하는 것은 어렵습니다. 최저임금도 받기 어려운 고령층 노동자들이 비정규직이 대부분인 일자리에서 노조를 결성하기는 하늘의 별따기입니다. 때문에 정부는 물론 사회 전체가 문제 해결에 함께 앞장서야 할 것입니다.

먼저 병사들의 노동착취입니다. 2017년도 병장 봉급을 최저임금과 비교하면 차이는 극명합니다. 월 209시간 근무를 기준으로 병장 시급을 계산하면 1033원을 조금 넘습니다. 최저임금 시급인 6470원의 15.9%에 불과합니다. 이병의 시급은 779원으로 최저임금의 12%입니다. 이마저도 통상적인 근무시간만으로 계산해 나온 것이기 때문에 각종 경계근무와 생활관 내 정비·청소 시간 등 끝없이 이어지는 노동시간을 더해 계산한다면 그 수치는 더욱 낮아질 수밖에 없습니다.

'분단국가'와 '징병제'라는 핑계도 여기서는 안 통합니다. 징병제를 시행 중인 세계 주요 국가들의 최저임금액 대비 병사 월급 비율과 비교해도 우리나라 병사들이 받는 월급은 최저 수준입니다. 최저임금이 18만원인 베트남에서는 병사 월급이 최고 5만원으로, 최저임금 대비 27%를 지급합니다. 이집트와 태국은 병사들의 직업보장성 차원에서 봉급으로 최저임금 100%를 적용하여 각각 16만원, 30만원을 주고 있습니다. 브라질은 80% 수준으로 지급합니다. 우리나라와 안보상황이 비슷하다는 평가를 받는 대만과 이스라엘도 각각 최저임금 대비 33%, 34% 수준입니다.

병사들은 교도소에 수감 중인 수형자보다도 적은 일급을 받는 게 현실입니다. 법무부 예규에 따라 교도소 외부 기업체로 통근 작업을 하는 '개방지역작업자'들이 받는 일당은 최고 1만5000원으로, 2016년 병장 환산 일급인 6566원보다 높게 책정되어 있습니다. 착취라 부를 수 있을 정도로 급여가 낮은 탓에 전체 병력의 3분의 2인 66%를 차지하는 병사들의 인건비는 2016년 예산안 기준 전체 군인보수의 9.7%에 불과합니다. 장교 인건비가 전체의 41.5%, 부사관 인건비가 48.7%인 현실과 대비됩니다.

낮은 봉급을 받는 것은 그저 자신의 노동을 국가에 바치는 것만을 뜻하는 것은 아닙니다. 거의 공짜에 가까운 노동력이기 때문에 더욱 쉽게 낭비할 수 있는 분위기가 바뀌지 않는 것입니다. 군대 갔다 온 사람은 다들 압니다. 병영 밖에서 돈을 조금만 들이면 살 수 있는 물건들도 일일이 소대원들 시켜서 만들게 하는 건 딱히 예산이 모자라서가 아닙니다. 그렇게 쓸데없는 작업에 동원된 병사들이 진심으로 나라를 지키는 훌륭한 일을 했다는 마음이 들 수가 있을까요?

2017년 국방예산은 40조 3000억 원 수준으로 정부재정 총지출 400조 5000억 원의 10%를 차지합니다. 이 가운데 병사 인건비는 2017년 최초로 1조원을 넘겼습니다. 당장 현재의 병사 월급을 최저임금 수준으로 올리는 것까지는 쉽지 않다는 점을 고려해도, 연간 2조 5000억 원 정도의 추가재원이 있으면 최저임금의 40% 수준에 맞춰 병사 봉급을 올릴 수 있습니다. 바꿔 말하면 국가는 그동안 최저임금으로 병사 인건비를 계산할 경우 그에 못 미치게 지급한 연간 8조원 이상의 돈을 병사들에게서 착취한 셈이 됩니다.

다음으로 '노인 착취'입니다. 나이 든 사람들이 느니까 어딜 가나 경쟁입니다. '용돈벌이 삼아' 다니던 지하철 택배 일도 쉽지 않습니다. 일에 들어가는 시간에 비해 보수는 적고, 그마저도 일거리 구하기가 쉽지 않습니다. 그러다보니 그날 점심 식대나 겨우 나올까 싶은 날들이 많습니다. 돈 없는 노인네들이 일하겠다고 모여드니까 지하철 택배 사장만 신났습니다. 서로서로 단가 낮춰주겠다고 아우성치는 현실입니다. 그나마 일거리가 있는 날로 계산을 해봐도 수입은 신통치 않습니다. 하루 3건을 배송한다고 쳤을 때 업체 수수료로 30%를 떼고 손에 쥐는 것은 1만 6000원~1만 8000원 남짓입니다. 거리가 길면 배송비가 약간 오르지만 크게 차이나는 액수는 아닙니다. 출퇴근시간은 유동적이고 주문이 없을 때는 그저 시간을 때워야 합니다. 그래서 시급으로 따지면 2000원이 될까 말까 입니다.

최저임금에도 못 미치는 돈을 받고 일하는 고령층 노동자의 비율은 고령층의 범위로 잡은 연령대에 따라 달라지지만 대략 10명 중 3명이나 됩니다. 고령층 노동자의 범위를 55~79세로 잡은 연구에서는 28.9%가 최저임금 이하의 임금을 받고 있는 것으로, 60세 이상을 고령층으로 잡았을 땐 37.1%로 나타납니다. 전체 노동자 가운데 임금수준이 최저임금액에 미달하는 비율이 11.6%인 점을 보면 노인들은 최저임금제의 사각지대에 놓여 있습니다.

착취의 한가운데 놓인 만큼 이들 고령층 노동자의 임금수준이나 고용형태는 매우 열악한 실정입니다. 고령층 노동자 중 비정규직 비중은 53.8%로 절반이 넘습니다. 전체 노동자 중 비정규직 비중이 30%대 초반인 점과 비교하면 훨씬 높은 수치입니다.

저임금에 시달리고 있지만 이것이 일하는 시간이 짧기 때문이 아닙니다. 고령층 노동자들의 노동시간은 하루 평균 12.9시간에 달해 다른 연령대 노동자와 별다른 차이를 보이지 않습니다. 결국 최저임금에도 못 미치는 시급을 받는 착취 상황이 노인들을 빈곤으로 몰고 가는 양상입니다. 이런 결과 경제협력개발기구OECD 최고의 노인빈곤율로 나타납니다. 고령층 1인 가구의 상대적 빈곤율은 67.1%, 2인 이하 가구의 상대적 빈곤율은 47.6%를 기록합니다. 전 연령대 빈곤율인 14%와 비교하면 압도적으로 높습니다.

노인 착취는 착취를 가능하게 하는 구조적 상황 탓에 해결하기가 쉽지 않습니다. 생계비를 벌기 위해 일하는 노인이 증가하고 있습니다. 우리나라의 고령층 노동자가 이전 직장에서 퇴직한 뒤 노동시장에서 완전히 퇴장하는 데까지 걸리는 시간은 11년으로, OECD 국가 중 가장 깁니다. 노후 준비가 돼 있지 않은 상황에서 퇴직하기 때문에 퇴직 후에도 계속해서 일을 그만둘 수 없습니다.

베이비붐 세대의 은퇴와 맞물린 퇴직인구의 증가, 기존 경력을 살릴 수 있는 일자리의 부족에 더해 정부의 무책임이 겹쳐 노후를 착취의 굴레 속에서 보내고 마는 게 현실입니다. 고령층 일자리 대부분이 청소·경비·간병인 등으로 이들이 노동 시장에서 쌓았던 숙련을 활용할 수 있는 일자리와는 거리가 멉니다. 고령층이 한 번 빈곤상태로 진입하면 이를 탈출하기 힘들기 때문에 노후소득 확충방안을 모색할 필요가 있습니다.

자영업은 '셀프 착취'입니다. 고령층 노동자에 대한 '노인 착취'와 자영업자의 '셀프 착취'는 같은 뿌리를 두고 있습니다. '노인 착취'가 은퇴 후 노후생활을 위해 노동시장으로 유입되는 고령층의 증가가 원인이듯, '셀프 착취' 역시 은퇴 후 창업전선에 뛰어드는 60대 이상 자영업자들이 늘어나는 양상이 주된 원인 가운데 하나로 자리 잡고 있기 때문입니다. 경기침체가 호전되지 않고 있는 상황 속에서 전 연령대에 걸쳐 자영업자 비율이 줄어들었지만 60대 이상에서만 자영업자 비율이 증가세입니다. 은퇴 후의 경로는 창업을 할 여력이 있느냐 아니냐에 따라 구직과 창업으로 갈라지지만, 자영업이 서기 힘든 경제적 상황 탓에 결국 노동시간만 늘고 수입은 줄어드는 '착취'의 결과는 비슷하게 나타나고 있습니다.

평균적인 국내 자영업자의 순이익률은 20% 수준으로 추정됩니다. 이 점을 고려해 계산하면 자영업자의 절반은 하루 종일 일해도 한 달에 70만~80만 원 정도 밖에 남기지 못하는 셈입니다. 특히 최근 들어 높아진 고정비인 부동산 임대료 등의 요인과 프랜차이즈 서비스업종의 경우 원료비와 가맹비 등을 고정적으로 본사에 지급하는 부분 때문에 자영업자들이 한계상황으로 몰리고 있습니다.

고정비용이 내려가지 않으면 줄일 수 있는 부분은 인건비가 거의 유일합니다. 원래 있던 직원을 줄여 혼자 일하거나 임금을 지급하지 않고 가족의 도움을 받는 경우가 늘고 있는 것도 이 때문입니다. 고령층의 자영업 창업비율이 높습니다. 이는 '셀프 착취'가 더욱 빈번하게 발생하는 현상과 연결됩니다. 청년층의 창업 추세와는 달리 은퇴자금을 쏟아 넣은 사업이기 때문에 쉽게 영업을 중단할 수 없습니다. 부채 상환계획과 폐업 뒤 생계 마련까지의 기간까지 생각하면 어떻게 해서든 업장을 유지해야 합니다. 여기에 청년층이나 중년층에 비해 동원할 수 있는 무급 가족종사자가 많다는 것도 한몫 거듭니다.

한계상황에 있는 자영업자들이 사업을 순조롭게 정리할 수 있도록 돕는 것도 한 방편이지만, 각 자영업 사업장의 특성을 파악해 맞춤형 지원을 해줄 필요도 있습니다. 퇴직세대의 자영업 진출과 대출 증가는 가계부채 문제와도 연결되어 있기 때문에 자칫하면 경제의 뇌관을 건드려

내수경기에 타격을 줄 수도 있습니다. 지역 일자리 창출에 기여하는 점을 감안해 소상공인의 성장기반을 확충하고 사회안전망을 확대할 필요가 있습니다.

행복한 삶과
아름다운 마무리 '웰다잉Well dying'

현재 우리 사회는 급속하게 고령화 사회로 접어들고 있고 그로 인해 죽음의 순간까지 준비하려는 사람들이 늘어나고 있습니다. 이렇듯 죽음에 대해 급격하게 사회적 관심이 커진 이유는 자신의 한 번뿐인 인생을 뜻깊게 보내고 싶어 하기 때문입니다. 이러한 사회적 배경이 '웰다잉'에 대한 관심을 급증시켰습니다.

'웰다잉'이란 삶과 죽음을 하나로 인식하는 것에서 출발한 죽음 문화입니다. 또한 우리 모두에게 삶의 시간이 제한돼 있음을 유념해 지금 자신이 살아가는 방식을 되돌아보고 의미 있는 삶을 영위하라는 뜻을 가지고 있습니다.

웰다잉은 평소 미래에 발생할 죽음을 미리 준비해 갑자기 죽음이 찾아오더라도 편안히 죽음을 맞이할 수 있도록 준비해 두라는 의미로 삶과 죽음의 성찰이 내포돼 있습니다. 삶을 소중히 여기고 여생餘生을 행복하게 잘 살기 위해 노력하는 것이 바로 웰다잉입니다.

일반적으로 죽음을 준비한 사람과 준비하지 못한 사람은 엄청난 차이가 있습니다. 일반적인 죽음은 아무런 준비 없이 당하는 죽음이고, 웰다잉은 죽음을 미리 준비해 맞이하는 것입니다. 죽음에 대한 준비를 하는 것은 사람들에게 가장 근원적인 의문, 영원한 삶으로 가는 관문, 시간의 중요성 등 삶의 소중한 가치를 발견할 수 있습니다. 또한 죽음을 맞이하기 전에 자신의 희망이 담긴 실제적인 준비로써 유언, 마음의 정화, 관계 회복 등을 해결함으로써 편안한 마음으로 죽음을 맞이할 수 있기 때문입니다.

유비무환有備無患이라는 말이 있듯이 어떤 상황에 대한 완벽한 준비는 두려움과 걱정을 덜어 주며 마음의 풍요를 더해 줍니다. 죽음에 있어서도 준비는 필요합니다. 왜냐하면 자신의 죽음이 언제 어디서 어떻게 다가올지는 아무도 모르기 때문입니다. 현대인들에게 현재 생활하는 것도 바쁜데 멀게만 느껴지는 죽음을 준비해야 하는 것에 대한 의문이 드는 것은 어쩔 수가 없습니다. 이는 죽음이 보편적인 삶의 한 과정임을 알고 있지만 자신은 인정하지 못하겠다는 심리가 존재하기 때문입니다.

죽음은 누구에게나 찾아오는 자연스러운 현상입니다. 옛날부터 철학이나 종교에서는 건강할 때 미리 죽음에 대해 생각해 그에 합당한 준비를 하는 마음가짐을 주장해 왔습니다. 현대의학의 눈부신 발전으로 주변 사람들의 죽음을 목격하게 되는 일이 줄어들었지만 사람들이 필요 이상으로 죽음을 두려워하고 있습니다.

사람들은 눈앞에 죽음을 직면하게 되면 마음이 흐트러져, 중요한 이별의 순간과 그 후에 필요한 정신적 과정을 잘 넘기지 못합니다. 죽음을 직시하고 이에 친숙해진다는 것은 생을 보다 더 풍요롭게 해줄 수 있습니다.

최근 웰다잉을 위한 교육을 의료종사자는 물론 전 국민을 대상으로 추진해야 한다는 목소리가 높아지고 있습니다. 또한 이에 관련된 프로그램과 서적도 증가하고 있는 추세입니다. 웰다잉 교육은 죽음에 대한 인식개선 교육을 통해 죽음을 삶의 자연스러운 과정으로 받아들여, 활기찬 삶을 영위할 수 있도록 하는 것입니다.

웰다잉은 노년기 프로그램 이외에도 각계각층에서 관심을 가지고 각

연령별 눈높이에 적합한 다양한 교육 프로그램이 연구되고 발전돼야 할 것입니다. 최근 시민사회단체에서 국가공인 민간자격증으로 웰다잉전문지도사를 양성하고 있습니다. 이런 과정은 품위 있는 죽음에 대한 소망을 전제로 이론적이고 체계적인 전문교육과 성찰을 통해 생명의 소중함을 깨달을 수 있게 합니다. 삶의 내면을 풍요롭게 해서 긍정적인 변화를 가져오며, 궁극적으로 건강한 사회구현에 이바지할 수 있습니다. 웰다잉전문지도사는 개인과 사회가 처한 여러 가지 문제해결을 위해 노력하고, 사회병리현상을 완화시켜 행복한 사회를 일구는 활동가라고 할 수 있습니다. 삶과 죽음의 성찰은 바로 나 자신에 대한 진지한 성찰에서 비롯됩니다. 나 자신이 배제된 성찰은 진정성이 결여된 피상에 불과할 뿐입니다. 칠레의 시인이며 노벨 문학상을 수상한 파블로 네루다의 시구 詩句를 떠올려봅니다. "나였던 그 아이는 어디 있을까? 아직 내 안에 있을까, 아니면 사라졌을까?" 바로 "나였던 그 아이"를 잃지 않고, 오롯이 나의 주체로 살아보기를 권합니다. 그것이 바로 진짜 성공적인 삶입니다. 모두에게 유한성이 주어진 인생이기 때문에 머뭇거리며 주저할 시간이 없습니다.

분명, 오늘도 살아 숨 쉬며 이 글을 읽고 있는 우리 모두는 삶의 축복이자 기회를 얻은 셈입니다. 많은 사람들이 자신에게 삶의 시간이 얼마 남지 않았을 때가 되어서야 비로소 과거를 회상하며 후회합니다. 이는 행복의 중요한 원천 중 하나가 사람들과의 관계이기 때문일 것입니다. 사람들은 아직 도래하지 않은 먼 미래의 행복을 위해서 동분서주하지만 정작 현재 내 주위에 있는 많은 사람들과의 관계는 소홀히 하고 있습니다. 지금 내가 어떤 목적을 이루기 위해 열심히 노력하는 시간도 존중받아야 할 시간이지만, 소중한 사람들의 가치를 잊는 실수를 범하지는 말아야 합니다. 생의 마지막 순간에 간절히 원하게 될 것, 그것을 지금하면 좋을 것 같습니다.

오늘 우리 사회는 고령화사회로 노인문제가 중요한 사회문제입니다. 이런 이유로 곱게 늙어가기 교육과 함께 잘 죽는 교육으로 웰다잉도 중요합니다. 오늘 우리 교육에서도 이를 깊이 다루고 대처해 나가야할 것입니다. 교육은 유아에서 대학에 그치는 것이 아닙니다. 평생교육으로서 성인과 함께 노년기도 교육 대상입니다.

웰다잉교육은 비교적 죽음이 가까운 노년기만을 대상으로 하는 게 아닙니다. 출생에는 순서가 있지만 사망에는 순서가 없습니다. 누구나 죽음교육은 꼭 필요합니다. 죽음 교육은 잘 죽기 위한 교육임과 동시에 삶을 진지하게 성찰하게 하는 잘 살기 위한 교육이기도 합니다.

자유를 말하기 전에
억압을 먼저 말하라

21세기에 억압을 이야기한다? 모 대기업 부회장도 스펙이 아닌 인문학이 인생을 더 풍요롭고 향기롭게 해준다고 스티브 잡스 흉내를 내는 이 시대에 말입니다. 혹시 헷갈릴 이들을 위해, 다른 곳을 짚고 이미 입술을 이죽대고 있을 이들을 위해, 에둘러 못 박고 넘어갈 이야기가 있습니다. 남들보다 더 잘살기 위해 바쁜 이 사회에서, 이제 스스로 노동하는 노예가 되어 지배 없이도 자기 자신을 착취하는 이러한 노동사회에도 억압은 존재합니다.

프랑스 철학자 미셸 푸코Michel Foucault는 『감시와 처벌』의 서문에서 프랑스 절대군주시대 범죄자들의 억압적인 처벌이 매우 잔인한 방식으로 이루어졌다고 진술했습니다. 베르사이유 궁전에서 국왕 시해弑害를 기도한 다미앵에 대해 내려진 '자비로운 형벌'은 다음과 같았습니다.

"가슴, 팔, 넓적다리, 장딴지를 뜨겁게 달군 쇠집게로 고문하고…, 쇠집게로 지진 곳에 불로 녹인 납, 펄펄 끓는 기름, 지글지글 끓는 송진, 밀랍과 유황을 녹인 것을 붓고, 몸은 네 마리의 말이 잡아끌어 사지를 절단하게 한 뒤, 손발과 몸은 불태워 없애고 그 재는 바람에 날려버린다."

푸코가 '신체형'으로 부른 이러한 처벌 방식은 본질적으로 범죄자의 신체에 물리적 폭력을 가함으로써 절대군주 권력의 위엄을 드러내고 그에 대한 절대적인 복종의 심리를 창출하는 정치적 과정이었습니다. 그런데 18세기 후반에 이러한 신체형에 대한 거부가 공론화되면서 범죄자의 물리적 처벌 그 자체로부터 범죄자의 교화 및 범행의 예방이라는 형벌에 대한 합리주의적 접근이 반영되면서 감옥이라는 새로운 제도의 탄생으로 귀결되었습니다.

이와 관련해 주목해야 하는 사실은 신체형으로부터 감옥으로 형벌 제도의 변화는 인간과 사회를 합리적으로 관리하고 통제하는 규율 사회의 건설이라는 거대 프로젝트의 한 부분으로 이해해야 한다는 점입니다. 근대적인 형벌제도의 탄생과 함께 학교, 병원, 군대, 정신요양원, 공장 등 주요 사회 기관들에는 공통적으로 인간의 신체에 관한 과학적인 관리 법이 적용되었습니다. 그로 인해 예속적이고 복종적인 인간을 만들어내려는 움직임들이 등장하기 시작했습니다.

영국의 공리주의철학자 벤담이 설계한 '파놉티콘Panopticon'이라는 감금 시설은 규율 사회 작동 원리의 핵심적 측면들을 잘 보여줍니다. 파놉티콘은 바깥으로 원주를 따라서 죄수를 가두는 방이 있고 중앙에는 죄수를 감시하기 위한 원형 공간으로 이루어져 있습니다. 이 중 죄수의 방은 항상 밝게 유지되고 중앙의 감시탑은 항상 어둡게 유지되어, 중앙의 감시탑에 있는 간수는 죄수의 일거수일투족을 모두 감시할 수 있습니다. 죄수는 간수가 자신을 감시하고 있다는 사실도 알 수 없는 구조입니다. 파놉티콘에 수용된 죄수는 보이지 않는 곳에서 항상 자신을 감시하고 있을 간수의 시선 대문에 규율을 벗어나는 행동을 못하다가 점차 이 규율을 내면화해서 스스로 자신을 감시하게 된다는 것이 벤담의 생각이었습니다.

푸코는 여기에서 나아가 사회에 존재하는 기관, 즉 군대, 학교, 병원, 공장 등에도 감옥과 닮은 파놉티콘의 형태가 존재한다고 봤습니다. 꽉 짜인 일과를 통해 인간의 정신을 억압하고 훈육하는 수단으로 이용합니다. 감시자는 이제 피감시자의 내부에 들어와 강제나 무력이 아니라 피감시자들이 자발적으로 행하는 규율을 통해 통치의 주요 수단을 발동시킵니다. 이런 예로, 운전자가 아무도 없는 새벽에 정차 신호를 받고 횡단보도 앞에 차를 멈추고 서 있는 일은 경찰의 수나 CCTV설치비를 줄일 수 있게 합니다.

이러한 '규율 권력'은 지구화와 디지털 데이터베이스가 맞물려 완성되어 가는 오늘날 보다 진화되고 교묘한 형태로 세세하면서도 은밀하게 우리를 억압하고 감시합니다. 더 이상 파놉티콘의 외부는 존재하지 않습니다. 보이지 않는 시선의 권력에 의해 움직이는 감시카메라와 같은 구글과 소셜 네크워크 서비스가 남보다 더 잘살기 위해, 더 사적인 즐거움에서 출발해 이용한 곳에서 디지털 파놉티콘 체계를 완성해 가고 있습니다. 파놉티콘에 갇힌 죄수가 자신이 감시를 당하는지 아닌지를 모르듯이, 디지털 파놉티콘의 정보망에 노출된 사람들 또한 자신의 행동이 국가나 직장의 상관에게 열람될지 않을지를 확신할 수 없습니다. 그러니 자신의 행동이나 작업에 주의를 기울이곤 하게 됩니다. 이제 우리는 전자 메일과 포털 사이트를 무료로 사용하기 위해 혹은 기업과 신용카드 회사가 제공하는 경품이나 할인을 받기 위해 순순히 정보를 준 이력履歷으로 숫자와 코드에 의해 통제되는 사회를 살게 된 것입니다.

그러나 벤담의 파놉티콘과 디지털 파놉티콘 사이에는 역逆감시가 가능하다는 질적인 차이도 있습니다. 노르웨이의 범죄학자 매티슨은 다수가 소수의 권력자를 감시하는 언론의 발달을 시놉티콘Synopticon으로 이름 붙였습니다. 이는 인터넷과 같은 다대다多對多 소통이 가능해지면서 반대의 감시로 진화했다는 것입니다. 동일한 기술이, 권력이 우리를 감시하는 것과 반대로 우리가 권력을 감시하는 것에도 사용될 수 있습니다. 그러나 반대의 감시는 그것이 자동적으로 그냥 이루어지지는 것은 아닙니다. 그러니 성숙한 민주주의 구조로서 시민사회단체들의 발전과 언론의 자유 등이 구축되어야합니다.

후기 근대사회에서 우리는 의무적인 일에 매달리지는 않습니다. 복종, 법, 의무이행이 아니라 자유, 쾌락, 선호가 그 원칙이 되고 있습니다. 그러나 이러한 시대에도 인간을 억압하는 주체들과 사회구조는 여전합니다. 그러므로 삶에 중층적으로 스며들어 있는 권력의 억압의 실체를 파악하고 이를 극복할 민주시민의 자세로 자유와 인권이라는 이름으로 말해져야 할 것입니다.

공적인 분노에 대한
공감과 이해

논개

변영로

거룩한 분노는
종교보다도 깊고,
불붙는 정열은
사랑보다도 강하다.
아, 강낭콩 꽃보다도 더 푸른
그 물결 위에
양귀비꽃보다도 더 붉은
그 마음 흘러라.

아리땁던 그 아미蛾眉
높게 흔들리우며,
그 석류 속 같은 입술
"죽음"을 입 맞추었네!
아, 강낭콩 꽃보다도 더 푸른

그 물결 위에
양귀비꽃보다도 더 붉은
그 마음 흘러라.

흐르는 강물은
길이길이 푸르리니
그대의 꽃다운 혼
어이 아니 붉으랴.
아! 강낭콩 꽃보다도 더
푸른 그 물결 위에
양귀비꽃보다도 더 붉은
그 마음 흘러라.

　"거룩한 분노는 종교보다도 깊고, 불붙은 정열은 사랑보다도 강하다" 변영로는 〈논개〉라는 시를 통해 '거룩한 분노'라는 개념을 우리에게 소개했습니다. 여기에서 변영로는 논개의 충절을 거룩한 분노, 즉 '공적인 의분'으로 형상화시켰습니다. 오랜 시간이 지났음에도 이 시가 우리의 마음을 울리는 것은 어쩌면 우리네 현실이 불의로 점철되고, 우리 공동체가 정의에 목말라서 그런 것은 아닐까 싶습니다.

　분노라는 개념은 우리에게 그리 긍정적이지 않습니다. 기쁨, 분노, 슬픔, 즐거움, 사랑, 미움 그리고 욕심이라는 인간의 일곱 가지 감정 중에서 분노라는 개념은 어쩌면 가장 부정적인 개념일지도 모릅니다. 분노는 주정적으로만 이해될 수 있는 그러한 개념은 아닙니다. 오히려 이것은 이중적이고 양가적입니다. 아킬레우스, 아이아스 그리고 메데이아의 분노를 살펴보면 그렇습니다.

먼저, 1인자이자 신의 아들인 아킬레우스의 분노가 있습니다. "분노를 노래해주소서, 시의 여신이여, 펠레우스의 아들 아킬레우스의"라는 구절로 시작하는 호메로스의 〈일리아스〉에서 아킬레우스는 자신에게 배정된 전리품인 브리세이스를 아가멤논이 강제로 빼앗아가자 분노에 휩싸였습니다. 하지만 그의 분노는 공동체 존립을 불가능하게 하는 파괴적이고 부정적인 것이었습니다. 자신의 '몫'을 빼앗긴 데 대한 분노를 자신이 속한 그리스 공동체 전체를 향하여 무차별적으로 발산하기 때문입니다. 특히, 그의 파괴적인 분노는 어머니 테티스 여신에게 그리스군의 패배를 주문하는 데서 절정에 이릅니다.

다음으로, 2인자이자 인간의 아들인 아이아스의 분노가 있습니다. 아이아스는 그리스군 내부에서 아킬레우스 다음 가는 영웅이었습니다. 헥토르와 싸워 무승부를 기록하였으며, 아킬레우스가 죽은 후 그의 시신을 수습하기도 하였습니다. 그러기에 그는 아킬레우스의 자리는 당연히 자신의 '몫'이라고 확신하고 있었습니다. 하지만 아가멤논을 비롯한 동료들의 생각은 달랐습니다. 아테네 여신 또한 그 영광을 오디세우스에게 줘버렸습니다. 공정치 못한 판결에 몸서리치던 아이아스는 극한의 광기 속에서 자신의 분노를 폭발시켰습니다. "이제 더 이상 신들을 섬길 의무가 없다." 그리고 쓸쓸히 자살해버렸습니다. 그의 분노는 아킬레우스의 분노와 구분해서 이해해야 합니다. 왜냐하면 아킬레우스의 분노가 공동체 전체를 파괴하는 사적인 분노인데 반해서, 아이아스의 분노는 공동체의 불의를 환기시키는 공적인 분노이기 때문입니다.

마지막으로, 이방인이자 약자 여성인 메데이아의 분노가 있습니다. 에우리피데스에 의하면, 메데이아는 황금모피로 유명한 콜키스 왕국의 공주였습니다. 그녀는 황금모피를 가지러 온 이아손을 보고 첫눈에 반해 그를 돕습니다. 사랑하는 사람을 위해서 그녀는 아버지를 배신하고 동생마저 죽였습니다. 하지만 이아손이 왕권에 눈이 멀어 자신을 배신하자, 그녀는 과감히 남편이 보는 앞에서 자신의 두 아들을 살해하고 말았습니다. "나의 '분노thumos', 인간에게 가장 큰 고통을 초래하는 분노가 나의 '이성적인 고려bouleumata'보다 강하다." 어쩌면 그리스 비극 전체를 통틀어 가장 비극적인 분노의 장면 중의 하나입니다. 에우리피데스는 이방인 출신 약자 여성들의 고통과 슬픔을 대변해주었습니다. 인권의 사각지대에 내몰린 이방인 여성들의 고통을 메데이아의 분노로 형상화시켰습니다.

어떻게 보면, 인간은 생명체 중에 유일하게 분노할 줄 아는 동물일지도 모릅니다. 이런 점에서 인간은 불의를 보고 '분노하는 인간', 즉 '호모 이라쿤두스homo iracundus'입니다. 맹자는 '필부의 사적 분노匹夫之勇'가 아니라, '문왕의 공적 분노文王一怒'가 세상 사람들을 편안하게 할 수 있는 유일한 방법이라고 말한 바 있습니다. 여러모로 우리 공동체에 불의와 불평등의 문제가 심각합니다. 과거 그 어느 때보다 거룩한 분노, 즉 공적인 분노에 대한 공감과 이해가 절실하게 요구되는 이유가 여기에 있습니다.

뫼비우스의
띠와 화합의 길

　19세기 독일 천문학자 A. F. 뫼비우스의 연구로 널리 알려진 '뫼비우스의 띠'는, 직사각형의 띠 모양의 종이를 한번 꼬아서 끝과 끝을 연결했을 때 생기는 곡면으로, 경계가 하나 밖에 없는 이차원 도형입니다. 안과 밖, 앞면과 뒷면의 구별 없이 하나의 면을 지닌, 좌우 방향을 정할 수 없는 비가향적 곡면입니다. 뫼비우스의 띠는 어느 지점에서나 띠의 중심을 따라 이동하면, 출발한 곳과 정반대 면에 도달할 수 있고, 계속 나아가 두 바퀴를 돌면 처음 위치로 돌아오게 됩니다. 만약 개미가 뫼비우스의 띠를 따라 표면을 이동한다면, 경계를 넘지 않고도 원래 위치의 반대 면에 도달하게 됩니다. 뫼비우스의 띠는 바깥쪽에서 칠을 해가면 안쪽도 모두 칠해집니다. 내부와 외부가 따로 없고, 내부와 외부를 경계 지을 수 없는 입체, 이것이 뫼비우스의 입체입니다.

　12개의 이야기로 이루어진 조세희의 연작소설 『난장이가 쏘아 올린 작은 공』의 프롤로그인 '뫼비우스의 띠'에서, 수학선생은 학생들에게 굴뚝청소부 이야기를 합니다. 이 이야기는 탈무드에 나오는 이야기로도 유명합니다. 이를 수학선생은 새롭게 접근했습니다. 두 아이가 굴뚝청소를 했습니다. 한 아이는 얼굴이 새까맣게 되어 내려왔고, 다른 아이는 깨끗한 얼굴로 내려왔습니다. 어느 아이가 얼굴을 씻을 것인가요? 한 학생은 얼굴이 더러운 아이가 씻을 것이라고 대답합니다. 지극히 현실적이고 평면적인 답변입니다. 이에 대해 선생은 인식의 혼돈을 제공합니다. 얼굴이 더러운 아이는 깨끗한 아이를 보고 자기 얼굴도 깨끗하다고 생각하고, 반대로 얼굴이 깨끗한 아이는 상대방의 더러운 얼굴을 보고 자기도 더럽다고 생각합니다. 그리고 선생은 이어지는 답변을 통해 새로운 혼돈의 질서를 제공합니다. 두 아이는 함께 똑같은 굴뚝을 청소했습니다. 따라서 한 아이의 얼굴이 깨끗한데 다른 한 아이의 얼굴은 더럽다는 일은 있을 수가 없습니다. 애당초 깨끗한 아이, 더러운 아이라는 이항二項대립의 설정은 허위입니다. 뫼비우스의 띠를 생각해보면 답이 나옵니다.

안과 밖, 시작과 끝의 대립구조가 어느 지점에서 굴곡을 이루고 꼬여 같아져 버리는 뫼비우스의 띠는 출구 없는 순환구조 안에 감금된 존재가 겪는 불안과 분열과 공포로 인한 실존의 현기증을 느끼게 합니다. 두려움입니다. 그러나 다른 한편 뫼비우스의 띠는 안과 밖, 시작과 끝을 의심 없이 상정하고 목표를 향해 갈등과 대립으로 치닫는, 직선적 이분법적 이항대립의 세계관이 지닌 허위적 현실인식을 비판적으로 성찰하도록 일깨워줍니다. 안과 밖을 구별할 수 없고, 내부와 외부를 경계 지을 수 없는 뫼비우스의 곡면체는 인식의 혼돈과 전환을 통해 대립적 세계의 허상과 이분법적 세계관의 단순성을 초극하는 카오스모스chaosmos로 혼돈chaos과 질서cosmos의 합성인 '혼돈 속의 질서'의 세계를 상상하게 합니다. 대립의 초극을 위한 카오스모스, 이 얼마나 멋지고 감격스러운 발상인가요?

오늘 우리의 현실은 이항대립으로 고착화된 현실이 아닙니다. 각각이 굴곡의 지점에서 타자와 만나며 자신을 비판적으로 성찰하고 초월해야 하는 현실이 너무도 많습니다. 이항대립의 세계관 자체가 각각의 질적 변환을 요청하는 상태입니다. 타자를 통해 자신을 성찰하는 '혼돈'은 타자를 통해 주체와 대상, 그 사이의 상호작용을 재정립하게 하는 중요한 관건입니다. 인간의 이해 과정은 하나의 거대한 순환의 고리를 통해 거듭하여 출발점으로 되돌아옵니다.

이 모든 이해의 과정은 단순히 객체적 현상 간의 논리적 연관에 따라 진행되는 단순반복이 아닙니다. 이해하는 주체 자신의 이해 행위에 대한 지속적인 재고rethinking를 통해 거듭 새롭게 이해되는 나선형 진보의 과정입니다. 시작점과 끝 점이 서로 만나면서도 시작점의 앞면이 끝 점의 뒷면과 맞물려 연결되는 뫼비우스의 띠, 이 띠의 앞면을 사물의 객체적 양상, 뒷면을 주체적 양상이라고 한다면, 이해의 순환고리는 객체적 양상에 대한 이해에서 출발하여 주체적 양상에 대한 이해로 되돌아와 맞물리게 됩니다. 주객도식이 해체되고, 상호주체적 인식의 길이 열립니다.

뫼비우스의 띠의 함의含意에서 생각해볼 때, 우리 사회의 대립과 갈등의 이항대립은 사실상 허구적 현실세계입니다. 깨끗한 아이와 더러운 아이를 상정하고, 더러운 아이가 씻는다는 직선적 평면적 이항대립에는 더러운 아이를 통해 더러운 자신을 깨닫는 '혼돈의 성찰'도, 굴뚝청소를 한 아이들은 모두 더럽다는 인식에서 비롯될 수 있는 '혼돈 속의 질서' 찾기도 찾아보기 어렵습니다. 사랑도 반성도 없습니다. 그래서 대립의 경계는 점점 더 분명해집니다. '분노' 속에 드리운 사랑의 그림자와 '연민' 속에 반사되는 사랑의 빛이 교합하는 굴곡의 지점, 그 새로운 사랑의 가능성의 지평도 안 보입니다. 사랑이 없는 욕망으로 점철된, 가진 자들의 권력의지의 충돌 속에, 가난한 사람들의 밥숟가락이 비어갑니다. 사랑이 제거된 소유의 욕망 때문에, 공동체가 죽어갑니다. 돈과 권력과 명예를 향한 욕망이 만들어낸 순환구조에 감금당한 채, 회복 불가능한 불구성이 강화되어가고 있습니다.

뫼비우스의 띠처럼 교차하며 돌고 돌아, 너와 내가 함께 거듭 처음

자리로 돌아오는 곡선의 '혼돈', 그것이 제공하는 성찰의 과정을 통해 잃어버린 첫사랑, 잊혀져가는 그 첫사랑의 기억을 재생하며 치유와 화해의 길인 카오스모스의 길을 함께 찾아가봅시다. 희망과 절망, 사랑과 증오, 참과 거짓이 이항대립을 일으키는 허위적 현실에서 기존의 타락한 이항대립적인 현실과 인식의 틀에 '혼돈'을 만들어내고 공동의 변곡점에 함께 서서 이제는 새로운 희망과 사랑과 참의 질서를 지향해봅시다. 그 길 위에서 다시 비극과 증오와 거짓의 길, 대립된 허위적 현실을 거듭 만날 수밖에 없더라도 뫼비우스의 변곡점 공동의 회심의 지점을 거듭 통과하며 카오스모스를 지향해야 합니다. 뫼비우스의 띠를 생각하면서 말입니다.

새로운 가치 생성,
차이 인정으로부터

"저기 검둥이 좀 봐. 검둥이가 떨고 있지. 검둥이가 떨고 있는 것은 춥기 때문이다. 아이가 떨고 있는 것은 검둥이가 무섭기 때문이고. 검둥이는 추위 때문에 떨고 있다. 그 잘생긴 꼬마도 떨고 있었다. 그것은 그 아이가 검둥이가 떨고 있는 것이 분노 때문이라고 생각했기 때문이다. 그 순간 그 아이는 엄마 품속으로 파고들었다. "엄마, 저 검둥이가 날 잡아먹으려 해요."

탈식민주의의 고전으로 평가되는 프란츠 파농Frantz Fanon의 『검은 피부, 하얀 가면』(1952)에 인용되어 있는 백인여자와 그 아들의 대화입니다. 백인 소년의 흑인에 대한 반응은 흑인에 대한 차이를 이해할 수 없는 것으로 간주함으로써 두려움과 공포 혹은 편견의 대상이 됩니다. 즉, '나'와 동일한 문법을 공유하지 않는 '타자'는 주체의 동일성을 위협하는 대상입니다. 이러한 대립구도는 '보편적 가치'에 의해 이질적 차이를 폭력적으로 우리 안에서 배제합니다. 이질성에서 생긴 차이를 무시하고 획일적인 기준으로 이를 동일화시키려는 동일자의 논리에 의해 타자는 차별적인 폭력으로 상처받는 존재들일 뿐입니다.

바로 이와 같은 '차이'에 대한 적대적인 반감은 오늘날에도 세계 곳곳에서 테러라는 이름으로 자행되어 우리가 인간을, 사회를, 세상을 어떻게 인식하고 있는지에 대한 극명한 실례를 보여주고 있습니다. 이렇게 편협한 인식에 현대인들이 포획된 것은 무엇이 잘못된 것이기 때문일까요? 우리의 '표상' 체계의 오류 탓이고, 대상을 바라보는 우리의 경직적이고 일면적인 사고방식 때문입니다. 곧 "나는 너와 달라"라는, 이 세상을 개념적으로만 파악하려는 '절름발이식'의 왜곡되고 조작된 사유방식 때문입니다.

'개념'이란 인간이 어떤 대상의 존재를 분류하고 체계화하기 위해 만들어 낸 것입니다. 강아지, 책, 휴대폰과 같은 것입니다. 생물학에서 지금도 사용하는 아리스토텔레스의 '종차'개념은 가령 호랑이나 사자라는 하위개념인 '종種'이 다른 종과 다른 차이에 대해 말하지만, 그 차이는 고양이과라는 상위의 동일한 '유類'개념 안의 차이에 불과합니다. 이는 호랑이와 고양이의 차이를 상위의 '유'개념, 즉 동일성에 기초해서 이해하려는 방식입니다. 다시 말해 호랑이나 사자는 고양이라는 동일성, 즉 세상의 대상들을 구분하는 머릿속의 기준인 '표상'에 비추어서 이런 게 없고 저런 게 있다는 식으로 이해되는 것입니다. 그러나 호랑이가 고양이로 환원될 수 있는 것만으로 구성되어 있진 않습니다. 가령 길거리에 어슬렁거리는 호랑이를 보고 고양이라고 할 수는 없는 노릇입니다. 일단 고양이보다 무섭기 때문에 주는 영향 자체가 다릅니다. 따라서 우리는 호랑이가 인간이 모르는 무수한 성질과 특이성을 지니고 있으며, 우리의 개념과 호랑이라는 동물 그 자체가 사뭇 다르다는 것을 인정하게 됩니다. 우리가 고작 개념이라 부르며 아는 것처럼 말은 하지만 결코 우리는 완전하게 어떤 대상을 인식하거나 지각할 수 없습니다. 결국 개념으로만은 대상을 온전하게 드러낼 수 없습니다. 이 드러낼 수 없는 그 자체의 차이가 '차이 자체'입니다. 즉 이 세상 존재 모두가 다 다르다는 말입니다. 이 다름은 틀림이 아닌 다양성으로 이해해야 합니다.

대상을 온전하게 드러낼 수 없는 '차이 자체'

'차이'를 받아들여 다른 색깔들이 모인 하나의 교향곡을 연주해야 합니다. 동일성 외에도 차이는 대립에 기초해서 또한 사유되어 왔습니다. 예를 들어 남성/여성, 이성/비이성, 정상과 비정상 등의 이항대립적 관점으로 나누고 상호작용이 불가능한 경계를 설정한 후에 양자에 대해 좋고 나쁨의 가치를 평가하고 대입한 것입니다. 예를 들어 각각이 무수한 차이가 있는 abcde를 abc는 A, de는 −A라는 하나의 동일성으로 묶어 버린 꼴입니다. 그러나 세계를 이러한 방식으로 보는 것은 삶의 가능성을 제한한 것입니다. 타자를 어떤 집합적인 속성으로 환원해 버리기 때문입니다. 남성과 여성만이 존재하는 공간에 '남성적 여성', '여성적 남성'이 설 자리는 없습니다. 벌건 대낮에 길가에서 담배를 피는 초등학생을 목도했다고, 그 아이를 일방적으로 '불량학생'이라는 집합적 틀 안에 집어넣어 그 아이는 공부도 못 하고 다른 아이들을 괴롭히고 술도 마시며 온갖 청소년범죄의 온상일 것이라는 식으로 이해한다면 이는 수많은 오해를 불러일으킬 것입니다. 실제 그 아이는 천성이 착함에도 담배 외에는 스트레스를 해소할 방법이 없는 상황에 놓인 아이인지도 모릅니다.

어떤 여자가 노출이 심한 옷을 입었다고 해서 그녀를 천박한 여자로 평가해버린다든가, 특정 취미를 좋아한다는 이유만으로 그 사람을 비정상적인 사람으로 몰고 가는 경우는 흔한 예시일 수 있습니다. 아직도 강대국 중심의 세계화와 자본의 논리에서 여전히 주체성을 확립해야 할 탈식민의 과제를 안고 있는 우리나라가 동남아 이주노동자들에 대해서는 억압과 착취를 일삼는 '하위제국'의 모습을 보이는 세상은 빈곤합니다. 그러한 한국인이 이들 외국인 노동자를 대하는 태도는 서구인이 17~18세기에 흑인들을 대하는 태도와 비슷합니다. 민족주의란 동일자의 논리가 작용하고 있는 것입니다. 끔찍한 독선적인 배타주의입니다.

'차이'에 주목함으로써 동일성과 대립 등의 거대한 그늘에 가려 있던 수많은 차이를 긍정적인 힘으로 끌어내야 합니다. 이는 달라도, 혹은 싫어도 참고 견디겠다는 말뿐인 '관용'을 말하는 것이 아닙니다. 그것은 하나의 교향곡이 연주할 때마다 다른 색깔을 내듯이 우리 삶은 동일한 것의 반복이 아니라 차이의 끊임없는 반복입니다. 이를 통해 낡은 삶의 방식에서 벗어난 탈주선脫走線을 그리는 새로운 가치가 생성됩니다.

차이를 동일성에 기초하지 않고 그 자체로 보는 것, 미세한 차이들을 감식하고 알아낼 줄 아는 능력은 세상을 더 풍요롭게 합니다. 존 싱글턴 감독의 영화 〈하이어 러닝〉(1995)은 대학 생활에서 정체성을 찾지 못하고 고립된 한 백인 학생이 자신과 같은 흰 피부에 금발머리, 푸른 눈을 가진 스킨헤드족 모임에 포섭되면서 다른 학생들을 일반적인 악惡으로 규정하며 총기를 난사亂射합니다. 차이를 다름으로 인정하지 않고 서열화해 차별한 결과였습니다. 이처럼 차이를 인정하지 않는 모습은 돌이킬 수 없는 참담한 결과를 가져올 수도 있습니다.

알뜰함 이상의
현명함으로 공유경제

대학 4년 동안 단 한 번의 졸업식 그리고 종종 찾아오는 친구들의 결혼식. 이 두 중대사의 공통점은 정장이 필요한데 입고 갈 것은 없고 막상 사자니 버겁다는 사실입니다. 이런 청춘들에게 필요한 건 바로 공유경제입니다. 내 옷은 아니지만 내 옷처럼 입을 수 있는 비결이 바로 공유경제입니다.

경쟁이 중시되는 자본주의 사회에서 지속되고 있는 세계경제 위기는 많은 이들에게 위기의식을 느끼게 했습니다. 위기 속 자본주의 경제에 눈을 돌려 도착한 것은 바로 공유경제입니다. 공유경제는 한 번 생산된 제품을 여럿이 공유해 쓰는 협업소비를 기본으로 하며 물품을 소유의 개념이 아닌 서로 대여해 주고 차용해 쓰는 경제방식입니다. 한마디로 내가 가진 물건이나 지식을 필요로 하는 사람들과 함께 사용하면서 무분별한 소비를 줄이자는 취지입니다.

우리 주변에는 알고 보면 공유경제가 생활 곳곳에 포진돼 있습니다. 취업준비생들은 면접을 볼 때 필요한 정장을 새로 사자니 가격이 만만치 않습니다. 이런 고민을 시원스럽게 해결해줄 청년들을 위한 프로젝트로 '열린 옷장'이 있습니다. 열린 옷장은 입지 않는 정장을 가진 사회선배들과 면접용 정장이 필요한 청년구직자들을 연결해주는 프로젝트입니다.

뿐만 아니라 뜻과 취미가 맞는 이들이 함께 사는 셰어하우스 '우주'도 있습니다. 우주는 한옥의 홈스테이가 주를 이루며 현재는 일반주택·아파트에서도 널리 퍼진 상태입니다. 함께 이야기를 나누며 사람을 그리워하는 사람들에겐 안성맞춤입니다.

이런 공유경제는 대학교 안에 커뮤니티로 충분히 활용할 수 있습니다. 자기에게 필요 없는 기자재나 교구 등을 커뮤니티를 통해 중고거래를 하거나 공유할 수 있습니다. 해외여행을 가게 되면 공유경제 숙박업체를 통해 숙소를 마련할 수도 있습니다.

일거리가 많은 공유경제 플랫폼을 통해 대학생이라면 경제활동을 하는 주체가 될 수도, 시간이나 서비스를 공유 받는 형태도 될 수 있습니다. 누구나 자신의 재능을 잘 찾아낸다면 좋은 일거리를 만들 수도, 제공받을 수도 있습니다.

최근 공유경제는 온라인 사이트를 통해 확산되고 있습니다. 그 중 자신이 갖고 있는 지혜와 경험을 공유하는 온라인 사이트 '위즈돔'이 있습니다. 위즈돔은 개개인이 원하는 관계를 형성하고 소통하며 인생의 경험을 간접적으로 배우는 기회를 제공하는 만남의 다리입니다. 위즈돔을 즐기는 방법은 간단합니다. 회원 가입 후 원하는 모임을 신청하고 날짜와 시간에 맞춰 약속장소에 나가 그날을 즐기면 됩니다.

공유경제의 미래는 밝습니다. 공유경제의 영향력은 지금처럼 어려운 경제 환경 속에서 혁신적인 돌파구의 역할을 할 것입니다. 예전의 아나바다 운동처럼 현재는 정부나 단체가 협동조합을 많이 하고 있습니다. 협동조합이 각자 돈을 내는 것이라면 공유경제는 쓸 수 있는 범위에서 타인에게 혜택을 주는 것이므로 다릅니다. 공유경제는 생활자체가 소유의 개념보다는 같이 나눌 수 있는 것입니다. 경제적으로 어려운 사람들의 정보제공 역할을 할 수 있게 되고 자연스레 지역경제를 회생시키는데 기여하게 됩니다.

그러나 아직 과도기 상태인 공유경제가 넘어야 할 산이 있습니다. 공유경제를 활성화시키기 위해 새로운 진입장벽을 없애줘야 합니다. 기존 법의 틀에서 진행되기에 법적 규제가 확실히 존재하고 있습니다. 시스템을 만들 때 설계가 잘못되면 불완전한 출발을 할 수밖에 없습니다. 정부가 규제를 완화하거나 새로운 제도를 통해 안전한 법적 검토가 필요합니다.

현재 공유경제는 온라인 회사를 통해 확산되고 있습니다. 적은 비용으로 회사를 창립해야 하는 입장에서는 익명성이 보장되어 좋습니다. 적재적소에서 이용할 수 있는 효율성, 그리고 참여정신을 바탕으로 한 신뢰. 이 모든 것을 아우르는 것이 바로 공유경제입니다. 공유경제가 앞으로 우리 사회를 보다 건강하게 이끌어 갈 공유문화에 한번쯤 동참해 보는 것은 어떨까요?

걱정과 근심에 물든 사회,
그리고 램프증후군

해도 해도 끝이 없는 게 걱정입니다. 그러나 어니 젤린스키는 『모르고 사는 즐거움』에서 이렇게 말했습니다. "걱정의 40%는 절대 현실로 일어나지 않습니다. 걱정의 30%는 이미 일어난 일에 대한 것입니다. 걱정의 22%는 사소한 고민입니다. 걱정의 4%는 우리 힘으로 어쩔 도리가 없는 일에 대한 것입니다. 걱정의 4%만 우리가 바꿔 놓을 수 있는 일에 대한 것입니다" 그럼에도 우리는 왜 끊임없이 걱정하고 있는가요?

램프증후군이란 말을 들어보셨는지요? 램프증후군은 동화 속 알라딘이 마술램프에서 마법의 거인 지니를 불러내듯이 실현 가능성이 없는 걱정들을 램프에서 끊임없이 불러내 헤어나지 못한다는 의미의 증후군입니다. 램프의 요정에게 소원이 아니라 걱정을 비는 셈입니다.

2015년 5월에 대한민국 전체를 공포에 떨게 했던 메르스 사태는 하나의 걱정이 사회적으로 급격하게 전파된 대표적인 사례입니다. 당시 마스크나 손 세정제 같은 방역 용품들이 전국에서 불티나듯이 팔렸습니다. SNS에서는 바셀린으로 메르스 감염을 막을 수 있다는 등의 메르스와 관련된 각종 유언비어가 나돌았습니다. 그리고 메르스 사태와 세월호 사건 등을 필두로 우리 사회에 일명 '불안 사회'라는 표현이 등장하기 시작했습니다. 2016년 2월에 한강 유람선이 얼음 때문에 고장 난 사건이 침몰 사태로 보도돼, 많은 사람들이 불안에 떨었던 사례처럼 사회적으로 불안과 불신이 더욱 확대되고 있습니다.

이런 불신사회의 원인으로 〈트렌드 코리아 2016〉에서는 공동체의 와해와 세계 경제의 위기와 취업과 고용, 노년에 대한 불안 등을 꼽았습니다. 1인 가구 수는 증가하고 가구원 수는 줄어들고 있습니다. 무연고 사망자 수도 지속적으로 증가하고 있습니다. 이런 공동체의 와해 현상은 어떤 문제에 대한 개인의 부담감을 높이고, 의지할 곳이 사라져 개인의 불안을 높이는 요인으로 작용합니다.

뿐만 아니라 정보의 발달은 다양한 선택지를 파생하고 이런 선택지와 정보들이 오히려 사람들의 걱정을 촉진하는 매개로 작용하기도 합니다. 정보의 지나친 보급은 우리가 경험하지 않은 일마저 간접적으로 체험하고 겪지 않은 일에 대한 걱정도 파생시킵니다. 이처럼 충격적인 사건에 간접적으로 노출된 사람이 그 사건을 겪은 것과 유사한 정신적인 고통을 받아 외상후스트레스장애를 표출하는 것을 '대리외상'이라고 합니다. 흔히 소방관이나 경찰관, 심리치료사들이 대리외상을 겪는 경우가 많습니다. 그런데 SNS 등의 미디어가 발달하면서 영상이나 사진 등의 매체로 재난이나 사건에 대한 정보가 빠르게 확산되면서 대리외상을 겪는 사람들의 범위와 그 강도가 점차 확대되고 있습니다. 뿐만 아니라 우리 사회에서 계속되는 대형 사건과 사고들도 사람들의 불안과 불신을 확산시키는 이유 중 하나입니다.

불안으로 물들어가는 사회에서 우리는 어떤 태도를 가져야 할까요? 이런 저런 사회현상과 환경에 휘둘리지 않는 개인이 되고자 스스로의 에너지를 키우는 노력이 중요합니다. 개인이 사회나 환경보다 더 강력한 힘을 가지고 있는 주체입니다. 램프증후군은 흔히 개인에게 미치는 사회의 영향력을 크게 이야기하지만, 사회나 환경의 영향력이 개인에게 미치는 파급력은 크지 않을 수 있습니다. 최근 많은 심리학 연구 결과는 환경적인 요인보다 개인의 노력이 행복에 미치는 영향이 크다는 것을 입증해 내고 있습니다. 걱정과 스트레스에서 벗어나는 가장 좋은 방법은 사소한 습관을 매일같이 키워나가는 것입니다. 당장 문제가 닥쳤을 때 불안과 걱정을 어떻게 헤쳐 나갈 지 고민하는 것보다 평상시에 대비를 해두는 것이 문제를 관리할 수 있는 사람이 되는 현명한 방법입니다.

스트레스에서 벗어나기 위한 방법의 예로 '때문에'를 '덕분에'로 바꾸는 연습을 해보는 것도 좋습니다. 예를 들어 집에서 나오자마자 타이어에 펑크가 나서 차가 멈췄을 때, '타이어 펑크 때문에 오늘은 운이 없다.'고 생각하지 말고 '집 앞에서 바로 펑크가 난 덕분에 다른 큰 사고가 일어나지 않았다.'고 생각하는 것입니다. 살면서 언제나 긍정적인 일이 생기지는 않습니다. 그러나 긍정적으로 사고하는 연습을 통해 걱정과 근심을 관리할 수 있는 사람이 되는 것이 중요합니다. 언젠가 제가 아는 지인이 얼마 전에 문을 열다가 다리가 다쳤던 적이 있었습니다. 그때 많은 이들이 걱정을 하면서 위로했습니다. 그 때 그는 놀랍게도 웃으면서 이렇게 말해서 다들 놀라고 감동했습니다.

"아닙니다. 다쳤기 때문에가 아니라 다친 덕분에 앞으로 조심할 수 있는 방법을 배웠다고 생각했습니다."

"나 요즘, 걱정이 많아서 걱정이야." 이 말처럼 램프증후군을 잘 보여주는 말이 있을까요? 우리가 걱정을 하지 않을 때는 아마 죽었을 때뿐일 것입니다. 걱정은 자연스러운 감정입니다. 살아있음의 증거입니다. 적당한 자극이나 불안은 일의 능률을 올리는 긍정적인 측면이 있습니다. 지나친 걱정은 안하느니만 못합니다. 혹시 지금도 걱정이 많아 걱정이라면 걱정은 이제 그만 떨쳐버리고, 걱정에도 쉽게 휘둘리지 않는 에너지가 있는 사람으로 거듭나려는 노력을 해보는 것은 어떨까요?

노처녀는 결혼만 하면 깨가 쏟아지는 줄 압니다. 노총각은 노처녀에 대해 다 꼬시기 쉬울 줄 압니다. 남편은 전업주부들은 다 집에서 편히 쉬는 줄로 압니다. 장인은 사위들이 모두 처갓집 재산엔 관심 없을 줄 압니다. 시어머니는 자신의 아들이 결혼 후에도 마누라보다 자기를 먼저 챙겨 줄 줄로 압니다. 엄마는 내 아이는 머리는 좋은데 노력을 안 해서 공부를 못하는 줄 압니다. 때로는 긍정적인 착각이 정신건강에도 좋습니다.

고전에서 느끼는
인문학의 향기 재발견

현대사회에서 새로운 화두로 재도약한 인문학의 열풍은 문학, 사회학, 철학을 걸쳐 고전까지 이르렀습니다. 최근 인문학의 열풍이 다시 불게 된 원인은 무엇일까요? '인문학人文學, humanities'이란 사전적 해석으로는 인간의 사상 및 문화를 대상으로 하는 학문 영역을 말합니다. 다시 말하면, 인문학은 인간이 사고하는 것과 그 주변을 둘러싼 모든 것을 연구하는 학문이라 해도 지나친 말이 아닙니다. 첨단 기술의 발달로 인류는 광활한 대지에 거대한 제국을 건설하는 쾌거를 이루었습니다.

문명의 발달은 인간을 대신해주는 편리한 대체물들을 양산했으며, 이로 인해 인간의 삶은 여러 과정을 거치는 단계적인 삶에서 벗어나게 되었습니다. 인류의 삶이란, 이렇듯 단순해졌습니다. 그러나 인간의 사고란 단순하게 변화된 인류의 터전처럼 그렇게 단순하지도, 단순해질 수도 없었습니다. 결국 인간의 삶은 언젠가부터 과거로 회귀回歸를 갈망하게 되었고, 어느덧 부재不在의 공간 한편에 인문학이 자리 잡게 된 것입니다. 인문학은 상실의 시대에서 허우적대는 우리의 지성知性에 촉촉한 단비처럼 위안을 가져다주었고, 현대인은 잊었던 지적 유희遊戲를 느끼며 다시금 책을 손에 쥐는 계기를 갖게 되었습니다. 특히 현대인에게 천년 이상의 지혜가 담겨있는 고전문학은 오랜 시간이 흘러도 변하지 않는 참된 진리로 고개를 끄덕이며 무릎을 치게 만드는 깊은 공감을 선사했고, 다시 한 번 고전을 베스트셀러 반열에 오르도록 만들었습니다.

　'고전古典, Classic'이란 옛날 문헌이란 뜻으로, 문학에서는 역사적으로 위치가 인정되는 작품을 뜻합니다. 고전은 다른 무엇보다도 여러 측면에서 의미를 내포하고 있다는 점이 중요합니다. 고전의 의미는 크게 두 가지 측면을 들 수 있습니다, 먼저 작품 자체가 질적으로 인정받을만한 가치를 지니고 있다는 측면, 다음으로 후대에 영향력을 행사하여 그 가치를 전수하고 뜻을 이어나갈 수 있다는 것입니다. 서양의 경우는 라틴어의 'Classicus'에서 유래되었으며 '인류의', '규범의'라는 뜻을 갖습니다. '인류'라는 뜻은 가치를 의미하며, '규범'이라는 뜻은 올바른 형식을 의미하기 때문에 '후대에 모범이 되는 가치 있는 학문'이라는 뜻으로 해석할 수 있습니다.

　고전을 읽는 것은 과거만을 아는 것에 그치지 않습니다. 현재 우리의 생생한 현실 문제를 높은 곳에서 조망하게 하면서 문제의 본질을 탐색할 수 있게 해줍니다. 시카고대학이 20세기 초에는 하류대학이었다가 노벨상을 수십 명 배출하게 된 데는 전교생에게 인문고전 100권을 읽도록 한 것에서 비롯되었다고 합니다. 1929년 허친스총장이 세운 "시카고플랜"이 그것입니다. 철학고전을 비롯한 위대한 고전을 대학생들에게 읽히게 함으로써 위대한 꿈을 가지고, 위대한 인생이 되게 한 인문고전독서운동을 일으킨 것입니다. 우리 교육이 한 단계 UP하기 위해서 모든 교과목에 인문고전을 1권씩 부교재로 읽게 하는 운동을 일으키면 어떨까 싶습니다.

기본이 살아있는
우리 사회를 꿈꾸며

　여러 지인들과 이런저런 이야기를 나누던 중 들은 이야기입니다. "몇 달 전에 겪은 일입니다. 출장을 가서 일을 마치고 차문을 열려는 순간 차량 앞 유리창 윈도우 브러쉬 밑에 하얀색 종이쪽지가 끼워져 있는 것을 발견했습니다. 내용인즉, 주차된 차 옆에 주차를 하던 운전자가 의도치 않게 차문을 너무 세게 여는 바람에 일명 '문콕'으로 차 문짝에 흠집을 냈으니 연락하라는 메시지였습니다. 다소 당황스러웠지만 자세히 살펴보니 약 지름 3mm 정도로 페인트가 약간 벗겨져 있는 정도였습니다. 메시지가 없었다면 그냥 모르고 넘어갈 수도 있는 일이었습니다. 분명 제 차에 흠집이 생겼으니 화가 나야할 상황인데도 생각보다 흠집의 크기가 작아서였는지, 아니면 '요즘 보기 드물게 양심적인 사람이구나'란 생각이 들어서 그런지 화가 나지 않았습니다. 한편으론 '그럴 수도 있겠지' 하고 생각하며 별다른 연락을 하지 않았습니다." 이 이야기를 들으니 제 마음도 훈훈해졌습니다. 그런데 이 이야기를 듣자마자 다른 지인이 해준 이야기입니다. "어느 대학의 주차장에서 일어난 일이 불현 듯 떠오릅니다. 밤에 퇴근하려고 차에 다가간 순간 차 옆 문짝이 3mm가 아닌 지름 30cm 가량의 크기로 움푹 들어간 것을 발견했습니다. 그런데 당연히 있어야할 메모는 없었고, 혹시 바람에 날려 메모용지가 떨어졌나 싶어 주변을 열심히 찾아보았지만 찾을 수 없었습니다. 그 당시 기분이

언짢은 것은 차가 움푹 찌그러진 것보다도 흠집을 낸 가해차 운전자로부터 아무런 메시지를 받지 못했다는 것이었습니다."

앞의 지인은 서로 만난 적도 없는 모르는 사람이 '문콕'을 하고는 모른 척 떠나버리지 않고 정중히 피해를 보상하겠다고 한 것에 감동을 받았습니다. 그러나 뒤의 지인은 지성인임을 자처하는 대학에서 실수로 인한 사고에 대해 메시지를 남겨야 하는 기본 예의를 찾아볼 수 없었음에 씁쓸해했습니다.

차 얘기를 꺼낸 김에 한 가지 더 얘기하고자 합니다. 제가 자주 가는 버스정류장 표시 아래에 서 있다 보면, 주로 학생들이 하나 둘씩 모여드는 것을 봅니다. 지역의 청소년들과 대학생들이 대부분입니다. 그런데 버스를 기다리는 줄은 찾아볼 수 없습니다. 버스가 도착하면 한꺼번에 여러 명이 입구로 몰려들어 혼잡스럽기까지 합니다. 두 사람이 모이면 줄을 서야 한다는 기본 지침은 살아있지 않았습니다.

청소년과 청년들은 천방지축 혈기왕성한 사람들입니다. 이들은 개인의 가치관을 정립하고, 앞으로 미래사회를 이끌어 갈 인재가 되기 위한 지식과 소양을 쌓는 미래의 주인공들입니다. 그래서 이들에게는 많은 기대와 성원을 보내고 아낌없는 지원도 합니다. 이 모든 것이 아깝지 않습니다.

높은 지성과 이상을 추구하며 자라나는 세대들이여! 기본에 충실하면 좋겠습니다. 그래야만 사회 정의를 바로 세울 수 있습니다. 또 사회가 정도正道에서 이탈離脫할 때 주저 없이 경고음警告音을 낼 수 있습니다. 기본 예의와 지침이 살아있는 생동하는 젊음으로 우리 사회를 밝히 비춰 주시기를 소망해봅니다. 우리 어른들도 기본생활습관에 충실합시다. 작은 일, 사소한 일이라도 양심을 지키고 예의를 지키면서 사람답게 살아갑시다. 조금 손해 보더라도, 조금 불편하더라도, 조금 늦더라도 기본에 충실합시다.

사람이 잘 산다는 것은 누군가의 마음에 씨앗을 심는 일과도 같습니다. 어떤 씨앗은 내가 심었다는 사실을 까맣게 잊은 뒤에도 쑥쑥 자라나 커다란 나무가 됩니다. 살다가 혼자 비를 맞는 쓸쓸한 시절을 맞이할 때, 위에서 어떤 풍성한 나무가 가지와 잎들로 비를 막아주면 그제야 알게 됩니다. '그 때 내가 심었던 그 사소한 씨앗이 이렇게 넉넉한 나무가 되어 나를 감싸주는구나.' 살다보면 혼자 비를 맞을 때가 있습니다. 온몸이 흠뻑 젖어 외로움이 더해집니다. 그러나 바로 그때가 새로운 발견, 새로운 만남의 시작입니다. 가물가물 잊힌 멀고 오래전 사람사귐들이 우연처럼 기적처럼 나타나, 우산이 되어 주는 것을 경험하게 됩니다. 외로움은 충만함으로 바뀌고, 온몸은 사랑으로 흠뻑 젖습니다.

4

꿈을 꾼다는 것

그렇게 봄은
우리 곁에 왔습니다

"피청구인 대통령 박근혜를 파면한다." 3월 10일 11시 22분. 탄핵선고문을 숨을 죽이며 들었습니다. 사람은 누구나 자신이 희망하는 것을 믿으려 합니다. 인용이 되리라 믿었지만 한편 불안하기도 했습니다. 숨은 폭력이 진실을 배반하는 경우가 허다했던 기억이 많았기 때문입니다.

2016년 가을부터 불거진 최순실 국정농단은, 온 국민들을 광장으로 불렀습니다. 국민들은 정의와 원칙이 지켜지는 사회를 요구했습니다. 이 단순하고 순수한 외침은, 두고두고 역사에 회자膾炙될 것입니다. 광장의 촛불은 국민이었고, 국민은 선구자였습니다. 정치가, 언론이, 문화가, 촛불을 따라왔습니다. 여럿이 혹은 혼자서도 기꺼이 촛불을 들었습니다. 강요하지 않아도 자발적이었습니다. 무겁지 않고 유쾌했습니다.

요즘 우리는 '혁명'이라는 말을 거리낌 없이 씁니다. 가슴에 품고 있으면서도 어쩐지 불온한 것 같아, 함부로 꺼내기 어려운 금기어 아니었던가요. 그런데 이 순결하고 장엄한 단어를 너무 자주 쓰는 것 같아 조금 미안하기도 한 마음도 있습니다. 그래서 행복합니다.

세월호부터 국정농단으로 이어지는 동안, 정치인들 하는 꼴을 보면서 절망과 분노가 쌓여갔습니다. 착잡한 생각은 개그나 코미디를 따로 볼 필요가 없을 것만 같다는 생각도 들었습니다. 여러 종편 채널에는 코미디언 같은 이들이 넘쳐났습니다. 정치인, 교수, 방송진행자, 변호사……

그들로 어처구니없어 웃고 마는 일도 많았습니다.

영화 〈아이히만의 쇼〉는 오늘날의 정치현실과 딱 맞아떨어집니다. 아돌프 아이히만의 계획과 지휘로 학살당한 유대인 및 장애인만도 600만 명이었습니다. 학살에서 살아나온 사람들이 재판정 증언대에 섭니다. 당시의 끔찍한 상황을 떠올리는 증인들은 고통스럽습니다. 도중에 실신하는 이도 있었을 정도였습니다. 그러나 지켜보는 아이히만은 태연했습니다. 냉담하기까지 했습니다. 사람이 어떻게 저렇게 악할 수가 있을까 싶을 정도였습니다. 그런데 놀랍게도 이 영화와 비슷한 장면을 보고 있습니다. 국정농단의 주역들도 아이히만처럼 말하고 있습니다. 박근혜 전 대통령을 비롯한 주역들 모두 '나는 아무 죄 없다. 단지 내 임무에 성실히 수행했을 뿐'이라고요.

헌법재판소에서 탄핵 인용이 된 이틀 후 사저로 향한 박근혜 전 대통령은 "시간이 걸리겠지만 진실은 반드시 밝혀진다고 믿고 있다"라며 울부짖는 지지자들을 향해 탄핵 불복 메시지를 전했습니다. 헌법을 부정하고 국민을 상대로 싸움을 선포한 것입니다. 마지막으로 대국민 사과정도는 해야 한다는 소박한 상식마저 짓밟았습니다. 탄핵 반대집회에서 자신을 열렬히 지지한 세 사람의 죽음에 대한 애도나 연민의 언급도 하지 않았습니다.

차에서 내리는 박 전 대통령은 환하게 웃고 있었습니다. 청와대를 삼성동으로 옮기는 행렬을 연출했고 자유한국당 현역의원들을 호위무사로 임명했습니다. '밝혀질 진실'이 더 있다면 상식을 뛰어넘는 이들 세력의 추악한 밑바닥 모습일 것입니다. 때문에 "피청구인의 헌법과 법률위배 행위는 재임기간 전반에 걸쳐 지속적으로 이루어졌고, 국회와 언론의 지적에도 불구하고 오히려 사실을 은폐"했다고 한 헌재의 판결문은 박 전 대통령의 구속과 부역자들을 처벌할 때까지 살아있는 명문이 될 것입니다.

탄핵 반대 행동은 사이비 종교를 닮았습니다. 탄핵에 불복할 수 있습니다. 그것은 정치적 자유와 사상의 자유에 속합니다. 그러나 드러난 객관적 사실을 외면할 뿐만 아니라 가짜뉴스를 만들어 유포하고 박 전 대통령을 교주처럼 떠받치는 것은 진실에 대한 왜곡이지 사상의 자유도 정치적 자유도 아닙니다. 종교적 맹신일 뿐입니다.

이들의 조직적인 행동은 대선이 끝날 때까지 지속될 것입니다. 대선을 앞두고 박 전 대통령을 구속하면 선거에 영향을 줄 것이라고 하고, 또 차기정권에서 구속하면 전임대통령에 대한 정치적 보복이 될 것이라며 대선에서 유리함과 불리함을 저울질하는 소리가 들렸습니다. 그들이 노리는 것이 바로 이것입니다. 보수의 가면을 쓰고 지지자들 뒤에 숨어 정치적인 재기를 노리는 것입니다. 이번 탄핵을 유신잔재維新殘在의 종언 終焉*이라고 말하는 사람들이 있습니다. 유신잔재는 박근혜 한 사람이 아닙니다. 국정농단 사건의 뒤에서 친일·반공이데올로기로 권력을 연

---

* 박정희 대통령이 남북 분단의 현실과 국제 사회의 변화에 능동적으로 대처한다는 명분 아래, 대통령의 권한을 크게 강화하고 국민의 기본권을 제한한 제도를 이르는 말입니다. 유신은 낡은 제도를 고쳐 새롭게 한다는 뜻입니다. 1970년대 우리나라의 유신은 박정희 대통령이 남북 분단의 현실과 국제 사회의 변화에 능동적으로 대처한다는 명분 아래, 대통령의 권한을 크게 강화하고 국민의 기본권을 제한한 제도를 만들었습니다. 1970년대 초 세계의 냉전체제는 완화되는 분위기였지만, 세계 경제 불황으로 국내의 경기도 침체되던 시기였습니다. 이때 박정희 대통령은 비상계엄을 선포하고 국회 해산, 정치 활동 금지, 헌정 중단 등의 조치를 내렸습니다. 1972년에 유신 헌법을 만들어 통일주체국민회의에서 박정희를 선출하였습니다. 유신 헌법은 평화통일과 민주주의, 경제적인 평등 실현의 내용을 담고 있습니다. 하지만 이것은 표면적인 것이고 사실은 박정희 대통령의 독재정치를 위한 개헌이었습니다. 유신 헌법에는 대통령이 국회를 해산시킬 수 있는 국회 해산권, 대통령이 재판하는 법관을 임명할 수 있는 법관임명권, 대통령이 긴급한 조치가 필요하다고 판단될 때 내리는 조치로, 조치 결과는 사법적 판단을 묻지 않도록 되어 있는 긴급조치권, 국회의원의 1/3 임명권, 대통령을 자신이 장악하고 있는 기관에서 간접선거로 뽑는다는 내용이 담겨 있었습니다. 또한 유신 헌법을 통해 대통령 중임 제한을 없애고 대통령의 임기를 6년으로 늘렸기 때문에, 권위주의적인 독재 체제와 장기 집권의 발판을 만들었다는 평가를 받고 있습니다.

장해온 세력까지 청산해야 합니다.

국가정보원과 뉴라이트** 세력이 대표적입니다. 국정교과서 문제를 비롯해 위안부 소녀상 문제 등 대통령 탄핵은 시작일 뿐 끝이 아닙니다. 이들을 정치적 부담으로 느끼는 순간 참담함을 다시 겪을 수 있습니다. 견고한 '민주주의'로 세워야합니다. 지난 국민의정부·참여정부 10년 동안 과연 무엇을 했는지 심각하게 돌아 봐야 합니다.

촛불은 '87년 6월 항쟁'이 만들어낸 '제왕적 대통령제의 폐해'를 30년 만에 탄핵했습니다. 직선제를 만든 것도 국민이고, 그 폐해를 넘어선 것도 국민입니다. 제도를 균형 있게 운영하지 못한 탐욕의 정치를 심판

** 1980년대 유럽과 미국의 신보수주의 정책 경향을 뜻하는 용어였습니다. 미국과 영국에서의 '뉴라이트'는 복지가 강조된 진보적 정책으로 국민들의 경쟁력과 활력이 줄어드는 것을 경계하는 것에서 출발한 '신자유주의'를 의미했습니다. 그러나 우리나라에서는 대체로 1991년 소련 붕괴와 동서 냉전의 소멸 이후 운동권 출신에서 보수로 전향한 사람들에 의해서 주장되는, 기존의 보수와 다른 신흥 우파의 이념을 말합니다. 세계정세의 변화와 우리나라 내에서 정치적 주도층의 교체 과정에서 태동한 이 새로운 정치적 계파의 대부분은 기존의 좌파 운동권 출신들 중에서 나왔습니다. 1990년대 이후 기존 진보 세력이 기성 정치권으로 대거 진출하게 되고, 기존 보수층이 보수의 이데올로기에 충실하지 못하고 기득권 유지에 연연하는 행태를 보이자, 양쪽의 문제를 동시에 지적하면서 집단적으로 이데올로기화 하는 경향을 보였습니다. 2000대 이후 뉴라이트 경향이 시작되었으며 2004년에는 자유주의연대를 시작으로 보다 조직화된 운동으로 발전했습니다. 2005년에는 뉴라이트전국연합이 만들어지기도 했습니다. 미국과 유럽의 뉴라이트 정책이 지나친 복지 정책의 연장에서 고착 상태에 빠진 경제 상황을 자본주의적 시장경제 정책을 통해 회복하려는 데 목적이 있었다면, 우리나라 뉴라이트의 이데올로기는 보다 전 방위적인 경향을 보입니다. 우리나라의 뉴라이트는 경제적으로는 신자유주의를 표방하며, 역사적으로는 식민사관을 정당화하고, 사회적으로는 사회진화론을 주장합니다. 결과적으로 기존의 진보와 기존의 보수가 갖고 있는 이념의 극단적 대립 자체를 극복의 대상으로 삼고, 실용적인 노선으로 이를 극복하고자 하는 자세를 표방하고 있습니다. 이들은 기존 보수와 진보진영에서 독재자라고 배척했던 이승만을 국부國父로 추앙하는 등 새로운 국가주의적 정통성을 주장하면서, 헌법에도 명문화되어 있는 임시정부의 정통성마저도 무력화하려는 시도를 보입니다. 친일인명사전편찬위원회와 민족문제연구소가 발표한 〈친일인명사전〉에 반대의 입장을 보였고, 뉴라이트 교과서 포럼 등을 통해 교과서 제작에 진출하기도 했습니다. 2015년 불거진 국사교과서 논란에서는 국정화를 적극 지지하는 태도를 보였습니다. 뉴라이트전국연합, 자유주의연대, 교과서포럼, 북한민주화네트워크, 시민과 함께하는 변호사들, 자유주의교육운동연합, 뉴라이트네트워크 등의 단체가 활동하고 있습니다.

했습니다.

2017년 5월 9일 대통령 선거는 모든 이슈를 빨아들였습니다. 탄핵이 인용됨으로써 결국 촛불민심도 정치에 수렴될 수밖에 없었습니다. 박근혜 전 대통령의 탄핵 불복으로 대선정국은 야당으로 더 기울였습니다. 탄핵에 불복하는 극단적인 행동과 목소리가 높아지기도 했습니다. 이들은 태극기를 들고 거리로 나왔습니다. 이런 군상群像들을 보면, 이제는 평범한 이야기로 여겨지는 한나 아렌트의 '악의 평범성'을 떠올려보게 되기도 합니다. 악은 악마적 본성에서 기인起因하는 것이 아니라 평범한 인물들이 무비판적으로 체제를 받아들일 때 발생할 수 있다는 것을요. 아무런 생각 없이 자신의 직무를 수행하는 '사고력의 결여'가 바로 '악'이라는 것을요.

법률 전문가도 아니고 그저 한 사람의 국민으로서 우리는 박근혜 전 대통령에게 또 다른 선고를 해야겠습니다. 혹시 추상적이라 법리 적용이 안 된다면, 가슴에라도 새겨두면서 말입니다. 죄목은 이렇습니다.

국민의 자존감을 훼손하고 국가의 품격을 떨어뜨린 죄.
법과 원칙을 가벼이 보고 기만한 죄.
국민을 행복하게 하지 않고 도리어 옭죄어 불행하게 한 죄.
태만하고 불성실한 죄.
국민을 우습게 안 죄.
끝까지 반성하지 않는 가중 죄……

"1933년 3월 5일은 소리 없이 눈이 내리던 날이었습니다. 다섯 살짜리 꼬마였던 나는 엄마와 아빠가 다투는 모습을 처음 보았죠. 아빠는 히틀러만이 나라를 구할 수 있다며 엄마를 열심히 설득했습니다. 결국 그날

저녁 라디오에서는 아돌프 히틀러가 나치당의 선거 승리를 축하하는 목소리가 들렸고, 세상이 달라지지 시작했습니다."

『아빠, 왜 히틀러한테 투표했어요?』는 나치 정권을 살아가는 한 독일인 가족의 이야기를 그린 그림책입니다. 나치당의 히틀러가 선거에서 승리, 권력을 장악한 후 벌어지는 장애인 학대, 유색인종 차별, 전쟁의 비참함 등이 어린아이의 시선으로 담담하게 묘사되어 있습니다. 디디에 데냉크스가 글을 쓰고, 페프가 그림을 그렸습니다.

현재 미국은 도널드 트럼프가 대통령이 됐고, 프랑스도 극우후보 르펜이 정치적인 영향력이 상승세를 나타내기도 합니다. 영국은 EU를 탈퇴했습니다. 전 세계적으로 배타주의, 민족주의가 강해지고 있습니다. 그런데 이런 변화는 무력武力으로 이루어진 것이 아니라 국민들의 선거를 통해 이루어졌습니다. 히틀러 역시 마찬가지였습니다.

우리나라는 역사상 초유初有의 국정농단 사건으로 대통령이 탄핵되고 파면되었습니다. 그로 인해 갑작스럽게 새로운 대통령을 선출했습니다. 우리가 꿈꾸는 미래는 어떻게 해야 얻을 수 있을까요? 어른부터 아이까지 모두 한번쯤 진지하게 고민해야 할 시기인 것 같습니다. 이번 기회에 우리 또한 자신을 엄중히 들여다봅시다. 내 안에도 김기춘이, 우병우가, 최순실이, 박근혜가, 아이히만이 있지 않을까요? 우리에게도 죄가 있습니다. 그들의 눈치를 보고 허리숙인 죄, 그들을 뽑은 죄, 그들을 허용한 죄가 있습니다.

의례적이고 무겁게만 느꼈던 '국민'이라는 단어가 요즘은 사랑스럽기 그지없습니다. 초라하고 무기력한 줄 알았던 '국민'이라는 단어가 한없이 자랑스럽습니다. 국민과 주권의 의미에 대해 많은 생각을 하는 나날입니다.

이제 정말 봄이 시작되었습니다. 매화가, 산수유가, 개나리가, 벚꽃이,

동백꽃이, 산당화가 피기 시작합니다. 겨울을 인내해 준 고운 꽃님들에게 감사합니다. 꽃샘바람이 또 몇 차례 불지 모릅니다. 그래도 봄은 오고, 무르익을 것입니다. 우리의 민주주의 또한 그러하리라 믿습니다.

꿈을
꾼다는 것

해리 리버만Harry Lieberman은 폴란드 태생입니다. 그가 태어났을 때 폴란드는 너무 가난해서 일자리가 마땅치 않았습니다. 젊은 리버만은 기회의 땅, 미국에서 새 삶을 개척해보리라 결심합니다.

미국으로 이민 간 리버만은 하역노동자, 가게 점원, 식당 주방 일을 하며 돈을 모았습니다. 작은 가게를 차려 60년 동안 가족을 부양했습니다. 어느덧 일흔 일곱. 동네 노인학교에서 체스를 두는 것이 리버만의 마지막 낙이었습니다.

그런데 하루는 체스를 두기로 약속한 친구가 오지 않았습니다. 기다리다 지쳐, 우두커니 앉아 있으려니까 노인학교에서 자원봉사 하는 청년이 다가와 말을 걸었습니다.

"여기서 뭐하세요?"

"친구랑 체스를 두기로 했는데 안 오는군."

"그럼 여기 계시지 말고 저랑 같이 가셔서 그림수업이나 받으시죠."

"그림? 일흔이 넘었는데 이제 와서 무슨 그림을 그린다는 말인가?"

청년이 그의 팔을 잡아끌며 말했습니다.

"그림 그리는 데 나이가 무슨 상관이에요. 일곱 살이든, 일흔 살이든 내가 그리고 싶은 걸 그리면 되는 거죠."

일흔일곱 살의 리버만은 체스를 두러 왔다가 그림교실에 참여했고,

4년 후인 여든한 살에 첫 번째 전시회를 열었습니다. 그리고 백한 살에 스물두 번째이자 마지막 전시회를 열었을 때 전시회장은 그의 그림을 보려고 찾아온 사람들로 인산인해를 이루었습니다. 미국 화단과 평론계는 그에게 '원시적 눈을 가진 미국의 샤갈'이라는 극찬을 안겨줬습니다.

마지막 전시회에서 리버만은 사람들에게 말했습니다.

"앞으로 몇 년이나 더 살게 될까 궁금해 하지 마세요. 앞으로 어떤 일을 더 할 수 있을까 고민하세요. 그게 인생입니다."

내가 어떤 일을 더 할 수 있을까를 고민하는 것, 그것이 꿈입니다. 꿈은 이성과 감각을 초월합니다. 꿈을 꾸는 사람에게는 나이가 문제되지 않습니다. 꿈을 꾸는 사람은 사람들의 생이나 상식적으로 안 된다고 말하는 불가능의 벽을 얼마든지 뛰어넘을 수 있습니다. 꿈을 꾸는 데는 나이제한이 없습니다. 벌금도 없습니다. '할 수 있을까, 할 수 없겠지.'라는 판단도 없습니다. 꿈은 인생이라는 도화지 위에 그림을 그리는 것입니다. 이 그림은 미술대학을 졸업해야 그릴 수 있는 게 아닙니다. 리버만처럼 난생처음이더라도 붓을 잡고 그려보면 되는 것입니다.

해본 적 없는 일을 마음속에 그려보는 것이 꿈입니다. 그 꿈이 믿음으로 변하고, 그것을 믿으면 인생이 새로워집니다. 왜냐하면 인생은 내가 믿는 대로 움직여주기 때문입니다. 우리 모두가 '제2의 리버만'이 될 수 있습니다. 나이는 숫자에 불과한 것입니다. 우리의 상황은 꿈을 이룸에 조금 더 빨리이거나 조금 더디게 하는 것뿐입니다. 오히려 상황은 우리를 더욱 단단하게 하는 작용일 수 있습니다.

인생의
마지막 한 수

　우유가 가득 담긴 통에 개구리 세 마리가 빠졌습니다. 첫 번째 개구리는 "모든 것이 신의 뜻이다."라고 체념하며 다리를 꼰 채 아무것도 하지 않았습니다. 두 번째 개구리는 "이렇게 깊은 통에서 기어나간다는 것은 불가능하다. 그렇다고 이 우유를 다 마셔버릴 수도 없다. 그러니 죽는 길밖에 없다."고 말한 후 스스로 목숨을 끊었습니다. 세 번째 개구리는 비관도, 낙관도 하지 않고 현실을 있는 그대로 받아들였습니다. 그 개구리는 천천히 헤엄쳐보기로 했습니다. 코를 밖으로 내밀고 평소에 하던 대로 뒷다리를 힘차게 움직였습니다. 얼마 지나지 않아 뭔가 단단한 것이 밟혀졌습니다. 버터였습니다. 개구리가 계속 헤엄을 치는 바람에 우유가 휘저어지면서 버터가 만들어진 것입니다. 세 번째 개구리는 버터를 밟고, 통 밖으로 무사히 빠져나왔습니다.

　위기의 순간에 상황을 낙관적으로 바라보는 것은 무모한 짓입니다. 무의미한 비관보다 더 큰 위험을 초래할 수 있습니다. 자신의 판단이 틀렸다는 것을 확인하는 순간 그만큼 실망도 크기 때문입니다. 그렇다고 사태를 비관적으로만 바라보면 아무런 해결책도 떠오르지 않습니다.

　위의 이야기에 등장하는 세 번째 개구리처럼 어떤 위기가 닥칠지라도 평상심平常心을 유지하는 것이 가장 중요합니다. 위기의 순간에 평상심을 가진다는 것은 말처럼 쉽지 않습니다. 겨우 그 정도로 어떻게 위기를 타파할 수 있겠느냐고 생각할지도 모르지만 인생은 마음가짐에 달려있습니다.

어떤 사람들은 위기를 기회로 만들어 더 큰 성공에 도달합니다. 또 어떤 사람들은 위기를 이겨내지 못하고 패배자로 버려집니다. 우리 주위에서 매일처럼 확인되는 인생의 양면성입니다.

공자孔子는 나이 칠십에 이혼을 당했습니다. 그보다 먼저 예순셋에는 평생을 섬겼던 노나라에서 추방당해 제자들과 집도 절도 없이 떠돌며 거리에서 글을 팔아 배를 채우는 신세가 되었습니다. 그 꼴을 가리켜 『사기』史記의 저자인 사마천司馬遷은 "상갓집 처마 밑의 똥개들 같다."고 썼습니다. 그럼에도 공자는 버텨냈고, 오늘날의 '공자'가 되었습니다. 그 힘은 공자 스스로 말하시기를, "자신의 인생에 마지막 한 수가 남아있었기 때문"이라고 했습니다.

공자가 말한 인생의 마지막 한 수는 '희망과 유머'였습니다. 거창하게 미래를 꿈꾸고 계획하는 것을 희망이라고 부르지 않습니다. 포기하지 않는 마음가짐, 그것만으로도 희망이 될 수 있다고 공자는 말합니다. 유머도 상황을 순식간에 반전시키는 히든카드가 아닙니다. 어차피 시련은 인간을 눈물짓게 만듭니다.

부정해도 피할 수 없는 현실입니다. 그렇다면 어떤 식으로 눈물을 흘려야 덜 아플까요? 공자는 "울어도 눈물이 나고 크게 웃어도 눈물이 난다."고 말했습니다. 이왕 흘릴 눈물이라면 웃다가 흘리는 편이 낫다는 것입니다. 공자가 발견한 인생의 마지막 한 수였습니다.

노는 즐거움을
찾을 때

　일을 좋아했던 은퇴자일수록 노는 것을 아주 싫어한다는 특징이 있습니다. 싫어하는 데 그치지 않고, 심한 경우 죄악으로까지 취급합니다. 이런 생각으로는 취미라든가, 삶의 보람을 찾지 못합니다. 인생에 대한 기본적인 자세를 착각하고 있기 때문입니다.

　인생이란 열심히 일한 대가로 실컷 노는 것입니다. 은퇴 후 찾게 된 취미생활까지 젊어서 일했던 습관을 되살려 의무로 받아들이게 되면 노는 즐거움이 인생에서 사라져버리는 비극을 맞이하게 됩니다. 그러므로 나이 들면서 의식적으로 노는 즐거움을 새롭게 익혀둘 필요가 있습니다.

　사람이 늙는다는 말은 다시 어린아이로 돌아간다는 뜻으로도 해석이 가능합니다. 아이를 아이답게 만드는 결정적인 증거는 노는 것을 좋아하는 꾸밈없는 솔직함입니다. 따라서 늙음과 동시에 우리는 의무적으로 노는 즐거움에 적극 빠져들어야만 합니다.

　취미는 내가 즐거워지기 위해 필요합니다. 여기에는 아무런 구속도 없습니다. 내 페이스에 맞춰 좋아하는 대로, 기분 내키는 대로 하면 됩니다. 무엇보다도 스스로 즐기고 있다는 자각이 중요합니다. 그래야만 정신의 젊음이 유지됩니다. 마음이 늙지 않으면 몸도 따라 노화가 늦춰집니다. 여름의 찌는 듯한 더운 날씨에 게이트볼에 몰두하는 노인들만 봐도 이를 깨닫습니다. 올여름 무더위에도 아랑곳없이 잠깐 쉬려고도 하지 않고 게임에 열중합니다. 좋아서, 재밌어서 하는 일이기 때문에 몸이 피곤한 줄을 모릅니다.

뭔가를 해보려 할 때는 지나치게 이익을 따지지 않는 편이 좋습니다. 우선 흥미가 있고 즐길 수 있는 일을 찾아보는 것이 중요합니다. 취미는 일이 아닙니다. 일이란 싫든 좋든 내가 해야만 하는 의무였습니다. 일만 열심히 해온 사람이 가장 안심하는 상황은 자신이 하지 않으면 안 될 의무가 주어지는 상황입니다. 그런 테두리에 갇혀 있어야만 안심이 됩니다.

그런데 취미에는 의무가 따르지 않습니다. 의무가 아니라고 생각했을 때 삶에서 자신의 자유로운 권리가 보장받게 됩니다. 네덜란드의 철학자 호이징어의 말처럼 인간은 '호모 루덴스', 즉 노는 것을 본성으로 삼고 있는 생명체입니다. 놀 거리를 찾아 재밌게 즐기다 보면 의무와 목표에 짓눌려 한없이 찌뿌둥했던 지난날의 인생살이에서 벗어나 이전에는 몰랐던 자유와 여유를 맛보게 될 것입니다. 삶에서 승패는 중요하지 않습니다. 세상에 승패가 정해지지 않은 것은 놀이뿐일지 모릅니다. 그 즐거움에서 인생의 참맛을 알아갑시다.

웃음이 주는
여유

'웃는 낯에 침 뱉으랴' 라는 속담이 있습니다. 좋은 낯으로 대하는 사람에게 듣기 싫은 말이나 욕은 할 수 없다는 뜻입니다. 웃음을 보내면 웃음이 돌아옵니다. 웃음이 많으면 주변이 맑아지고 신바람이 납니다. 따뜻한 마음을 가지고 따뜻한 웃음을 웃으며 살아봅시다. 우리는 이 사회를 밝고 훈훈하게 만들어 줄, 밝은 웃음을 항상 잃지 말았으면 합니다.

인간은 웃을 수 있는 힘을 가진 유일한 동물인지도 모릅니다. 웃음은 인간만이 가지는 특권인지 모릅니다. 웃음은 행복감의 표현이며, 긴장해소의 표현이며, 만족과 여유의 표현입니다. 가능한대로 웃으면서 살면 좋겠습니다.

웃는다는 것은 좋은 것입니다. 그래서 '소문만복래笑門萬福來'라고 했습니다. 웃는 집에는 많은 복이 찾아온다는 뜻입니다. 일소일소一笑一少, 일노일노一怒一老라는 말도 있습니다. 한번 웃으면 한번 젊어지고, 한번 분노하면 한번 늙어진다는 뜻입니다.

하기야 웃음에도 종류는 여러 가지가 있습니다. 가볍게 웃는 것을 미소라고 합니다. 크게 웃는 것을 홍소哄笑라고 합니다. 얼굴에 활짝 웃음을 띠고 한바탕 웃는 것을 파안대소破顔大笑라고 합니다. 파안대소란 말만 들어도 가슴이 후련해집니다. 너털웃음은 호탕한 느낌을 주나, 웃는 사람의 진심을 알기 어려워 듣는 사람의 입장에서는 거만하다는 인상을 받게 될 우려가 있습니다.

그러나 웃음이라고 다 좋은 것은 아닙니다. 쓴 웃음, 차가운 웃음, 싱글벙글 웃음, 얕보는 웃음, 넘보는 웃음, 간사한 웃음, 야릇한 웃음, 말이 안 통하는 외국사람 앞의 공연한 웃음, 장가간 기쁨을 감추지 못하는 덜 떨어진 신랑의 웃음 등…

화를 내는 것처럼 몸에 해로운 것은 없다고 합니다. 우리가 바라는 웃음은 즐겁고 유익한 웃음입니다. 우리가 바라는 웃음은 산들바람 같은 웃음, 눈과 비에 젖은 손에 훅훅 불어 넣어주시는 어머니의 따뜻한 입김 같은 웃음입니다.

누가 들어도 약이 오르거나 화가 나지 않을 그런 웃음을 웃어봅시다. 우리의 형편이 어렵고 우리의 삶이 고되면 고될수록 우리에게는 더욱 여유 있는 웃음이 필요합니다. 거듭 말하거니와 고통을 아는 사람만이 진정으로 웃을 수 있습니다.

항상 웃음을 잃지 않는 사람의 얼굴에는 화기和氣가 감돌고 윤기潤氣가 흐릅니다. 심리학자들의 말에 의하면, 많이 웃을수록 좋습니다. 그래야 소화도 잘 되고, 건강에도 좋고, 일의 능률도 오르고, 인간관계도 좋아집니다. 하기야 웃음은 역경逆境의 산물이기도 합니다. 사람은 저절로 웃는 것이 아니라 노력해서 웃는 것입니다. 한가한 사람, 편안한 사람, 먹을 것과 입을 것이 넉넉한 사람은 사실 진정한 웃음을 모르는 사람일 지도 모릅니다. 주변의 사람들을 항상 웃게 하는 활력소와 같은 사람들은 고마운 사람들입니다.

현대인의 삶에는 어려움이 따르지만 미소 지을 수 있는 여유가 필요합니다. 행복은 행복을 원하는 사람에게 찾아옵니다. 우리는 때로는 별스럽지도 않은 일들 때문에 슬퍼하고, 고뇌하고, 실망하고, 짜증을 냅니다. 나중에 생각하면 별것도 아닌데 말입니다.

시원한 바람이 훈훈한 마음을 가져오듯이 착하고 맑은 마음의 소유자가 되면 웃는 웃음 또한 맑고 착한 웃음이 됩니다. 화내고 섭섭하고 우울함을 버리고 활짝 웃는 나날이 되도록 노력해야 합니다. 매일 후회 없는 나날로 웃음과 함께 생활하는 자세를 가져봅시다.

사람다운 사람에게는 여유가 있습니다. 여유 있는 사람에게는 웃음이 있습니다. 웃음은 사람다운 사람의 특권이요, 자랑입니다. 여우나 늑대가 웃었다는 말을 들어 본 일이 있는가요? 동물은 울기는 하지만 웃지는 않는 것으로 알려져 있습니다. 진정한 웃음, 사람을 끝없이 행복하게 만드는 웃음이란 마치 가시밭에 피는 장미꽃과도 같습니다. 참된 웃음은 참된 아픔의 의미를 아는 사람만이 줄 수 있고, 또 즐길 수 있습니다.

같은 코미디도 왜 여러 사람이 함께 보면 더 재미있을까요? '개그콘서트'와 같은 공개방송 현장은 왜 그렇게 웃는 사람들로 가득할까요? 코미디 프로그램을 볼 때, 웃음을 터뜨리는 것은 옆 사람의 웃음소리입니다. 웃음소리가 뇌를 간지럽게 합니다. 웃음소리가 뇌를 웃거나 미소 짓도록 합니다. 웃음소리의 자극을 받은 뇌는 자동적으로 우리의 의지와는 상관없이 웃음을 이어갑니다. 긍정적인 감정은 전염이 잘 되나 봅니다. 잘 웃는 사람과 함께 있으면 절로 웃게 되고, 코미디나 축구 중계방송을 많이 모여서 봐야 더 재미있습니다. 모두가 함께 웃음 짓는 공동체를 소망해 봅니다.

자기 자신을
백퍼센트 믿어요

칠레의 시인 파블로 네루다는 자신의 자서전에서 글쓰기를 얼음낚시에 빗대어 이렇게 말했습니다. "작가의 작업도 얼음 낚시꾼의 작업과 공통점이 많다는 게 내 생각입니다. 작가는 강을 찾아야 합니다. 인내심을 가지고 혹독한 비판을 견뎌내고 비웃음을 이겨야 합니다. 또한 깊은 강물을 찾아 적절한 낚싯바늘을 던지고 끝없는 노력을 경주한 다음에 아주 조그마한 물고기를 낚아야 합니다. 그리고 다시 낚시를 던지고 추위와 고통을 이겨내면서 시간이 갈수록 더욱 큰 물고기를 잡을 수 있습니다."

그의 말에 제가 밑줄을 그은 곳은, "아주 조그마한 물고기를 낚아야 합니다."는 부분이었습니다. 어떤 일을 하던 고통이 따릅니다. 강을 찾는 일조차 쉽지 않습니다. 처음부터 자신에게 맞는 일을 찾을 수 있다면 행복한 일이지만 대부분 그렇지 못합니다. 어떤 일이 내게 맞는 일인가를 찾기 위해서조차도 여러 번의 이직移職을 거쳐야 합니다. 그 과정에서 이해나 배려보다는 비난과 조소를 듣기 십상입니다. 천신만고千辛萬苦 끝에 자신의 적성에 맞는 일을 찾은 뒤에 열심히 노력합니다. 그냥 열심히가 아니라 다른 사람들보다 두 배, 세 배 노력합니다. 그러나 처음에 얻을 수 있는 것은 '아주 작은 물고기'일 뿐입니다. 그동안 이룬 노력의 성과가 겨우 이런 것인가 실망하고 맙니다. 과연 이 일이 내 적성에 맞는 일인가 의심까지 듭니다. 그럴 때 네루다의 말을 상기해 볼 필요가 있을 것 같습니다. 바로 그 때 다시 낚시를 던진다는 것, 그리고 추위와 고통을 이겨낸다는 것, 그것은 어쩌면 큰 물고기를 기다리는 것이 아니라 자기 자신을 믿고 기다리는 것입니다.

중국의 극동極東지방에서 자라는 대나무 중에 '모소대나무'라는 희귀종이 있습니다. 처음 싹이 움트고 나면 농부들은 정성을 다해 대나무를 키웁니다. 하지만 4년이 지나도 이 대나무는 겨우 3센티미터 밖에 자라지 않습니다. 하지만 5년째가 되는 날부터 폭풍성장을 시작합니다. 하루에 30센티미터가 넘게 자라고, 6주가 지나면 15미터 이상 자라 빽빽한 대나무 숲을 이루게 됩니다. 4년 동안 대나무는 땅 속으로 수백 미터 이상의 뿌리를 내리고 있었던 것입니다. 이 이야기에서 저는 처음 이 대나무를 키우던 사람들의 마음을 생각해봤습니다. 농부들이 기다린 것은 아마 대나무의 성장만은 아니었을 것입니다. 때로 과거를 돌이켜 보면 '그동안의 노력이 헛되었구나' 싶을 때가 있습니다. 그럴 때는 중얼거려 봅니다. '나는 지금 좀 더 깊이 뿌리내리는 중이다. 나는 지금 좀 더 깊이 뿌리내리는 중이다.'

어떤 일이 있어도 어떤 말을 들어도 어떤 사람을 만나도 당당하고 자신 있게! 뿌리 깊은 나무처럼 흔들리지 않고 묵묵하게 그 자리에 있기를……. 살다 보면 실망도 절망도 있겠지요. 그때마다 바람에 흔들리듯 아프고 방황할 수 있지만 바람을 탓하지 않고 환경을 탓하지 않고 중심을 잡고 지키는 뿌리 깊은 나무의 지혜와 침묵과 인내를 생각해봅니다.

치유의 가장 확실한 방법은 "사랑합니다."란 말과 함께하는 것입니다. 이것은 치유의 문을 여는 열쇠입니다. 하지만 그것을 다른 사람이 아니라 먼저 나 자신에게 사용해야 합니다. 치유가 필요한 건 그들이 아니라 바로 우리 자신입니다. 먼저 자신을 치유해야 합니다. 모든 경험의 근원은 바로 우리 자신이기 때문입니다. 지금 이 순간, 나에게 다가오는 향긋한 봄바람과 높은 하늘, 그 아름다운 자연을 품으며 감탄하고 있는 나를 바라봅니다. 지금 치유가 필요한 사람은 바로 '나'입니다. 내가 치유되면 내 세상도 조금씩 치유되기 시작합니다. 먼저 나 자신을 향해 이렇게 말시다.

"사랑해. 그동안 내가 나를 몰라봐서 미안해!"

나 자신에게도 좋은 사람이 되어봅시다. 사랑하면 그 사람하고만 시간을 보내고 싶듯 오늘은 사랑하는 '나' 하고만 한번 시간을 보내 보는 겁니다. 맛있는 것도 사주고, 좋은 영화도 보여주고, 경치 좋은 곳으로 데리고 가주고 말입니다. 사랑하는 사람에게 공들이듯 내게도 공들여 보세요. 사랑하는 사람을 위하듯 자신을 위한 시간을 써보는 건 어떨까요? 바쁜 일상에 치여 꽃이 피고 지는 것조차 몰랐던 내게 작은 선물을 될 것입니다.

너무 잘하려 하지 않아도 됩니다. 이미 살고 있음이 이긴 것이므로. 너무 슬퍼하지 않아도 됩니다. 삶은 슬픔도 아름다운 기억으로 돌려주므로. 너무 고집부리지 않아도 됩니다. 사람의 마음과 생각은 늘 변하는 것이므로. 너무 욕심부리지 않아도 됩니다. 사람이 사는데 그다지 많은 것이 필요치 않으므로. 너무 연연해하지 않아도 됩니다. 떠나간 자리에 또 소중한 사람이 오므로. 너무 미안해하지 않아도 됩니다. 누구나 실수하는 불완전한 존재이므로. 힘든 마음 조금 내려놓고 유유히 흘러가는 강물처럼 조금은 여유롭게 살아갑시다. 마음도 물도 세월도 결국 흘러갈 테니까 말입니다.

인생은
나그네 길

　도심의 아파트 콘크리트 숲을 벗어나 산이 있고 냇물이 흐르는 곳에 소박한 한옥을 짓고 책이나 실컷 읽으며 살고 싶은 바람은 나이 들어 갖게 되는 향수만은 아닌 것 같습니다. 어느 날 학교에서 머지않은 곳에 우연히 발길이 머문 적이 있었습니다. 일상을 벗어난 듯한 풍경에 그만 마음을 빼앗겼습니다. 드넓은 논, 끝을 모르는 논길, 밭고랑에 앙증맞게 피어난 깻잎들 그리고 고요히 푸른 하늘빛을 머금고 날아오르는 철새들은 가히 천하일품이었습니다. 거닐다가 그곳에 사는 분과 도란도란 이야기도 나누곤 하였습니다.

　"인생은 나그네 길, 어디서 왔다가 어디로 가는가?"라고 한 어느 노래 가사처럼 분명 빈손으로 왔다가 빈손으로 가는 것이 우리네 인생길입니다. 과연 어느 누가 불로장생不老長生할 수 있으며 그 누가 쌓아 놓은 부귀영화를 한 몸에 지니고 저 세상으로 갈 수 있을까요? 나그네가 여행길에서 때 아닌 폭풍우를 만나면 일정을 잠시 접어두어야 하듯 우리 인생길에도 예기치 못한 돌발 사고는 삶을 멈추게까지도 합니다. 다행히 마음에라도 맞는 동행자를 만나면 그 여행이 훨씬 즐겁고 유쾌하겠지만 동문서답하는 동행자나 불쾌한 동행자를 만나게 되면 아름다운 인생길이 고달프고 피곤한 고통의 길이 되기도 합니다.

　나그네는 큰 짐이 필요 없습니다. 짊어진 짐이 크고 무거우면 부담이 됩니다. 나그네는 한 곳에 연연하면서 오래 머물지 않습니다. 그저 보고 즐기고 다음 길을 재촉합니다. 또 나그네는 먹고 입고 자는 것 그 이상은 불편하기 때문에 서슴없이 나누어 줍니다. 주며 베푸는 여유로운 삶입니다. 춥지 않을 정도만큼만 입고, 배고프지 않을 만큼만 먹고, 발 벗고 쉴만한 공간을 지닌 것만으로 만족합니다. 나그네는 내일의 여행을 위해 오늘을 소홀히 하지 않습니다. 내일 큰 집에서 잘 살고 싶은 꿈 때문에 오늘 없이 살아가는 인생은 안타깝습니다. 큰 명예와 많은 재물은 나그네의 길에 거추장스럽습니다.

자연을 닮아 자연스럽게 사는 곳에는 언제나 따스한 인정이 오가며 사랑이 넘칩니다. 싱그러운 풀냄새, 구수한 흙냄새, 울어대는 개구리 소리까지……. 자연은 진실의 대상이요, 생명의 근원이요, 창조력의 원천임을 실감합니다.

길 가는 나그네는 그 길에서 만나는 사람을 진심으로 반깁니다. 아름답고 신기하게 보이는 자연에서 감동을 느끼지만, 같은 감정을 가지고 대화를 나눌 수 있는 사람의 출현은 더욱 기쁨으로 다가옵니다. 제가 참 좋아하는 정현종의 시입니다.

사람이 풍경으로 피어나

사람이 풍경으로 피어날 때가 있다.
앉아 있거나
차를 마시거나
잡담으로 시간에
이스트를 넣거나
그 어떤 때거나

사람이 풍경으로 피어날 때가 있다.

그게 저 혼자 피는 풍경인지

내가 그리는 풍경인지

그건 잘 모르겠지만

사람이 풍경일 때처럼

행복한 때는 없다.

그렇습니다. 강물이 맑고 신록이 우거지고 암석이 기묘하다고 해서 어찌 사람의 아름다움에 비할까요? 사람이 고운빛깔 자연의 아름다움을 가득 담아낸 존재입니다. 살아 숨 쉬며 함께하는 풍경입니다. 이렇게 바라보는 기쁨을 가정에서, 이웃에서에서 항상 느낄 수 있다면 얼마나 좋을까요. 인간의 가치를 높이 느끼고 사람과의 만남을 반기는 나그네다운 모습만 있으면 언제, 어디서나 행복이 가득할 것입니다.

미국 맨해튼에서 있었던 실제 이야기입니다. 길을 지나가던 예비 신부가 노숙자에게 빵 사먹을 돈을 주었습니다. 노숙자는 지폐를 받아 무심코 주머니에 넣었습니다. 얼마 후, 노숙자는 빵을 사먹기 위해 지폐를 꺼내다가 반지를 하나 발견하였습니다. 예비신부의 결혼반지가 노숙자에게 쥐어준 돈에 딸려 들어가게 된 것입니다. 예비신부는 이 사실을 잊고 있었지만 노숙자는 반지를 발견하자마자 자신에게 지폐를 건넨 예비신부를 찾아 나섰습니다. 하지만 아무리 찾아도 맨해튼의 거리에서 예비신부를 찾기란 결코 쉽지 않았습니다. 뒤늦게 반지가 없어진 것을 안 예비신부는 다시 노숙자를 만났던 곳으로 갔으며 우여곡절 끝에 둘은 만나게 되었습니다. 예비신랑의 특별한 사랑으로 받은 1만 달러짜리 반지였습니다. 예비신부는 무사히 반지를 되찾은 것에 감격하였고, 노숙자의 한마디에 더욱 감동을 받았습니다. "저는 당연히 이 반지를 가질 자격이 없습니다. 이건 마음씨 고운 당신의 소중한 것이니 돌려주는 게 당연합니다."

노숙자는 돌아갔고 그 이후 놀라운 일이 벌어졌습니다. 예비신부가 반지를 찾게 된 사연을 인터넷에 올리자 감동한 사람들이 노숙자를 돕겠다며 성금을 보내온 것입니다. 성금은 반지의 열 배가 넘는 십만 달러가 넘었습니다. 사람들은 '세상에 이런 일이 일어날 수 있느냐'고 했지만 선행이 불러온 당연한 결과가 아닐까 싶습니다. 당연하지만 결코 쉽지 않은 행동으로 많은 이를 놀라게 한 두 사람이야말로 감동을 전해준 사람들이었습니다. 이런 사람들이 있어 우리가 사는 세상은 그래도 살 맛 납니다. 이런 사람들로 인해 세상이 훈훈하게 느껴집니다.

노숙자는 나그네의 정신이 있었나 봅니다. 당장의 소유에 욕심내지 않고 사람다운 길을 걸었습니다. 이에 예비신부와 사람들이 감동했습니다. 이와 같은 소유에 집착하지 않고 사람답게 살아가는 삶에 동반자 하나쯤 있으면 더욱 좋을 것입니다. 이를 친구라 부릅니다. 친구, 하염없이 고마운 이름입니다. 감동할 때 우리는 억센 것이 부드러워집니다. 이글거리는 분노도 감동이 가면 잔잔한 평안이 임하여 옵니다. 칠흑 같은 세상이라도 감동이 가면 밝아집니다. 감동이 가면 아픈 상처가 치유됩니다. 감동이 가면 문제가 해결됩니다. 감동은 어디에서든 세상을 바꿀 수 있습니다.

옛날 어느 마을에 절친한 두 친구가 있었습니다. 그런데 그중 한 친구가 억울한 누명을 쓰고 사형 판정을 받게 되었습니다. 그러던 중 어머니가 위독하다는 연락을 받은 남자는 사형을 당하기 전에 어머니의 얼굴을 한 번만이라도 보고 죽게 해달라고 왕에게 간청했습니다. 왕은 남자에게 그럴 수 없다고 하자 남자의 절친한 친구가 나서 자기가 대신 감옥에 들어가 있을 테니 친구를 집에 갔다 오게 해달라고 간청했습니다. 왕은 그 친구에게 물었습니다.

"만약 네 친구가 돌아오지 않으면 어떻게 하겠느냐?"

그러자 그는 기꺼이 자기가 친구 대신 죽겠노라고 대답했습니다. 왕은 결국 그 친구를 대신 감옥에 가두고 남자에게 나흘간의 말미를 주고 풀어 주었습니다. 그렇게 시간이 흘러 나흘째 되는 날이 저물어가고 있었지만 풀어준 남자는 돌아오지 않았습니다. 왕은 남자에게 말했습니다.

"자 봐라, 네 친구는 너를 배신하고 돌아오지 않았다. 그래도 너는 네 친구를 믿고 있느냐?"

왕의 물음에 친구는 대답했습니다.

"네. 저는 아직도 제 친구를 굳게 믿고 있습니다. 그는 아마 피치 못할 사정으로 늦어지는 것입니다."

하지만 시간이 되자 약속한 대로 친구에게 사형을 집행하려고 했습니다. 그때 남자가 숨을 헐떡이며 뛰어 들어왔습니다.

"이제 제가 돌아왔으니 제 친구를 풀어주십시오."

왕이 늦은 이유를 물으니 남자는 말했습니다.

"큰비로 강물이 불어나 도저히 강을 건널 수 없어 늦었습니다. 이제 친구를 풀어주시고 저에게 사형을 집행해 주십시오."

왕은 두 사람의 변함없는 우정과 신뢰에 감탄하여 두 사람 모두 풀어 주었습니다.

진정한 우정은 '무색無色'이라서 변하지 않는다고 합니다. 슬픈 일이 있을 때는 나보다 더 슬퍼하고, 기쁜 일이 있을 때는 나보다 더 기뻐하는 변함없는 친구. 나의 어떠함 때문이 아니라 존재만으로 믿어주고, 사랑해주는 친구. 인생에서 이런 '진짜 친구'를 얻는다는 것은 정말 쉽지 않은 일입니다. 나그네 길에서 이런 친구와 함께 인생길을 걸으면 위로가 되고 격려가 되고 힘이 될 것입니다. 이런 친구를 기다리지만 말고 내가 먼저 따뜻한 마음으로 다가가 '진짜 친구'가 되어보는 건 어떨까요? 내가 손을 내밀어야 상대방도 마음을 열 것입니다.

나그네의 삶을 사는 참 모습은 정말 멋이 있습니다. 나그네는 누리는 쪽이 아니고, 누리게 하는 쪽입니다. 항상 받는 쪽이 아니고, 주는 쪽입니다. 덜 주는 쪽이 아니라 더 주는 쪽입니다. 흔한 것을 주는 것이 아니라 값진 것을 주는 쪽입니다. 나그네처럼 누구에게 무엇을 달라 하고, 기대하기보다는 내어 주며 베풀며 여유롭게, 기분 좋게, 한가로이 살아 봅시다.

세상을 밝히는
감동의 사람들

얼마 전, 인터넷에 소개되면서 화제가 된 사건이 있었습니다. 서울 양천구 신월동 시장 인근에 값비싼 외제차인 아우디AUDI 한 대가 세워져 있었습니다. 그 길로 7살 손자와 할머니가 손수레를 끌고 가고 있었습니다. 7살 아이가 실수해서 그만 차에 부딪치고 말았습니다. 쿵 소리가 날 정도였습니다. 차는 긁히고 움푹 들어갔습니다. 그걸 본 할머니가 깜짝 놀랐습니다. 당황해서 어쩔 줄을 몰라 하자, 아이가 놀라서 엉엉 울었습니다. 보통사람들 같으면 안 그런 척하고 지나갔을 텐데 할머니는 아니었습니다. 손수레를 치우고, 사람들에게 차의 주인에게 연락할 수 있도록 도와달라고 요청했습니다. 사람들이 웅성거리며 몰려들었고, 그 중 한 학생이 차에 있는 전화번호로 연락을 했습니다.

할머니의 손수레에는 콩나물 한 봉지와 손자가 좋아할 바나나 한 송이가 있었습니다. 연락받은 차 주인이 오기까지 사람들이 수군댔습니다만 할머니는, 남의 차를 망가뜨리고 그냥 돌아설 양심이 아니었습니다. 드디어 10분쯤 지나 40대쯤 되어 보이는 차 주인과 그의 아내가 나타났습니다. 여러분이 차 주인이라면 어떻게 했을까요?

그들은 오자마자 할머니에게 꾸벅 인사를 했습니다. 그리고는 이렇게 말했습니다.

"죄송합니다. 차를 주차장에 두지 않고, 길에 세워 통행에 불편을 드렸습니다. 정말 죄송합니다."

허리를 굽실거리며 미안해하는 것이었습니다. 옆에 있던 아내는 울고 있는 아이를 안아주면서, 놀라게 해서 미안하다고 달래 주었습니다. 이 장면을 바라본 많은 사람들은 크게 감동하였습니다. 돈이 없어 어렵게 살지만 양심을 지킨 할머니는 감동이었습니다. 그리고 돈이 많고, 잘 살지만 진심으로 사람을 대하는 차 주인과 그의 아내도 감동이었습니다.

이 이야기를 접하면서 교육자의 한 사람으로서 다짐했습니다. 가정이나 학교에서 지식습득 교육보다는 이런 사람됨을 강조하고 생활화하는 교육을 더 중요하게 펼쳐야겠습니다. 감동은 또 다른 감동을 낳습니다. 이런 소식이 전해지고, 사람들에게 알려지게 되면서 아우디 코리아는 그 차주가 연락만 하면 수리비 전액을 지원하겠다고 약속했습니다.

사람들은 세상이 각박하다고 말합니다. 그런데 세상이 험악한 것은 세상 때문이 아닙니다. 우리가 사는 이 세상을 감동시킬만한 사람들이 없기 때문입니다. 마치 성경에 나오는 소돔성이 의인 열 명이 없어서 망한 것처럼 말입니다. 오늘 우리가 이 시대를 감동시킬 사람들은 아닐까요?

돼지 저금통

미국 캔자스 주의 작은 마을에 채프먼 부부가 살고 있었습니다. 한번은 그의 아들 윌버가 자신에게 용돈을 보내주는 탄넬 씨에게 다음과 같은 편지를 보냈습니다.

"탄넬 아저씨! 그동안 저에게 용돈을 보내 주셔서 감사합니다. 그런데 저희 마을에는 한센병 환자들이 많아요. 저는 아저씨가 준 3달러로 새끼 돼지를 사서 키우고 싶어요. 이 돼지를 팔아 한센병 환자 가족들을 도와야겠습니다. 저도 앞으로 아저씨처럼 누군가를 돕고 싶어요."

이후 윌버는 돼지 새끼를 사서 열심히 키웠고, 마을의 또래 아이들도 덩달아 돼지를 키웠습니다. 윌버의 새끼돼지는 살이 포동포동 올랐습니다. 그리고 이듬해 돼지를 팔아 한센병 환자 가족을 도왔습니다. 이 사실이 신문에 소개되면서 사람들의 입소문으로 전해져 나갔습니다. 많은 사람은 소년 윌버의 아름다운 뜻을 기리고자, 돼지는 아니지만, 돼지 모양의 저금통을 만들어 이웃을 돕기 시작했습니다.

김수환 추기경은 생의 마지막 순간에도 "사랑하세요." 라는 말을 남기며 "나의 사랑이 머리에서 가슴으로 내려오는데 70년이란 세월이 걸렸습니다." 라고 했습니다. 사람들은 대부분 자기 마음에 드는 사람, 자기에게 유익이 되는 사람만 사랑하는 이기적이고 계산적인 사랑을 합니다. 이것은 머리로 하는 사랑입니다. 상대방에게 아무 것도 바라지 않고 오로지 아낌없이 베푸는 것! 이것이 진정한 사랑입니다. 바로 가슴으로 하는 사랑입니다. 어떻게 하면 머리에만 머물러 있는 사랑을 가슴으로 내려오게 할 수 있을까요? 그것은 타인을 '또 다른 나로 보고 나처럼 대하는 것'입니다. 이것이 사랑을 머리에서 가슴으로 내리는 가장 빠른 방법입니다. 오늘부터 실천해보는 것이 어떨지요.

누군가 1마일을 함께 가달라고 부탁하면 2마일을 같이 가주라고 했습니다. 1마일을 같이 가자고 부탁하면서도 혹시나 하고 가슴 졸이던 사람에게 선뜻 2마일을 가주겠다고 말해 보십시오. 상대방이 느끼는 고마움이란 상상을 초월합니다. 세상은 참으로 정직합니다. 무엇인가를 던져주면 어김없이 돌려줄 뿐만 아니라 덤으로 이자까지 줍니다. 상대를 배려하는 마음은 부메랑이 되어 몇 배의 감동으로 돌아오게 됩니다. 부메랑이 싣고 오는 '고마움'과 '사랑'을 만나 보십시오.

어느 중년 여인이 추운 겨울날, 어느 포장마차 앞에서 무언가를 골똘히 생각하고 있었습니다. 여인은 자신의 엄마를 떠올리고 있었습니다. 여인의 엄마는 예전에 포장마차 장사를 하셨습니다. 하루는 당시 초등학생이던 여인이 엄마가 일하는 골목 앞으로 갔습니다. 그날은 바빠서 그런지 엄마는 한 번도 앉지를 못했습니다. 겨우 사람이 줄어들었을 때 짠! 하고 나타났습니다. 엄마는 놀라면서도, 추운데 뭐 하러 나왔냐고 어서 들어가라면서 손을 잡았는데 엄마의 손은 얼음장처럼 차가웠습니다. 겨울에 바깥에서 종일 일을 하니 손발이 늘 차가웠습니다. 그래서인지 엄마는 집에서도 늘 장갑을 끼고 계셨던 것입니다. 밤늦은 시간 들어오는 엄마에게 말했습니다.

"엄마, 왜 그렇게 추운 데서 일해요? 따뜻한 데서 일하면 되잖아요?"

"막내야 여기 와서 야식 먹는 사람들 얼굴 봤니?"

엄마의 말에 고개를 가로저으니, 엄마는 '그것 봐라'는 얼굴로 말씀하셨습니다.

"포장마차에 들어오는 사람들은 꽁꽁 언 얼굴로 오지만 따뜻한 국물 한 그릇만 먹으면 얼굴에 미소가 생겨난단다. 그러면 내가 좋은 일을 한 것 같아서 덩달아 내 기분도 좋아지거든. 그 따스한 표정에 추위도 모르게 된단다."

여인의 엄마는 함께 하면 추위가 줄어든다는 것을 딸에게 일깨워주셨습니다. 여인은 포장마차 앞에서 나지막이 읊조렸습니다.

"엄마, 저도 엄마를 닮고 싶습니다."

삶의 어느 순간, 우리는 문득 과거의 익숙한 한 사람을 닮아가고 있음을 보게 됩니다. '근주자적근묵자흑近朱者赤近墨者黑'이라는 말이 있습니다. 붉은색을 가까이하는 사람은 붉게 물들고, 먹을 가까이하는 사람은 검게 물든다는 뜻입니다. 착한 사람과 사귀면 착해지고, 악한 사람과 사귀면 악해짐을 비유하는 말입니다. 따뜻한 사람사귐으로 이웃과 조금 더 친해져 보는 건 어떨까요? 이웃을 향한 따뜻한 시선으로 우리 따뜻한 세상을 함께 만들어 갑시다. 한 개의 촛불로 많은 촛불에 불을 붙여도 처음의 촛불 빛은 약해지지 않습니다.

명색이 목사요, 선생이다 보니 아무래도 학교에서 덜 가정환경이 윤택한 아이들, 덜 공부 잘하는 아이들에게 관심 갖고 함께하려고 하지만, 실수투성인 저를 발견하곤 합니다. 무뚝뚝했지만 누구보다 자녀들을 가슴으로 사랑하셨던 아버지를 닮아 아이들에게 사랑을 표현해 보지만, 어색하기만 한 저를 발견합니다. 오늘은 왜 이리도 부족하고 실수투성이인 저를 사랑해주셨던 선생님들과 제 아버지가 보고 싶은지요. 늦었지만 닮고 싶습니다. 늦었지만 존경함을, 사랑함을 말하고 싶습니다. 가장 진한 물듦은 가랑비에 옷 젖듯이, 천천히 스며들며 닮아가는 것인가 봅니다.

엄마의
흉터

초등학생 딸을 둔 엄마가 있었습니다. 그런데 엄마의 손에는 심한 화상 자국이 있었습니다. 어느 날, 딸의 생일을 맞이하여 친구들을 집으로 초대하기로 했습니다. 엄마는 아이들이 좋아할 음식을 만들며 딸의 친구들을 기다렸습니다. 그런데 그런 엄마를 보며 딸이 말했습니다.

"엄마 음식 가지고 올 때, 꼭 장갑을 끼고 들어오셔야 해요. 알았죠?"

"그래 잊지 않을게 걱정하지 마."

엄마는 딸과 단단히 약속했지만, 너무 바쁜 나머지 장갑 끼는 것을 잊고 말았습니다. 생일파티가 끝난 후 화가 난 딸이 말했습니다.

"엄마 왜 장갑을 끼지 않았어요. 창피해서 혼났단 말이에요."

엄마는 오히려 차분하게 딸아이를 가까이 앉혔습니다. 그리고 말했습니다.

"애야, 네가 아주 어렸을 때였단다. 너는 침대에서 자고 있었고, 엄마는 마당에서 빨래를 널고 있었지. 그런데 방안에서 연기가 뿜어져 나오는 거야. 놀란 엄마는 젖은 빨래를 들고 너를 감싸 안고 밖으로 나왔단다. 그때 엄마의 손에 불길이 닿고 말았지. 그래서 손에 이렇게 보기 흉한 흉터가 생긴 거란다."

엄마 이야기를 듣고 있던 딸의 눈에 눈물이 맺히기 시작했습니다.

"엄마 그런 줄도 모르고 정말 죄송해요. 다시는 부끄러워하지 않을게요."

사랑에는 대가가 없습니다. 특히 부모와 자식 간의 사랑이 그렇습니다. 그 사랑이 내리사랑의 초석이 되고, 절망을 이겨내는 힘의 원천이 됩니다. 부모의 사랑은 우리가 생각하는 것보다 훨씬 위대합니다. 사랑은 눈먼 것이 아닙니다. 더 적게 보는 게 아니라 더 많이 보는 것입니다.

누룽지 할머니의
고운 마음

어느 고등학교 남학생이 있었습니다. 집이 학교에서 멀었던 남학생은 학교 인근에서 자취했습니다. 자취하다 보니 라면으로 저녁을 해결할 때가 많아서 학교 앞에 있는 할머니 혼자 운영하는 식당에서 가끔 밥을 사 먹기도 했습니다. 식당에 가면 항상 가마솥에 누룽지가 부글부글 끓고 있었습니다. 할머니는 남학생이 올 때마다 이렇게 말씀하시곤 했습니다.

"오늘도 밥을 태워 누룽지가 많네. 밥 먹고 누룽지도 실컷 퍼다 먹거래이. 이놈의 밥은 왜 이리도 잘 타누."

남학생은 돈을 아끼기 위해 친구와 밥 한 공기를 시켜놓고, 항상 누룽지 두 그릇 이상을 거뜬히 비웠습니다. 그런데 하루는 할머니가 연세가 많아서인지, 거스름돈을 더 많이 주셨습니다. 남학생은 속으로 생각했습니다.

'돈도 없는데 잘 됐다. 이번 한 번만 그냥 눈감고 넘어가는 거야. 할머니는 나보다 돈이 많으니까⋯⋯.'

그렇게 한 번 두 번을 미루고, 할머니의 서툰 셈이 계속되자 남학생은 당연한 것처럼 주머니에 잔돈을 받아 넣게 되었습니다. 그러기를 몇 달, 어느 날 식당의 문은 잠겨 있었고 일주일이 지나도록 할머니 모습을 볼 수 없었습니다. 그러던 중, 학교 조회 시간에 담임선생이 이렇게 말하는 것이었습니다.

"모두 눈 감아라. 학교 앞 할머니 식당에서 식사하고, 거스름돈 잘못 받은 사람 손들어라."

순간 남학생은 뜨끔했습니다. 그와 친구는 서로를 바라보다 부스럭거리며 손을 들었습니다.

"많기도 많다. 반이 훨씬 넘네."

그리고 선생이 말을 이어갔습니다.

"할머니가 얼마 전에 건강상의 문제로 돌아가셨다. 그리고 본인이 평생 모은 재산을 학교 학생들을 위해 장학금에 사용하면 좋겠다고……."

잠시 목소리가 떨리던 선생은 다시 말하였습니다.

"그리고 장례식장에서 만난 지인 분한테 들은 얘긴데, 거스름돈은 자취하거나 형편이 어려워 보이는 학생들에게 일부러 더 주셨다더라. 그리고 새벽부터 일어나 그날 끓일 누룽지를 위해 밥을 일부러 태우셨다는구나."

남학생은 그날 학교를 마치고 나오는데, 유난히 그의 눈에 할머니 식당이 더욱 크게 다가왔습니다. 그리고 굳게 닫힌 식당 앞에서 죄송하다며 엉엉 울고 말았습니다. 어린 학생들의 자존심을 지켜주면서 말없이 그들의 허기진 배를 채워준 할머니의 따뜻한 마음은 잔잔한 감동을 전해줍니다. 어쩌면 할머니가 배고픈 학생들에게 내민 건 '누룽지' 한 그릇이 아니라 '희망'을 나누고자 한 것인지 모르겠습니다. 우리가 가진 것을 주는 것은 작은 일에 불과할지 모르지만 그것은 우리 자신의 마음을 내어주는 것이기에 진정한 베풂이요, 사랑이요, 힘입니다.

그 어떤 상황에도
희망과 여유를

세월이 약이라는 말이 있습니다. 살다보면 자연스레 알게 된다는 뜻인데, 그 말이 이제 조금 이해가 됩니다. 저는 감성이 좀 메마른 건지 슬픈 영화를 봐도 눈물을 흘리지 않곤 했습니다. 그래서 친구들이 "넌, 어째 그러냐?"라는 말을 하곤 했습니다. 친구들의 핀잔에 억지로 눈물을 흘리려고 해도 안 되곤 하였습니다. 그나마 제가 남자이니 눈물 없는 무감각이 용서되는 것만 같았습니다. 어린 마음에 제겐 이것이 못내 열등감으로 작용하기도 하였습니다. 친구들이 슬픈 이야기를 해도 큰 반응을 보이지 않기도 했습니다. 도대체 저는 어떻게 생겨먹은 존재인가 싶었습니다. 책이나 영화나 텔레비전을 보면서 눈물짓는 사람들을 보면 부럽기도 하였습니다. 그런데 이제 이른바 중년이 되어서 그런지, 아니면 살다보니 잠재된 감성이 살아남인지 이제는 저도 많지는 않지만 슬픈 이야기에 가슴이 먹먹해지고 눈물도 나오곤 합니다. 길가에 핀 작은 들꽃 하나에 눈길이 가고, 고요히 바라보기도 합니다. 가을엔 낙엽이 떨어지는 것에도 의미 부여하며 남몰래 살짝 눈물짓기도 합니다.

이제는 무엇을 이루려고 아등바등하지 않고 사는 여유도 갖습니다. 그리고 행복이 무엇인지 더 나아가 삶과 죽음은 무엇인지를 생각하곤 합니다. 그 오묘한 경계선상에 있는 모든 것들에 대해 생각하기도 합니다. 이게 나이 탓인지, 덕분인지는 모르나 이런 제가 참 좋습니다. 요즘 이런 저런 물음에 물꼬를 터줄 만한 것이 없을까 책장을 살피다가 『죽음의 수용소에서』라는 책이 눈에 들어왔습니다.

저자 빅터 프랭클Viktor Frankl은 의학박사이자 철학박사이며 로고테라피학파의미치료를 창시한 사람입니다. 유대인이던 그는 나치의 강제수용소에서 겪은 죽음 속에서 자아를 성찰하고 인간존엄의 위대함을 몸소체험한 후 이 책을 집필했습니다. 이 책을 출간하려고 했던 이유도 자신이 겪은 일을 기록해 놓은 책임을 느끼며, 절망에 빠져 있는 사람들에게도움을 줄 것이라는 단순하지만 강한 신념 때문이었습니다.

그는 아우슈비츠의 체험을 바탕으로 얻은 교훈을 사실적으로 묘사하면서 "로고테라피"를 소개했습니다. 내용이 비교적 알차고 유익했지만저를 단번에 사로잡은 것은 '비극 속의 낙관'이라는 책의 결론 부분에첨가된 내용이었습니다. 이 내용은 물질만능주의 세상을 살아가는 사람들에게 힘과 위로가 되지 않을까 싶습니다.

부익부빈익빈, 직장을 구하기 어려운 젊은 청춘들……. 피워보지도못하고 좌절하는 이들에게, 혹은 살만큼 살았지만 꿈과 희망을 포기한채 사회와 자신을 포함한 모든 것을 믿지 못하는 이들이 갈구하는 절실한위로입니다. 사람마다 각자 살아온 형태와 색깔, 추구하는 것이 다르기에겪는 비극, 자신만이 느끼는 외로움과 공허가 있습니다. 비극 속의 낙관이란 로고테라피에서 말하는 세 가지 요소인 고통, 죄, 죽음 속에 있음에도현재는 물론 앞으로도 계속 낙관적일 것이라는 의미를 지닙니다.

힘들고 지치고 괴로움에 울부짖는 삶의 질곡에서 어떻게 삶에 대해"예스"라고 대답하는 것이 가능한 것일까요? 어떤 상황에서도 심지어는가장 비참한 상황에서도 삶에 의미가 있다는 것을 전제합니다. 이 말은사람이 삶의 부정적인 요소를 긍정적이고 건설적인 것으로 바꾸어 놓을수 있는 창조적인 능력을 가지고 있다는 전제이기도 합니다.

다른 말로 하면, 어떤 주어진 상황에서도 최선을 다하는 것입니다. 낙관이란 비극에 직면했을 때 사람의 잠재력이 고통을 인간적인 성취와 실현으로 바꾸어 놓고, 죄로부터 자기 자신을 발전적으로 변화시킬 수 있는 계기가 됩니다. 단 한 번뿐인 삶에서 책임감을 가질 수 있는 동기를 끌어낸다는 의미를 갖고 있습니다.

사람은 행복을 찾는 존재가 아니라 주어진 상황에 내재해 있는 잠재적인 의미를 실현시킴으로써 행복할 이유를 찾는 존재입니다. "두 번째 인생을 사는 것처럼 살아라. 그리고 당신이 지금 막 하려고 하는 행동이 첫 번째 인생에서 그릇되게 했던 바로 그 행동이라고 생각하라."는 저자의 말을 가슴 깊이 되새겨 봅니다.

언 땅에서도 꽃을 피울 수 있습니다. 분명히 될 수 없는 상황이지만 언 땅을 뚫고 나가기 위해 몸부림치는 최선이 있다면 결과에 상관없이 과정에서 충분히 행복한 것입니다. 그 어떤 상황에도 우리에게는 언제나 희망이 있습니다. 시간의 아침은 오늘을 밝히지만, 마음의 아침은 내일을 밝힙니다. 불꽃같은 삶보다도 한결같은 삶이 더 아름답습니다. 살다 보면 일이 잘 풀릴 때가 있습니다. 그러나 그것이 오래가지는 않습니다. 살다 보면 일이 잘 풀리지 않을 때가 있습니다. 이것 또한 오래가지 않습니다. 마음에 여유를 갖고 모든 일에 감사하는 자세로 주어진 삶과 사람들과 일에 의미를 부여하면서 산다면 모든 게 은혜요, 감동일 것입니다.

인생은 전진과 후퇴의 반복입니다. 늘 앞으로만 가는 것도 아니고, 매일매일 좋은 일만 있는 것도 아닙니다. 꽃도 피고 지고, 또 피고 지면서 계절을 넘깁니다. 과거나 현재의 후퇴를 서러워 마십시오. 계절이 바뀌면 꽃은 다시 핍니다. 어김없이 봄이 오면 꽃은 다시 핍니다. 그리고는 곧 집니다. 하지만 지는 것을 서러워하지 않습니다. 몇 계절만 넘기면 또 다시 봄이 오니까요. 기다리면 봄은 옵니다. 그래서 희망입니다.

때로는 하찮을 것 같은 작은 일, 아무것도 아닌 것 같지만 실행해 보면 마음 저 맨 밑 한 곳에서 잔잔하고 넉넉한 감동의 물결이 밀려옴을 느끼는 때가 있습니다. 이런 느낌들이 모이다보면 우리는 어느새 감동의 사람이 될 것입니다. 세월이 가도 잊혀 지지 않는 것은 바로 마음의 감동입니다. 두고두고 가슴 한 편에 영원히 살아있습니다. 서로의 가슴에 살아있는 감동을 불러일으키는 사람은 그냥 믿고 싶어집니다. 오늘 우리가 그 누군가에게 감동을 주는 사람이 되어봅시다. 감동은 고운 마음 모아 웃어주는 것, 손 잡아주는 것, 사랑을 담아 바라봐주는 것만으로도 가능하답니다.

　　지금 하십시오. 세상은 날카로운 모서리만큼이나 위험합니다. 그래서 우리는 작은 행동 하나 하려는 것에도 두려움에 떨고 몸을 사리기도 합니다. 언덕 위에 무엇이 있을지 몰라 천천히 오르막길을 오르는 운전자처럼 말입니다. 하지만 그럼에도 이 세상을 살만한 것은 삶 구석구석 행복 조각이 숨겨져 있기 때문입니다. 등이 굽은 채로 폐지를 줍는 할머니를 발견하고 달려가 리어카를 끌어주는 초등학생의 모습에서 흐뭇 조각 하나입니다. 할아버지가 손녀를 목마 태워 걸을 때 울려 퍼지는 하하 호호 웃음 조각 둘입니다. 남편이 전신장애 아내를 평생 업고 다니면서도 힘든 내색 없이 아내 말이라면 백퍼센트 예스맨으로 행동하는 순종 조각 셋입니다. 작은 행동의 조각조각이 모여 행복한 세상을, 아름다운 대한민국을 만들어냅니다. 오늘도 삶을 감동케 하는 행복 조각이 세상 곳곳에서 만들어지고 있기에 힘든 세상을 살아갈 힘을 얻습니다. 행하는 이에게, 보는 이에게도 감동을 주는 행복 조각으로 살만한 세상을 완성해봅시다.

　　할 일이 생각나거든 지금 하십시오. 친절한 말 한마디 생각나거든 지금 말하십시오. 내일은 당신의 것이 안 될지도 모릅니다. 사랑하는 사람이 언제나 곁에 있지는 않습니다. 사랑의 말이 있다면 지금 하십시오.

미소를 짓고 싶거든 지금 웃어주십시오. 당신의 친구가 떠나기 전에 지금 당신의 미소를 주십시오. 불러야 할 노래가 있다면 지금 부르십시오. 당신의 해가 저물면 노래 부르기엔 너무나 늦습니다. 당신의 노래를 지금 부르십시오. 우리의 삶에서 '지금' 해야 할 일이 의외로 많습니다. 그래서 세상에서 가장 중요한 단어는 '지금NOW'입니다. 이런 사람이면 어떨까요? 가끔 찾아와도 싫지 않고, 친구처럼 편안한, 있는 그대로가 반가운 이런 사람이면 좋습니다. 수많은 사람들 속에서, 매일 대하는 분주한 만남 속에서 고독한 홀로일 때 추억 속에 꺼내 보는 빛바랜 정겨운 사진 같은 장면이 하나 있습니다. 한 청년과 칠순이 넘어 보이는 할아버지가 목욕탕에서 등을 대고 앉아 대화를 나눕니다.

"할아버지 밥 뭐 드실래요?"

"응! 짜장으로 할까? 된장찌개로 할까?"

서로가 조금도 어색함 없이 친구 같은 모습입니다. 그때 그 장면이 어찌나 정겨웠었던지 오랜 세월이 지난 지금에도 오순도순 그 대화가 잊히지 않습니다. 가만히 눈을 감고 생각해 보면 훈훈해져 오는 가슴입니다.

언제 어느 때나 편하게 전화할 수 있고 별다른 말 하지 않아도 통할 수 있는 정겨운 만남이 있나요? "나 돈 없는데, 오늘 네가 밥 좀 사라! 오늘 마음이 울적한데 비싼 데서 사줘!" 해도 "그래, 잘 됐다. 어제 상여금 타서 같이 밥 먹을 사람 기다리고 있었다."라고 말해 줄 정도로 가까운 사람 말입니다. 언제 만나도 편안한 사람! 그리고 누구에게도 편안히 대할 수 있는 이런 사람이면 어떨까요? 차 한 잔 우두커니 홀로인 탁자 위로 따사로운 봄빛이 스며들면, 연두빛깔 싱그러운 생명이 돋아나듯이 다정한 친구와 함께 차 한 잔의 여유 속에 그리운 가슴을 채우면서 살아가십시오. 언제요, 바로 지금이요.

최고의 자격은
사랑입니다

학교에 있다 보니 해마다 맞이하는 2월 졸업시즌에 감회가 새롭습니다. 떠나보내는 졸업생들이 못내 아쉽고 고맙고 잘 되기를 간절히 바라는 마음이 간절해집니다. 졸업이라는 단어가 한자에서는 일반적 의미보다 더 무겁습니다. 졸卒은 군사 졸, 마칠 졸이라는 글자를 씁니다. 이 글자가 들어가면 안 좋은 말이 됩니다. '졸업卒業─일을 마지막으로 끝내다.', '졸도卒倒─갑자기 쓰러지다.' 그래서 그런지 졸업하고 나면 공부 안 합니다. 졸업식장이 난장판이 되는 경우도 있습니다.

졸업이라는 말을 좀 긍정적으로 이해해보면 어떨까요? 졸업은 소정의 과정을 마치고 이제 성장해서 중요한 과정으로 나아가는 자격을 얻어 그 다음 과정을 배우거나 사명을 얻게 되었다고 이해할 수 있습니다. 이렇듯 졸업은 하나의 자격요건을 갖춘 것입니다. 그러니 그동안의 과정을 치하하고, 마침을 축하하고 격려합니다. 그러나 세상은 과정을 마치고 자격을 얻었다고 다 되는 것이 아닙니다. 학교에서 주는 자격증 가지고 안 되기에 학원에서 자격증을 준비하기도 합니다.

자격 중에 최고의 자격은 사랑입니다. 학교나 학원에서 소정의 과정을 거쳐 취득하는 자격증보다 더 유용하고 유익한 자격이 바로 사랑입니다. 신약성경 고린도전서 13잘 1절입니다. "내가 사람의 방언과 천사의 말을 할지라도 사랑이 없으면 소리 나는 구리와 울리는 꽹과리가 되고…" 그렇습니다. 아무리 유능한 자격을 소지했다고 해도 사랑이 없으면 무용지물無用之物입니다. 그 어떤 일도 사랑해야 잘할 수 있습니다. 실력이 아무리 출중해도 사랑하지 않으면 성공할 수 없습니다.

어린이들이 좋아하는 슈퍼맨은 초능력의 소유자입니다. 그러나 악당들의 능력은 슈퍼맨의 초능력을 능가합니다. 슈퍼맨도 악당들에게 죽을 고생을 하며 고비를 넘깁니다. 그러나 마지막에는 슈퍼맨이 승리합니다. 더 큰 초능력으로 이기는 것이 아닙니다. 따뜻한 사랑으로 승리를 거듭니다. 남보다 뛰어난 것, 나은 것, 좋은 것을 가질 수 있습니다. 그러나 따뜻한 사랑이 없으면 그 모든 것은 한낱 소모품에 지나지 않습니다.

취업하기가 어려워졌습니다. 신입사원을 선발할 때 일류대학 출신이나 화려한 경력자보다 사랑하고 감싸고 부드럽게 풀어가는 사람을 선발하는 경향이 나타나고 있습니다. 앞으로 어느 조직에 있든 항상 낮은 자세로 상대방 말을 경청하며, 따뜻하게 소통하는 인재야말로 현대사회가 필요로 하는 인재입니다. 고린도전서 13장 4절입니다. "사랑은 오래 참고 사랑은 온유하며 시기하지 아니하며 사랑은 자랑하지 아니하며 교만하지 아니하며."

링컨을 지독하게 혹평한 사람이 스탠튼입니다. 가장 질이 떨어지고 교활한 어릿광대, 고릴라라고 혹평했습니다. 그러나 링컨은 대통령이 되자 스탠튼을 국방부장관에 임명했습니다. 1865년 링컨이 암살당하고 난 후, 장례식장에서 스탠튼이 슬퍼하면서 한 말입니다. "세계 역사상 유래를 찾아 볼 수 없는 위대한 통치자가 누워있습니다." 이것이 사랑의 승리입니다. 사람의 성공기준은 살고 있는 집과 타고 다니는 승용차의 크기나 굽신거리는 사람의 숫자가 아닙니다. 진실한 사랑에 달려 있습니다.

부족함이
진정한 자신입니다

앨런 싱어의 베스트셀러 『마시멜로 이야기』의 앞부분에 이런 이야기가 나옵니다. 햇살 뜨거운 어느 여름날 오후, 개구리 3마리가 나뭇잎에 올라탄 채 유유히 강물에 떠내려가고 있었습니다. 나뭇잎이 강 중간쯤 이르렀을 때 그 중 한 마리가 갑자기 벌떡 일어나 결심했다는 듯 단호하게 외쳤습니다. "너무 더워, 난 물속으로 뛰어들 거야!" 다른 개구리들은 그저 묵묵히 고개를 끄덕였습니다. 나뭇잎에는 몇 마리의 개구리가 남아 있을까요? 대부분 2마리라고 답할 것입니다. 미안하지만 틀렸습니다. 나뭇잎 위에는 여전히 개구리 3마리가 남아 있습니다. 어째서 그럴까요? 뛰어들겠다는 결심과 정말 결단하여 뛰어드는 실천은 전혀 다른 차원이기 때문입니다. 녀석이 정말 물속으로 뛰어들지, 아니면 머리를 긁적이며 자리에 다시 앉을지는 아무도 모릅니다.

우리도 늘 그렇습니다. 어쩌면 우리는 뛰어들겠노라 큰소리만 치는 개구리에 불과한지도 모릅니다. 작심삼일作心三日이라고 늘 결심만 하고는 실행하지 못하곤 합니다. 저도 '살을 좀 빼야지' 하는 결심만 할 뿐, 운동을 하다 말곤 해서 체중계의 눈금은 별로 달라지지 않습니다. 아침 일찍 일어나 운동하겠다고 다짐하지만 운동은커녕 주섬주섬 옷가지를 챙겨 입기 바빠 허겁지겁 출근하는 삶입니다. 조금이라도 제가 가진 것을 우리 것이라고 여기면서 나눔과 기부를 실천하리라 다짐하지만 제

주머니가 비어가는 것이 아쉬워 애써 모른 체하기도 합니다.

오죽하면 세상에서 가장 먼 거리가 사람의 머리에서 가슴까지라고 하는 말이 나왔겠나 싶습니다. 고작 30cm도 안 되는 이 거리를 평생 오가지 못하는 사람도 있습니다. 그러나 크게 실망하지는 않습니다. 끊임없이 결심만 하는 삶이 결심조차 하지 않는 삶보다는 더 희망적입니다. 그래도 조금이라도 결심하고 시도하다보니 조금씩이나마 제가 나아지는 것도 같습니다. 모처럼 결단했지만 작심삼일로 끝나고 마는 일이 다반사라 할지라도, 부족한 것 때문에 애태워하는 마음이나마 있음이 좋습니다. 부족한 흠과 티가 있기에 그래도 건방져지지 않을 수 있습니다. 다른 사람의 도움을 기꺼이 받아들일 수 있습니다. 협동할 수 있습니다. 문득 자신의 부족함을 애태워하는 그 마음 자체가 기도는 아닐까 하는 생각도 듭니다. 언변言辯이 좋아서 청산유수靑山流水처럼 기도하는 것보다도 언제나 애태우는 마음, 겸손한 자기고백이 더 좋은 기도가 아닐까 싶습니다.

많은 사람들은 바쁜 현실을 핑계로 괴로워하는 마음이 생기려고 하면 대충 모른척하며 무시해버립니다. 여러 가지 일로 분주하고 바쁘거나 주변 환경에 골몰하면 애태우는 마음이 약해지는 것입니다. 자신의 부족함 때문에 애태워하는 마음과 겸손은 사촌지간입니다. 잘 났다고, 잘 산다고 생각하는 사람들에는 쉽게 이런 마음이 생기지 않습니다. 자꾸 실패하지만 또 애태워하며 반성하고 이기려고 노력해야 합니다. 애태우는 마음으로 궁리하고, 기도하고 결단합시다. 행하지 않으면 아무런 변화도 없습니다. 부족한 것 때문에 늘 애태워하는 마음이야말로 진정한 나 자신일 것입니다.

하루하루
새로운 마당에서

농촌 작은 학교 선생으로 살다보니, 학교 근처에 도심지에서는 꿈꾸기 어려운 호사를 누리고 있습니다. 도심지에서는 엄두도 못 낼 마당이 있는 단독주택을 농촌에서는 살 수 있었습니다. 어린 아들들이 층간 소음의 부담 없이 마음껏 뛰어놀았으면 하는 바람으로 이사한 지금의 단독주택에는 정다운 마당이 있어서 좋습니다. 아침에 눈을 뜨면 하루하루가 늘 새롭습니다. 오늘도 밝은 해가 떴습니다. 하루하루가 소중하고 의미 있습니다. 오늘 문득 맑은 햇빛 내리는 '마당'이 정답습니다. 이래서 도심지 아파트보다는 농촌의 단독주택이 좋은가 봅니다.

마당은 다른 장소에 비해 자유로운 곳입니다. 강아지, 고양이, 새들이 자유롭게 왔다 가기도 하고, 나무가 자라고 작은 화단에 꽃들이 피어나기도 합니다. 어떤 목표나 성취보다는 집과 길을 이어주는 통로와 배경이 되는 곳이랍니다. 마당은 놀이의 공간이기도 합니다. 제가 어릴 때, 마당에서 참 많은 놀이를 했습니다. 땅따먹기, 벽치기, 고무줄놀이로 시간 가는 줄 몰랐습니다. 봄에는 여자 아이들이 감꽃을 모아 연노란 목걸이를 만들어 놓았습니다. 여름에는 모깃불 피워놓고 옥수수 하모니카를 불곤 하는 모습도 정다웠습니다. 가을에는 낙엽을 모아 태우고, 눈 내린 겨울에는 발자국 찍으며 눈사람도 만들었습니다. 이렇게 마당은 모이고 더불어 살아가는 사계절의 표정을 담은 곳이었습니다.

이런 마당이 항상 즐거움만 있는 건 아닙니다. 찬바람이 일 때도 있습니다. 비가 오면 바닥이 질척거리기도 합니다. 흙탕물이 모인 곳은 피하고 싶을 때도 있습니다. 빙판이 생겼을 때는 조심해서 걸어야 하는 불편도 있습니다. 가끔은 넘어져 무릎이 깨질 때도 있습니다. 이런 마당이 어쩌면 우리의 삶, 가깝게는 우리 생활의 축소판이란 생각이 듭니다. 자연에 빛과 어둠이 있듯이 우리가 살아가는 동안에도 빛처럼 환한 일들도 일어나고 어둠처럼 아프거나 안타까운 일들도 일어납니다. 그런데 빛만 있다면, 어둠만 있다면 어떻게 살아갈 수 있을까요? 많은 사람들이 슬픔과 고통을 피하고 싶어 하지만 잘 들여다보면 그 어둠의 시간이 없다면 환한 빛의 고마움과 기쁨을 잘 모를 겁니다. 또한 환한 일만 있다면, 어둠이 주는 깊고 심오한 삶의 의미를 알 수 있을까 하는 생각도 듭니다.

기쁨과 고통은 빛과 어둠처럼 우리의 숙명입니다. 우리 삶도 기쁨과 고통이 함께할 때 성숙하고 겸손할 수 있겠지요. 자신과 타인의 삶을 돌아볼 수 있게 되고요. 이렇게 생각하면 자신에게 오는 기쁨이나, 특히 상처에 크게 좌절하지 않아도 될 거 같은 희망이 생깁니다. 어떤 고통을 겪을 때 나에게만 오는 거라고 느끼면 더 외롭고 힘들 겁니다. 그리고 우리 삶에는 기쁨의 순간들이 더 많다고 생각합니다. 고통은 보통 예기치 않게 다가오고 그것을 치유할 시간이 더 많이 필요하기 때문에 크게 느껴지는 것 같습니다. 제 삶에 오는 기쁨과 슬픔을 하나로 바라보고 따뜻하게 보듬길 바랍니다.

우리에게는 하루하루 새로운 시대, 새로운 다짐, 새로운 실천이 펼쳐지는 마당이 주어집니다. 마당은 우리가 그려나갈 도화지입니다. 하루 24시간 펼쳐질 형형색색 고운 빛깔의 마당에서 우리는 울고 또 웃을 것입니다. 때로는 깨지고 상처 나는 일도 있겠지요. 그래도 잊지 말아야 할 것은 모든 게 내게 주어진 마당이라는 사실입니다. 크기는 다르지만 누구에게나 공평하게 온 선물입니다. 그러니 움츠려 들거나 자신 없어 하지 마세요. 통 큰 마음으로 넓어지고 깊어지는 사유의 마당을 거닐면 좋겠습니다. 나만의 마당에서 개성 있는 주인공으로, 가끔은 누군가의 조연으로 한판 신명나게 놀고, 일하고, 사랑하는 것도 좋겠습니다. 마당이 주는 또 하나의 묘미는 칠흑의 밤을 비추는 별을 보는 일입니다. 하늘을 수놓은 별빛을 보면서 오늘 하루 이루고 싶은 소망들을 꿈꾸고 품어 보면 어떨까요. 우리가 지금 서있는 시간이 내가 살아온 날들 중 가장 나이든 날일지 모르겠지만 남아 있는 날 중 가장 젊은 날이랍니다.

빠름과
느림의 조화

우리나라 사람들은 참 빠른 민족성을 지닌 듯합니다. 우리 사회는 정말이지 변화무쌍하게 빠릅니다. 자고 일어나면 무엇이 뚝딱 생기고 없어지곤 합니다. 알던 길도 한 달만 지나면 찾기가 난감할 지경입니다. 모든 것이 너무 빨라서 정신이 없습니다. 우리나라에서 유일하게 망하지 않는 사업이 택배사업이라고 합니다. 이를 두고 역시 우리 민족은 '배달의 민족'이라고 우스개로 말하기도 하지만 실상은 속도를 즐기기 때문이라고 합니다. 어디서건 빠른 배달이 가능하기에 주문을 즐기고, 주문이 폭주하는 것입니다. 그러다보니 우리나라 사람들이 외국에 나가보면 금방 느끼는 것이 느릿한 속도가 주는 답답함이라고 합니다. 인터넷 뉴스도 답답하고 은행창구도 답답하긴 마찬가지입니다. 저도 역시나 빠름의 민족성이 배어 있는지, 지금 이 글을 쓰는 저 자신도 손길이 빨라집니다. 빨리빨리 글을 끝내려 합니다.

빠르다는 것은 좋다고도 나쁘다고도 할 수 없습니다. 분명한 장점과 단점을 지니고 있습니다. 우리나라가 일제강점기를 겪고, 6·25전쟁을 참상과 보릿고개를 겪으면서도 이처럼 경제강국으로 발돋움한 것을 보면 빠름이 강점입니다. 이러한 빠름으로 IT와 모바일 강국이 되기도 하였습니다. 그러나 잊을 만하면 발생하는 삼풍백화점과 같은 건물의 붕괴사고와 교통사고 등을 보면 빠름의 단점이 분명하게 드러납니다.

우리나라를 일컬어 초고속으로 성장한 세계 11위의 경제대국이라니 장점이라고 볼 수 있지만, 그 이면裏面에 자리한 노동자들의 희생과 성과물의 부실함을 생각한다면 명백한 약점이 아닐 수 없습니다. 폭탄주를 '원샷'하는 것이 분위기와 취기를 급상승시키는 더없는 방법도 되지만, '건강과 가족은'이라고 물으면 답이 궁색해집니다. 총알택시가 시간을 벌게도 하지만 목숨을 잃게도 합니다. 아, 우리는 왜 이토록 속도전에 매달려야 할까요? 꼭 빨라야만 하는 걸까요? 느릴 수도 있는데 그러면 큰일이나 나는 것으로 느끼는 이유는 뭘까요?

다시 생각해보면, 빠르다는 것은 속도가 중요하게 여겨지는 스포츠용어에 걸맞지만, 일상용어로는 필요조건이 될지는 몰라도 충분조건은 아닙니다. 아무리 빠른 것이 좋더라도 임기응변에 그쳐서는 곤란합니다. 그렇다고 순발력을 탓하거나 융통성을 나무랄 것은 아니지만, 그것만을 일삼는 것이라면 문제입니다. 왜냐하면 순간만을 모면하려는 약삭빠른 태도는 서로를 민망하게 할 때가 많기 때문입니다. 별 탈이 없을 때야 빨리한다고 나쁠 것이 없겠지만, 무엇이건 그렇게 조장할 것은 아니라는 생각입니다.

학교에 있다 보니 부득이하게 학생들에게 핀잔을 줄 때가 있습니다. 그중의 하나가 잘못된 시간활용에 관한 것입니다. 가령 학생들이 '초치기'에만 매달리는 것을 나무랄 때가 있습니다. 그것이 문제인 이유는 당장의 암기가 결코 지식이 될 수 없기 때문입니다.

또다시 생각해 봅니다. 빠르다는 것이 좋지도 나쁘지도 않은 것이지만, 최소한의 원칙마저 무너뜨린다면 분명히 좋은 것이 아닙니다. 여기서 공동체, 곧 우리 사회를 떠올려봅니다. 요령만을 주장하는 공동체는 뭔가 허술할 수밖에 없습니다. 요령에 앞서서 원칙을 세우고 조금 늦더라도 정도正道를 가르치는 공동체가 건강합니다. 우리 모두가 바라는 사회는 일등사회나 최고사회가 아닙니다. 멋진 사회일 것입니다. 누구도 소외시키지 않는 그래서 누구든지 소중한 이웃이 되는 공동체가 멋진 공동체일 것입니다. 그런 멋진 공동체에서는 자기만 살겠다는 탐욕의 사람이나 내가 최고라는 막무가내의 사람은 어울리지 않습니다.

그렇다고 무조건 느림을 예찬하는 것도 문제입니다. 너무 느리면 상대방에게 결례缺禮를 범하기 쉽고, 비록 가족이라도 오해를 살 수 있으며, 느릿느릿 하는 것 자체가 직장 상사에게 좋게 보일 리가 없습니다. 어느 것 하나에 매달리지 않고, 조화를 이루도록 하는 것이 좋은 방법이 아닐까 생각해 봅니다. 아무리 좋은 것도 따로 두면 쓸쓸하고 외롭습니다. 그래서 '함께'와 '조화'를 의식적으로 배운다면 해결방안이 될 것 같습니다. 가령 '빨리빨리'와 '야무지게'도 따로 두지 말고 함께 하도록 말입니다. 그래서 조화를 이루도록 한다면 정말 괜찮아질 것 같습니다. '민첩하게'와 '신중하게'를 그렇게 함께 두면 확실히 더 나은 결과를 예상할 수 있을 것 같습니다. 이 글을 서둘러 마무리하려는 조급증이 컴퓨터 자판 두들김에 실수연발을 불러오는 것을 보니, 이런 마음가짐이나 실천이 쉽지는 않을 것입니다. 그만큼 생활습관과 사회분위기를 개선한다는 게 쉽지는 않은가 봅니다.

알렉산더 대왕이 친한 친구로부터 귀한 선물을 받았습니다. 선물은 아주 훈련이 잘된 사냥개 두 마리였습니다. 사냥을 즐겼던 알렉산더 대왕은 기뻐했습니다. 어느 날 알렉산더 대왕은 사냥개를 데리고 토끼사냥에 나섰습니다. 그런데 사냥개들은 사냥할 생각이 전혀 없는 듯했습니다. 토끼를 물끄러미 바라보며 빈둥빈둥 누워 있었습니다. 알렉산더 대왕은 화가 나서 사냥개들을 죽여 버렸습니다. 그리고 사냥개를 선물한 친구를 불러 호통을 쳤습니다.

"토끼 한 마리도 잡지 못하는 볼품없는 개들을 왜 내게 선물했는가?

그 쓸모없는 사냥개들을 내가 모두 죽여 버렸다."

친구는 알렉산더 대왕의 말을 듣고 놀란 표정으로 말했습니다.

"그 사냥개들은 토끼를 잡기 위해 훈련된 개들이 아닙니다. 호랑이와 사자를 사냥하기 위해 훈련받은 개들입니다."

현명하고 지혜로운 사람은 중요한 결정을 내릴 때 순간의 감정에 취해 일을 그르치지 않습니다. 그리고 눈앞에 보이는 작은 것들만 보고 잘못된 판단을 내리지도 않습니다. 판단할 때 조급함은 금물입니다. 여유를 갖고 차분히 생각을 가다듬을 때, 창의력과 상상력이 풍성해집니다. 그러니 억지로라도 여유를 가져보는 게 좋습니다. 눈앞에 보이는 것, 손에 닿는 것, 발이 머무는 곳, 그 너머의 것을 보는 힘이 상상력입니다. 사람은 현실을 떠나 살 수 없습니다. 그러나 현실에만 묻히거나 갇혀 있으면 안 됩니다. 현실 너머의 또 다른 세계를 바라보며 상상력을 춤추게 하고, 그 상상력이 현실이 되는 경험을 해야 합니다. 상상의 나래를 펼쳐보십시오. 우리는 때때로 상상의 나래를 마음껏 펼쳐내야 합니다. 동심으로 돌아가 시공을 초월하는 무한한 세계에서 상상력을 춤추게 해야 합니다. 그 상상력이 그대로 현실이 되는 경험, 그 놀라운 경험이 더 큰 상상의 나래를 펼치게 만듭니다.

고운 말의
기적

오늘은 어제 한 말의 결실이고, 내일은 오늘 한 말의 열매입니다. 내가 한 말의 95%가 내게 영양을 미친다고 합니다. 말은 뇌세포를 변화시킵니다. 말을 고치면 운명도 바뀝니다. 호수에 돌을 던지면 파문이 일듯 말의 파장이 운명을 결정짓습니다. 아침에 첫마디가 중요합니다. 밝고 신나는 말로 하루를 열어갑시다. 말에는 각인효과刻印效果가 있습니다. 같은 말을 반복하면 그대로 됩니다. 자나 깨나 "감사합니다"를 반복한 말기암 환자가 한순간 암세포가 사라졌다는 이야기가 있습니다. 밝은 음색音色을 만들어 보세요. 소리 색깔이 변하면 인생의 색깔도 변한답니다. 미소 짓는 표정으로 바꾸시고 정성을 심어 말하세요. 정성스런 말은 소망성취의 밑바탕입니다. 퉁명스러운 말투는 들어온 복도 깨뜨리고, 불평불만만 쏟으면 안 되는 일만 계속됩니다. 투덜대는 습관은 악성 바이러스입니다. 열심히 경청하면 마음의 소리까지 들립니다. 상대방 말에 집중해보세요.

말에는 격인력牽引力이 있습니다. 없는 말, 비난하는 말을 퍼뜨리면 재앙이 따릅니다. 부정적인 언어는 불행을 초래합니다. 긍정적인 언어로 복을 지어 보세요. 때로는 침묵하세요. 침묵은 최상의 언어입니다. 눈으로 말하세요. 눈은 입보다 더 많은 말을 할 수 있습니다. "사랑합니다. 감사합니다. 덕분입니다. 미안합니다."를 늘 습관처럼 사용하세요. 대화에도 질서가 있습니다. 끼어들기, 가로채기, 자르기, 앞지르기는 4대 재앙입니다. 잘못은 용서를 빌고, 용서를 빌면 용서하세요. 그래야 사랑과 평화가 깃듭니다. 좋은 책은 소리 내서 읽고 또 읽어 보세요. 놀라운 변화가 나타납니다. 목소리를 낮춰보세요. 조용한 소리가 오히려 위력이 있습니다. 좋은 말은 당신의 인생을 바꿉니다.

외모보다
심상

중국 송나라 때의 명재상 범문공이 젊은 시절 당대의 유명한 역술가를 찾아갔습니다. 이 역술가는 한눈에 사람을 알아보는 재주가 있어서 집 대문에 들어서면 이미 샛문을 통해 그 사람의 됨됨이를 파악했습니다. 그래서 성공할 사람 같으면 정중하게 마당까지 나가서 맞이하고 벼슬도 제대로 못 할 사람 같으면 아예 문도 열어보지 않고 그냥 방으로 들어오게 했습니다.

범문공도 자신의 앞날이 궁금해서 이 역술가를 찾아갔더니 문도 열어보지 않은 채 그냥 들어오라고 했습니다. 범문공이 역술가에게 물었습니다. "제가 재상이 될 수 있겠습니까?" 역술가는 그런 인물이 못되니 헛된 꿈을 접으라고 했습니다. 그러자 범문공이 다시 역술가에게 물었습니다. "그렇다면 의원은 될 수 있겠는지 다시 봐 주십시오."

역술가는 의아하게 생각했습니다. 당시에 의원이란 직업은 오늘날처럼 처우가 좋은 직업이 아니라 여기저기 떠돌아 약 행상을 하는 직업이었습니다. 재상을 꿈꾸다가 아니라고 하니까 돌연 의원이 될 수 있겠냐고 묻는 범문공에게 역술가는 그 까닭을 물었습니다. 그러자 범문공이 대답했습니다. "도탄에 빠진 백성들을 위해 제 한 몸을 바치고자 합니다. 재상이 되어 나라를 바로잡고 떠받들면 좋겠지만 안 된다고 하니 나라를 돌며 아픈 사람이라도 고쳐주고자 하는 겁니다." 이 말을 들은 역술가는 큰 충격을 받고 말했습니다. "대개는 사람을 볼 때 관상, 족상, 수상으로 보지만 심상心象이라는 것도 있소이다. 내가 실수를 한 듯하오. 당신은 심상으로는 단연 재상감이오. 부디 힘써 이뤄 보시오." 이후 범문공은 송나라의 훌륭한 재상이 되어 후세에 크게 이름을 떨쳤습니다.

이 이야기는 눈에 보이는 몸과 외모와 외부적인 조건이 중요한 것이 아니라 눈에 보이지 않는 마음이 더 중요함을 일깨워 줍니다. '빙산의 일각'이란 말처럼 보이는 것은 한 조각에 불과합니다. 보이지 않는 세계가 훨씬 크고, 넓습니다. 사람의 아름다움도 외면보다 내면이 더 깊습니다. 사랑도 보이는 사랑보다 보이지 않는 사랑이 더 크고, 깊습니다. 사람의 그릇과 성공은 외모에서 결정되는 것이 아닙니다. 결국은 그 사람의 됨됨이, 즉 마음으로부터 비롯됩니다. 그러므로 외모를 가꾸는 것도 필요하겠지만, 그보다 먼저 마음을 가꿔보는 건 어떨까요? 어찌 보면 결국 삶이란 우리가 되고자 했던 완벽한 인격체로 거듭나는 것이라고 말할 수 있습니다. 맑은 샘물이 솟으면 그 물이 항상 깨끗하듯이, 맑고 고운 마음을 유지하면 우리의 삶과 미래는 참된 행복에 이를 수 있습니다.

『대학大學』에 나오는 말입니다. "心不在焉심부재언이면 視而不見시이불견하며 聽而不聞청이불문하며 食而不知其味식이부지기미하니라." 이 말은 "마음이 있지 않으면, 봐도 보이지 않으며, 들어도 들리지 않으며, 먹어도 그 맛을 알지 못한다는 뜻입니다. 결국 사람은 마음으로 보고, 마음으로 듣고, 마음으로 먹습니다. 사람은 마음에 있는 말을 하고, 마음에 있는 것을 보고, 마음에 있는 소리를 듣고, 마음에 있는 행동을 하고, 마음에 있는 대로 삽니다. 마음에 채워진 것이 무엇이냐에 따라 그것대로 살아갑니다.

우리 마음에는 양과 사자가 함께 살고 있다는 말이 있습니다. 우리 마음에는 선과 악이 공존합니다. 그래서 어떤 때는 착하게 살기도 하고,

어떤 때는 악하게 살기도 합니다. 조반니노 과레스키의 『악마와 돈 카밀로』에는 착하게 살려는 신부의 한쪽 어깨에는 천사가, 다른 쪽 어깨에는 마귀가 앉아서, 어떤 일을 결정할 때 천사와 마귀가 싸우다가 어느 한 쪽이 승리하면 그 승리한 쪽에 따라 일을 결정한다는 내용이 나옵니다. 이런 비유는 실제로 우리 삶에서 경험하는 일입니다. 누가복음 6장 45입니다. "선한 사람은 마음에 쌓은 선에서 선을 내고 악한 자는 그 쌓은 악에서 악을 내나니 이는 마음에 가득한 것을 입으로 말함이니라." 사람이 마음에 무엇을 두고, 무엇을 쌓고 사느냐가 중요합니다. 이에 따라 사람이 달라지고 그 삶이 달라집니다. 성경 잠언 4장 23~27절입니다. "무엇보다도 네 마음을 지켜라. 그것이 바로 복된 삶의 샘이다. 남 속이는 말은 입에 담지도 말고 남 해치는 소리는 입술에 올리지도 마라. 한눈 팔지 말고 똑바로 앞만 내다보아라. 인생길을 무사히 다 가려거든 걸음걸음마다 조심하여라. 한 걸음도 곁길로 내딛지 말고 악에서 발길을 돌려라."

이처럼 마음이 중요합니다. 그러나 마음을 알기가 참으로 어렵습니다. 마음이 눈에 안 보이다 보니 그 중요성을 알지만 마음을 조절하기란 쉽지 않습니다. 어디 마음 조절하는 비법을 알려주는 곳이 없을까요? 그런 요술방망이 파는 곳이 없을까요? 어렵기는 하지만 자신의 마음을 가만히 살펴보고 정성껏 밭을 일구는 사람처럼 마음 밭을 가꾸어 나가면 좋겠습니다. 제가 참 좋아하는 곽재구 시인의 시입니다.

마음

아침저녁
방을 닦습니다.

강바람이 쌓인 구석구석이며

흙냄새가 솔솔 풍기는 벽도 닦습니다.

그러나 매일 가장 열심히 닦는 곳은

꼭 한 군데입니다.

작은 창 틈 사이로 아침 햇살이 떨어지는 그곳

그곳에서 나는 움켜쥔 걸레 위에

내 가장 순수한 언어의 숨결들을 쏟아붓습니다.

언젠가 당신이 찾아와 앉을 그 자리

언제나 비어 있지만

언제나 꽉 차 있는 빛나는 자리입니다.

  살면서 마음이 말을 걸어오는 것을 느낄 때가 있습니다. 이를 내면 속의 나와 대화라고 해도 좋을 것입니다. 마음에 귀 기울임을 제대로 깨닫는 것이 좋습니다. 깨닫는다는 것은 단순히 안다는 정도가 아닙니다. 위대한 발걸음의 시작입니다. 깨달음에도 에너지가 필요합니다. 얼마나 강하고 지속적인 에너지냐에 따라 그 변화의 폭도 달라집니다. 뭉치고 뭉친 기운이라야 툭 터지고 열리는 세계가 환할 것이고, 변화하는 힘 또한 크게 작용할 것입니다. 우리가 온전하게 마음을 모으는 것集中이 얼마나 어려운 일인지 모릅니다. 온전한 집중이 내 것이 되기 위해서는 에너지가 지속돼야 합니다. 실천에서 오는 깨달음의 소리를 통해 생명력 넘치는 에너지로 살기를 소망해 봅니다.

머리 좋은 것보다
마음 좋은 것

'배復안의 할아버지'라는 말이 있습니다. 아직 태어나지도 않은 아이가 항렬行列이 높아서 할아버지가 된다는 뜻입니다. 항렬은 그가 한 조상에서 몇 대 자손子孫인가를 구분하기 위한 척도입니다. 항렬이 높다 해서 태중胎中 아기의 존재 자체가 누구보다 더 높은 것이 아닙니다. 사회구조와 질서의 방편과 언어에 속아 본질을 놓치면서 살 수 있습니다. 높고 낮음을 가리느라 중요한 것을 잊고 살면서 어리석게 살 수 있습니다. 이렇게 살면 정신이 복잡하고 세상이 시끄러워집니다.

위쪽이 더 중요한가, 옆이 더 중요한가? 부모가 중요한가, 형제가 중요한가? 세상을 살아가는 데는 언어와 이름과 역할이 필요불가결합니다. 그러나 이는 하나의 표현일 뿐입니다. 이름을 붙이고, 역할을 정한다 해서 그것이 규정되고 결정되지는 않습니다. 세부적으로 이름과 위치는 각양각색各樣各色이라도 해도 우주만물 그 어느 하나 더 중요하거나 덜 중요하거나 중심이거나 주변이거나 하지 않습니다.

내 몸 어디가 더 중요하고 어디가 덜 중요하다고 구분할 수 있을까요? 자식 중에서 어느 자식이 더 중요하고, 덜 중요하다고 말할 수 있을까요? 모든 만물이 각각의 역할, 에너지 체계가 다른 것이지 틀리거나 부족한 것이 아닙니다. 크면 큰 대로, 작으면 작은 대로 좋습니다. 높으면 높아서 좋고, 낮으면 낮아서 좋습니다. 높고 낮음도 귀하고 천함도 없습니다.

기능이 천차만별이고, 이름과 역할이 다양하고 풍성합니다.

민주주의의 회의 방식으로 가장 좋은 것으로 손꼽히는 방식이 원탁회의圓卓會議입니다. 원탁은 높고 낮음이 없습니다. 중심과 주변이 없습니다. 출발점도 없고 끝도 없고 앞뒤도 없고 위아래도 없습니다. 절대적인 시작점이나 끝이 따로 없습니다. 절대적으로 시작하는 곳, 중심 되는 곳이 있어야 절대적인 높고 낮음이 설정될 수 있습니다. 몸의 시작점도 따로 있지 않습니다. 시작하는 곳이 없으니 모두가 다 주인이고, 중심입니다. 어디가 더 높거나 중요한 곳이 없습니다. 지구본 속의 지도는 거꾸로 놓아도 옆으로 놓아도 다 옳습니다. 중심과 가치와 경중輕重을 설정하는 것은 그저 인위적인 기준일 뿐입니다.

언어와 현상의 노예가 되지 말고 본질을 깨닫는 지혜로운 눈으로 볼 수 있어야 차별 없고 편견 없는 사람됨의 자세를 지닐 수 있습니다. 언어 이전의 자리에서 언어를 읽어야 어긋남 없이 본질을 훤히 들여다볼 수 있습니다. 언어와 이름에 속아 살면 일체가 시끄러울 뿐입니다. 언어에 속고 머리로만 아는 지식은 아무 힘이 없습니다. 경중을 따지고 뭣이 중한가에 끌려다니게 될 뿐입니다. 의전儀典상 누구를 어떤 자리에 앉힐 수는 있어도 이름과 지위와 역할을 보고 누구 앞에서 더 거만해지거나 더 위축될 필요 없습니다. '감히 누구 앞에서' 이런 언어와 감정을 지닌 이들은 지위는 높고 배움이 많다 해도 그 마음은 어리고 어리석음입니다. 자신을 낮출 수 있는 너그러움과 겸손이야말로 참된 자유로운 마음일 것입니다.

정성을 다해
고운 마음가짐으로

저녁에 생각 없이 음식을 많이 먹고 나면 자다가 가위에 눌린 듯한 위의 부담감으로 소스라치게 놀라면서 깨곤 합니다. 그래서 소화제를 구비해 놓고 살고 있습니다. 이쯤 되면 음식을 조절하는 등 건강을 위해 노력해야 할 일이지만, 어리석게도 늘 고통을 반복하면서 살고 있습니다. 작심삼일作心三日이 한 두 번이 아닙니다. 어쩌면 이렇게도 미련할까 싶습니다. 뻔히 알면서도 나아지질 않습니다.

제 나이 마흔 아홉이고 하니 아무래도 건강에 유의할 때입니다. 또한 제가 책임지고 부양할 아이들이 넷이나 있습니다. 제 몸은 제 것만은 아닙니다. 제 몸에 끊임없는 관심과 정성을 들여 조심해서 관리해야만 합니다. 모든 병의 근본적인 원인이 스트레스이고 보면 마음건강이 중요합니다. 마음은 몸과 다르게 보이지 않기 때문에 더욱 세심히 바라보고 정성을 들여야 합니다. 나이 들면서 자연스럽게 위와 장이 약하다는 것을 알면서도 조심하지 않고 과식을 일삼았습니다. 대개 몸이 아프면 마음도 따라 약해지기 쉽습니다. 때문에 몸과 마음을 함께 공들이는 삶이 계속돼야 건강을 회복하고 심신의 자유를 얻을 수 있습니다.

위와 장이 약해진 제가 몸의 건강을 위해서 공들이는 방법은 첫째로 지나친 음식섭취를 줄이고 육식을 줄이는 것입니다. 자극적인 음식과 찬 음식을 자제하는 것입니다. 평소 규칙적인 생활과 적당한 운동으로 몸의 면역력을 키우고 체력을 길러야 합니다.

마음건강도 마찬가지입니다. 마음의 건강을 위해서는 먼저 지금 무엇 때문에 마음이 아프고 병이 들었는지 정확히 알아야 합니다. 저는 과식 소화불량을 자주 앓아서인지 어떻게 해야 하는지 무슨 약을 먹어야 하는지를 잘 아는 편입니다. 그래서 다른 사람이 아플 때 치료의 방법이랄까 대처요령을 쉽게 안내해주기도 할 정도입니다. 마음의 병도 원인을 잘 알아서 치료에 끊임없이 공을 들인다면 좋을 것 같습니다. 누군가 마음이 힘들고 아파하는 사람이 있을 때 언제든 쉽게 행복의 길로 안내할 수 있을 것입니다.

언제부터인가 사람들이 너무 좋아졌습니다. 그냥 사람들이 좋아졌습니다. 언제부터인가 주위 사람들이 너무 좋아졌습니다. 좋은 사람들뿐만 아니라 고마운 사람들이 너무 많습니다. 부모와 형제와 아내와 아이들은 그렇다 치고 교장선생님, 교감선생님, 동료 선생님들, 저희 집 아이들을 귀여워하시는 이웃집 할아버지, 교회 전도사님, 교회 유치부 선생님들, 교회 유치부 아이들, 알게 모르게 저를 귀하게 여겨주시고 실수를 눈감아주시고 도와주시는 분들 모두모두 고마운 분들입니다.

사람들이 싫어질 때가 있습니다. 정나미가 떨어져 어찌할 바를 모를 때가 있습니다. 화가 치밀어 오릅니다. 순간 한 사람의 인격체인데 사람들이 한없이 좋아졌다가 아주 싫어졌다가 하니 이중인격인가 싶습니다. 이건 저만 그렇지는 않을 것입니다. 이럴 때는 사람들이 아니라 저를 먼저 돌아봅니다. 사람의 귀함과 고마움을 놓친 것은 아닌지, 고마움을 알게 되면 사람들이 귀하고 소중해지는데 어느 순간 그걸 놓치고 있는 건가 싶습니다. 좋아하지 않을 수 없습니다. 사람들이 좋아지면 저도 좋아집니다. 그러니 사람들이 문제가 아니라 제 마음이 문제입니다. 그러니 답도 사람들이 아니라, 제 마음이 답입니다.

일상의 풍요로움은 욕심 그릇을 비워서 채우고, 생각은 늘 희망으로 깨어있게 하고, 어떤 경우에도 환경을 탓하지 말며, 결코 남과 비교하는 어리석음을 범하지 말아야 합니다. 자신의 부족함은 차고 매운 가슴으로 다스리되, 타인의 허물은 바람처럼 선들선들 흐르게 해야 합니다. 미움은 불과 같아서 소중한 사귐을 재로 만들고, 교만은 독과 같아서 스스로 파멸케 합니다. 믿었던 사람의 배신에 조용히 마음을 빼앗기지 말고 이미 지난 일이라 분노하지 말고 침묵해야 합니다. 악한 일엔 눈과 귀와 입을 함부로 내몰지 말고, 선한 일엔 몸과 마음을 남김없이 쏟아부어야 합니다. 삶의 은혜로움을 깊고 깊은 사랑으로 완성해야 합니다. 행복의 열쇠는 내 마음 안에 있습니다. 나를 비워내고 온전한 사랑으로 채워갈 때, 닫힌 문은 비로소 열립니다.

오래전 뉴욕대학교 부속병원 재활센터의 벽에 있던 글로 널리 알려진 내용입니다. "큰일을 이루기 위해 힘을 달라고 기도했더니 겸손을 배우라고 연약함을 주셨다. 많은 일을 하기 위해 건강을 구했더니 보다 가치 있는 일을 하라고 병을 주셨다. 행복해지고 싶어 부유함을 구했더니 지혜로워지라고 가난을 주셨다. 세상 사람들에게 칭찬을 듣는 성공을 구했더니 뽐내지 말라고 실패를 주셨다. 삶을 누릴 수 있는 모든 걸 갖게 해달라고 기도했더니 모든 걸 누릴 수 있는 삶을 주셨다. 그 자체가 내게 주신 선물이었다. 구한 것 하나도 주시지 않았지만 내 소원을 모두 들어주셨다. 하나님의 뜻을 따르지 못하는 삶을 살았지만 내 맘 속에 표현하지 못한 기도를 모두 들어주셨다. 나는 가장 많은 복을 받은 사람이다."

가장 멀고, 가장 빛나는 길이 무엇인지 아시는지요? 가장 멀고, 가장 빛나는 길은 내가 나를 찾아 떠나는 길입니다. 빛과 어둠은 내 마음속의 길에도 있습니다. 내 안의 빛이 어둠에 눌려 가려져 있다가 먼 길을 걷는 순간, 그 어둠을 뚫고 올라와 가장 눈부신 빛으로 나를 비춰줍니다. 그래서 그 먼 길을 또다시 용기 내어 떠날 수 있습니다.

　나는 누구인가? 나는 지금 어디로 가고 있는가? 내가 나를 잘 모릅니다. 방향을 잃을 때도 많습니다. 빛과 어둠이 수시로 교차합니다. 빛일 때는 빛을 따라서, 어둠일 때는 그 어둠을 뚫고 나와, '나를 만나는 길'을 찾아 떠나야 합니다. 매우 먼 길이지만, 사실은 가장 빛나는 길입니다. 행복도 누군가에게 받아야 하는 것이 아니라 내가 만들어 가야 하는 것 같습니다. 순간순간 몸과 마음을 소중히 여겨 정성을 다해 가꾸는 삶으로 매일 행복의 울타리를 다져 가면 좋겠다는 생각을 해봅니다. 요즘 의식적으로 음식을 줄이고 천천히 맛을 음미하면서 고요한 음악을 듣곤 합니다. 이를 저만이 아니라 저희 집에서도, 학교에서 함께하는 아이들과도 함께하고 있습니다. 조금씩 나아지는 것 같아 흥겹습니다.

아직은 그래도
따뜻한 세상이랍니다

어느 아주머니가 떡볶이를 사기 위해 분식을 파는 포장마차로 갔습니다. 사십 대 중반쯤으로 보이는 주인아저씨가 장사하고 계셨습니다. 그때 허리가 구부정한 할머니 한 분이 들어오셨습니다. 폐지를 수거하여 힘들게 살아가시는 분이신 것 같았습니다. 포장마차 옆에 세운 수레는 폐지로 가득했습니다.

"저기 주인 양반 따뜻한 국물 좀 주시오."

주인아저씨는 할머니가 부탁한 따끈한 어묵 국물뿐만 아니라 떡볶이 약간에 순대를 얹은 접시 하나를 내놓았습니다. 할머니는 점심시간이 한참 지났는데도 식사를 아직 못하셨는지 금세 한 접시를 다 비우셨습니다. 할머니가 계산을 치르려고 하자 주인아저씨가 말했습니다.

"할머니, 아까 돈 주셨어요."

"그런가? 아닌 거 같은데……."

옆에서 지켜보던 아주머니가 눈치를 채고 한마디 거들었습니다.

"할머니 저도 아까 돈 내시는 거 봤어요."

할머니는 알쏭달쏭한 얼굴이었지만, 주인아저씨와 옆에 아주머니까지 계산했다고 하니 그런 줄 알았습니다. 할머니는 잘 먹었다는 인사와 함께 자리를 떠나셨습니다. 주인아저씨와 아주머니는 굳이 말을 하지 않았지만 서로 따뜻한 미소를 지으면서 바라보았습니다. 두 사람의 미소에는 행복으로 가득했습니다. 배려하는 마음이 없다면 아무리 좋은 관계라도 무너질 수 있습니다. 내가 좀 손해를 보더라도 다른 사람에게 힘을 주고 싶은 마음, 그 작은 배려하는 마음이 세상을 바꿀 수 있습니다. 우리가 하는 일은 바다에 붓는 한 방울의 물보다 하찮은 것일 수 있습니다. 하지만 그 한 방울이 없다면 바다는 그만큼 줄어들 것입니다.

이번에는 할머니의 따뜻한 마음이 전해지는 이야기입니다. 어느 산골에 위치한 초등학교 분교에 무척이나 마른 선생이 전근해 왔습니다. 학교 인근에서 자취하게 된 선생은 마을 내 유일한 작은 가게에서 달걀을 사 오곤 했습니다. 가게는 연세 많은 할머니가 용돈 벌이 삼아 운영하고 계셨는데, 늘 달걀 한 개에 150원만 달라고 했습니다. 선생은 처음엔 150원을 주고 달걀을 샀지만 얼마 후부터 할머니 혼자 닭을 키워 달걀을 파시는 모습이 안쓰러워 달걀 1개 값에 200원을 드렸습니다. 그랬더니 할머니는 선생님이 이러시면 안 된다고 하면서 50원을 억지로 되돌려 주셨습니다.

그러던 어느 날 선생은 가게에 달걀을 사러 갔다가 우연히 달걀 장수와 할머니가 나누는 이야기를 듣게 되었습니다. 달걀 장수는 할머니로부터 달걀 한 알에 250원씩 사겠다고 말했습니다.

"요즘 사람들은 유정란을 찾는데 비싸게 팔아도 없어서 못 팔 지경이라니까요. 그러니 가진 달걀 모두 저에게 파세요."

그러자 할머니가 말했습니다.

"그런데 요거 몇 개는 못 팔아. 이번에 초등학교에 새로 오신 선생님께 팔아야 해, 그 먼 데서 여기까지 아이들 가르치겠다고 오셨는데 살이 좀 오르면 좋으련만…뭘 잘 안 드시는지 너무 마르셨어……."

선생은 할머니를 생각해서 200원에 달걀을 사려고 했지만 알고 보니 할머니는 오히려 선생을 위해서 손해를 보고 판 것이었습니다. 내가 조금 손해를 보더라도 힘든 처지에 놓인 그 사람이 잘 됐으면 좋겠다는 마음, 사람에 대한 훈훈한 정과 관심, 이게 사람 사는 맛 아닐까요? 남에게 관심 받는 것도 관심을 주는 것도 꺼리는 각박한 요즘, 시골 할머니의 따뜻한 마음이 새삼 그립습니다. 사람이 사람을 헤아릴 수 있는 것은 눈도 아니고, 지성도 아닌 오직 진실하고 따뜻한 마음뿐입니다.

친절에 대한
대답

　작은 베풂에도 "고맙습니다." 말할 수 있는 사람이 돼야 합니다. 세상이 유례없이 각박해진 탓에 요즘 청춘들은 몸이 불편한 사람이 도움을 필요로 하는 상황에 처해 있는 것을 보고도 말조차 건네지 않을 때가 많습니다. 어려서부터 일 나간 부모를 대신해 할머니, 할아버지 품에서 응석 부리며 자란 기억밖에 없는 청춘세대에게 나이 든 사람은 나를 위해 희생하고 양보하는 존재이지 공경의 대상은 아니라는 인식이 깔려있는 듯싶습니다.

　가끔 지나가는 젊은이들에게 도와달라고 부탁하면 이상하다는 표정으로 나를 쳐다보곤 합니다. 마치 타인인 내게 왜 도움을 요청하느냐는 얼굴입니다. 아마도 이런 청춘들은 집에서도 가족들에게 뭔가를 부탁받은 경험이 거의 없을 것입니다. 그래서 도와달라는 부탁을 받고도 어떻게 해야 좋을지를 모르는 것입니다.

　인간은 누구든 나이를 먹습니다. 그리고 언젠가는 자기 혼자만의 힘으로는 움직이지 못하는 시기와 마주하게 됩니다. 타인에게 도움을 베푼 경험이 없는 사람도 나이가 들면 누군가로부터 도움을 받아야 합니다. 혹은 도움을 요청하지 않았음에도 도움을 받게 되는 경우가 생깁니다. 그럴 때 누군가를 도와준 적도, 또 누군가로부터 도움을 받아본 적도 없는 사람이라면 "고맙습니다."라는 한마디 말을 꺼내지 못하게 됩니다.

더 늙기 전에 도움을 베풀고, 도움을 구하는 연습을 해둘 필요가 있다고 생각하는 이유입니다.

　지하철 안에서 가끔 보게 되는 광경입니다. 젊은이가 기껏 자리를 양보해주었음에도, "괜찮아요."라고 거부하며 그냥 서서 가는 노인이 있습니다. '다음 역에서 내릴 건가' 하고 지켜보면 다섯 정거장, 여섯 정거장씩 계속 서서 갑니다. 지하철이 역에 들어설 때마다 중심을 잡으려고 손잡이에 매달립니다. 젊은 사람들이 친절을 베풀어주었을 때, 가령 힘들지 않더라도 친절을 베풀어준 마음을 생각해서라도 자리에 앉으면 좋겠다는 생각이 듭니다. 그리고 자리에 앉기 전에 반드시 "고마워요."라고 친절한 마음에 보답해줘야 합니다. 이것은 그들보다 더 오래 살아온 선배로서 고마움을 표현하는 예의라고 생각합니다. 요즘 청춘들이 예의가 없다고 한탄할 것만은 아닙니다. 나부터 타인에게 먼저 부탁하고, 작은 친절에도 감사하다는 표현을 쑥스럽지 않게 베풀 수 있는 사람이 되는 노력이 필요합니다.

여러분의 발은
편안하신가요

　사람의 몸은 너무나 신기하고 이상적인 화학공장과도 같습니다. 여러분의 몸은 다양한 기능을 가진 소재들이 매우 이상적으로 기능을 하도록 조립되어 있는 분자기계복합체라고 말할 수 있습니다. 신체의 각 부분은 서로 유기적으로 연결되어 있어서 한 부분만 문제가 생겨도 전체가 영향을 받게 됩니다. 어느 한 부분도 중요하지 않은 것이 없지만 그 중에서도 발은 매우 중요한 신체부위입니다. 발은 우리 몸에서 가장 낮은 곳에 있고 보려고 해도 보기 힘든 위치에 있습니다. 그러니 알게 모르게 무시하고 하찮게 여깁니다. 그러나 발은 아주 중요합니다. 발은 온 몸을 지탱시켜주는 토대입니다.

　여행을 하다 보면, 이렇게 중요한 발에 대해서 너무 소홀히 대해 왔구나 하는 생각을 해보곤 합니다. 편안하게 걷기 위해서 좋은 신발을 찾아야합니다. 좋은 신발은 폼 나는 디자인이나 멋진 색깔이나 메이커가 아닙니다. 내 발에 잘 맞아야 합니다. 발 모양이 특이하게 생긴 사람은 신발도 발 모양에 맞춰서 특이하게 만들어야 합니다. 남이 신고 있는 신발이 아무리 예뻐도 사이즈와 모양이 내 발에 맞지 않으면 아무 소용이 없습니다. 내 발을 가장 편안하게 해주고 멋지고 돋보이게 해주는 신발이 최고입니다. 내가 가는 여행지가 물이 많은 곳이라면 털신보다는 장화나 샌들 같은 신발이 적합합니다. 물론 추운 겨울에 등반을 한다면 털신발이 좋겠지만요.

학교에 몸담는 선생으로 학생들과 상담을 통해 비슷한 조언을 해주곤 합니다. 아무리 좋은 상급학교나 직업이라 하더라도 자신과 맞지 않으면 그건 좋은 게 아니라 나쁜 것으로 인생이 고달파질 수 있다고 말입니다. 불편한 신발을 신고 계속 걸어야 하는 것과 마찬가지로 말입니다. 지금 좋은 직업이 미래에 좋지 않은 직업이 될 수도 있습니다. 인공지능의 발달로 인해서 직업의 판도가 바뀔 수 있음을 지난 2016년 이세돌과 알파고의 바둑대결을 통해서 충격적으로 느낄 수 있었습니다. 휴대용 기계가 대부분의 병을 진단하고 나노기술로 암을 손쉽게 치료하고 드론이 집으로 약을 배달해주는 미래가 멀지 않은 것 같습니다.

앞으로의 미래는 멈출 줄 모르는 과학기술의 발달로 인해서 더욱 빠르게 변화할 것입니다. 그로 인해 미래의 모습은 상상하기 힘들 정도로 예측하기 힘든 부분이 많습니다. 자동화와 기계화로 인해서 자본주의가 극대화될 가능성이 큽니다. 앞으로 제가 가르치는 학생들이 활발하게 사회활동을 하게 될 세상은 지금과 매우 다른 모습이 될 것입니다. 이에 대해 신중하고 깊게 고민하지 않으면 곤란해질 겁니다. 갑자기 날씨가 더워지면 털신을 벗고 시원한 신발로 바꿔 신으면 되겠지만 직업이란 그렇게 손쉽게 바꿀 수 있는 것이 아닙니다.

그러나 불행히도 미래의 세상에 대해서 정확하게 예측할 수 있는 사람은 없습니다. 그러니 부모의 조언도 선배나 친구들의 말도 선생의 말도 너무 많이 신뢰하지 말고 참고만 하시기 바랍니다. 특히 텔레비전에 나오는 엉터리 전문가나 인터넷에 있는 엉터리 정보들은 믿을 것이 못됩니다. 여행길은 스스로 걸어야 하는 것입니다. 누가 대신 살아줄 수 없는 것입니다. 그러니 신중하게 진지하게 스스로 잘 선택해야만 합니다.

발은 우리 몸을 목적지로 데려다 주는 기본 중의 기본입니다. 편안한 발로 내일도 아주 먼 미래에도 늘 편안하게 주어진 길을 걸어갔으면 좋겠습니다. 편안하고 멋지고 기분 좋은 신발을 신고서 말입니다. 그러려면 발처럼 가장 낮은 곳, 잘 보이지 않으나 매우 중요한 곳을 잘 살펴봐야 합니다. 그리고 발에 맞게 신발을 사듯이 남들이 말하는 좋은 학교, 좋은 직업이 아니라 내 발에 맞는 신발이 진짜임을 분명히 알고 신발을 신어야 합니다. 멋있는 경치도 보고, 예쁜 꽃이 피어있는 길을 거닐면서 말입니다. 높은 산을 넘고 험난한 사막이 있더라도 포기하지 않고 감사한 마음으로 뛰고 걷고 달려서 원하는 목적지에 무사히 도착할 수 있는 발과 신발이기를 소망해 봅니다.

자소설과
소설

'자소설'이라는 말이 있습니다. '자기소개서'를 지칭하는 단어로, 대학 입시나 입사지원이나 각종 공모전, 대외활동 참가를 위해 작성하는 자기소개서를 사실과 다르게 과장하여 작성하기 때문에 '소설을 쓴다'고 해서 '자소설'이라고 칭합니다.

문득 〈보이 후드〉라는 영화가 생각납니다. 한 소년이 태어나면서 성인이 되는 모든 과정을 담은 영화입니다. 부모는 이혼하고 엄마를 따라간 두 남매는 수많은 사람과의 만남, 이별을 반복합니다. 지극히 평범한 일생입니다. 많은 사람들은 이 영화를 보고 자신의 모습을 보았다고 말합니다. 이 영화는 개인의 삶이 왜 위대한지, 개인의 삶이 왜 영화와 같다고 비유하는지를 잘 보여줍니다. 하지만 자소서에 담긴 내용은 진실한 삶과는 거리가 멉니다.

인생은 한 편의 영화처럼 신비롭습니다. 하지만 자소서에는 이런 내용을 담을 수 없습니다. 뭐해먹고 살지 모르는 불투명한 미래에 대비하기 위해 스펙을 쌓으려면 그것들이 원하는 내용을 담아야 합니다. 그렇기 때문에 없는 이야기를 만들어내고, 또 다른 스펙을 만들고, 관심도 없는 활동에 참여하여 귀찮은 시간을 보냅니다. 정말 아이러니한 상황입니다. 모두들 소설 같은 삶을 살면서 정작 자신을 소개할 때는 자신과 관련 없는 소설을 지어내야 합니다.

흔히들 말도 안 되는 일이나 있을 수 없는 경험을 전해들을 때 "소설 쓰고 있네."라는 말을 합니다. 밀란 쿤데라의 소설『참을 수 없는 존재의 가벼움』에서는 인간의 삶을 '소설적'이라고 말합니다. 여기서 '소설적'이란, '꾸며낸, 인공적인, 삶과는 유사성이 없는 것'을 의미하지 않습니다. '소설적'이라는 단어의 일반적인 인식은 비현실적이고, 지어낸 것 같은 느낌이 강합니다. 하지만 원래 소설이란 것은 사람들의 생각과 경험에서 나오기 때문에 가장 삶에 가까운 아름다운 것입니다.

모든 개인의 삶이 아름다운 소설작품이 될 수 있습니다. 하지만 살아남기 위해 '자신만의 소설'이 아닌 꾸며낸, 인공적인, 삶과는 유사성이 없는 '자소설'을 써야하는 안타까운 현실입니다. 이런 현실에서 벗어나지 못합니다. 자신만의 소설은 없고, 목표를 위해 인공적으로 행동하고 꾸미기에 바쁩니다. 이건 정말 아닙니다. 이래서는 안 됩니다.

이제는 좀 진취적인 기상으로 젊은이답게 태도를 바꾸면 어떨까요? 소설 같은 일들을 만들기 위해 움직여보는 것입니다. 새로운 사람을 만나고, 생각해보지 못했던 도전을 하며, 평소에 하지 않았던 일들을 찾아나서는 것입니다. '자소설'을 소설로 만드는 것입니다. 자신을 소개하는 글이 '꾸며낸, 인공적인' 소설이 아닌, 온전히 소개할 수 있는 소설을 만들어보는 것입니다. 이것이 한 번뿐인 인생을 주인 된 자세로 살아가는 최선일 것입니다.

보다 진지한
삶의 자세

　우리는 정치와 종교, 이 두 가지를 이야기하지 말라고 들어왔고 또 실제로 이런 주제가 나오면 십중팔구十中八九 서로 다투게 되고 심지어 원수가 되기도 합니다. 그런데 왜 그런 것일까요? 조금만 생각해보면 금방 그 이유를 알 수 있습니다. 이 두 가지는 바로 우리 자신의 정체성을 이루는, 내가 누구인지, 어떤 생각을 하는지, 어떻게 삶을 이해하고 행동하는지를 보여주는 핵심요소입니다. 그렇기 때문에 이 문제는 양보할 수 없는 중요한 문제입니다.

　이렇게 중요한, 우리 인생의 전체가 걸린 문제를 담론談論의 주제로 삼지 못하게 된 것은 역설적으로 정치와 종교의 영향 때문이랍니다. 일반인들에게 이와 같은 것을 금기禁忌하여 지도자들이 일반 사람들을 다스리기 쉽게 하였습니다. 그런데 이렇게 중요한 문제를 어떻게 그들의 전유물專有物로만 맡기고, 내 삶 전체를 그들에게 맡긴단 말인가요? 나와는 상관없는 문제라 치고 그냥 그렇게 돈 벌고, 자식 키우고, 그냥 하하호호하며 지내면 될까요? 그렇게 되면 우리의 깊은 내면에 있는 본연의 정신은 계속 둔해지고 동물과 별반 차이가 없는 방향으로만 가고 말 것입니다. 우리는 어떤 형태로든 의미를 추구하게 되어있고 의미 없는 삶은 결국 허무해진답니다. 우리가 이미 동물로 길들여져 있지 않다면 말입니다. 생각해봅시다. 얼마나 많은 종교지도자들이 잘못 해석하고, 우리를 잘못된 방향으로 이끌어왔는가요? 그것에 무조건 따라가서는 안 됩니다. 내 삶 전체 아니 내 영혼이 달린 궁극적인 존재가 걸린 문제랍니다.

정치도 마찬가지입니다. 바로 알아야 합니다. 국민들의 바로 알 권리를 송두리째 앗아가 신문과 방송, '카더라' 하는 이야기들로 난무하는 현실입니다. 진실을 찾아내고 이것이 이 땅에 실현될 수 있도록 살아야 하지 않을까요?

이제는 인생을 진지하게, 또 의미 있게 만들어야 하지 않을까요? 언제까지 시시콜콜한 것들에 마음을 빼앗겨, 우리의 삶을 허비하고 있을까요? 이제는 진정한 나를 찾아 매 순간을 최선을 다해 살아야 하지 않을까요? 그런 삶을 살고자 한다면 올바른 좌표를 설정해야 하고, 그러기 위해서는 바로 알아야 합니다. 진리를 찾아내야 합니다. 이제 우리는 세상에 대해서 그저 한탄만 하거나 불평을 하는 어리숙함과 미숙함에서 벗어나야 합니다. 우리 사회의 모든 부분을 이제는 책임지는 자세로 바라봐야 합니다. 이제라도 잘못된 것은 바로잡아야 하지 않겠는지요? 그렇게 하려면 정치와 사회에 대한 의식이 분명해야 합니다. 잘못된 방향에 우리의 아까운 시간과 열정을 쏟아부으면 안 되니까 말입니다. 종교와 정치를 담론의 금기로 삼아서야 어떻게 진리의 길을 찾을 수 있겠습니까? 이제는 살아오면서 배운, 또 자연히 습득된 관습을 과감히 떨쳐버려야 합니다.

노암 촘스키Noam Chomsky는 "자신의 삶의 모토를 끝없는 진리탐구, 이웃과 자신의 동일시로 자아확대, 확대된 자아를 우리 사회에 실천하는 것"이라고 했습니다. 올바른 것, 진리를 알지 못하고 행동한다면 얼마나 어리석은 삶이 되겠는지요? 이제는 더 이상 정치가들의 정치놀음에 휩싸이게 되고, 거짓 종교지도자들에게 농락되어서는 안 될 것입니다. 그러려면 우리의 시각이 보다 진지한 자세로 거듭나야 할 것입니다.

마음이 중요

방학을 보내고 개학을 하면, 학생들에게 가끔 묻는 질문입니다.

"'어느새 개학이다.'와 '드디어 개학이다.'는 말 중, 어떤 말이 먼저 입에서 나오니?"

두 문장은 매우 다른 느낌을 전달합니다. '어느새'에는 세월의 속도에 눌린 당황과 허무감이 가슴을 스산하게 한다면, '드디어'에는 기다려온 사람이 갖는 떨림과 긴장감이 묻어있습니다.

우리를 둘러싼 세상은 객관적이고 모두 동일한 것 같지만, 나와 세상의 관계는 모두 다릅니다. 그리고 우리의 마음 자세도 모두 다릅니다. 젊었을 때는 나를 둘러싼 환경이 우리의 인생을 지배한다는 생각이 강하고, 나이가 들수록 마음먹기에 달렸다는 생각이 강해지는 것 같습니다. 그래서 좀 세상을 살아본 사람들은 청년들에게 자꾸 "도전하라!"고 말합니다. "네가 세상을 바꿀 수 있다."고 주문합니다. 그러나 청년들의 귀에는 그 말처럼 관념적이고 고리타분한 말이 없을뿐더러, 사회구조의 문제를 개인에게 모두 떠넘기는 무책임한 말로 들릴지 모릅니다. 지금 가정형편이 안 되어 아르바이트로 생활비를 벌며 새벽에 잠드는 학생들에게 자꾸 "책을 많이 읽으라!"고 하고, 막막한 취업으로 두려움에 떠는 학생들에게 자꾸 "너만의 것을 찾아서 열정을 불살라보라!"고 하고, 또 불안해 죽겠는데 "원래 젊음은 그런 것!"이라고 말하는 것만 같습니다. 이 말은 경제적 문제, 군대, 학업, 스펙, 연애, 취업 등 객관적인 문제들에 둘러싸여 무엇부터 해야 할지 모르고 어디로 가야 할지 모르는 청년들에게는 마치 딴 세상에서 사는 사람들의 진부한 타령 같습니다.

그렇다면 청년들에게, 청소년들에게 조언이나 덕담이나 격려를 하면 안 되는 걸까요? 아닙니다. 좀 더 이들의 마음을 헤아려보고 좀 더 진지하게 좀 더 사랑을 담아했으면 하는 것입니다. 청년들도 어른들의 말을 그저 현실을 모르는 잔소리로만 듣지는 말기를 바랍니다. 그저 조심스럽게 자라나는 세대들에게 하고 싶은 말도 있다는 것입니다.

한 가지 분명한 것은 고민만 하는 사람에게 변화는 없다는 것입니다. 뭐든 지금 서있는 자리에서 조금이라도 움직여 나가면, 지금의 세상은 다르게 보일 수 있습니다. 그리고 결국 다르게 됩니다. 유명 웹툰인 〈송곳〉에 이런 명대사가 있습니다. "서는 데가 바뀌면 풍경도 달라지는 거야." 원래는 갑을의 입장 차이, 더 일반적으로는 자신의 이해관계 차이에 따라 관점과 행동이 달라진다는 의미로 작가가 쓴 말이지만, 이 말을 조금 다르게 사용해 봅시다. 누구든 태도를 바꾸거나 새로운 행동을 시작하면, 예전에 서 있던 자리에서 볼 수 없었던 것이 생기고, 새로운 기회와 해법의 실마리를 발견하기 쉽다는 뜻으로 말입니다. 서 있는 곳이 다르면, 관점이 다르게 되고, 우리의 객관적 세계도 재배치되고 있음을 느낄 수 있습니다. 동일해 보이는 개학도, 개학을 앞둔 태도와 행동의 차이로 인해 '어느새'와 '드디어'처럼 관점과 마음 자세에서 차이가 나기 시작합니다. 그러다보면 '방황'이 '방향'으로 바뀌어 있음을 발견하게 될 것입니다.

디즈니Disney에서 제작한 애니메이션 〈라푼젤Rapunzel〉은 유명한 독일 동화입니다. 임신한 아내가 어느 날 이웃에 사는 마녀가 키우는 독일 양배추인 라푼젤이 너무 먹고 싶어 남편에게 부탁했습니다. 남편은 라푼젤을 훔치다 마녀에게 들켰고, 마녀는 곧 태어날 아기를 자신에게 주는 조건으로 남편을 용서했습니다. 아기가 태어나자 약속대로 마녀는 아기를 숲 속에 있는 높은 탑으로 데려가 가둬버렸고, 라푼젤이라고 불리는 이 아이는 마녀에게 바깥세상은 위험하니 절대로 밖에 나가지 말라는 경고를 들으면서 자랐습니다. -중략-

대부분의 동화들이 전하고자 하는 삶의 지혜나 교훈은 권선징악勸善懲惡입니다. 그래서 좀 진부한 느낌이 드는데 라푼젤은 나름 아이들에게 유익한 교훈이 있어 저희 집 아이들에게도 즐겨 보여준 기억이 납니다. 라푼젤로부터 배울 수 있는 삶의 지혜가 있습니다. 사람은 동물과 달리 언어적 능력이 뛰어나 문명과 과학을 발달시켜 나가고 있지만, 이러한 능력은 직접적인 자극이나 상황 없이도 심리적 고통을 일으킬 수 있습니다.

라푼젤은 마녀로부터 바깥세상은 위험하니 절대로 밖에 나가지 말라는 경고를 어렸을 때부터 계속 들어왔습니다. 따라서 라푼젤은 마녀가 없을 때 탑 밖으로 나갈 수 있었음에도 나가지 않았습니다. 왜 그랬을까요? 라푼젤은 바깥세상을 경험하진 못했지만, 계속된 마녀의 언어적 경고로 머릿속에 이미 바깥세상의 위험성에 대해 각인刻印이 되어 있던 것이었습니다.

생각을 생각으로 바라보지 않고 사실로 받아들이는 현상을 심리학에서는 '인지적 융합'*이라고 부릅니다. 즉, 생각의 내용에 대한 강한 믿음이 내재되어 있는 것을 의미합니다. 이러한 특성은 장점이 분명히 있지만 행동을 불필요하게 경직되게 만드는 단점도 있습니다.

라푼젤은 직접 경험해보지도 않고 바깥세상이 위험하다는 강한 믿음이 있었습니다. 우리는 라푼젤과 같은 모습이 없는지요? 해보기도 전에

* 인지적 융합이란 관련짓기의 산물을 넘어서 관련짓기의 과정에 주의를 기울이지 못함으로써, 생각이 행동 조절의 다른 원천들을 지배하게 되는 경향을 일컫는 말입니다.

실패가 두려워서 도전을 꺼립니다. 시도조차 하지 않으려 합니다. 해보기도 전에 겁부터 냅니다. 대인관계에 자신이 없어 사람 만나기를 꺼립니다. 능력이 없다고 생각해서 하고 싶은 일이 있어도 다른 일을 찾습니다. 대인관계 기술과 특정 직업이 요구하는 능력이 부족할 수 있습니다. 그러나 사람 만나기를 꺼려하고, 내가 원하는 일이 아닌 다른 일을 찾는 것은 객관적인 사실이 아닌 우리의 강한 믿음이 만들어낸 결과일 수 있습니다.

라푼젤은 주저주저하다가 큰 용기를 내서 바깥세상을 경험하고자 탑 밖으로 나오게 됐습니다. 생각보다 위험하지 않다는 것을 직접 경험했습니다. 우리도 그럴 수 있습니다. '막상' 행동을 해보면 우리가 예상했던 결과와 다른 결과가 나타날 수 있습니다. 혹시 내가 가지고 있는 강한 믿음을 지지하는 증거만을 찾으려고 하지 않는가요? 그리고 우리의 행동을 막고 있는 것이 객관적인 사실이 아닌, 우리가 가지고 있는 생각 혹은 믿음 때문이지 않는가요? 아무 것도 하지 않으면 아무 일도 일어나지 않습니다. "실패는 승리를 가리고 있는 안개와 같다." 이 문장에서 무엇이 느껴지시는지요? 안개는 해가 뜨면 곧 사라짐을 의미합니다. 흐릿함이 걷힌 후 보이는 찬란한 햇살! 더 반갑게 느껴집니다. 우리의 실패도 곧 사라질 안개와 같다고 선포해 보세요. Stop stopping! 멈추는 것을 멈추고 계속 나아가십시오. 실패에 머물러 울지 마십시오. 지금은 흐릿하고 답답한 안개 속에 있어도 머지않아 동이 트면 모든 것은 선명해지고, 우리의 눈은 밝은 희망을 볼 것입니다. 부딪쳐보는 겁니다. 힘차게, 죽기 아니면 까무러치기라는 생각으로요.

갈 곳 잃은 너,
어디 가니?

오늘날의 대학 초년생들은 갈 곳 잃은 한 마리의 양과 같습니다. 머리를 두리번거리며 어느 길로 가야 할지 고민하지만 이들의 발걸음은 제자리에 머물러 있을 뿐입니다. 아는가요? 이들의 모습이 그동안 한 마리의 갈 곳 잃은, 엄밀히 말하면 '갈 곳 없는' 양이었다는 것을요. 계속해서 이들은 스스로에게 '가야 할 길을 찾았는가? 하고 싶은 일이 무엇인가?'라는 끊임없는 질문을 던져야 합니다. 그러나 그 질문에 답변조차 하기가 어렵습니다. 왜냐하면 질문에 대한 답변을 고민조차 해본 적이 없기 때문입니다.

세상은 급속하게 변하고 있습니다. 이들은 이런 세상에서 한시라도 바삐 자신의 꿈을 찾아 앞으로 나아갈 길을 찾아야 합니다. 그러나 주변을 둘러보면 하루 24시간을 황금처럼 쪼개 써가며 자신의 갈 길을 바삐 가려 발버둥치는 이들이 드뭅니다. 도대체 왜 진로에 대한 이야기만 나오면 묵묵부답이 되는 것일까요? 마치 묵언수행默言修行을 하는 것처럼 한결같이 결론을 내릴 시도조차 하지 못하고 있습니다.

이들에게 "무엇을 하고 싶냐, 앞으로의 꿈이 무엇이냐" 물으면 이에 속 시원히 대답을 하는 경우는 거의 없습니다. 이는 자신에 대한 진로 고민을 너무 막연하게 생각하는 수준에서 그치기 때문입니다. 대부분 한 번쯤은 대학을 졸업해 어느 직장에 가서 무슨 일을 해야겠다는 그림은 그려봤을 것입니다. 그러나 단지 그뿐입니다. 그 이상으로 좀 더 자신의 인생에 깊이 들어가 '진지한 탐구'를 해본 적이 없습니다. 이들은 앞으로 무엇을 해야 할지 모르겠다고들 합니다. 이들이 다닌 중고등학교에서는 진로탐색을 위한 많은 프로그램을 운영하였고, 대학들마다 각종 진로프로그램을 운영하고 있습니다. 그러면 이들이 이런 진로 프로그램에 참여하고 있을까요? 그것도 아닙니다. 이들은 다양하고 유익한 프로그램을 만들어도 관심조차 없습니다. 얼마나 모순된 행동인가요? 갈 길을 모르겠다고, 도움이 필요하다고 그래서 도움을 주려하나 도움을 받지 않겠다는 태도와 같습니다.

이런 현상에 대해 결론 내릴 수 있는 답변은 단 하나입니다. 어렵고 귀찮기 때문입니다. 이들은 어렵고 귀찮은 일을 마주하게 되면, 시작하기도 전에 이를 회피하려 합니다. 아직 어린 대학초년생인 이들에게 현실이 무서운 것은 당연한지 모릅니다. 그러나 너무도 이런 현실을 대하는 자세가 지극히 수동적이고 방어적입니다. 대학에 들어오기 직전까지도 부모가 지극정성으로 보살펴주어 인생의 제대로 된 풍파를 겪지 못한 채 대학생이 됐을 것입니다. 그렇게 스무 살의 대학생에게 그동안에 누리지 못했던 엄청난 자율권이 쥐어줬습니다. 이런 자율권을 그렇다면 올바르게 썼을까요? 좀 더 쉬운 것, 좀 더 편한 것만을 찾아 헤맸을지 모릅니다. 누구나 다 할 수 있는 쉬운 방법으로는 절대 자신의 미래를 찾을 수 없습니다. 20년 동안 부모 덕분에 편안하게 살아왔을지라도 이제는 자신이 주체적으로 깨우치며 인생을 찾기 위해 고민하고 노력해야 합니다.

그렇다면 이들이 어디서부터 출발해야 할까요? 자신이 좋아하는 것부터 찾아야 합니다. 무엇이든지 시작이 가장 어렵습니다. 자신이 좋아하는 것을 쉽게 찾을 수 있을 것 같지만 쉽게 그 답을 찾지 못합니다. 자신이 좋아하는 일을 찾아 자기분석을 하고, 그 후 그중 자신이 잘하는 것을 찾아야 합니다. 이 모든 단계가 끝났을 시점에서 가장 중요한 것이 있습니다. 바로 경쟁력입니다. 누구나 다 할 수 있는 그런 일이 아닌 나만이 할 수 있는 그런 일을 찾아야 합니다. 자신만의 경쟁력 있는 일을 찾았을 때 이를 입증하는 과정이 필요합니다. 이에 가장 중요한 것이 현장답사입니다. 실제로 하고자 하는 일에 종사하는 선배, 혹은 주변 지인들을 통해서라도 종사자를 만나 그들에게 묻는 것입니다. 내가 과연 이 일에 적합한 사람인지, 이런 성격을 가진 사람이 과연 이 직종을 잘 할 수 있는지 등을 세세하게 물어보고 맞춰가며 자신이 그린 그림과 답지의 정답이 일치한지 확인하는 과정이 필요합니다. 사실 이런 단계는 매우 간단합니다. 그러나 대다수는 애초에 하려는 마음조차 없습니다. 지나친 말이지만 이들에게 강제성을 띠어서라도 진로를 찾을 수 있게끔 학교에서 그 발판을 마련해 주는 것도 하나의 방법일 것입니다.

이들은 타성에 젖어 쉬운 길만을 찾아 20년이 훌쩍 넘는 시간을 보내왔을지 모릅니다. 그러나 이제는 앞으로 살아가야 할 수 많은 날들을 생각해서라도, 미래의 꿈을 찾는 노력을 지금부터 시작해야 할 것입니다. 인도양의 모리셔스 섬에만 서식하던 도도새의 이야기입니다. 이 섬에는 천적도 없고 먹을 것이 풍부했기 때문에 더 이상 하늘을 날 필요가 없었습니다. 시간이 흐르자 날개는 점점 작아지기 시작했고 제 기능을 잃어버린 채 퇴화해버립니다. 그러나 도도새는 괜찮았습니다. 이곳은 평화로운 천국이나 다름없었기 때문입니다. 이후 인간이 섬에 발을 들여놓게 되었고, 날개가 있지만 날 수 없었던 도도새는 자신들의 서식지에서 비극적인 죽임을 당합니다. 그리고 약 100년 후 지구상에서 멸종되었습니다. 지상에 널린 먹잇감에 현혹돼 자신이 날개를 단 존재라는 것을 잊은 도도새! 결국 자신을 영원히 잃어 버렸습니다. 인생은 끊임없이 노력하는 이에게 진정한 자유를 선물합니다.

휘게를
아시나요

문득 삶의 여유를 되새겨 봅니다. 영국의 선교사가 남아프리카 오지奧
地에 있는 선교지를 향해 떠났습니다. 전임자와 임무 교대를 하는 일이
라 가능하면 약속 날짜 안에 도착해야 했습니다. 그러나 중간에 폭풍을
만나 날짜가 많이 지연된 상황에, 항구에 도착을 했습니다. 아직도 밀림
을 뚫고 며칠을 더 가야만 했습니다. 마음 급한 선교사는 짐을 짊어진
원주민들에게 속도를 내서 걸어가자고 재촉합니다. 이들이 한참을 걷더
니 쉽니다. 그런데 생각보다 오래 쉽니다. 선교사는 이제는 가자고 했더
니, 그들은 들은 채 만 채 자신들이 걸어온 길만 멍하니 쳐다보고 있었습
니다. 누굴 기다리느냐고 물었더니, 자기들의 혼을 기다린다고 답합니
다. 너무 빨리 걸어오는 바람에 혼이 몸을 따라오지 못하고 있어 혼이
도착하기를 기다리고 있다고 말했습니다. 분주한 삶에 무엇이 중요한지
를 되새겨보면서 삶의 여유를 되새겨 봅니다.

생소한 덴마크 단어 하나가 우리나라를 비롯해 세계적으로 주목받고
있습니다. 최근 영국 콜린스사전이 '브렉시트'와 '트럼피즘'에 이어 '휘게'
를 2017의 단어 3위로 꼽았습니다. 브렉시트와 트럼피즘은 정치적으로
2016년을 뜨겁게 만든 단어였으나 휘게는 소박하고 안락한 분위기인 덴
마크의 생활양식을 칭하는 단어로 매우 상반된 의미가 눈길을 끕니다.

덴마크는 세계에서 가장 행복한 나라로 알려져 있습니다. 덴마크는

유엔 등에서 해마다 행복보고서를 발표하면 줄곧 1위 자리를 놓치지 않습니다. 완벽한 복지와 안정된 정치·사회적 신뢰가 바탕에 깔려 있기 때문입니다. 최근에는 행복비결이 덴마크 특유의 '휘게Hygge'라고 소개되기 시작했습니다. 휘게는 덴마크어로 특정 사물을 지칭하는 용어가 아닙니다. 편안하고 행복한 분위기와 감정을 표현할 때 쓰는 단어입니다. 흔히 집에 머무는 느낌, 긴장을 풀어도 될 것 같은 느낌을 뭉뚱그려 휘게라고 합니다. 구체적으로는 따뜻한 음료, 양초, 벽난로, 보드게임 등이 휘게를 떠올리게 하는 사물입니다. 덴마크 사람들의 일상에 자연스럽게 녹아 있는 삶의 태도이며 소박한 생활 속에서 쿠키 하나라도 직접 만들어 소중한 사람과 함께 하는 편안한 시간을 의미합니다.

덴마크 사람들이 무엇보다 중시하는 것은 사회적 관계입니다. 식구들이 모이는 가정은 '휘게 본부'이며 크리스마스는 '가장 휘게스러운 날'로 인식되고 있습니다. 덴마크 사람들에게 집은 단순히 먹고 자는 곳 그 이상의 의미가 있는 휘게의 장소입니다. 덴마크 사람들이 몸을 치장하는 대신 집을 꾸미는 데 공을 들이는 것도 단순히 예쁜 인테리어를 추구하기 때문이 아닙니다. 집과 가구를 바라보는 시각이 다르기 때문입니다.

우리나라에서 휘게가 주목받는 사회·문화적 이유는 무엇일까요? 전 세계뿐만 아니라 국내에서도 2017년 트렌드 전망도서 『트렌드 코리아 2017』, 『라이프 트렌드 2017』등에서도 휘게를 언급했습니다. 이와 같은 분위기를 반영하듯 행복지수 1위인 덴마크의 비밀을 소개한 책 『휘게라이프, 편안하게 함께 따뜻하게』는 발간되자마자 좋은 반응을 얻고 있습니다. 우리나라는 세계에서 가장 경쟁적인 사회 환경을 가지고 있습니다. 인구밀도는 세계 1~2위를 다툽니다. 소득 수준은 덴마크의 절반인데 성공에 대한 기대는 그 이상입니다. 개인과 가족의 의지와 희생만으로 도달하기 어려운 조건에서 치열하게 삶을 헤쳐 나가다 보니 지친 삶이 새로운 삶의 가치 추구의 원천이라고 할 수 있습니다. 여기에 생활수준 향상과 글로벌화로 인해 높아진 눈높이는 삶의 질 향상을 기대하게 하면서 휘게가 우리나라의 새로운 현상으로 나타나게 되었습니다. 휘게의 유행은 우리 사회의 악명 높은 경쟁적 환경에 틈을 만들고, 새로운 환경을 조성해가는 과정으로도 이해할 수 있습니다.

요즘 패션, 리빙업계에서도 소비자들의 북유럽 디자인에 대한 관심이 큽니다. 특히 장식품과 그릇, 촛불, 양말 등 북유럽의 감성이 드러난 제품에서 그릇, 옷, 신발까지 북유럽 제품에 대한 소비자의 관심이 넓어지고 있습니다. 소비 측면에서 보면, 우리나라 사람들의 소비 분야가 개인화된 가치, 경험, 편의를 제공하고 만족시킬 수 있는 영역을 중심으로 확대됐습니다. 따라서 감성, 감각, 개성과 같은 부가가치가 모든 소비 분야의 상품과 서비스에 결합된 것이라고 이야기할 수 있을 것입니다.

이처럼 우리나라에서 휘게가 주목받는 심리적 이유는 무엇일까요? 우리나라는 행복연구에 있어서 매우 흥미로운 나라라고 합니다. 단기간 내에 엄청난 속도로 경제적 성장을 이뤄 삶의 질은 많이 좋아졌지만 삶의 만족도가 높지 않다는 점 때문입니다. 우리나라는 1인당 GDP가 세계 29위인데 반해 행복지수는 58위에 불과합니다. 사회적으로 많은 압박과 스트레스를 받고 있고 그로 인해 일과 가정의 균형이 잘 이뤄지지 않습니다.

이처럼 우리나라가 상대적으로 행복지수가 낮은 이유 중 하나는 다른 사람과 비교하는 사회적인 분위기 때문입니다. 우리나라 사람들은 자신이 필요한 것보다 남들이 얼마나 가졌는지 비교하면서 더 불행하게 느끼는 것 같습니다. 사회적으로 낙인찍히는 것이 두려워 정신적인 치료조차 제대로 받지 못하고 있다는 것 또한 큰 문제입니다. 그러므로 휘게는 힘들고, 실망스럽고, 각박한 외부환경 속에서 받는 스트레스를 집안에서 가족들, 친구들과 함께하며 따뜻한 위로와 편안한 안식을 얻고자 하는 의지가 표출된 결과입니다.

우리나라에서 휘게를 실천하기 위해서는 가족과 친구, 이웃, 직장동료 등과 좋은 관계를 통해 퇴근 후 아늑한 공간의 차 한 잔, 함께여서 즐거웠던 저녁시간 등 소박한 일상이 바로 행복이며 살아가는 이유임을 인식해야 합니다. 지쳐가는 대한민국에 언제나 서로 따뜻하게 보듬어 주는 휘게 라이프는 행복이 널리 퍼지기를 기대하는 우리나라 사람들의 간절한 마음이 녹아 있을 것입니다.

무언가를 만끽한다는 것은 그에 대해 감사하는 마음을 갖는 것입니다. 우리는 사랑하는 사람의 존재를 당연시하고 소홀히 하는 일을 경계해야 합니다. 감사함이란 내가 지금 이 순간을 살아가고 있음을 유념하고, 그 순간에 집중하며, 현재 누리는 삶을 감사히 여기고, 가지지 않은 것이 아니라 가진 것을 돌보는 마음입니다. 지금 이 시간을 만끽하면 다음에 오는 시간도 만끽할 수 있습니다. 지금 내가 사랑하는 사람과 오늘을 만끽하면 내일 더 사랑하는 마음으로 만끽할 수 있습니다. 지금 주어진 시간을 소홀히 하지 않고, 지금 가진 것을 사랑으로 돌보며 지금 이 순간을 만끽하는 것이 진정 행복한 삶일 것입니다.

함께하는 일상,
잠시 떨어져 지내야 할 때

　사람은 소통하는 동물인 만큼, 관계 속에서 얻는 애정을 갈구하며 살아갑니다. 이에 대한 가장 적합한 예시가 SNS일 것입니다. 세계인들과의 교류, 실시간으로 상황을 알리는 글이나 댓글 시스템 등 나를 알리는 가장 효과적인 수단이기 때문입니다. 사람들의 연결은 이렇듯 사회에 크게 공헌하고 있지만, 이런 사회 속에서 이렇게 묻고 싶기도 합니다. 우리들, 혹시 너무 가깝지는 않은가요?

　사람과 소통하기 좋은 세상이 될수록, '고독'은 점점 사람들로부터 등한시되어 간다는 생각이 듭니다. 물론 고독은 관계를 원하는 사람에게 있어 고난과도 같은 것입니다. 겉으로는 운치 있다고 말하지만, 이를 실제로 얻고자 하는 사람은 찾기 힘듭니다. 누구나 외로움은 견디기 힘듭니다. 아무도 내 말을 들어주지 않는 상태는 자신의 존재마저 의심하게 만들 것입니다. "인간은 태어날 때도 혼자, 죽을 때도 혼자이다."라는 말처럼, 고독은 죽음과도 같이 사람에게 찾아오는 절대적인 슬픔이라는 점에서 더욱 거부감이 듭니다.

　하지만 바로 그래서, 혼자만의 시간을 가지는 것이 필요하다고 말하고 싶습니다. 그 이유는 첫째, 자신의 삶을 음미하기 위해서입니다. 인간은 생각하는 동물입니다. 사람이 동물과 차이가 나는 이유는 사물을 보고서도 다채로운 상상을 발휘할 수 있기 때문입니다. 생각은 사람에게 있어서 가장 중요한 부분입니다. 하지만 이런 상상은 남과 있을 때는 잘 발현되지 않습니다. 타인의 말에서 나오는 수많은 정보들을 해결하는 것만 해도 벅차오릅니다.

그 정보를 재고하며 이것이 정말로 옳은 것인지, 나에게 필요한 것인지 등을 느긋하게 생각할 수 있을 때는 오직 내가 혼자 있을 때뿐입니다. 삶을 음미한다는 것은 곧 정신을 쉬게 한다는 것과 같습니다. 아무런 정보의 소용돌이 없이 조용한 나만의 세상을 가지는 것. 자신이 그간 겪어온 것을 되돌아보고 이에 가치를 덧붙이는 것은 외부에 대한 나의 생각의 폭을 넓힐 수 있습니다.

혼자만의 시간은 외부에 대한 시야뿐만 아니라 나 또한 성장하게 한다는 점에서도 무척 중요합니다. 앞서 언급했듯이, 다른 사람과 소통하고 있는 동안에는 외부의 정보들을 처리하느라 스스로 생각하기 힘듭니다. 그러나 혼자 있을 때의 사고는 외부의 사물에 대한 자신의 가치관뿐만 아니라, 자신의 가치관 자체를 성장시킬 수 있습니다. 과거를 생각하며 이에 잣대를 세우고 판단하다 보면 자신의 잣대가 과연 타당한 것인지 의심을 하게 되기 때문입니다. 그 의심의 순간은 결국 자신의 판단이 무조건 옳다는 편견을 버리게 만듭니다. 타인의 의견에 더 귀 기울이게 되고, 때로는 그것을 인정해야 한다는 내적인 성장을 이루게 되는 것입니다.

사람이 더욱 가까운 시대. 손 안에 핸드폰만 쥐면 혼자가 아닌 세상이 되었지만 그럼에도 혼자 있는 것이 가져다주는 중요한 교훈을 다시 새기며 살아야 할 것입니다. 이런 점에서 혼자 있는 법을 배우는 것도 필요합니다. 외로운 시간, 홀로 있는 시간, 피할 수 없는 힘든 시간입니다. 그러나 '좋은 선물'을 받는 값진 시간이기도 합니다. 고요, 평화, 침묵, 성찰, 자신감, 창조적 영감은 혼자 있는 시간에만 찾아오는 귀빈들입니다. 혼자 있는 시간, 외로운 시간을 만들어 즐기십시오. 내면 깊숙이 잠들어 있던 자신감이 눈을 뜰 것입니다. 고갈된 마음의 우물을 채우는 값진 시간입니다.

혼자 있는 법을 익혀야 누군가와 함께 있는 법도 알 수 있습니다. 홀로 있는 시간의 깊이를 알아야, 함께 있는 시간의 깊이도 알아차릴 수 있습니다. 내면의 고요와 평화, 창조적 영감은 혼자 있는 시간에 찾아옵니다. 선물처럼 다가옵니다.

수용과
전념

사람들은 행복하지 않을 때 괴로워합니다. 자신이 마땅히 누려야 할 것을 빼앗겼다고 생각합니다. 남들은 행복한데, 자신은 행복하지 않다면서 비관에 빠지기도 합니다. 마치 행복이 당연한 것처럼 생각합니다. 과연 행복한 것이 정상일까요?

미국의 심리학자 스티븐 헤이즈는 이 생각에 도전했습니다. 그는 행복은 정상이 아니라고 말합니다. 사람은 누구나 행복을 원하지만, 이는 사람이 누구나 행복하지 않다는 것을 의미할 뿐이라는 것입니다. 물론 현재 행복에 겨운 사람도 행복을 갈구할 수 있습니다. 하지만 이 역시 너무 오랜 시간 동안 행복하지 않은 경험을 했기 때문일 수 있습니다. 헤이즈는 우리가 지금보다 조금 더 나은 삶을 살려면 두 가지를 실천하라고 말합니다. 바로 수용과 전념입니다.

헤이즈는 심리적 문제와 고통에서 벗어나 행복해지기 위해서는 자신의 모든 상황을 있는 그대로 수용하라고 말합니다. 행복이 정상이라고 가정하면 행복하지 않은 자신이 비정상이 되지만, 앞서 언급했던 것처럼 행복은 정상이 아니라고 말합니다. 행복은 정상이 아니며, 자신이 겪는 고통과 괴로움이 어쩌면 정상일 수도 있음을 받아들이는 것을 '창조적 절망'이라고 합니다.

행복과 마찬가지로 희망도 역설적인 측면이 있습니다. 현재 상태가 희망이 아닌 절망이라는 것을 의미하기 때문입니다. 하지만 절망 때문에 괴로워하기보다는 이를 수용하는 것이 심리적인 어려움을 해결하고 행복해지기 위한 첫걸음입니다.

불교에서는 인생을 네 가지 고통四苦이라고 합니다. 태어나는 것, 늙는 것, 병이 드는 것, 죽는 것. 우리는 태어나서 죽는 그 순간까지 우리의 삶이란 이처럼 괴로움으로 가득 차 있습니다.

어떤 이들은 '인생에 별거 없다고 생각하면 너무 슬프고, 아무런 의욕도 없는 것이 아니냐?'고 할지 모르겠습니다. 그러나 이런 태도는 우리 삶에 대해 단순히 절망만 하는 것이 아닙니다. 창조적으로 절망하라는 것은 인생에 별 거 없으니, 정말 자신이 원하는 것이 무엇인지를 선택해서 전념하라는 것까지 포함합니다. 스티븐 헤이즈는 과거나 미래가 아닌 지금 자신이 원하는 것이 무엇인지 생각해 보라고 합니다.

어떤 사람들은 '그때 이렇게 해야 했는데'라며 과거를 후회하며 삽니다. 또 어떤 사람들은 '앞으로 이런 일이 생기면 어떡하지?'라며 미래를 걱정하며 삽니다. 어니젤린스키는 걱정을 이렇게 명쾌하게 정리해주었습니다. 걱정의 40%는 절대 현실로 일어나지 않는다고 말했습니다. 걱정의 30%는 이미 일어난 일에 대한 것일 뿐입니다. 걱정의 22%는 사소한 고민입니다. 걱정의 4%는 우리 힘으로 어쩔 도리가 없는 일에 대한 것입니다. 걱정의 4%는 우리가 바꿔 놓을 수 없는 일에 대한 것입니다. 그렇습니다. 걱정한다고 될 일이 없으니 걱정에서 해방되어야 합니다. 어느 날 공자가 조카 공멸을 만나 물었습니다.

"네가 벼슬한 뒤로 얻은 것은 무엇이며, 잃은 것은 무엇이냐?"

공멸은 표정이 어두워지더니 대답했습니다.

"얻은 것은 없고 잃은 것만 세 가지 있습니다. 첫째, 나랏일이 많아 공부할 새가 없어 학문이 후퇴했습니다. 둘째, 받는 녹이 너무 적어서 부모님을 제대로 봉양하지 못했습니다. 셋째, 공무에 쫓기다 보니 벗들과의 관계가 멀어졌습니다."

공자는 이번엔 공멸과 같은 벼슬에서 같은 일을 하는 제자 복자천을 만나 같은 질문을 해 보았습니다. 복자천은 미소를 지으며 대답했습니다.

"잃은 것은 하나도 없고, 세 가지를 얻었습니다. 첫째, 글로만 읽었던 것을 이제 실천하게 되어 학문이 더욱 밝게 되었습니다. 둘째, 받는 녹을 아껴 부모님과 친척을 도왔기에 더욱 친근해졌습니다. 셋째, 공무가 바쁜 중에도 시간을 내어 우정을 나누니 벗들과 더욱 가까워졌습니다."

공멸과 복자천, 그들은 같은 일을 하고 있었지만 전혀 다른 삶을 살고 있었습니다. 똑같은 일을 하고도, 똑같은 수입을 가지고도 한 사람은 세 가지를 잃었다고 푸념하는데 한 사람은 오히려 세 가지를 얻었다고 감사합니다. 공멸과 복자천의 차이가 있다면 삶을 바라보는 관점의 차이일 것입니다. 이처럼 같은 상황 속에서도 마음먹기에 따라 전혀 다른 삶을 살 수 있습니다. 행복의 비결은 좋아하는 일을 해서가 아니라 해야 하는 일을 좋아하기 때문입니다.

어느 병원 2층에는 중환자를 위한 특별병실이 있었습니다. 병실에는 창가에 침대를 하나밖에 놓을 수 없었는데 그 침대에는 '지미'라는 결핵 말기 환자가 누워 있었습니다. 지미는 매일같이 창밖에 보이는 경치를 감탄하며 다른 환자들에게 알려주곤 했습니다.

"날씨도 화창한데 어린이들이 소풍을 가는 날인가 보네. 저기 알록달록한 색깔의 가방을 멘 아이도 있고 즐거운 듯이 손에 든 가방을 흔들어 보이는 아이도 있어요. 그리고 나비 한 마리가 한 아이의 주변에서 춤을 추네요."

날마다 생생하게 바깥 이야기를 들려주는 지미의 이야기에 동료 환자들은 잠시나마 아픔을 잊곤 했습니다. 환자들에게는 지미로부터 창밖의 얘기를 들을 때가 가장 즐거운 시간이었습니다. 그러던 어느 날 아침에 모두가 잠에서 깨었을 때 지미의 침대가 깨끗하게 비어 있었습니다. 그러자 '톰'이라는 환자가 갑자기 큰 소리로 간호사를 불렀습니다. "내가 저기 창가에서 잘 테니 내 침대를 옮겨주시오." 유일하게 창밖을 내다볼 수 있는 그 침대는 순서가 있었습니다. 하지만 톰은 그 순서를 무시하려는 것이었습니다. 성품이 거칠었던 톰을 막을 수 없었습니다. 톰은 드디어 창밖의 모습을 볼 수 있다는 생각에 행복해했습니다. 창가로 옮겨 침대에 눕자마자 창밖을 봤습니다. 그런데 아무리 눈을 비벼 보아도 지미가 얘기하던 그 아름답던 풍경은 볼 수가 없었습니다. 그저 검게 그을린 벽돌담뿐이었습니다. 지미는 다른 환자들이 마지막까지 희망을 잃지 않고 생명의 끈을 놓지 않도록 보이지도 않는 바깥 풍경을 들려주었던 것입니다.

한 치 앞도 보이지 않는 미로 속에 있다 할지라도 한 줄기의 희망만 있다면 우리는 살아갈 수 있습니다. 언젠가는 건강해질 거라는 희망, 끝내는 성공할 수 있다는 희망, 오늘보다 내일이 더 살기 좋아질 거라는 희망… 희망은 더 나은 미래를 향한 생각이며 부정보다는 긍정을, 불가능보다는 가능성을 말해줍니다. 그러니 희망을 품고 사십시오. 희망을 심는 사람은 자기 자신도 꽃 피우고, 세상에 생기를 주어 이 땅을 행복하게 하는 사람입니다. 희망은 볼 수 없는 것을 보고 만질 수 없는 것을 느끼고 불가능한 것을 이룰 수 있습니다.

한 젊은 병사와 결혼해서 사막에서 살게 된 여인이 있었습니다. 그러나 사막의 황량함과 외로움을 견디지 못한 그녀는 마침내 친정어머니에게 편지를 보냈습니다.

"어머니, 저는 집으로 돌아가고 싶습니다. 이 메마른 사막이 너무도 싫습니다. 이곳은 사람이 살기에 끔찍한 지역이랍니다."

그녀의 어머니에게 다음과 같은 아주 짧은 답장이 왔습니다.

"두 사람이 감옥의 철창을 바라보고 있었습니다. 한 사람은 진흙을 보았고 한 사람은 별을 보았단다."

어머니가 보내주신 글의 의미를 깨닫게 된 그녀는 진흙이 아닌 별을 찾기로 했습니다. 그녀는 사막의 꽃인 선인장에 대해 연구하기 시작했고, 그 근처 인디언의 말과 풍습과 전통을 연구했습니다. 그 결과 그녀는 사막에 관한 전문가가 되어 좋은 책을 쓰기까지 했다고 합니다. '바라봄'에는 법칙이 있습니다. 똑같은 것을 바라봐도 어떻게 바라보느냐에 따라 다르게 보인다는 것입니다. 지금 당신이 있는 곳은 어두운 감옥 철창 같은 곳입니까? 아무리 캄캄한 곳일지라도 희망의 빛은 있습니다. 진흙을 바라보지 말고, 별을 바라보십시오. 행복과 불행의 대부분은 주변의 환경이 아니라 자기 자신에 달려 있습니다.

마치 조개가 진주를 만들어내듯 시련은 인생을 풍성하게 만드는 계기가 됩니다. 그렇다 하더라도 시련을 겪고 싶어 하는 사람은 없을 것입니다. 피할 수만 있다면 피하고 싶은 것이 시련이지만 어쩔 수 없이 시련과 맞닥뜨려야 하는 순간이 옵니다. 그렇기에 시련을 어떻게 하면 피할 수 있을까를 고민하기보다 어떻게 받아들이느냐가 더 중요합니다. 시련의 순간에 진정한 삶의 열정은 빛을 발합니다.

학창시절 체육대회의 꽃은 이어달리기였습니다. 여러 종목 중에서도 가장 짜릿한 역전逆戰의 묘미를 선사하기 때문입니다. 우리의 삶도 이어달리기의 모습을 하고 있습니다. 타인이 아닌 과거의 내가 현재의 나에게, 현재의 내가 미래의 나에게, 바통을 넘겨주는 삶이 이어집니다. 바통을 건네받고 넘겨주는 과정에서 '아차!' 하는 순간 바통을 놓쳐버리면 환호와 탄식이 터져 나옵니다. 마찬가지로 인생에서 넘어질 때 비난과 야유가 쏟아집니다. 하지만 좌절할 필요는 없습니다. 주변 사람들의 응원과 격려의 소리도 들릴 테니까요. 오늘의 내가 전속력으로 달려 바통을 가장 먼저 전달할 때 내일의 나 또한 가장 먼저 달려간다는 인생의 짜릿한 묘미를 잊지 않고 살았으면 좋겠습니다. 삶 속의 바통은 '포기' 아니면 '도전'입니다. 포기가 아닌 도전으로 내일을 향해 힘차게 달려갑시다.

과거로 돌아갈 수 없으며, 미래를 당겨 살 수도 없습니다. 우리에게 주어진 시간은 오직 현재뿐입니다. 지금 원하는 것은 무엇인가요? 그것에 전념해보십시오. 수용과 전념, 너무나 간단하지만 이것이 우리를 참된 긍정으로 끌어줄 방법입니다. 인생에서 절망할 때마다 기억하십시오. 어차피 주어지는 절망을 긍정으로 바꿔보는 지혜를 길러보십시오.

잘 쉬고 계십니까?

우리 사회가 사회·경제적으로 발전하면서 여가의 중요성이 대두되고 있습니다. 국가적으로도 국민들이 휴식과 여가를 보장받을 수 있도록 정책적으로 배려합니다. 대표적인 것이 지난 2015년 5월 제정된 '국민여가활성화기본법'입니다. 이 법은 "여가의 중요성에 대한 인식을 높이고 일과 여가의 균형을 통해 국민들이 여가가 있는 삶을 보장받을 수 있도록" 제정됐습니다. 한마디로 국민들에게 쉬라고 권고하는 법입니다. 국민들에게 쉴 권리가 있다는 것을 강조하고 국가가 국민이 잘 쉴 수 있도록 정책을 마련하겠다는 내용입니다. 이 법은 우리나라가 비로소 쉼의 중요성을 깨닫게 됐다는 것을 보여주는 주요 변화로 풀이됩니다.

휴식은 사전적으로 '하던 일을 멈추고 잠깐 쉬는 것'을 말합니다. 인간의 삶은 노동과 휴식으로 이뤄집니다. 노동은 인간생활에서 반드시 필요한 부분이며, 휴식은 노동의 생산성을 높이는 역할을 합니다. 즉 노동과 휴식은 서로 연결돼 있습니다. 열심히 일을 했으면 또 잘 쉬어야 합니다. 잘 쉬어 재충전하지 않으면 그 다음에 일을 계속하기가 어렵습니다. 우리 인생에는 휴식이 꼭 필요하며, 중요한 일부분입니다. 휴식과 여가는 자기 자신에게 되돌아가고 자기 자신을 회복하는 시간입니다. 자신을 돌아볼 수 있어야 하고, 적어도 이때만이라도 더불어 이웃과 사회를 돌아보고, 우주만물과 전체 생태계를 바라보는 시각을 길러야 합니다.

경제가 발전하면서 노동시간이 줄어들고, 휴식과 여가시간이 늘어나는 것은 세계적 추세입니다. 휴식과 여가가 정신의 휴식 또 몸과 마음의 힘찬 건강을 위해 바르게 선용되어야 합니다. 여가는 삶의 질을 향상시키기 위한 적극적인 표현으로 올바른 휴식과 여가를 위해서는 여가에 대한 올바른 이해가 우선돼야 합니다.

올바른 휴식과 여가를 위한 전제조건으로 우선 여가를 위한 여가가 되어서는 안 됩니다. 예를 들어 여가를 즐기기 위해 주말에 자동차로 야외에 나갔다가 고속도로 정체로 스트레스를 받거나, 여가를 즐기는 것이 또 다른 노동이 되어서는 안 됩니다. 올바른 여가를 위해서는 노동의 자유와 자아의 성장과 발견을 위한 노력이 조화를 이뤄야 합니다. 여가가 단순히 노동을 멈추고 피로에서 회복하며 재충전하는 것을 넘어 그동안 달려온 길을 돌아보면서 성찰하는 시간이 돼야 합니다.

그렇다면 어떻게 쉬는 것이 좋을까요? 잘 쉬는 방법으로 여행도 좋습니다. 건강한 휴식을 갖고 에너지를 충전하기 위해서는 타인의 간섭을 받지 않고 혼자 떠나는 여행이 좋습니다. 여행뿐 아니라 독서, 영화 감상, 사진 촬영 등 문화생활은 스트레스를 해소시키고 기분 전환을 할 수 있어 정신 건강에 큰 도움이 됩니다. 적당한 거리를 아무 생각 없이 걷는 것도 육체 및 정신 건강에 좋습니다.

여가를 즐길 수 있는 사람들은, 같은 필요와 권리를 가지고 있으면서도 가난과 고생 때문에 쉴 수 없는 사람들을 기억해야 합니다. 바로 가족과 친지를 포함한 이웃들에게 시간을 내주고, 이들을 보살필 것을 요청해야합니다. 우리의 휴가가 이웃과 사회에, 그리고 생태계 전체에 어떤 영향을 끼치는지 고민해야 합니다. 올바른 여가는 재충전과 함께 자신을 돌아보고, 이웃을 위해 봉사할 수 있는 시간입니다. 그러나 이런 여가가 그림의 떡인 사람들이 많습니다. 백화점과 같은 유통업계에 종사하는 이들은 연휴에 쉴 수가 없습니다. 유통업이라는 특성상 남들이 쉴 때 일을 해야 하기 때문입니다. 지속되는 경기 침체로 매장 직원 수가 줄어, 잠깐이라도 매장을 비울 수조차 없습니다. 연휴를 이용해 어디 놀러간다 거나 집에서 편히 쉰다는 것은 꿈도 꾸지 못하는 상황입니다. 휴식의 권리가 보다 보편적으로 퍼질 수 있도록 노력해야 합니다. 휴식의 권리를 보장받지 못하고 있는 노동자들을 잊지 않고, 이들의 인간적 존엄을 위해 연대해야 합니다.

죄수의 딜레마,
일상에 침투하다

2014년 8월 〈무한도전〉 '도둑들 특집'에서는 멤버들이 지령을 수행하던 중 알 수 없는 음모에 휩싸여 감옥에 갇힌 채 심리게임을 펼치는 모습이 방영됐었습니다. 멤버들이 받은 지령의 내용은 많은 눈들이 지켜보는 가운데 방송국에 잠입해 의심받지 않고 시가 100억 원대의 기밀문서를 빼내는 것이었습니다. 멤버들은 이상하리만큼 순조롭게 기밀문서를 손에 넣지만 결국 경찰에 현행범으로 검거되고 말았습니다. 지금부터는 수사관과 멤버들 간의 심리대결입니다. 범인을 모두 밀고하지 않으면 전원이 곤장 5대를 맞지만, 범인을 밀고하면 밀고자 이외의 다른 사람들이 20대를 맞습니다. 더 나아가 전원이 밀고하면 모두가 10대를 맞습니다. 멤버들은 회유와 협박의 교묘한 심리전에서 밀고와 의리의 침묵 사이에서 고뇌에 빠집니다.

이는 바로 죄수의 딜레마를 접목한 심리대결입니다. 죄수의 딜레마란 게임 이론의 유명한 사례로 협력적인 선택이 서로에게 최선의 선택임에도 자신의 이익에 치중한 선택으로 인해 서로에게 나쁜 결과를 야기하는 현상을 말합니다.

두 명의 갱 단원이 체포되었습니다. 이들은 서로 의사소통을 할 수 없는 독방에 각각 수감되었습니다. 경찰은 증거가 부족한 상황에서 자백을 통해 범죄를 입증할 계획을 세우고 각각의 범죄자를 신문하게 됩니다.

이때 경찰은 두 명의 공범에게 동일한 거래를 제안합니다. 바로 다른 한 명의 공범에 대해 자백할 경우 자백을 한 범죄자는 석방을 하는 반면, 다른 공범은 징역 3년을 받게 된다는 것입니다. 이는 상대편 공범이 자백했을 경우에도 마찬가지입니다. 두 명의 공범 모두 상대편을 배신하고 죄를 인정할 경우 각각 징역 2년을 받게 됩니다. 그러나 둘 다 자백을 하지 않고 묵비권을 행사하여 협조할 경우 모두 징역 6개월을 받게 됩니다. 이는 고전적인 형태의 죄수의 딜레마입니다.

이와 같은 죄수의 딜레마는 우리의 일상에서도 흔히 볼 수 있습니다. 친구들과 함께 삼삼오오三三五五 모여 저녁식사를 하러 갔던 경험을 떠올려봅시다. 맛있는 저녁 식사가 끝난 후, 식당 종업원이 영수증을 당신이 있는 테이블로 가져다줍니다. 저녁 식사 값을 각자 주문한 음식의 가격만큼 지불할 수도 있고 "다 같이 1/n로 계산하자"는 친구의 말에 따라 전체 식사 값을 나눠서 낼 수도 있습니다. 글랜스와 허버만은 이러한 상황에서 발생할 수 있는 딜레마를 가리켜 '뻔뻔한 저녁식사의 딜레마'라고 정의 내렸습니다.

저녁식사의 딜레마는 의사결정과정에서 여러 명이 참여하는 일종의 죄수의 딜레마로 여럿이 식사를 하는 상황에서 보다 저렴하게 식사하기 위해 금액을 똑같이 나눠 지불하기로 한 후 메뉴를 고르는 상황에서 발생합니다. 동일한 가격을 내고 식사를 하는 상황에서 옆 친구는 비싼 스테이크를 주문하는데 나는 샐러드를 주문할 이유가 없다는 생각에 모든 사람이 상대적으로 값비싼 메뉴를 주문한 결과, 혼자 밥을 먹을 때보다 더 비싼 저녁식사를 하게 되는 현상이 나타납니다.

또 다른 경우를 생각해볼 수 있습니다. 눈치가 없는 건지 좁은 방 안에서 큰 소리로 전화하는 룸메이트가 있습니다. 이젠 더 이상 참을 수 없어 룸메이트가 무얼 하든 개의치 않고 나도 친구와 수다를 떤다면 두 명 모두 중요한 시험 기간에 집중하지 못하는 불상사가 생기게 됩니다.

그렇다면 위 이야기에서 서로 협조했다면 상황은 어떻게 달라졌을까요? 이와 같은 죄수의 딜레마 상황에서 우리가 선택할 수 있는 최선의 전략은 무엇일까요? 눈에는 눈, 이에는 이. 한 마디로 이전에 상대방이 했던 선택을 그대로 따라 하는 겁니다. 상대방이 배반을 한다면 자신도 배반을 하고, 상대방이 협동을 선택한다면 나 또한 상대방을 따라 협동을 선택했을 때 효과적입니다. 죄수의 딜레마 게임에서 가장 좋은 선택은 반드시 첫 번째 선택에서 협동적인 선택을 하는 것입니다.

우리를 둘러싼
딜레마 이야기

　몇 년 전 인기리에 방영됐던 드라마 〈커피프린스 1호점〉에서 남자 주인공 한결은 남장 여자 주인공 역할의 은찬이를 좋아하는 마음과 은찬이가 남자라는 사실 사이에서 괴로워합니다. 한결은 더 이상 자신의 감정을 숨길 수 없음을 깨닫고 은찬에게 "널 좋아해. 네가 남자건 외계인이건"이라고 말합니다. 이처럼 알게 모르게 우리는 일상에서 딜레마에 마주하고 있습니다.

　윤리시간에 윤리공부를 했다고 대학을 못 간다면 그건 옳은 걸까요? 이런 걸 아이러니라고 합니다. 그럼 윤리시간에 수학문제를 풀겠다는 학생에게 그러라고 하는 게 윤리적일까요? 아님 어차피 수능에서 선택하지도 않을 윤리를 계속 공부하라고 하는 게 윤리적일까요? 이런 걸 딜레마라고 합니다. 수능과 관련 없는 윤리시간에 수학문제를 못 풀게 하자 "수학 때문에 대학 못 가면 선생님이 책임지실 거예요?"라고 반항하는 학생에게 드라마 〈신사의 품격〉에서 윤리교사 이수가 한 말입니다. 학생은 정말로 못 알아듣는 듯 "그걸 제가 어떻게 알아요."라며 비딱하게 반응합니다. 학생이 멍청한 게 아니라 실제로 이수의 말은 한 번에 이해하기에 어려움이 있습니다. 우리도 마찬가지로 막상 딜레마적 상황을 설명하면 딜레마를 떠올리지 못합니다. 우리는 흔히 '딜레마에 빠졌다'라는 표현을 자주하지만 여기에 큰 의미부여를 하고 말하는 사람은 별로 없습니다. 하지만 딜레마는 사실 멀리 있는 것이 아니라 우리 삶에 깊숙이 자리 잡고 있습니다. 우리는 매일 선택을 하면서 살아갑니다. 그리고 그 선택의 갈림길에서 딜레마에 빠지는 순간을 이따금 마주하게 됩니다.

많은 학생들이 꺼려하는 조별과제만 봐도 그렇습니다. 조별과제에 열심히 참여하지 않고 무임승차하려는 사람을 교사에게 말할까 말까부터 어차피 수업에 늦었는데 뛸까 말까를 고민하는 것에 이르기까지 매우 다양한 방식으로 딜레마에 직면하고 있습니다. 어느 대학생은 소속 학과가 진로와 직결되지 않는 것 같아 전과를 생각하고 있지만 막상 전과를 한다고 해도 바뀐 학과가 꿈과 연관되는지, 흥미와 적성에 맞을지 확신이 들지 않아서 고민이라고 말했습니다. 별로 안 친해 어색한 사람이 같이 밥을 먹자고 했는데 같이 먹으면 내가 불편하고, 거절하면 관계가 서먹서먹해질까 걱정이라고 말했습니다. 이래도 저래도 힘든 그 상황이 딜레마입니다.

선택을 멈추지 않는 한 우리는 이러한 딜레마에 맞닥뜨릴 수밖에 없습니다. 이쯤 되면 딜레마가 대체 무엇인지 몹시 궁금해집니다. 그렇다면 딜레마란 과연 무엇일까요? 딜레마란 선택해야 할 길은 두 가지 중 하나로 정해져 있는데, 그 어느 쪽을 선택해도 바람직하지 못한 결과가 나오게 되는 곤란한 상황을 말합니다. 그렇다면 사람들은 왜 이러한 딜레마 상황에 직면하는 건가요? 현대사회의 다양하고 무수한 정보들은 우리가 선택할 수 있는 폭을 넓히는데 기여합니다.

심리학자 슈왈츠는 넓어진 선택의 폭이 개인에게 자유와 행복을 가져다주기보다 오히려 개인을 불행하게 만들 수 있음을 가리켜 선택의 역설이라고 말했습니다. 슈왈츠는 이러한 선택의 역설에서 빠져나오기 위해서는 자신의 선택에 대해 만족할 수 있는 태도를 가져야 하고 다른 사람의 선택과 비교하지 말라고 조언했습니다. 하지만 우리가 어떤 선택을 하던 간에 후회는 남기 마련입니다. 자신이 선택하지 않은 대안들에 대해 지속적으로 생각하고 후회하는 것은 자신을 더 우울하게 만들 수 있으므로 주의해야 합니다.

후회는 사후 가정적 사고와 같은 인지적인 요소와 동시에 슬픔이나 분노와 같은 정서적인 감정을 동반합니다. 사후 가정적 사고란 '만약 … 했다면' 또는 '만약 …하지 않았다면'과 같이 어떠한 사건이 발생한 후에 발생하지 않은 대안적인 사건에 대한 생각을 말합니다. 현재의 결과가 '만약 내가 이 과목을 수강 철회했다면, 이렇게 좋은 강의를 들을 수 없었을 거야'와 같이 긍정적이라면 안도, 기쁨, 만족을 느끼게 되지만 '만약 내가 A와 사귀지 않았다면, 지금처럼 힘들지 않았을 거야'와 같이 부정적이라면 후회, 슬픔, 실망을 느끼게 됩니다.

그렇다면 지금 선택의 결과로 인해 후회를 느끼고 있다면 어떻게 대처해야 할까요? 우선 후회의 긍정적인 기능을 인지할 필요가 있습니다. 현재의 후회는 미래의 후회를 예방하는 역할을 하며 특히, 이전에 선택하지 않음에 대한 후회는 이후 새로운 선택을 할 때 보다 적극적이고 능동적인 행동을 하는데 영향을 미칠 수 있습니다. 현재의 선택이 새로운 가능성과 기회를 제공할 수 있습니다.

지금 이 순간에도 우리 앞에는 선택하지 않으면 안 되는 '선택'이 놓여 있습니다. 만약 어떤 선택을 해도 만족스럽지 못한 결과가 나오게 된다면 우리는 또다시 딜레마를 맛보게 될 것입니다. 그리고 또 한 번 뒤늦은 후회를 합니다. 선택을 되돌릴 수 없다면 현재의 상황을 긍정적으로 받아들여야 합니다. 조금만 다르게 보면 딜레마는 자연스러운 현상이고 평범한 삶의 일부가 됩니다. 이제는 딜레마를 어떻게 바라볼 것인지 진지하게 생각해볼 때입니다.

우리가 굳이
불편해야 하는 이유

며칠 전 식사 자리에서 한 지인이 물었습니다. 혹시 "프로불편러세요?" 농담조로 얘기하던 그의 말에 잠자코 쓴웃음을 지을 수밖에 없었지만, 함께하던 지인들은 유쾌한 웃음을 터뜨렸습니다. 그도 그럴 것이 오늘날의 프로불편러는 '쓸데없이 트집잡기에 혈안이 된 사람'을 비꼬는 신조어로 사용되고 있기 때문입니다. 그러나 프로불편러라는 말을 농담처럼 사용하는 그 상황마저 불편하다고 말하고 싶었던 저는, "생각하시는 그 프로불편러가 맞습니다."고 말해주었습니다.

사람들의 달갑지 않은 시선에도 프로불편러를 자처하는 이유는 딱 하나입니다. 우리가 사용하는 언어 곳곳에서 느껴지는 차별과 혐오를 견디기 힘들기 때문입니다. '미친놈', '호모 같아', '목사 같지 않아', '선생답네' '촌스럽네' 일상에서 쉽게 찾아볼 수 있는 이러한 언어는 편견과 혐오를 전제로 한 것들입니다. 이런 말들은 장애인과 성소수자, 여성과 청소년, 고아와 입양아, 다문화와 외국인 노동자를 비롯한 사회적 약자를 겨냥하기도 합니다. 한 사람이 사용하는 언어에서 사회적 약자를 타자화하거나 차별, 혐오하는 개인의 무의식이 그대로 드러나는 것입니다.

우리는 친구들과 대화하는 과정에서 사회적 약자에 대한 차별이 담긴 언어를 쉽게 내뱉습니다. 당장 내 눈앞에 당사자가 존재하지 않기 때문입니다. 겉으로 드러나지 않는 당사자도 있으며, 사회적 약자라고 느껴지지 않는 당사자도 있음을 되새겨야 합니다. 이들에 대한 수많은 비하 발언이 사소한 농담이 되는 순간 차별과 혐오는 재생산됩니다.

혹자는 '병신'이라는 단어는 친한 친구 사이에서 주고받는 장난일 뿐이고, 나라를 망쳐버린 대통령을 '미스 박'이라고 부르는 게 무슨 대수냐고 반박할지도 모릅니다. 그러나 전자는 장애인을 우스운 사람에 비유했고, 후자는 대통령 개인이 저지른 잘못에 대한 비판이 아닌 결혼 여부에 따라 여성을 구분해 비난했다는 점에서 차별을 전제한 언어입니다. '나는 그런 의도로 말한 게 아니다'라는 합리화를 강조한다고 해도, 사실 그런 의도로 말한 게 맞습니다. 의도가 어떻든 그 단어를 내뱉었다는 사실은 변하지 않기 때문입니다.

언어는 사회적 관념을 반영하는 가장 강력한 무기입니다. 우리가 무심코 내뱉은 말에 누군가는 상처를 받고, 차별과 혐오는 더욱 견고해집니다. 그러나 사회는 차별을 전제한 언어에서 벗어나기 위해 몸부림치는 사람들에게 '뭘 또 그렇게까지 하냐'며 프로불편러라는 낙인을 찍습니다. 우리 사회에 만연한 사회적 약자에 대한 차별과 불공정을 개인의 불편함과 예민함으로 돌려버리는 것입니다. 그러나 불편함을 느끼지 못한다는 것은 자랑할 일이 아닙니다. 사회적 약자가 차별받는 상황을 묵인하고, 그들을 외면하는 데 앞장서겠다는 부끄러운 변명일 뿐입니다. 무심코 내가 쓰는 언어가 어떤 사람에게 차별이나 혐오로 느껴질 수 있습니다. 그렇지 않도록 세심한 배려로 단어와 문장을 골라 입 밖으로 꺼내는 것도 필요한 일입니다.

문득 언젠가 촛불집회가 열리던 광화문 광장에 울려 퍼진 말이 떠오릅니다. "우리는 박근혜와 최순실이 없는 나라가 아니라, 혐오와 차별이 없는 나라를 위해 싸워야 합니다."고 말한 어느 프로시위꾼의 말이었습니다.

중도의 지혜

살면서 많이 느끼는 게 있습니다. 강함이 겹쳐있으면서 중도中道를 얻지 못하며, 위로는 하늘에 있지 않고 아래로는 밭에 있지 않고 가운데로는 사람에 있지 않는 것 같습니다. 서로 옳음을 주장하지만 소통하여 중도를 얻지 못하는 것을 많이 봅니다. 지나치게 강하여 중도를 얻지 못하면 상체와 하체를 연결하는 등뼈를 갈라놓는 것과 같고, 자기의 주장만을 굳게 지키면서 화해하기를 바라는 것은 불을 안고 있으면서 서늘하기를 바라는 것과 같습니다.

사람의 몸 가운데 유일하게 그치고 움직이지 않으며 자신이 볼 수 없는 부위가 '등背'입니다. 그래서 등에 그치면 몸을 보지 못 합니다. 서로 등져서 보지 못하는 것이 심각하면 함께 있어 아주 가까이 있지만 각자 서로 함께하지 않는 것이 마치 사람들이 뜰 안에서 함께 가지만 누구도 누구를 보지 못하는 것과 같습니다.

생각은 자리를 벗어나지 않아야 하고 생각할 것을 생각해야 합니다. 생각도 합당한 장소와 때에 그쳐야 하고 지나치거나 모자라서도 안 됩니다. 생각은 실제에 적합해야 하니 지나치면 공상空想이 되고 모자라면 보수에 빠집니다.

말해야 할 때 말하고, 말하지 말아야 할 때에 말하지 않는 것도 그치는 도道입니다. 그치는 도는 때를 중시하니, 어떤 일을 견지하든 견지하지 않던 반드시 시간의 변화에 근거하여 융통성 있게 파악하여 나아가거나 물러나야 합니다. 그렇지 않으면 말에 경중輕重·완급緩急의 순서가 없게 될 것입니다. 여름은 정말 무지하게 더웠습니다. 그러나 때가 되니 무더위가 지나가고 제법 선선한 것이 그렇게 무더웠던 것이 언제였든가 싶습니다. 극강極强한 더위도 때가 되면 선선해지는 것은 자연의 이치입니다. 하지만 우리 인간의 일은 때가 된다고 저절로 '그침'이 이루어지는 것은 아닙니다.

인사人事의 그침은 두 가지 상황을 벗어나지 않으니, 가야 할 때에 그침은 마땅히 해야 할 일을 견지하여 하는 것이고, 그쳐야 할 때에 그침은 하지 말아야 할 일을 견지하여 하지 않는 것입니다. 그침은 나를 그치게 하는 것이지 남을 그치게 하는 것이 아닙니다. 동태動態적으로 그치고 정태停態적으로 그쳐서 그침이 제자리를 얻는 것이 '소통'과 '중도'를 이루는 도입니다. 발에 그쳐야 할 때가 있고, 장딴지에 그쳐야 할 때가 있으며, 허리에 그쳐야 할 때가 있고, 몸에 그쳐야 할 때가 있으며, 입에 그쳐야 할 때가 있습니다. 때에 맞게 그칠 줄 아는 지혜가 있어야 할 것입니다.

제가 섬기는 학교 교정에 돌로 된 표석標石이 여럿 있습니다. 돌은 자기를 자랑하지 않고 그대로를 나타내 보입니다. 그래서 돌로 글을 새겨 기념하고 교훈을 되새기게 하는가 봅니다. 이런 돌에 새겨진 글을 보고 공감과 감동을 받지만 글을 보듬고 있는 돌을 보면서 공감하고 감동을 받기도 합니다. 그런 점에서 돌은 그침의 도를 보여줍니다. 물도 그렇습니다. 『노자도덕경老子道德經』에 "상선약수上善若水"라는 말이 있습니다. 이 말은 "가장 좋은 것이 물과 같다."는 뜻입니다. 그렇습니다. 물은 기다리는 것, 인내하는 것, 귀를 기울이는 것을 보여줍니다. 그래서 저는 흘러가는 물을 보면서 삶의 교훈을 배우곤 합니다.

차선의 지혜

부드러움이 강함을 이깁니다. 중국의 사상가이며 도가철학의 시조인 노자老子가 눈이 많이 내린 아침, 숲을 거닐고 있었습니다. 그때 어디선가 들리는 요란한 소리에 노자는 깜짝 놀랐습니다. 노자는 고개를 돌려 쳐다보니 굵고 튼튼한 가지들이 처음에는 눈의 무게를 구부러짐이 없이 지탱하고 있었지만, 점차 무거워지는 눈의 무게를 감당하지 못하고 요란한 소리를 내며 부러져 버렸습니다. 반면 이보다 가늘고 작은 가지들은 눈이 쌓임에 따라 자연스레 휘어져 눈을 아래로 떨어뜨린 후에 다시 원래대로 튀어 올라 본래의 모습을 유지하고 있는 것이었습니다.

이를 본 노자는 깊이 깨달았습니다. "저 나뭇가지처럼 형태를 구부러뜨림으로써 변화하는 것이 버티고 저항하는 것보다 훨씬 더 나은 이치로구나!" 부드러움이 단단함을 이깁니다. 부드러운 것은 자신을 낮추는 것을 의미합니다. 벼는 익을수록 고개를 숙이듯 자신을 낮춰 상대의 의견을 경청하고, 좋은 것을 취하는 사람이야말로 세상을 이기는 지혜로운 사람일 것입니다. 부드러움이 억셈을 이기고, 약함이 강함을 이깁니다. 그러므로 혀는 오래가나 이는 억세어서 부러집니다.

수탉 두 마리가 암탉을 차지하기 위해 치열하게 싸우고 있었습니다. 둘은 한참을 싸웠고, 마침내 승패가 결정됐습니다. 싸움에서 진 수탉은 깊은 상처를 입고 고개를 숙였습니다. 그리고 어둑한 구석으로 숨어버렸습니다. 반면 이긴 수탉은 암탉을 차지하게 된 기쁨과 승리에 도취해 높은 담장 위에 올라가서 큰 소리를 내지르며 자랑했습니다. "꼬끼오~이 세상은 내 것이다!" 그때 그 소리를 듣고 독수리 한 마리가 어디선가 날아와 눈 깜짝할 사이에 담장 위의 수탉을 낚아채 가버렸습니다. 결국, 싸움에서 진 수탉이 암탉을 차지하게 되었습니다. 한 치 앞도 모르는 인생에서 영원한 승자, 영원한 패자는 없습니다. 오늘의 승자가 내일의 패자가 될 수도 있습니다. 오늘의 패자가 내일의 승자가 될 수도 있습니다. 그러니 일이 잘 풀린다고 자만하지 마십시오. 높은 자리에 있을수록 조심하고, 겸손해야 합니다. 그 때가 위험한 때입니다.

현명한 지관地官은 자신의 묏자리를 고를 때면, 최고의 명당明堂자리를 피한다고 합니다. 왜 그럴까요? 그 이유는 왕이나 정승이 날 명당자리는 누구나 탐내는 자리이기에 필연적으로 파헤쳐지거나 화를 불러오기 때문이랍니다. 그러기에 여기에 버금갈 차선의 자리를 골라 누움으로써 자손 대대로 안녕과 영화를 장만해주려는 겁니다. 자칫 눈앞의 욕심에 어두워지면 명당자리가 흉지凶地로 변하기 마련이고, 넘치는 복은 재앙의 미끼가 되기도 합니다.

누군가에게 길을 묻었습니다. 분명 같은 곳을 묻는데도, 사람에 따라 다르게 대답합니다. 술을 좋아하는 사람에게 길을 물으면 이렇게 대답한다고 합니다. "저쪽 구석에 호프집이 있고 거기서 오른쪽으로 돌면 포장마차가 보여요. 거기서 300m 직진하면 됩니다." 그리고 이번엔 목사에게 길을 물어봅니다. "거기 교회를 지나서 100m 가면 2층에 교회가 보이고요. 그 교회에서 오른쪽으로 돌면 됩니다." 사람들에게 '+'가 그려진 카드를 보여주면 뭐라고 말할까요? 수학자는 덧셈이라 하고 산부인과 의사는 '배꼽'이라고 말할 수 있습니다. 그리고 목사나 신부는 '십자가'라 할 것이고 교통경찰은 '사거리'라고 할 것입니다.

왜 그런 걸까요? 사람은 누구나 다 자기 관점에서 바라보기 때문입니다. 한마디로 그들의 말하는 것은 '틀린' 것이 아니고 '다를' 뿐입니다. 그래서 사람은 서로를 비판의 대상으로 보는 것이 아니라 이해의 대상으로 봐야 합니다. 우리는 종종 다른 것을 틀린 것으로 생각합니다. 하지만 나와 다르다고 외면하거나 비판으로 '틀림'만 강조할 것이 아니라 먼저 상대에 대한 '다름'을 인정하고 존중할 때입니다. 그러니 내 생각과 다르다고 '틀렸다'고 하지 마십시오. 때론 생각지도 못한 지혜를 나와 다른 상대에게 배울 수 있습니다. 서로의 '다름'을 인정하고 존중하는 것, 더 나은 세상을 만드는 지름길입니다.

흔히 '천인천색 만인만색千人天色 萬人萬色'이라며 사람들의 다양성을 이야기합니다. 그러기에 최선의 가치는 사람마다 모두 다릅니다. 자신의 위치와 욕심과 관심에 따라서 재물을 제일로 여기는가 하면, 공명심을 최고로 삼는 사람, 혹은 이념을 우선으로 삼기도 합니다. 이처럼 다원화된 오늘 우리 사회에서 '최선은 과연 최선일까?'하는 의구심은 늘 화두가 되기도 합니다.

가끔 최선의 사회가 우리를 곤란하게 만들기도 합니다. 지도자의 최선은 일방적인 최선이 될 가능성이 많기에 대중들을 몰아붙입니다. 그로 인해 경직된 사회가 되고, 최선이란 이름 아래 독선의 길을 걸음으로써 불통의 사회를 만들기도 합니다. 최선과 최선이 만나면 반드시 물러남이 없는 쟁투爭鬪가 시작됩니다. 최선을 나 자신에게 적용할 때는 빛이 나지만, 남에게 적용하면 분쟁과 분열이 나기 십상입니다.

여기에 비해 차선은 일단 나를 내려놓는 것에서 시작합니다. 내 의견을 잠시 내려놓음으로써 상대의 생각을 경청하게 되고, 내 고집을 꺾음으로써 소통의 대로大路를 만들어 가는 겁니다. 최선에는 나만 존재하지만, 차선에는 너와 내가 함께 어우러지기 때문입니다.

요즘 우리 사회를 돌아보면 최선에 매몰되어 옴싹달싹하기가 힘듭니다. 최선을 다해도 변화가 없는 걸 보면 그 최선이 사실은 독선이었나 봅니다. 차라리 차선에서 길을 한번 찾아보면 좋았을 것을 하는 생각을 해봅니다.

빛나되
눈부시게 하지 말라

『노자도덕경老子道德經』58장에 나오는 말입니다. "直而不肆직이불사 光而不燿광이불요: 곧으나 너무 뻗지는 않고, 빛나나 눈부시게 하지는 않습니다." 중국 속담에는 "낭중지추囊中之錐"란 말이 있습니다. 이 말은 "주머니 속에 들어있는 송곳은 그 끝이 뾰족하여 언젠가는 주머니를 뚫고 나온다."는 말입니다. 모든 일에 가질수록, 높아질수록, 낮아지는 겸손과 여유의 미덕을 가져야 존경받고 더불어 살아가는 삶을 살 수 있을 것입니다.

신약성경 마태복음 6장 3절입니다. "오른손이 하는 일을 왼손이 모르게 하라." 무슨 일을 하든지 겉으로 드러나고 보여주기를 중시하는 사람처럼 떠벌이지 말고 은밀하게 하라는 것입니다. 사람들이 알아주기를 바라지 말고, 조용히 은밀하게 행하는 사람이 진짜입니다. 요한복음 12장 24절입니다. "한 알의 밀알이 땅에 떨어져 죽으면 많은 열매를 맺는다." 이것이 바로 '불요不燿'입니다.

19세기 말에 영국정부가 국가적으로 크게 공헌을 한 고든Charles George Gordon 장군을 치하하려고 했습니다. 동상을 세우고 기념비를 건립하려고 했지만 장군은 허락하지 않았습니다. 작위爵位를 수여하고 포상금을 지급하겠다고 해도 정중히 사양했습니다. 그는 크림전쟁에서 33회나 적진을 누비면서 혁혁한 공을 세워온 터라 영국정부는 어떻게든 기념을 하고 싶어서 작은 금메달에 그 공을 기록하여 증정했습니다. 장군이 죽은 후 유품을 정리하는데 당연히 있어야 할 메달이 안 보였습니다.

사람들은 그것이 궁금하여 수소문해서 알아본 결과, 가슴 뭉클한 사연이 드러났습니다. 장군은 맨체스터에 엄청난 흉년이 들었을 때 그 메달을 녹여 팔아서 굶주리는 사람들을 구제하는 데 썼습니다. 겸손과 배려로 그리고 드러나지 않는 존재감으로 살아가는 삶이 되어야 할 것입니다. 겸손을 다짐하면서 아래의 글을 되새겨 봅니다.

천하보다 소중한 한 글자는 바로 '나'입니다.

그 어떤 것도 이길 수 있는 두 글자는 '우리'입니다.

세상에서 가장 아름다운 세 글자는 '사랑해'입니다.

평화를 가져오는 네 글자는 '내 탓이오'입니다.

누구나 언제 어디서나 가능한 최고의 힘이 되는 다섯 글자는 '정말 잘한다'입니다.

더불어 사는 세상을 만드는 여섯 글자는 '우리 함께해요'입니다.

뜻을 이룬 사람들의 일곱 글자는 '처음 그 마음으로'입니다.

인간을 돋보이게 하는 여덟 글자는 '그럼에도 불구하고'입니다.

다시 한 번 일어서게 하는 아홉 글자는 '지금도 늦지 않았단다'입니다.

나를 지켜주는 든든한 열 글자는 '내가 항상 네 곁에 있을게'입니다.

기억과
선택의 문제

일반적으로, 미인 선발대회에서 뽑힌 미녀들의 순위는 진, 선, 미로 나눕니다. 진眞이란 오류 혹은 거짓의 반대말로서 '참'이고, 선善이란 악의 상반된 뜻으로 '착함'이며, 미美란 추함에 대칭된 의미로 '아름다움'입니다. 그러니 호칭선택의 오류誤謬가 아니라면, 진으로 뽑힌 사람은 참에 가장 가까운 사람이어야 합니다. 선은 당연히 제일 착한 여성이며, 미가 가장 아름다운 여성이어야 합니다. 그러나 미인대회에서 실제로 적용되는 선발 기준은 외적인 아름다움 하나뿐입니다. 그런데 뽑힌 미인들을 1, 2, 3등으로 부르지 않고 진선미로 부르는 이유는 도대체 무엇일까요?

제가 정확히는 모르겠지만, 미인선발대회에서 그 어느 곳에서도 진선미를 기준으로 삼는 나라는 없습니다. 한국의 대회 주최자들은 모른다는 대답을 하기 전에 애초에 그런 문제엔 관심조차 없었습니다. 미인대회 입상자의 진선미는 1, 2, 3등의 대명사인 듯합니다. 인류가 추구해 온 보편적 가치인 진선미를 가치순서의 용도로 삼았을 뿐입니다. 참이라는 가치를 추구하는 인간의 행위를 학문이라고 하고, 착함을 추구하는 행위는 도덕이라 하며, 아름다움은 예술이라고 합니다. 그렇다면, 우리의 관심사일 수밖에 없는 인간의 종교적인 행위가 추구하는 가치는 무엇일까요? 구체적으로 말하자면, 그것은 믿음과 사랑, 깨달음과 자비, 어짊과 예절, 복종과 일치 등과 같이 개별 종교마다 각기 다를 수밖에 없습니다.

그러나 개별종교가 아니라 종교일반 전체를 아울러 말할 때, 종교가 추구하는 기본 가치는 무엇이라고 말할 수 있을까요?

다양한 종교들이 추구하는 보편적인 가치를 한마디로 말하면 '성聖', 즉 거룩함 혹은 성스러움일 것입니다. 그래서 종교의 창시자나 거룩함을 훌륭하게 성취한 사람들을 일컬어 '성인聖人'이라 부릅니다. 인류 역사 속에서 이들보다 더 큰 추앙을 받아온 사람들은 없을 것입니다. 학문적인 가치인 진을 성취한 학자, 도덕적 가치인 선을 성취한 선량한 사람, 예술적인 가치인 미를 성취한 예술가보다도, 종교적인 가치인 거룩함을 성취한 사람을 가장 위대하다고 칭송합니다.

그러나 오늘날 거룩함은 찾아보기 힘든 골동품이나 천연기념물처럼 되어 버린 것만 같습니다. 거룩함이라는 가치를 실현하는 구체적인 실천들이 진정으로 행복하게 한다고 믿지 않습니다. 그 대신에 이기적인 경쟁에서 만났던 쓴 맛을 잊고 그것을 행복의 지름길이라고 믿습니다. 진선미는 가장 세속적 이벤트에서나마 1, 2, 3등의 대명사라도 거론되고 있지만, 거룩함은 그곳에조차도 끼어들지 못합니다. 오늘 우리가 내팽개친 거룩함이란 구체적으로 무엇일까요? 이와 반대로 오늘날 많은 사람들이 열렬히 추구하는 가치는 무엇일까요? 오늘 이 시대의 가치는 편의와 쾌락입니다. 편의와 쾌락은 이기적인 욕망에서 활성화됩니다. 반면에 거룩함의 본성은 이타심利他心에서 활성화됩니다.

이기적인 욕망은 경쟁의 토대 위에서 구축됩니다. 이기적인 욕망은 결코 인간의 보편적인 목적이라고 말할 수 없습니다. 이기적인 욕망이 당연시되고 극대화되는 경쟁에서 살아남는 사람은 소수에 불과합니다. 그렇다면 이들 소수는 행복할까요? 그렇지 않습니다. 이들의 행복감은 오래가지 못합니다. 왜냐하면 이기적인 욕망은 끝이 없고, 경쟁도 끝이 없기 때문입니다.

오늘 우리는 경쟁이 당연시되고 경쟁에서 이겨야만 하는 현실적인 압박에 지쳐 있습니다. 이건 아닌데 하는 생각에 자신을 찾으려고 애를 씁니다. 무엇이 참된 가치인지, 어떻게 살아야 하는 것인지 묻습니다. 이타적인 실천을 한 번 두 번 하면서 알게 모르게 마음 깊은 곳에서 전해져오는 감동과 희열과 가슴 벅찬 감격을 경험하곤 합니다. 이 기억을 되새기면서 이기심과 욕망을 잊고 살기도 합니다. 이렇게 거룩함을 기억하면서 선택하는 삶이야말로 외모의 아름다움을 넘어서는 참되고 선한 아름다움일 것입니다. 우리는 이런 삶을 위해 무엇이 중요한지를 물어야 할 것입니다.

행복에
이르는 길

　저를 포함해서 대부분의 사람들은 세상보다 자신에게 더 관심을 두고 살고 있습니다. 자신을 아끼고 사랑하는 것이 모든 것의 출발점입니다. 자신을 더 아끼고 만족시키는 것이 본능적이고 인간적입니다. 그런데 이 본능적이고 인간적인 것 때문에 많은 이들이 아파하고 힘들어합니다. 영국의 NEFThe New Economics Foundation, 신경제재단란 곳에서 2009년 HPI 2.0the Happy Planet Index 2.0을 발표했습니다. 기대수명과 삶의 만족도, 친환경성을 바탕으로 국가별 '행복지수'를 산정했습니다. 2009년 세계은행이 발표한 1인당 명목 GDP가 17,078달러로, 조사된 164개 국가 중 32위를 기록했던 우리나라의 행복지수 순위는 어떨까요? 조사대상 143개국 중에 68위였습니다. 행복은 성적순(경제순)이 아니라더니 정말인가 봅니다.

　도대체 행복이 뭐길래 저 멀리 부탄에 살고 있는 사람보다 우리가 덜 행복하다는 것일까요? 버트런드 러셀의 『행복의 정복』이란 책은 불행의 원인과 행복의 조건에 대해 다루었습니다. 사회제도 등 외부적 환경은 제외하고 개인적인 심리만을 다룬 이 책에서, 인간을 가장 불행하게 하는 본성은 질투였습니다. 수년 전에 인기리에 방영된 〈별에서 온 그대〉의 남자 주인공이며 심리학자인 도민준 교수도 질투를 인간의 가장 저급하고 치졸한 감정이라 한 기억이 납니다. 그렇다면 행복의 조건은 무엇일까요? 다른 일들 때문에 생기는 긴장감을 풀어줄 수 있는 여러 분야에 대한 '폭넓은 관심'입니다. 어떤 것에 관심이 생기는 순간, 인생은 권태에서 벗어날 수 있습니다.

"앞길이 구만 리 같다."는 말이 아직 젊어서 어떤 일이라도 해낼 수 있을 만큼 세월이 충분하다는 뜻입니다. 그런데 어느 청춘은 이 말을 그만큼 살아가야 할 길이 저 멀리 막막하게 펼쳐졌다는 의미로 말했습니다. 그 이유는 왜 살아야 하는지 무엇을 하고 살아야 하는지 자신의 빛깔과 향기에 맞는 삶이 무엇인지를 잘 몰랐기 때문이었습니다. 이 청춘은 이른바 엄친아였습니다. 재벌은 아니지만 부유하고 단란한 가정에서 남들이 부러워하는 환경의 보호와 지원 속에서 자랐습니다. 공부도 잘 해서 이른바 명문대학에 재학 중이었습니다. 살아오면서 별다른 걱정이 없었고 실패한 경험도 없었습니다. 그런데 문득 문득 우울해지고, 자신의 존재가 아무 의미가 없다는 생각이 들곤 했습니다. 그가 이런 고민을 이야기한다면 "배부르고 등 따숩고 하니 별 미친 소릴 다한다."고 할까봐 아무에게도 말하지 않았다고 했습니다.

저로서는 이해하기 어려운 고민이었습니다. 속으로는 '별 게 다 고민이구나'하는 생각이 들었습니다. 깊이 공감이 되어야 위로도 해주고, 격려나 조언도 해주겠는데 이게 되질 않았습니다. 그렇다고 애써 찾아온 청춘에게 그냥 돌아가라고 말하는 건 사람의 도리가 아닌 것 같았습니다. 사실 좀 바쁜 일이 있어서 마음이 분주한 상태였습니다만 그래도 딴엔 얼마나 힘들면 찾아와서 이야기할까 하는 생각도 들었습니다. 제 마음의 이중적인 혼란을 감추고 마지못해서가 반이고, 진실한 마음이 반인 상태로 이야기를 그저 들어주었습니다. 공감이 잘 안 되니 어찌 반응해야 할지 몰라 그냥 들어주는데 급급한 상황이었습니다. 한참을 들어주니 청춘은 제가 자신을 위해 시간을 내주고 자신의 이야기를 아무런 평가나 비난 없이 들어주는 게 고맙다면서 표정이 밝아졌습니다. 마침 청춘도 약속이 있다면서 이제는 가야 한다기에 그제야 조언 비슷한 것을 해주었습니다.

이것은 서툰 제 경험에서 나온 지혜였습니다. 저도 갑작스런 권태로움에 빠져 세상에 대한 관심은커녕 주변 사람들에 대한 관심도 없었던 적이 있었습니다. 아주 부유하거나 돈이 많거나 높은 지위는 아니었지만 그런 대로 남들이 부러워할 만한 교사가 되고, 목사가 되고, 단란한 가정도 꾸렸습니다. 그런데 뭔가 모르게 사는 게 재미가 없고 지루하고 답답하게 느껴졌습니다. 저보다 잘난 사람들을 보면 화도 나고 저는 어렵게 어렵게 이룬 일을 이른바 금수저로 쉽게 얻은 이들에 대한 분노도 있었습니다.

그런데 제 삶에 엄청난 사건이 벌어졌습니다. 지난 2004년 6월 2일 사랑하는 딸이 임신 7개월에 920그램의 초극저체중조산아로 출생했습니다. 출생과 동시에 곧바로 신생아중환자실에 옮겨져 98일간 사경을 헤매고 하루에 병원비가 40여만 원에 이르는 고통의 시간이 이어졌습니다. 이런 상황에 저는 아무 것도 할 수가 없었습니다. 그 때 매일 신생아중환자실에 찾아가서 사랑하는 딸을 바라보면서 이야기해주곤 한 이야기를 글로 남겨, 공유하곤 했습니다. 별 생각 없이 남긴 제 글을 보고 같은 조산아를 둔 부모들이 위로받고, 이런 저런 삶의 고통으로 가슴 아픈 이들이 위로받았다고 했습니다. 이런 반응이 제게 큰 위로와 힘이 되었습니다. 제도적인 혜택도 찾아내고 하면서 힘든 과정을 견딜 수 있었습니다. 그 때 저는 제가 무엇을 해야 하는지를 알았습니다. 그래서 꾸준히 글을 쓰다 보니 신문과 잡지와 방송에 고정칼럼도 하고 책을 내기도 하고 있습니다.

제가 처음 글을 쓰게 된 것은 그저 제 아픔을 자기 위로하듯이 써

내려간 듯한 것이었고, 제 딸의 건강을 간절히 바라는 기도와 같은 것이었습니다. 지극히 개인적인 것이었습니다. 그 때 저는 병원비로 고통받는 조산아 부모들의 아픔을 알았고, 연약한 자식을 둔 부모들의 고통을 알았습니다. 그리고 제게 전해지는 이런 저런 삶의 고통으로 신음하는 이웃들의 소리도 들었습니다. 그 경험으로 사회윤리학을 공부하고 이런 시각으로 글을 쓰기도 합니다.

글을 쓰면서 저도 모르게 주의 깊게 여기는 부분은 바로 '폭넓은 관심'입니다. 그냥 제 개인적인 행복, 제 가정의 화목과 축복만을 생각하지 않게 되었습니다. 저를 넘어서는 시각에서 다문화가정의 문제, 불우청소년 문제, 비인간적인 교육현실, 청년실업, 비정규직 문제와 같은 것들이 점점 제 문제로 다가옵니다. 내 세상 속에서 내 속도에 맞춰 살며 만족감을 느끼던 제가 달라진 것입니다.

제 글쓰기에는 제 진솔한 삶의 이야기로 위로와 공감하는 이들도 있고, 세상을 향한 쓴 소리에 통쾌하다고 격려해주는 이들도 있습니다. 이런 독자들의 공감으로 돈도 생기지도 않고, 힘도 들지만 즐겁게 글을 써 댑니다. 제 나이 마흔 아홉이지만 무엇이 옳은 삶인지, 행복이 무엇인지 아직도 잘 모르겠습니다. 그러나 분명 저는 권태로움에서 벗어나고 있고 진짜 '살아 있음'이 뭔지 알아가고 있습니다.

심장이 뛰고, 생각을 하며, 숨을 쉬니 스스로 살아있다고 생각합니다. 하지만 내가 '살아있음'을 느끼기 위해 또 '살아가는 이유'를 찾기 위해 나 자신의 소리에 귀 기울이고, 우리의 이웃을 향해 폭넓은 관심을 갖는 것은 어떨까요? 내 아픔과 경험, 같은 시대를 살아가는 우리 이웃들의 아픔, 세상에서 벌어지는 일들에 대한 관심 말입니다. 나와 내 가정을 넘어서서 나 아닌 것들에 대한 아픔을 공유할 줄 알고, 다른 것에 대한 기쁨을 함께 할 수 있다면 결코 불행해질 수 없습니다. 그 아픔과 기쁨을 함께 하려는 마음 자체로 행복합니다. 되도록 폭넓은 관심을 가지는 것, 그리고 관심을 끄는 사물이나 사람들에게 적대적인 반응을 보이는 것이 아니라 되도록 따뜻한 반응을 보이는 것이 행복의 비결이라는 러셀의 말을 되새겨 봅니다.

괜히 청춘에게 제 엉성한 이야기를 꺼낸 건 아닌가 후회되기도 하였지만, 다행히 청춘은 제 이야기를 진지하게 들어 주었습니다. 이리저리 흔들리며 살아오는 제 이야기와 경험이 조금이나마 도움이랄까 참고가 되었다면 다행일 것입니다. 고마운 건 청춘의 말이었습니다. 마침 자신이 다니는 대학신문사 선배가 기자로 와달라고 요청해 왔다고 합니다. 만사가 귀찮아 거절했는데 제 이야기에 '이거 좋은 기회다.' 싶다고 합니다. 한 번 해보겠다면서 필요할 때마다 글쓰기 도움을 요청하겠다기에 언제든 좋다고 했습니다. 돌아가는 청춘의 입가에 수줍은 듯 살포시 내려앉은 미소가 정겨워보였습니다.

지은이 **한승진**

성공회대 신학과, 상명대 국어교육과, 한국방송대 국어국문학과 · 교육과 · 가정학과 · 청소년교육과를 졸업했다. 학점은행제로 사회복지학, 아동학, 청소년학, 심리학으로 학위를 취득했다. 한신대 신학대학원 기독교윤리학(신학석사), 고려대 교육대학원 도덕윤리교육(교육학석사), 중부대 원격대학원 교육상담심리(교육학석사) · 중부대 인문산업대학원 교육학(교육학석사), 공주대 특수교육대학원 중등특수교육(교육학석사), 공주대 대학원 윤리교육학과(교육학박사)로 학위를 취득했다. 현재는 학점은행제 상담학 학사 과정중이다.

월간 『창조문예』 신인작품상 수필로 등단하였고, 제 45회~제47회 한민족통일문예제전에서 3년 연속 전북도지사상(차관급)과 제 8회 효실천 글짓기 공모전에서 대상을 수상하였다. 익산 황등중학교에서 학교목사와 선생이면서, 황등교회 유치부 교육목사와 『투데이안』 객원논설위원과 『전북기독신문』 논설위원으로 활동하고 있다. 인터넷신문 『투데이안』과 『크리스챤신문』과 『전북기독신문』, 『익산신문』, 『굿뉴스21』에 글을 연재하고 있고, 대전극동방송 익산본부에서 청소년바른지도법(청바지) 칼럼을 방송하고 있다.

공동 집필로는 고등학교 교과서 『종교학』이 있으며, 단독 저서로는 『함께 읽는 기독교윤리』, 『현실사회윤리학의 토대 놓기』, 『우리가 잊지 말아야할 것들』, 『희망을 노래하는 마음으로』, 『산들바람 불어오면』 외 다수가 있다. 역서로는 『예수님이라면 어떻게 하실까』가 있다.